Las aventuras de Huck Finn

Mark Twain

BIBLIOTECA UNIVERSAL
DE CLÁSICOS JUVENILES

Las aventuras de Huck Finn

Mark Twain

VERSIÓN ÍNTEGRA

EDICIONES
Gaviota

ᒪᑕ

BIBLIOTECA UNIVERSAL
DE CLÁSICOS JUVENILES

Versión íntegra
no adaptada ni abreviada

Título original: *The adventures of Huckleberry Finn*
Traducción: Tradutex
Diseño de cubierta: David de Ramón

© de las ilustraciones:
G & LGE. GESTIONI E LAVORAZIONI GRAFICHE, S.R.L.
TORINO (Italia)

© EDICIONES GAVIOTA, S. L.
Manuel Tovar, 8
28034 MADRID (España)
ISBN: 84-392-0925-8
Depósito legal: LE. 702-2001

Printed in Spain - Impreso en España
EDITORIAL EVERGRÁFICAS, S. L.
Carretera León - La Coruña, km 5
LEÓN (España)

MARK TWAIN

La fama

Escritor norteamericano famoso por su gran obra «Las aventuras de Tom Sawyer», cuyo nombre es Samuel Langhorne Clemens, nació en 1835 en el estado de Missouri. Como escritor se le conocerá con el seudónimo de Mark Twain, con el que pasará a formar parte de los grandes de las letras universales.

A orillas del río Mississippi, Mark Twain, recogería muchos de los aspectos que luego se reflejarían en su obra: «Tom Sawyer».

Su familia

Sus padres fueron de familia patricia, descendientes de los primitivos pobladores ingleses, orgullosos de su abolengo. Su padre ejercía como abogado, no llegando a tener fortuna en sus negocios e incluso, parece que se encontró con frecuencia a las puertas de la ruina. Su madre, mujer distinguida, parece que ejerció una influencia en el escritor.

Sus primeros años pasaron a orillas del río Mississippi, donde aprendió a ser piloto fluvial; conoció los secretos de la navegación, los rincones del gran río y los más variados aspectos de la naturaleza que rodeaban al río, a pueblos y poblaciones cercanas al río.

Aquí, a orillas del gran río, conoció la región sin explotar con gran riqueza maderera, minerales y tierras de cultivo. A esta zona acudían diversas gentes en busca de riqueza, aventureros iban y venían con sus ilusiones, que trataban de colmar con esas tierras.

Clemens iba a la escuela en Hannibal, pueblo donde pasó varios años. No fueron muchos los que pasó en la escuela, pero sí los suficientes para leer los libros de aventuras de la única librería del pueblo.

Más tarde, intentó viajar y recorrer mundo para lo cual marchó de casa. Recorrió varios trabajos, en distintos lugares, por los que pasó en su afán de viajar. Desde cajista, hasta piloto de barcos y escritor de cartas humorísticas, fueron varios de los trabajos donde se iba forjando el futuro escritor.

Quizá, por este cambio continuo y deseo de encontrar algo más duradero y firme, se produjo la prematura muerte de su padre. El pequeño Clemens tenía entonces doce años. La familia quedó en la miseria. Clemens tuvo que buscar algo para trabajar. El oficio de cajista lo aprendió gracias a un tío que tenía una imprenta en la que editaba un periódico. Allí, también, hizo sus primeros ensayos como escritor, escribiendo unos artículillos humorísticos que divertían a sus amigos.

El escritor

Como pretexto a sus comienzos de escritor podemos decir que fue la guerra de Secesión de 1861, quien le impulsa a alistarse en un grupo de voluntarios del Sur. Pronto este grupo se disolvió.

Así las cosas, se marcha con su hermano Orión al Oeste, al ser nombrado secretario del gobernador de Nevada. Allí se contagió del deseo de hacer grandes negocios en las tierras fértiles y ricas. Intentó especular con tierras, buscó minas de plata, trató de enriquecerse con la explotación de las maderas, fracasando en todas estas cosas.

Nuestro protegonista no olvidaba sus primeros pasos como escritor y mientras trataba de buscar la riqueza, seguía escribiendo sus crónicas en los periódicos.

Por esta época le ofrecen el empleo de informador local en Virginia City, en el periódico «Territorial Enterprise». Es aquí donde elije su seudónimo de Mark Twain, que era el grito de los sondeadores del Mississipí, donde pasó varios años nuestro protagonista.

No faltaron los problemas con otros periódicos, teniendo que abandonar Virginia por razones de un conato de duelo con el director de otro periódico.

Desde aquí se marcha en busca de los campos auríferos de California. Estando aquí oye contar un relato que luego él lo publicará en el Saturday Press, en 1865. Dicho relato sería el que le abriría las puertas de la fama publicado con el seudónimo de Mark Twain y con el título de: «La célebre rana saltarina del condado de Calaveras».

Marcha a San Francisco y trabaja en varios periódicos como reportero, corresponsal y colaborador.

El «Sacramento Unión» a raíz de su éxito anterior le encomienda un reportaje sobre las islas Sandwiche, hoy llamadas Hawai.

Por estas fechas escribe sobre uno de los temas que más le gustarían dentro de sus escritos: el fracaso rural de la civilización. La razón, la técnica, el progreso de la civilización occidental destruían el bienestar del paraíso original.

El humorismo será su punto clave para intentar el éxito tan necesario, conseguir llenar los teatros con sus conferencias e intentar adquirir el tan ansiado dinero por el que siempre suspiró.

En 1866 se organiza una excursión a Tierra Santa y a Europa. El diario «Alta California» le encarga una serie de reportajes del viaje. Como casi siempre este tipo de escritos fueron recogidos en una obra titulada: «Los inocentes en el extranjero», en 1869. Mark Twain describe a los americanos con sus reacciones, sus costumbres, su forma de ver a los europeos, con su sentido pragmático y primitivo ante la cultura oriental y europea. Mark Twain quiere abarcar demasiado y no consigue describir en profundidad, al americano tipo.

El matrimonio

En 1870 Mark Twain contrajo matrimonio con Olivia, mujer que conoció en su viaje realizado a Europa. Mark Twain se había colocado de secretario del senador de Nevada, escribiendo para varios periódicos Cartas desde la Colina del Capitolio.

El nuevo matrimonio se estableció en Buffalo, residiendo en una casa que el padre de Olivia le había obsequiado. EnBuffalo compró una participación en el periódico Express, con el dinero ganado en las conferencias. Allí vivieron durante cierto tiempo, el suficiente para que naciera su primer hijo que moriría poco después.

No contento con su nuevo puesto de trabajo, el matrimonio cambia de residencia, y se establece en 1872 en Hartford, en Connecticud, de forma definitiva. Allí sufre la influencia del grupo de escritores de Nueva Inglaterra.

Pronto publica una obra, que sería un recuerdo de su viaje por Europa, en la que describe la igualdad en la sociedad del banquero, el editor, el abogado, el mayor jugador y el cantinero.

En la nueva residencia, de Hartford nace su hija Susy. Por esta época realiza un viaje a Inglaterra para volver de nuevo a EE.UU. a ganar dinero con sus conferencias.

En 1874 nació su segunda hija Clara y empieza a escribir las aventuras de Tom Sawyer.

Hacia 1880 nace su última hija, Jean, publicando «Un vagabundo en el extranjero».

Sus obras

En 1873 publica su primera novela larga: «La edad dorada», donde se describe la sociedad americana durante los años en que lanzó a sus hombres al Oeste, para repoblarlo y explotar sus tierras y las riquezas.

En 1874 había empezado a escribir la obra, que más tarde le daría una fama que se extendería a lo largo de los siglos. Esta obra que publicó al año siguiente, en 1875, le daría renombre de escritor extraordinario: «Las aventuras de Tom Sawyer».

En 1883 publica «La vida en el Mississippi» que es un recuerdo de sus primeros años, consiguiendo un relato interesante y vivaz.

En 1884 publica Huck Finn que parece ser, en opinión de muchos, la mejor obra de Mark Twain, animado por el éxito conseguido con «Las aventuras de Tom Sawyer». Esta obra es una epopeya de los aventureros americanos, miserables ciudadanos extendidos a lo largo del río Mississippi y del Ohio, de la América de la edad de oro y de la colonización junto con todas sus peripecias y aventuras. Huck es el retrato del «boy» americano. Es el hijo desventurado que su padre abandona, atraído por el dinero que Huck y Tom encuentran en la cueva al final de las aventuras de Tom Sawyer. Hijo abandonado por su padre entre los bosques, mientras otras personas desean educar y preocuparse por la suerte de Huck. Este consigue huir del bosque llegando a una isla en la que está refugiado Jim, negro y amigo de los muchachos, amenazado con ser vendido.

Para que Jim consiga su libertad, navegan durante toda la noche, con el fin de que no encuentren a Jim y evitar así que sea vendido como esclavo. Se trata de llegar a un país donde la venta de esclavos esté abolida.

Sufren una gran tormenta por lo que pierden el rumbo, encontrándose con dos personas, a los que suben a la barca. Estos, tras diversas aventuras con los pobladores de la ribera, venden a traición a Jim a un tío de Tom Sawyer. La sorpresa de Tom fue grande ya que aquel había considerado a Huck como muerto. Se suceden aventuras fantásticas en la puesta en libertad de Jim y el relato termina con la identidad de los dos muchachos y la aclaración de la libertad de Jim. Huck parece que quiere asistir a la escuela, pero sin olvidar cierto plan de fugarse con los indios.

En 1875 publica en el «Atlantic Monthly» otra obra recuerdo de los años felices de su niñez cuyo título es: «Viejos tiempos en el Mississippi». Después, hace una nueva gira dando una serie de conferencias obteniendo un éxito espectacular. A raíz de esto conoce la obra de Malory: «La muerte de Arturo» que se parece a una gesta medieval. Esta obra le gustó y partiendo de ella concibió la idea de escribir otra que Mark Twain llamó: «Un yanqui de Connecticut en la corte del rey Arturo».

En 1893 realiza otro viaje por Europa. Aprovecha esta ocasión para publicar en la revista «Cosmopolita» una novela de una joven esquimal. No contento con esta publicación saca a la luz otras más.

«El calabaza Wilson» de 1894 es publicada en «Century» y Tom Sawyer en el extranjero en «St. Nicholas Magazine».

Por estas fechas realiza nuevas giras por Australia, Nueva Zelanda, Asia y Sudáfrica. Consigue tanto éxito que gana el suficiente dinero como para pagar todas las deudas contraídas al emprender los negocios que posteriormente describiremos.

Su obra «En torno al Ecuador», fue fruto de las notas de esta gira haciendo uno de sus libros de viaje más importantes. La obra la publicó en 1897 y es una crítica violenta y pesimista del imperialismo. El asunto tratado es la explotación de los nativos por parte de los blancos civilizados y el tráfico de esclavos en las islas del Pacífico.

Todos estos viajes, obras y conferencias le reportaron tanto éxito que adquirió una prosperidad económica lo suficientemente grande como para embarcarse en dos negocios; uno, con la fundación de la editorial «Webster»; el otro, financiando el proyecto de una máquina de componer, una especie de linotipia. Pero las cosas no fueron demasiado bien, puesto que con la crisis económica de 1890-1893 y los gastos de los negocios emprendidos dejaron a Mark Twain en la ruina. Sin embargo, con la ayuda de sus amigos y admiradores pudo resolver esta situación difícil.

Nuevos contratiempos

Desde 1896 a 1900, su familia vive en Europa. Allí viven acontecimientos que harán cambiar el tono de sus escritos.

Muere su hija mayor Susy, su hermano Orion y su hermana Pamela, agravándose la situación con los primeros ataques epilépticos de su hija menor, Jean. Todo ello repercutió en el humor de nuestro escritor y su pluma alegre y optimista de las primeras obras cambia a un amargo humor y a una sátira grotesca. Por estos años apareció: «Recuerdos personales de Juana de Arco», obra que costó muchos años de reflexión al autor al mismo tiempo que fue considerada por el mismo, como la mejor obra salida de su pluma.

En 1900 regresa con su familia a EE.UU. siendo acogido como un verdadero acontecimiento nacional. Las universidades de varias poblaciones de EE.UU. y más tarde la de Oxford le conceden el título de «Doctor Honorario». Otro acontecimiento le hace cambiar de residencia, teniendo que volver a Europa, concretamente se instala en Florencia, a causa de una enfermedad de su esposa Olivia que moriría a pesar de todo en 1904.

Mark Twain no se repondría ya de este vacío que siempre sintió en su vida con la pérdida de su compañera con la que compartía su vida, sus ideas, alegrías y tristezas y con la que había sido feliz a lo largo de los treinta y siete años de matrimonio. Sus libros posteriores a esta fecha están llenos de pesimismo y cierta amargura. El egoísmo del hombre, idea que le llevará a plasmarla en varias de sus obras escritas después de la muerte de Olivia. «La vida toda es un sueño, un sueño absurdo» idea que prevalece en su obra póstuma: «El misterioso forastero».

En sus dos últimas obras: «Mi novia platónica» y el «Diario de Eva», parece que el escritor manifiesta y espera la liberación definitiva, es decir, la muerte.

Así fue, puesto que Mark Twain muere en Reading, Connecticut, en abril de 1910. En su último suspiro se encontraba Clara, su hija, a quien le agarró la mano y mirándole a la cara le dijo: «¡Adiós, cariño! si acaso nos encontramos...»

Libertad y felicidad

Mark Twain fue uno de los grandes humoristas que supo canalizar el gusto y la filosofía de los americanos en el siglo XIX.

En sus obras aparece siempre la defensa de la libertad, el optimismo, el amor a la naturaleza y la desconfianza ante el poder establecido.

Mark Twain es el símbolo de la libertad y de la inocencia en el Oeste, frente a la civilización industrial y la cultura antigua de las ciudades del Este.

La obra de Mark Twain podemos dividirla en dos partes que coinciden con los acontecimientos producidos en su vida:

a) Etapa en la que escribe las obras más difundidas como son: «Las aventuras de Tom Sawyer», «Las aventuras de Huck Finn» y «La vida del Mississippi».

Su temática en esta época es la libertad, el humorismo, la felicidad, el optimismo... en una palabra defiende la vida con todas las ventajas en el sentido positivo. Tom Sawyer quiere ser libre, amar, arriesgarse, ser hombre. Huck Finn es más libre que Tom. Igualmente es una época en la que canta a la naturaleza en todo su misterio y belleza, canto a esa afinidad que existe entre el hombre y el bosque.

b) En la segunda mitad de su vida, en la que el público conoce menos las obras, es el reflejo más duro de un escritor llevado más por la sátira social y las denuncias. Mark Twain criticó el imperialismo de las grandes potencias en los diversos países dominados por aquellas. En sus obras cercanas a la muerte, el reflejo del pesimismo y de la maldad del hombre es una tónica constante.

Parece condenar al hombre en su totalidad, dando a entender que se había perdido la posibilidad de crear un verdadero paraíso aquí en la Tierra.

Capítulo 1

No saben quién soy si no han leído un libro titulado *Las aventuras de Tom Sawyer,* pero no importa. Ese libro lo escribió Mark Twain y en líneas generales dijo la verdad. Algunas cosas las exageró, pero en conjunto dijo la verdad. Eso no es nada. Jamás he visto a nadie que no mienta alguna que otra vez, exceptuando a tía Polly, o la viuda, e incluso Mary. Tía Polly —la tía Polly de Tom—, Mary y la viuda Douglas, de las que habla ese libro, que en conjunto es un libro sincero con algunas exageraciones, como ya dije antes.

El libro termina de esta manera: Tom y yo encontramos el dinero que los ladrones escondieron en la cueva y nos volvimos ricos. Nos correspondieron seis mil dólares a cada uno en oro. Daba miedo ver tanto dinero amontonado. Bueno, pues el juez Thatcher lo puso a interés y nos daba un dólar diario a cada uno durante todo el año... más de lo que uno puede hacer con él. La viuda Douglas me adoptó como si fuera hijo suyo y afirmó que me civilizaría, pero era duro vivir siempre en casa, teniendo en cuenta las costumbres tan regulares y decentes que tenía la viuda. Así que, cuando no pude aguantar más, me escabullí. Me puse mis viejos andrajos, me metí en mi barril de azúcar otra vez y me encontré libre y satisfecho. Pero Tom Sawyer fue en mi busca y dijo que pensaba organizar una banda de ladrones y que podría unirme a ellos si volvía al lado de la viuda y era respetable. De manera que volví.

La viuda lloró mucho por mí y me llamó «pobre corderito extraviado» y muchas otras cosas, pero, eso sí, sin ninguna mala intención. Me puso otra vez trajes nuevos y yo no hice más que sudar y sudar y notarme encogido. Bueno, comenzaba otra vez lo de antes. La viuda pedía la cena tocando una campanilla y uno tenía que presentarse con puntualidad. Cuando llegaba a la mesa, no empezaba a comer en seguida, sino que tenía que esperar a que la viuda bajara la cabeza y gruñera un poco encima de la comida, aunque ésta no tenía nada malo. Es decir, solamente que estaba guisado todo aparte. Es distinto cuando se echa todo junto dentro de una cazuela y se mezcla, uniendo el jugo de unas cosas con otras, y así tiene mejor sabor.

Después de cenar sacó un libro y me habló de Moisés y los juncos, y me entraban sudores para entenderla, pero poco a poco ella me hizo comprender que Moisés había muerto hacía muchísimo tiempo, de modo que dejé de interesarme por él, porque los muertos no me hacen mucha gracia.

Tuve ganas de fumar y pedí permiso a la viuda, pero se negó. Dijo que era una fea costumbre y poco limpia, y que debía intentar dejar ese vicio. Hay personas así. Hablan mal de una cosa cuando no saben nada de ella. Ahí estaba ella, preocupándose de Moisés, que no era nada suyo ni útil para nadie, ya que había muerto, y, sin embargo, a mí me criticaba hacer algo que era agradable. Tomaba rapé, pero esto estaba bien, porque lo hacía ella, claro...

Su hermana, la señorita Watson, una solterona flaca y soportable, con gafas, había venido recientemente a vivir con ella y la tomó conmigo persiguiéndome con una gramática. Me hacía trabajar de lo lindo hora tras hora hasta que la viuda la obligó a aflojar las riendas. No habría podido soportarlo mucho más tiempo. Después fue mortalmente aburrido durante una hora y me puse nervioso. La señorita Watson decía: «Los pies no se ponen aquí encima, Huckleberry», y: «Huckleberry, ponte derecho; siéntate bien», y, poco después: «No bosteces ni te desperezes así, Huckleberry... ¿Por qué no tienes más compostura?» Después me habló del infierno y yo dije que ojalá yo estuviera allí. Se puso como loca, pero no fue mi intención enojarla. Lo que yo quería era ir a cualquier parte; sólo deseaba cambiar, no quería ningún sitio en particular. Dijo que era muy malo por decir aquello, que ella no lo diría por nada del mundo y que viviría como era debido para ir al cielo. Bueno, no encontré ninguna ventaja en ir a donde iba ella, de modo que decidí no imitarla. Pero no lo dije, porque solamente habría buscado conflictos inútiles.

Había arrancado a hablar y siguió contándome cosas del cielo. Dijo que allí arriba lo único que hace uno es pasearse todo el día con un arpa y estar cantando siempre. No me agradó mucho la idea. Pero no lo dije. Le pregunté si creía que Tom Sawyer iría al cielo, y ella dijo que ni soñarlo... Me alegré, porque quería que Tom y yo estuviéramos juntos.

La señorita Watson continuó fastidiándome, y yo me cansé y empecé a sentirme solo. Luego fueron en busca de los negros, rezaron las oraciones y todos se acostaron. Subí a mi cuarto con un pedazo de vela y lo puse encima de la mesa. Me senté en una silla junto a la ventana y traté de pensar en algo divertido, pero fue inútil. Estaba tan sólo, que deseé morir. Brillaban las estrellas y el rumor de las hojas en el bosque era melancólico, y oí el distante ulular de un búho anunciando la muerte de alguien, y un chotacabras y un perro aullando por alguien que iba a morir, y el viento que trataba de susurrarme algo, sin que yo lo entendiera, y me entraron escalofríos. Luego, allá a los lejos, en los bosques, oí esa especie de sonido que hace un fantasma cuando quiere decir algo que tiene en el pensamiento y no se hace entender y por ello se remueve en su tumba y tiene que vagar todas las noches gimiendo.

Me sentí tan alicaído y asustado, que deseé tener compañía. Entonces encontré una araña sobre mi hombro y, al sacudírmela, cayó encima de la vela y, antes de que yo pudiera mover un dedo, ardió por completo. No era preciso que nadie me dijera que aquello era un mal presagio, que me acarrearía mala suerte. Estaba completamente despavorido y tembloroso. Me levanté y di tres vueltas haciéndome una cruz en el pecho cada vez; después me até un mechón de pelos con un hilo para mantener a raya a las brujas. Pero no tenía confianza. Esto se hace cuando se pierde una herradura que no se ha encontrado, en vez de clavarla en lo alto de la puerta, pero nunca oí decir a nadie que fuera un medio seguro de ahuyentar la mala suerte cuando uno ha matado una araña.

Me senté otra vez, temblando de pies a cabeza, y saqué la pipa para fumar, porque la casa estaba tan quieta como la muerte y la viuda no se enteraría. Bueno, al cabo de largo rato oí el lejano reloj del pueblo que retumbaba doce veces... Después todo quedó silencioso de nuevo, más que antes. A poco oí el crujido de una ramita abajo, en la oscuridad, entre los árboles... Algo se movía. Permanecí sentado, quieto, escuchando. Apenas pude oír un «¡Miaaaau! ¡Miaaaau!» abajo. ¡Estupendo! Yo respondí: «¡Miaaaau! ¡Miaaaau!», tan bajito como pude, y luego apagué la luz y me descolgué por la ventana sobre el cobertizo. De allí salté al suelo y me arrastré entre los árboles y, en efecto, allí estaba Tom Sawyer esperándome.

Capítulo 2

Anduvimos de puntillas por un sendero entre los árboles, hacia la salida del jardín de la viuda, agachados para que las ramas no nos dieran en las cabezas. Cuando pasamos junto a la cocina, caí sobre una raíz e hice ruido. Nos agazapamos y estuvimos quietos. El corpulento negro de la señorita Watson, que se llamaba Jim, estaba sentado a la puerta de la cocina. Podíamos verlo perfectamente porque tenía la luz detrás de él. Se puso de pie y alargó el cuello un minuto, escuchando. Luego dijo:

—¿Quién hay por ahí?

Siguió escuchando; luego se acercó de puntillas y se quedó entre nosotros; casi podíamos tocarlo. Bueno, lo más seguro era que pasaran minutos y más minutos antes de que hubiera otro ruido, ya que estábamos tan cerca los unos de los otros. En el tobillo me entró un picor, pero no me atreví a rascarme. Luego empezó a picarme la oreja, después la espalda, justamente entre los hombros. Parecía que iba a morirme si no me arrascaba. Bueno, desde entonces he notado esto montones de veces. Si uno está entre gente bien, o en un entierro, o trata de dormir sin tener sueño... si uno está en cualquier parte donde no está bien visto rascarse, ¿por qué ha de picarnos todo de repente? Jim dijo después:

—¿Quién es? ¿Dónde está? ¡Maldita sea, yo he oído algo! Bien, ya sé lo que he de hacer. Voy a sentarme y estaré escuchando hasta que vuelva a oírlo.

Y se sentó en el suelo, entre Tom y yo. Apoyó la espalda contra un árbol y estiró las piernas hasta que una de las suyas casi tocó la mía. Empezó a picarme la nariz. Me picó hasta que me lloraron los ojos. Pero no me atreví a rascarme. Después me picó por debajo. No sabía cómo iba a poder estarme quieto. Este tormento duró una eternidad de seis o siete minutos. Después empezaron a picarme once sitios distintos. Pensé que no podría soportarlo un minuto más, pero apreté los dientes y traté de conseguirlo. Entonces Jim empezó a respirar pesadamente, después a roncar... y yo me encontré en seguida estupendamente.

Tom me hizo una seña, una especie de ruido con la boca, y nos alejamos a gatas. Cuando habíamos avanzado unos diez pies, Tom me susurró al oído que quería atar a Jim al árbol para divertirnos, pero yo dije que no. Podía despertarse y armaría un jaleo gordo, y entonces descubrirían que yo no estaba en mi cuarto. Tom dijo que no teníamos velas suficientes y que entraría en la cocina para coger algunas. No quería que él lo intentara. Dije que Jim se despertaría. Pero Tom quiso correr el riesgo, de manera que entramos en la cocina y cogimos tres velas, y Tom las pagó dejando cinco centavos encima de la mesa. Después salimos y yo sudaba de ganas de marcharme, pero Tom estaba empeñado en acercarse a gatas a Jim y hacerle algo. Esperé durante un buen rato, o así me pareció. Estaba todo tan silencioso y solitario...

En cuanto volvió Tom, nos fuimos por el sendero, dimos la vuelta a la valla del jardín y a poco llegamos a la cumbre escarpada de una colina al otro lado de la casa. Tom dijo que había quitado el sombrero a Jim colgándolo de una rama que había encima de su cabeza, que Jim se había movido ligeramente, pero no se despertó. Jim dijo después que las brujas le habían echado un maleficio y cabalgado sobre él por todo el Estado, y que le dejaron de nuevo debajo de los árboles colgando el sombrero en una rama para demostrarle que habían estado allí. La segunda vez que lo contó, Jim dijo que habían cabalgado sobre él hasta Nueva Orleans, y después, cada vez que lo relataba iba exagerando la nota, hasta afirmar que le habían hecho correr alrededor del mundo, dejándole mortalmente cansado, y que tenía la espalda molida por la cabalgata. Jim se enorgullecía de la aventura. Los negros venían desde muy lejos para oírle contar a Jim lo ocurrido, y él fue mejor visto en el país que cualquier otro. Los negros forasteros se quedaban mirándole boquiabiertos como si vieran una maravilla. Los negros siempre hablan de brujas por la noche, junto al fuego de la cocina; pero, cuando uno hablaba de esas cosas y Jim estaba presente, exclamaba: «¡Hum! ¿Qué sabes tú de brujas?», y aquel negro se callaba cohibido y tenía que quedarse a un lado. Jim conservaba una moneda de cinco centavos colgada del cuello con un cordel y decía que era un amuleto que le dio el diablo con sus propias manos, diciéndole que podría curarlo todo con él y llamar a las brujas siempre que quisiera, pero Jim nunca explicó qué tenía que decir. Los negros acudían de todas partes para dar a Jim lo que tenían a cambio de la satisfacción de ver la moneda de cinco centavos, pero no la tocaban, porque había pasado por las manos del demonio. Jim casi dejó de servir para criado, porque tenía muchos humos desde que había visto al diablo y había llevado a las brujas.

Cuando Tom y yo llegamos a la cumbre de la colina, miramos hacia abajo, al pueblo, y vimos tres o cuatro luces que parpadeaban indicando tal vez las casas que tenían enfermos. Las estrellas, por encima de nosotros, lucían brillantes, y allá abajo, junto al pueblo, el río, de una milla de ancho, muy quieto e impresionante. Descendimos de la colina y encontramos a Joe Harper y Ben Rogers, y a dos o tres muchachos más, ocultos en la vieja tenería. De modo que desatracamos un esquife y remamos unas dos millas y media río abajo, hasta la enorme cicatriz en la ladera de la montaña, y bajamos a tierra.

Nos fuimos a unos arbustos y Tom hizo jurar a todos que guardarían el secreto, y luego les mostró un agujero en la montaña, en la parte más frondosa de los arbustos. Después encendimos las velas y entramos a gatas. Avanzamos unas doscientas yardas y entonces apareció la cueva. Tom buscó entre los pasadizos y al fin pasó agachado por debajo de una pared en la que no se veía un agujero. Pasamos por un lugar muy estrecho y entramos en una especie de habitación húmeda y fría, y allí nos detuvimos. Tom dijo:

—Ahora formaremos esta banda de ladrones que se llamará «Banda de Tom Sawyer». El que quiera entrar en la banda ha de prestar juramento y escribir su nombre con sangre.

Todos aceptaron. De modo que Tom sacó una hoja de papel, en la que estaba escrito el juramento y lo leyó. Cada muchacho juraba lealtad a la banda, no revelar sus secretos y que, si alguien le hacía algo a un chico de la banda, el chico que recibiera la orden de matar a esa persona y a su familia debería hacerlo, y no comer ni dormir hasta haberles dado muerte y haber hundido una cruz en su pecho, que era el emblema de la banda. Nadie que no fuera de la banda podría utilizar esa señal, y el que lo hiciera sería enjuiciado, a la segunda vez que la utilizara sería muerto. Y si algún miembro de la banda revelaba sus secretos, le cortarían el cuello, quemarían su cuerpo y esparcerían las cenizas al viento; su nombre ensangrentado quedaría borrado de la lista, y la banda jamás volvería a pronunciarlo, sino que le añadía una maldición y lo olvidaría para siempre.

Todos dijeron que era un juramento acertado y preguntaron a Tom si se lo había inventado. El dijo que en parte sí, pero que el resto procedía de libros de piratas y de salteadores de caminos, y que lo tenían todas las bandas de categoría.

Algunos pensaron que sería magnífico matar también a las familias de los chicos que revelaran los secretos. Tom dijo que era una buena idea, de modo que tomó el lápiz y lo escribió. Luego dijo Ben Rogers:

—Pero Huck Finn no tiene familia... ¿Qué haríamos con él?

—Bien, ¿acaso no tiene un padre? —replicó Tom Sawyer.

—Sí, lo tiene, pero no hay modo de encontrarlo hoy día. Solía dormir borracho con los cerdos en la tenería, pero no se le ve por aquí desde hace más de un año.

Lo discutieron y querían excluirme porque decían que cada chico debía tener una familia o alguien a quien poder matar, que si no, sería injusto para con los otros. Bueno, a nadie se le ocurría algo, y estaban todos pensativos, quietos. Me entraron ganas de llorar, pero de pronto tuve una idea y les ofrecí a la señorita Watson: podrían matarla a ella. Todos dijeron entonces:

—¡Oh, ella sirve, sirve! ¡Conformes, Huck puede ser de la banda!

Luego todos se pincharon el dedo con un alfiler para sacar sangre para la firma, y yo puse mi señal en el papel.

—Pero —dijo Ben Rogers—, ¿a qué clase de actividades se dedicará esta banda?

—Nada más que a robar y a asesinar —dijo Tom.

—Pero ¿qué robaremos? ¿Casas, ganado o...?

—¡Puaf! Robar ganado y cosas por el estilo no es robar —dijo Tom Sawyer—. Nosotros no somos ladrones. Eso no va con nosotros. Somos salteadores de caminos. Detendremos diligencias y carruajes en el camino, con antifaces, y mataremos a la gente y les quitaremos los relojes y el dinero.

—¿Siempre hemos de matar gente?

—¡Oh, pues claro! Es mejor. Algunas autoridades opinan lo contrario, pero la mayoría considera, mejor matarlos, exceptuando a los que traigamos a la cueva para tenerlos prisioneros hasta que paguen rescate por ellos.

—¿Qué es eso del rescate?

—No lo sé, pero es lo que hacen. Lo he leído en los libros y, por lo tanto, es lo que hemos de hacer, naturalmente.

—Pero ¿cómo lo haremos si no sabemos qué es?

—¡Diablo, debemos hacerlo! ¿No te he dicho que lo dicen los libros? ¿Quieres hacerlo de otra manera de como lo dicen los libros y enredar las cosas?

—¡No basta con decirlo, Tom Sawyer! ¿Cómo van a ser rescatados esos individuos, si no sabemos cómo se hace? ¡A eso quiero llegar yo! ¿Qué supones tú que es?

—Pues no lo sé; pero tal vez, si los retenemos hasta que sean rescatados, ello querrá decir que los retenemos hasta que estén muertos.

—Bien, eso ya me gusta más. Es la explicación. ¿Por qué no lo decías antes? Los tendremos hasta que mueran de rescate... Y menudo fastidio serán, comiéndoselo todo y tratando a cada momento de huir...

—¡Hablas mucho, Ben Rogers! ¿Cómo quieres que se escapen, si habrá un centinela vigilándolos, dispuesto a disparar en cuanto se pongan pesados?

—Un centinela... ¡Bien, bien! ¿De manera que alguien tendrá que pasarse la noche en blanco, simplemente para vigilarlos? ¡Me parece una tontería! ¿Por qué no puede uno coger un garrote y rescatarlos apenas lleguen aquí?

—Sencillamente, porque esto no lo dicen los libros, ¿entiendes? Y ahora, Ben Rogers, ¿quieres hacer las cosas como hay que hacerlas o no? ¿No comprendes que la gente que escribió los libros sabe lo que hay que hacer? ¿Te figuras que tú puedes enseñarles algo nuevo? ¡Ni lo sueñes! No, señor, los rescataremos siguiendo el método.

—Bueno, no me importa; pero de todos modos digo que es una tontería. Oye, ¿mataremos también a las mujeres?

—Mira, Ben Rogers, si yo fuese tan ignorante como tú, procuraría disimularlo. ¿Matar a las mujeres? No... Nadie ha visto cosa parecida en los libros. Se las lleva a la cueva y se las trata con cortesía, y poco a poco ellas se enamoran de ti y nunca quieren volver a sus casas.

—Pues, en este caso, conforme; pero no sé qué resultado dará. No tardaremos en tener la cueva tan atestada de mujeres y de individuos en espera de ser rescatados, que no nos quedará sitio para los ladrones. Pero adelante; no diré nada más.

El pequeño Tommy Barnes se había dormido y cuando le despertaron, estaba asustado y lloró, y dijo que quería ir a casa, con su mamá, y que ya no quería ser ladrón.

Todos se rieron de él y le llamaron *bebé* llorón, cosa que le puso furioso, y dijo que se iría derechito a contar los secretos. Pero Tom le dio cinco centavos para que se callara, diciendo que todos iríamos a casa y que nos reuniríamos a la semana siguiente para matar a alguien y robar a algunos.

Ben Rogers dijo que no podía salir mucho, sólo los domingos, de modo que quería empezar el siguiente domingo, pero los chicos dijeron que estaría mal hacerlo en domingo, y así quedó la cosa. Acordamos reunirnos y señalar un día en cuanto nos fuera posible, y después elegimos a Tom Sawyer como primer capitán y a Joe Harper como segundo capitán de la banda, y volvimos a casa.

Trepé por el cobertizo y entré por la ventana de mi cuarto poco antes de que rompiera el alba. Mis ropas nuevas estaban manchadas de grasa y barro, y yo estaba cansadísimo.

Capítulo 3

La señorita Watson me dio un buen rapapolvo por la mañana, a causa de un traje, pero la viuda no me regañó, sino, al contrario, lo limpió de grasa y barro; tenía un aspecto tan triste, que decidí portarme bien un rato, si podía. Luego la señorita Watson me llevó al gabinete y rezó, pero no consiguió nada. Me dijo que rezara cada día y que conseguiría lo que quisiera, pero no fue así. Lo probé. Una vez conseguí una caña de pescar, pero los anzuelos no. ¿De qué me serviría sin los anzuelos? Insistí en pedir los anzuelos tres o cuatro veces, pero no daba resultado. Al fin un día pedí a la señorita Watson que lo intentara por mi cuenta, pero dijo que yo era un estúpido. Nunca me dijo por qué, ni logré adivinarlo.

Una vez me senté en el bosque y estuve pensando en ello largo rato. Me dije que, si uno puede conseguirlo todo rezando, ¿por qué el diácono

Winn no recuperaba el dinero perdido con los cerdos?, ¿por qué la viuda no recuperaba la caja de rapé que le habían robado? No, me dije, no es cierto. Fui a contárselo a la viuda, y ella me dijo que lo único que se consigue rezando son «bienes espirituales». Esto era demasiado para mí, pero me explicó a qué se refería: yo debía ayudar a los demás y hacer por ellos lo que pudiera, cuidarlos siempre y no pensar nunca en mí mismo. Supuse que incluía a la señorita Watson.

Fui al bosque y reflexioné sobre ello largo rato, pero no encontré la ventaja, excepto para el prójimo; de modo que acabé por decidir no preocuparme más y olvidarlo.

A veces la viuda me llevaba aparte y me hablaba de la providencia de un modo que se le hacía a uno la boca agua, pero luego, al siguiente día, la señorita Watson venía y lo echaba todo a perder. Por lo que pude ver, había dos providencias: uno podía pasarlo en grande con la providencia de la viuda, pero, si le pillaba la de la señorita Watson, estaba perdido. Lo pensé y decidí que me quedaba con la de la viuda, si me quería, aunque no comprendí si a su providencia iba a convenirle contar conmigo, teniendo en cuenta que yo era tan ignorante, ordinario y despreciable.

A papá no lo habían visto desde hacía más de un año, y esto me resultaba cómodo. No quería volver a verlo. Solía vapulearme cuando estaba sobrio y podía echarme la mano encima, aunque yo tomaba la precaución de merodear casi siempre por el bosque cuando él estaba cerca. Bueno, pues por ese tiempo le encontraron ahogado en el río, a unas doce millas más abajo del pueblo, según dijo la gente. Por lo menos creyeron que era él; dijeron que el ahogado tenía su misma estatura, iba andrajoso y llevaba los cabellos muy largos —como papá—, pero no pudieron comprobar si era su rostro, porque había estado en el agua tanto tiempo, que ya no tenía aspecto de rostro. Dijeron que flotaba de espaldas en el agua. Le enterraron en la ribera. Pero mi tranquilidad fue corta, porque se me ocurrió algo. Sabía perfectamente que un ahogado no flota de espaldas, sino boca abajo. Entonces comprendí que no era papá, sino una mujer vestida con ropas de hombre. Nuevamente me inquieté. Pensé que el viejo reaparecería pronto, y eso no me hacía ninguna gracia.

Jugamos a bandidos durante un mes y luego dimití. Dimitieron todos. No habíamos robado a nadie, ni habíamos matado a ninguna persona, sólo lo fingíamos. Acostumbrábamos a salir de los bosques al trote y cargar sobre porqueros y las mujeres que llevaban hortalizas en carros al mercado, pero nunca les hacíamos daño. Tom Sawyer llamaba «lingote» a los cerdos y «alhajas» a los nabos, y llegábamos a la cueva y charloteábamos sobre lo que habíamos hecho y las numerosas personas que habíamos matado y señalado. Pero yo no vi provecho alguno en todo aquello.

Una vez Tom mandó a un chico al pueblo para que lo recorriera con un palo encendido, que él llamaba «grito de combate» (que era la señal para que la banda se reuniera), y luego dijo que tenía noticias secretas, que le habían dado sus espías, de que al día siguiente un grupo de mercaderes españoles y árabes ricos se disponían a acampar en la hondonada de la cueva, con doscientos elefantes, seiscientos camellos y más de mil acémilas cargadas de brillantes, y que sólo tenían una guardia de cuatrocientos soldados, de modo que les tenderíamos una emboscada, según lo llamaba Tom, y mataríamos a todos y nos llevaríamos el botín. Dijo que debíamos prepararnos limpiando las espadas y las armas. Nunca podía asaltar ni un carro de nabos sin obligarnos a sacar brillo a las espadas y a las armas de fuego, aunque sólo eran listones y mangos de escobas, y ya podía uno limpiarlos hasta pudrirse, que al terminar no valían más que un puñado de cenizas, como antes. No creí que pudiéramos atacar a tantos españoles y árabes, pero quería ver los elefantes y los camellos, de modo que al día siguiente, sábado, estuve presente en las emboscadas, y cuando recibimos la señal salimos de los bosques y bajamos la colina. Pero no había españoles, árabes, elefantes ni camellos. Solamente había una merienda de la escuela dominical, y de la clase de párvulos, por añadidura. Los desparramamos y perseguimos a los niños hasta la hondonada, pero no conseguimos más que algunos buñuelos y mermeladas, aunque Ben Rogers consiguió una muñeca pepona y Joe Harper un libro de himnos y un folleto. Luego nos persiguió el maestro y nos obligó a entregarlo todo y a largarnos en seguida. No vi brillantes por ningún lado, y así se lo dije a Tom Sawyer. El dijo que los había a montones, y árabes, y elefantes, y todo lo demás. Pregunté cómo no los había visto yo. Replicó que, si yo no fuera tan ignorante y hubiera leído un libro llamado *Don Quijote,* lo sabría sin necesidad de preguntarlo. Dijo que todo se hacía por encantamiento. Dijo que allí había centenares de soldados y elefantes y un tesoro, pero que teníamos enemigos, a los que llamó magos, que lo convirtieron todo en chiquillos de la escuela dominical con el único propósito de fastidiarnos. Dije que bueno, que entonces lo que teníamos que hacer era atacar a los magos. Pero Tom dijo que yo era un zoquete.

—¿No entiendes —dijo— que un mago podría llamar a muchos genios y te haría polvo antes de que pudieras decir esta boca es mía? Son altos como un árbol y su cuerpo tan grande como una iglesia.

—Bueno —dije yo—, supón que pedimos ayuda a los genios nosotros. ¿No podríamos atacarlos entonces?

—¿Y cómo los conseguirías?

—No lo sé... ¿Cómo los consiguen ellos?

—Pues frotan una lámpara vieja de hojalata o una sortija de hierro y entonces aparecen los genios, acompañados de truenos, relámpagos y humo, y hacen todo lo que se les pide. Para ellos no es nada arrancar de cuajo una torre y atizar con ella a un maestro de la escuela dominical... o a cualquier otro hombre.

—¿Quién les hace actuar de este modo?

—Pues la persona que frote la lámpara o la sortija. Son los esclavos de quien frote la lámpara o la sortija y tienen que hacer lo que se les ordena. Si les ordena edificar un palacio de cuarenta millas de largo, con diamantes, y llenarlo de goma de mascar o lo que quiera, y traer a la hija del emperador de China para que se case con él, tienen que hacerlo... y además antes de que salga el sol al día siguiente. Y, otra cosa: deben pasear el palacio por todo el país en la dirección que tú quieras, ¿lo comprendes?

—Bien —dije yo—, pues a mí me parece que son un hatajo de idiotas por no quedarse el palacio para sí mismos en lugar de desprenderse de él. Y, además, si yo fuera uno de ellos, antes me iría a las chimbambas, que dejarlo todo para correr en cuanto alguien frotase una lámpara vieja de hojalata.

—¡Hay que ver cómo hablas, Huck Finn! Tendrías que acudir cuando la frotase, lo quisieras o no.

—¿Cómo? ¿Y dices que yo sería alto como un árbol y grande como una iglesia? De acuerdo, vendría, pero te apuesto a que obligaría a ese hombre a subirse al árbol más alto que hubiera en el país.

—¡Corcho, es inútil hablar contigo, Huck Finn! Por lo visto, no sabes nada... ¡Eres un zoquete!

Lo pensé durante dos o tres días y decidí averiguar si había algo cierto en aquello. Conseguí una vieja lámpara de hojalata y una sortija de hierro, y me interné en los bosques y froté hasta que sudé como un indio injun, haciendo cálculos de edificar un palacio y venderlo, pero todo fue inútil: no vino ningún genio. Pensé que todo era una mentira más de Tom Sawyer. Supuse que él creía en los árabes y los elefantes, pero en cuanto a mí, opino de otro modo. Me pareció que aquello tenía todos los síntomas de una escuela dominical.

Capítulo 4

Pasaron tres o cuatro meses; estábamos ya en pleno invierno. Casi todo el tiempo estuve en la escuela, y ahora sabía deletrear, leer y escribir un poco, y recitaba la tabla de multiplicar hasta seis por siete igual a treinta y cinco, y no creo que llegue más allá aunque viva eternamente. No confío mucho en las matemáticas, de todos modos.

Al principio odié la escuela, pero poco a poco llegué a soportarla. Cuando me cansaba demasiado hacía novillos, y la zurra que me daban al día siguiente me sentaba bien y me animaba. De modo que cuanto más iba al colegio más fácil resultaba. Empezaba a acostumbrarme también a las cosas de la viuda y no se me hacía tan cuesta arriba vivir en su casa. Vivir en una casa y dormir en una cama me esclavizaba bastante, pero antes de que llegara el frío solía escabullirme para dormir en los bosques, y eso era un respiro para mí. Prefería mi vida anterior, pero, según iban las cosas, empezaba a gustarme un poquitín la nueva. La viuda decía que yo avanzaba despacio, pero seguro y con resultado satisfactorio. Dijo que no se avergonzaba de mí.

Una mañana, en el desayuno, tiré el salero. Cogí un pellizco para echarlo por encima de mi hombro izquierdo y contrarrestar así la mala suerte, pero la señorita Watson fue más rápida que yo y me lo impidió, diciendo: «¡Aparta las manos, Huckleberry... siempre estás haciendo destrozos!» La viuda intercedió por mí, pero eso no iba a librarme de la mala suerte, bien lo sabía yo. Salía después de desayunar preocupado y alterado, preguntándome qué iba a sucederme. Hay maneras de ahuyentar algunas clases de mala suerte, pero ésta era de otra clase. No traté de hacer nada, sino que continué andando abatido y alerta.

Bajé por el jardín de delante y me acerqué al fondo para atravesar la alta valla. Había una pulgada de nieve en el suelo y vi las pisadas de alguien. Alguien había venido desde la cantera y había rondado un rato para dar después la vuelta a la valla del jardín. Era curioso que no hubiera entrado después de estar allí tanto rato. No me lo explicaba. Sí, era muy extraño. Iba a seguir el rastro, pero me incliné para examinar antes las huellas. Al principio no noté nada, pero después sí: en el talón de la bota izquierda había la señal de una cruz hecha con clavos grandes, para ahuyentar al demonio.

Me incorporé y bajé disparado colina abajo. De vez en cuando miraba atrás por encima del hombro, pero no vi a nadie. Llegué a casa del juez Thatcher tan de prisa como me fue posible. El dijo:

—Muchacho, estás sin aliento. ¿Has venido a buscar el interés?

—No, señor —dije yo—; ¿tengo algo?

—Oh, sí: el que corresponde a medio año. Más de ciento cincuenta dólares. Una fortuna para ti. Será mejor que me dejes invertirlos junto con los otros seis mil, porque, si te los llevas, los gastarás.

—No, señor —contesté yo—. No quiero gastarlos. No los quiero... ni tampoco los seis mil dólares. Quiero que los acepte usted. Deseo darle los seis mil... todo.

Parecía sorprendido. No acababa de entenderlo. Dijo:

—Pero, ¿qué quieres decir, muchacho?

—Por favor, no me haga preguntas. Los aceptará, ¿no?

Contestó:

—Estoy intrigado, la verdad. ¿Ocurre algo?

—Acéptelos, por favor —dije yo—, y no me haga preguntas... Así no tendré que contarle mentiras.

Pensó unos momentos y luego exclamó:

—Aaah, me parece que ya lo comprendo. Quieres vender la propiedad, no dármela. Esta es la idea correcta.

Escribió algo en un papel, lo leyó y dijo:

—Mira... Dice: «por un precio». Eso significa que te lo he comprado pagándolo. Aquí tienes un dólar. Ahora fírmalo.

Firmé y me marché.

Jim, el negro de la señorita Watson, tenía una pelota de pelo tan grande como un puño, que había sacado del estómago de un buey, y él la usaba para magia. Decía que dentro había un espíritu que lo sabía todo. Por esto acudí aquella noche a verle y le dije que sabía que papá había vuelto porque encontré sus huellas en la nieve. Lo que yo quería saber era qué iba a hacer y si se quedaría. Jim sacó su pelota de pelo, pronunció algunas palabras sobre ella, luego la levantó y la dejó caer en el suelo. Parecía bastante sólida y rodó sólo una pulgada. Jim lo intentó de nuevo y luego otra vez, y la pelota hizo lo mismo. Jim se arrodilló, aplicó la oreja contra ella y escuchó. Pero fue en vano: dijo que la pelota se negaba a hablar. Explicó que a veces no hablaba sin dinero. Le dije que tenía una vieja moneda falsa de un cuarto de dólar que no servía porque se veía un poco el latón a través de la plata, y que, de todas maneras, no pasaría aunque no se viese el latón porque estaba tan gastada, que rezumaba grasa y se notaría que no era buena. Pensó que era mejor no hablar del dólar que me había dado el juez.

Dije que era dinero malo, pero que tal vez la pelota de pelo lo aceptara porque no notaría la diferencia. Jim olfateó la moneda, la mordió, la frotó y dijo que se las arreglaría para que la pelota de pelo creyera que era buena. Dijo que rajaría una patata irlandesa y metería dentro la moneda durante toda la noche, y que al día siguiente habría desaparecido la grasa y no se vería el latón, por lo que cualquiera del pueblo la aceptaría, y más aún una pelota de pelo. Bueno, yo sabía ya que una pelota podía conseguir esto, pero se me había olvidado.

Jim puso la moneda debajo de la pelota de pelo y se agachó para escuchar. Esta vez dijo que la pelota estaba conforme, y que si yo quería me diría la buenaventura. Dije que adelante. De modo que la pelota de pelo habló a Jim y éste me lo contó a mí:

—Tu padre no sabe todavía lo que va a hacer. A veces piensa en marcharse y a veces piensa en quedarse. Lo mejor es tomarlo con calma y dejar que el viejo decida. Hay dos ángeles que le guardan. Uno de ellos es blanco y resplandeciente, el otro es negro. El blanco le lleva por el camino recto un rato, pero el negro lo echa todo a perder en seguida. Nadie puede saber cuál de los dos se lo llevará por fin. Tú estás bien. Vas a tener muchas tribulaciones y considerables alegrías. A veces te harán daño, a veces enfermarás, pero siempre te pondrás bien. Pasarán dos chicas por tu vida. Una es rubia y la otra morena. Una es rica y la otra es pobre. Primero te casarás con la pobre y después con la rica. Debes estar lo alejado que puedas del agua y no corras peligros, porque está escrito que van a colgarte.

Aquella noche, cuando encendí mi vela y subí a mi cuarto, encontré allí a papá sentado... ¡El mismo!

Capítulo 5

Había cerrado la puerta. Me volví y allí estaba. Solía tenerle miedo, pues me pegaba mucho. Creo que también entonces estaba asustado, pero al minuto me di cuenta de que me había equivocado. Es decir, tuve un sobresalto, como quien dice, cuando la respiración se me cortó...

pues había aparecido de manera tan inesperada, pero en seguida vi que yo no estaba tan asustado como para preocuparme.

Tenía cincuenta años y los aparentaba. Llevaba los cabellos largos, enredados y sucios. A través de la pelambrera se veían sus ojos relucientes, como si estuvieran detrás de enredaderas. Su pelo era negro, no gris, y también negras eran sus patillas, largas y embrolladas. Su cara no tenía color, en los sitios donde se le veía la cara: era blanca, mas no del color blanco de cualquier otro hombre, sino de un blanco que ponía enfermo a uno, un color blanco que llenaba a uno de temblores. En cuanto a sus ropas, no eran más que andrajos. Apoyaba un tobillo sobre la otra rodilla; la bota de ese pie estaba reventada y le salían fuera dos dedos, que él movía de vez en cuando. Su sombrero estaba en el suelo; un viejo chambergo negro, de copa hundida, como si fuera una tapadera.

Me quedé de pie mirándolo. El seguía sentado observándome, la silla un poco echada hacia atrás. Dejé la vela. Me di cuenta de que la ventana estaba abierta. Deduje que había subido por el cobertizo. No dejaba de mirarme de pies a cabeza. Al poco rato dijo:

—¡Qué ropa tan almidonada! Te creerás un señorón, ¿verdad?

—Puede que lo sea y puede que no —contesté.

—A mí no me hables en ese tono —dijo él—. Se te han metido muchas tonterías en la cabeza mientras he estado fuera, pero ya te las quitaré, hasta que acabe contigo. Dicen que ahora estás educado, que sabes leer y escribir. Te crees mejor que tu padre, ¿verdad? Porque yo no sé, ¿eh? ¡Ya te ajustaré las cuentas! ¿Quién te dijo que podías enredarte en esas bobadas de lechuguino, eh? ¿Quién te lo dijo?

—La viuda; ella me lo dijo.

—La viuda, ¿eh? ¿Y quién dijo a la viuda que podía meterse donde no le importaba?

—No se lo dijo nadie.

—¡Ya le enseñaré yo a ocuparse de sus asuntos! Y oye: tú dejas la escuela, ¿entiendes? Ya enseñaré yo a la gente a educar a un chico a que se dé aires de importancia para demostrar a su padre que vale más que él. ¡Verás si te encuentro rondando ese colegio! ¿Me oyes? Tu madre se murió sin saber leer ni escribir. Nadie de la familia sabía antes de morirse. Y yo tampoco sé; y ahora vienes tú pavoneándote. No lo aguanto, ¿lo oyes? Oye... A ver, que te oiga leer.

Cogí un libro y empecé a leer algo sobre George Washington y las guerras. Cuando llevaba cosa de medio minuto leyendo, él cogió el libro de un manotazo y lo arrojó al otro extremo del cuarto, diciendo:

—Así es: sabes leer. Lo dudé cuando me lo dijiste. Mira, deja ya de darte importancia. No lo consiento. Estaré vigilándote, bribón, y si te pesco cerca de ese colegio te daré una buena paliza. Antes de que te des cuenta te habrán hecho cura también. ¡Nunca he visto un hijo como tú!

Cogió una estampita azul y amarilla, con unas vacas y un niño, y dijo:

—¿Qué es eso?

—Algo que me dieron por saberme las lecciones.

El la rompió y dijo:

—Te daré algo mejor... te daré una paliza.

Estuvo allí sentado, gruñendo y murmurando durante un minuto, y luego dijo:

—¡Valiente pisaverde perfumado...! ¿Verdad? Cama, mantas y un espejo; con alfombra y todo... Y tu pobre padre tiene que dormir con los cerdos en la tenería. No he visto hijo como tú. Apuesto a que te quitaré algunas de esas costumbres blandengues antes de que acabe contigo. ¡Vaya, me pones enfermo con tus aires de suficiencia! Dicen que eres rico... ¿eh? ¿Cómo es eso?

—Pues mienten... Sí, mienten...

—Oye, tú, cuidado con hablarme así. Aguanto todo lo que puedo, de modo que no me provoques. En los dos días que llevo aquí, en el pueblo, sólo he oído hablar de tus riquezas. También lo decían río abajo. Por esto he venido. Mañana me darás ese dinero... Lo quiero.

—No tengo dinero.

—¡Mientes! Lo tiene el juez Thatcher. Se lo pides porque lo quiero.

—Te digo que no tengo dinero. Pregúntaselo al juez Thatcher; te dirá lo mismo.

—Bueno, se lo preguntaré y tendrá que escucharme o lo sentirá. Oye, ¿cuánto llevas en el bolsillo? Lo quiero.

—Solamente un dólar, y lo necesito para...

—No me importa para qué lo necesitas... ¡Anda, suéltalo!

Lo cogió y lo mordió para asegurarse de que era bueno. Luego dijo que bajaba al pueblo a beber whisky, que no había echado ningún trago en todo el día. Cuando saltó al cobertizo, asomó otra vez la cabeza y me maldijo por ser un presumido y querer ser mejor que él. Cuando calculé que ya se había ido, volvió a aparecer su cabeza y me recordó lo del colegio, porque, si iba, me daría una paliza fenomenal.

Al día siguiente, estando borracho, fue a casa del juez Thatcher y le insultó tratando de sacarle el dinero, pero no pudo, y entonces juró que le obligaría legalmente.

El juez y la viuda apelaron a la ley para conseguir de los tribunales que me apartaran de él y que uno de ellos fuera mi tutor, pero había llegado un nuevo juez que no conocía a mi viejo, de manera que dijo que los tribunales no debían intervenir para separar a las familias si podían evitarlo, y afirmó que él no haría nada para apartar a un hijo de su padre. Así que el juez Thatcher y la viuda tuvieron que dejar el asunto.

Eso hizo enormemente feliz al viejo. Dijo que me azotaría hasta que me pusiera morado si no reunía el dinero para él. Pedí prestados tres dólares al juez Thatcher y papá los cogió para emborracharse, y no paró de ir de un lado a otro, maldiciendo y gritando. Estuvo así hasta la medianoche, recorriendo el pueblo con una cazuela de hojalata; luego lo metieron en la cárcel, y al día siguiente lo llevaron ante el juez y volvieron a encerrarlo durante una semana. Pero mi padre dijo que estaba satisfecho, que era el dueño de su hijo y que él se las pagaría.

Cuando salió, el nuevo juez dijo que iba a hacer de él un hombre. De modo que le llevó a su casa, le dio ropa limpia y lo invitó a desayunar, a comer y a cenar con su familia, y, como quien dice, le trató como si fuera su hermano. Después de cenar le habló de la sobriedad y otras cosas, hasta que el viejo se echó a llorar diciendo que había sido un loco y destrozado su vida, pero que iba a cambiar para ser un hombre del que nadie se avergonzaría y que esperaba que el juez le ayudara y no le mirase con desprecio. El juez dijo que sentía deseos de abrazarlo por esas palabras, de modo que también lloró, así como su esposa. Papá dijo que nadie le había comprendido nunca, y el juez afirmó que así lo creía. El viejo dijo que un hombre caído necesitaba simpatía, y el juez aseguró que así era en efecto, de manera que volvieron a llorar. Y cuando fue hora de acostarse el viejo se levantó y dijo, alargando la mano:

—Mírenla, caballeros y señoras todos. Estréchenla. Esa es la mano que fue de un cerdo, pero ya no lo es. Es la mano de un hombre que ha empezado una nueva vida y que morirá antes de echarse atrás. Recuerden estas palabras... No olviden que las he dicho. Ahora es una mano limpia; estréchenla, no tengan miedo.

De modo que se la estrecharon uno tras otro y lloraron un poquito más. La esposa del juez la besó. Luego el viejo firmó un juramento... poniendo su marca. El juez dijo que era el momento más sagrado que recordaba, o algo por el estilo. Luego metieron al viejo en una habitación muy bonita, la de los huéspedes, y por la noche mi padre sintió una sed horrible, por lo que se descolgó al tejado del porche y se rompió el brazo izquierdo por dos sitios, y estaba casi helado de frío cuando lo encontraron, después de salir el sol. Y, cuando subieron a echar una mirada a la habitación de los huéspedes, tuvieron que pensarlo para entrar en ella.

El juez se sintió amargado. Dijo que suponía que se podría reformar al viejo con un rifle, pero que él ignoraba otro sistema.

Capítulo 6

El viejo no tardó en levantarse y andar por todas partes y entonces llevó al juez Thatcher ante los tribunales para obligarle a entregar aquel dinero, y me ajustó las cuentas también por no dejar de ir al colegio. Me atrapó un par de veces y me vapuleó, pero yo seguí yendo a la escuela y casi siempre pude darle esquinazo. No es que me gustara mucho ir al colegio, pero creo que entonces iba por fastidiar a papá. El juicio ante el tribunal era lento. Parecía que no iban a empezar nunca, de modo que yo de vez en cuando pedía prestados dos o tres dólares al juez para mi padre, para evitarme una paliza. Cada vez que tenía dinero se emborrachaba y, cuando se emborrachaba, armaba las de Caín en el pueblo, y cada vez que armaba las de Caín le encerraban en la cárcel. Estaba hecho para esa clase de cosas.

Empezó a rondar demasiado la casa de la viuda, y así se lo dijo ella al fin, y que si no dejaba de molestarla le buscaría complicaciones. Bueno, ¡cómo se puso él! Dijo que veríamos quién mandaba sobre Huck Finn. De modo que me esperó un día de primavera, me llevó río arriba a unas tres millas, en un esquife, y pasamos a la orilla de Illinois, donde había bosques y ninguna casa, excepto una vieja cabaña en un lugar donde era tan densa la arboleda, que uno no podía encontrarla si no sabía con precisión dónde estaba.

Le tenía siempre al lado y no tuve oportunidad de escaparme. Vivíamos en esa vieja cabaña y él cerraba la puerta con llave, que se guardaba debajo de la cabeza por la noche. Tenía un arma, robada, supongo, y pescamos y cazamos, y así vivíamos. De vez en cuando me encerraba y bajaba al almacén, a tres millas del embarcadero del vapor, y canjeaba caza y pesca por whisky, que traía a casa, donde se emborrachaba, y después me daba una zurra. La viuda no tardó en averiguar dónde estaba yo y mandó a un hombre para que intentara sacarme de allí, pero papá le ahuyentó con su escopeta y al poco tiempo me acostumbré a estar allí y me gustaba todo, menos las palizas.

Era cómodo gandulear todo el día, fumando y pescando, sin libros de estudio. Pasaron dos meses o más, mis ropas se convirtieron en sucios andrajos y me pregunto cómo pudo gustarme estar en la casa de la viuda, donde tenía que lavarme y comer en un plato, peinarme, acostarme y levantarme a la misma hora siempre, y estar siempre devanándome los sesos con un libro y tener a la señorita Watson molestándome continuamente. No quería volver más allí. Había dejado de jurar porque a la viuda le desagradaba, pero ahora volví a jurar porque papá no se opuso. En conjunto resultaba divertido pasar el tiempo en los bosques.

Pero al fin papá empezó a tomarle demasiado gusto al garrote y no pude aguantarlo. Iba lleno de cardenales. Se hicieron más frecuentes sus ausencias mientras me dejaba encerrado con llave. Una vez me dejó encerrado tres días. Aquella soledad era terrible. Pensé que se había ahogado y que nunca podría salir de la cabaña. Tuve miedo. Decidí buscar un modo de escapar. Había intentado salir de la cabaña otras veces, pero nunca lo conseguí. Ninguna ventana era lo bastante grande para que pudiera pasar por ella un perro. No podía salir por la chimenea porque era demasiado estrecha. La puerta era de roble macizo. Papá estaba atento a no dejar ningún cuchillo o cualquier cosa en la cabaña cuando se iba. Creo que registré el sitio más de cien veces. Bueno, lo hacía casi siempre porque era el único modo de pasar el tiempo. Pero al fin encontré algo: una sierra vieja y oxidada, sin mango. La encontré entre una viga y las chillas del techo. La engrasé y empecé a trabajar. Había una vieja manta de montar a caballo clavada en los troncos del fondo de la cabaña, detrás de la mesa, para evitar que pasara el viento por las rendijas y apagara la vela. Me metí debajo de la mesa, alcé la manta y empecé a serrar una parte del enorme tronco inferior, lo bastante ancho para que pudiera salir yo. Fue una tarea muy larga, pero ya iba llegando al fin cuando oí la escopeta de caza de papá en los bosques. Borré las huellas de mi trabajo, dejé caer la manta y oculté la sierra. A poco entró él.

No estaba de buen talante... o sea como de costumbre. Dijo que había estado en el pueblo y que todo le salía mal. Su abogado creía que ganaría el pleito y obtendría el dinero si es que algún día empezaba el juicio, pero que había muchas maneras de dar largas al asunto y que el juez Thatcher sabía cómo hacerlo. Y dijo que la gente creía que habría otro juicio para separarme de él y entregarme a la viuda como tutora, y que todos suponían que ella ganaría esta vez. Me impresioné bastante porque no quería volver a casa de la viuda para sentirme tan sujeto y civilizado, como ellos lo llamaban. Entonces el viejo empezó a maldecir todas las cosas y a todos aquéllos que le vinieron en mientes, y volvió a maldecirlos para asegurarse de que no se olvidaba de ninguno, y después puso el broche final con una especie de maldición general, incluyendo a un considerable número de personas de quienes ni sabía los nombres, llamándoles esto y aquello, y luego siguió maldiciendo.

Dijo que le gustaría ver cómo me llevaba la viuda. Dijo que vigilaría y que, si trataban de hacerle esta jugarreta, encontraría a seis millas donde esconderme, y que allí ya podrían buscarme, que tendrían que darse por vencidos. Esto volvió a intranquilizarme bastante, aunque sólo durante un minuto, porque pensé que no me tendría a su alcance cuando buscara esa oportunidad.

El viejo me obligó a ir al esquife para traer las cosas, que consistían en un saco de cincuenta libras de harina de maíz, un lomo de cerdo, municiones y un barril de cuatro galones de whisky, un libro viejo y dos periódicos para relleno, aparte de alguna estopa. Llevé una carga, volví y me senté en la proa del esquife a descansar. Lo pensé bien y decidí llevarme la escopeta y algunas cañas de pescar cuando huyera para esconderme en los bosques. Supuse que no me quedaría en un sitio, sino que atravesaría el país, casi siempre de noche, y me alimentaría con la pesca y la caza, para ir tan lejos, que ni el viejo ni la viuda pudieran volver a encontrarme.

Acabaría de serrar el agujero y me fugaría aquella noche si papá se emborrachaba lo suficiente, y pensé que sí lo haría. Estaba tan ensimismado, que olvidé el rato que llevaba allí quieto, hasta que el viejo aulló preguntando si me había dormido o ahogado.

Subí todas las cosas a la cabaña y ya era casi de noche. Mientras yo hacía la cena, el viejo echó un par de tragos, se acaloró y empezó de nuevo a blasfemar. Había bebido en el pueblo, estuvo toda la noche en el arroyo y ofrecía un aspecto desastroso. Cualquiera hubiera creído que era Adán, tan cubierto iba de barro. Cuando empezaba a hacerle efecto el alcohol, solía emprenderlas con el gobierno. Esta vez dijo:

—¡Y lo llaman gobierno! No hay más que mirarlo para ver lo que es... Ahí tenemos a la ley dispuesta a quitar a un hombre a su hijo... su propio hijo, que le costó tantos esfuerzos, ansiedades y gastos para criarlo. Sí, y cuando ese hombre ha criado a fondo a su hijo y le tiene a punto para trabajar y hacer algo para él, para que sea su descanso, la ley se lo quita. ¡Y a eso llaman gobierno! Pero no para ahí la cosa... La ley ampara a ese viejo juez Thatcher, le ayuda a quitarme lo que es de mi propiedad. Eso es lo que hace la ley. La ley coge a un hombre que vale seis mil dólares, y más, y le encierra en una trampa como esta cabaña, y le deja ir por ahí con ropas que no son dignas ni de un cerdo. ¡Y a eso llaman gobierno! Con un gobierno así un hombre no puede hacer valer sus derechos. A veces me entran ganas de largarme del país para siempre. Sí, y se lo dije a ellos, se lo dije a la cara al viejo Thatcher. Me oyeron montones de gente que pueden atestiguarlo. Dije que por menos de dos centavos dejaba este maldito país y no volvía nunca. Esas fueron exactamente mis palabras. Dije que mirasen mi sombrero, si a eso puede llamársele sombrero, porque la tapa se levanta y el resto me cae hasta por debajo de la barbilla y, por lo tanto, no es sombrero ni mucho menos, sino parece como si mi cabeza saliere por la boca de una estufa. Miradlo, les dije, es el sombrero que llevo yo... uno de los hombres más ricos de este pueblo, si pudiera hacer valer mis derechos.

¡Ah, sí, sí; es un gobierno maravilloso, maravilloso...! Oye, mira, había un negro libre allá, en Ohio, un mulato casi tan blanco como un blanco. Llevaba puesta la camisa más blanca que has visto y el sombrero más reluciente; y en ese pueblo todos los hombres tienen nuevos trajes, y llevaba un reloj de oro con cadena, un bastón de empuñadura de plata... Era el más espantoso nabab de cabellos grises de todo el Estado. Y... ¿lo adivinas? Dijeron que era profesor en una universidad y que hablaba toda clase de idiomas y lo sabía todo. Y no es eso lo peor. Dijeron que él podía votar en su ciudad. Bueno, eso me sacó de mis casillas. Pienso adónde irá a parar el país. Era día de elecciones y yo me disponía a ir a votar si no estaba demasiado bebido para llegar, pero cuando me dijeron que en este país hay un Estado en el que dejan votar a ese negro, me eché atrás. Dije que nunca volvería a votar. Esas fueron mis palabras; todos me oyeron. Y por mí el país puede pudrirse... Jamás volveré a votar mientras viva. ¿Y la desfachatez de aquel negro? ¡Pero si ni me habría dejado pasar, de no apartarle yo de mi camino! Dije a la gente que por qué no subastaban a aquel negro y lo vendían. Esto es lo que yo quiero saber. ¿Y supones qué contestaron? Pues dijeron que no podían venderlo hasta que llevase seis meses en el Estado, y que todavía no los llevaba. Ya ves... Eso es un ejemplo. Llaman gobierno al que no puede vender a un negro libre hasta que lleva seis meses en el Estado. Un gobierno que se llama a sí mismo gobierno, se comporta como un gobierno y se cree un gobierno y, sin embargo, tiene que quedarse de brazos cruzados durante seis meses enteros antes de apoderarse de un ladrón infernal, de un negro libre, que lleva camisa blanca y...

Papá siguió hablando en ese tono sin darse cuenta siquiera de adónde le llevaban sus viejas piernas, de modo que se cayó de cabeza por encima del barril de cerdo salado y se lastimó las dos espinillas, y el resto del discurso fue hecho de la manera más acalorada y fuerte respecto al negro y al gobierno, aunque también intercaló algunas maldiciones contra el barril. Dio muchos saltos por la cabaña, primero sobre una pierna y luego sobre la otra, cogiéndose una espinilla y luego la otra, y al fin descargó de pronto un formidable puntapié con el pie izquierdo contra el barril. Pero no estuvo acertado en ello, porque era la bota de la que salían dos dedos, de modo que lanzó un alarido que ponía los pelos de punta antes de caer al suelo y rodar por el polvo agarrándose los dedos de los pies. Las maldiciones de entonces dejaron chiquititas las anteriores. El mismo lo dijo más tarde. Había oído a Sowberry Hagan en sus mejores días, y dijo que le superaba, pero me parece que se pasó de la raya en sus jactancias.

Después de cenar, papá cogió el barril y dijo que había whisky suficiente para dos borracheras y un delirium tremens. Es lo que siempre decía. Supuse que antes de una hora estaría completamente borracho. Entonces le robaría la llave o saldría por el agujero que serraba en los troncos. Bebió y bebió, y al poco rato cayó desplomado sobre las mantas, pero la suerte no me favoreció. No se durmió por completo, sino que permaneció inquieto. Gimió, gruñó y se agitó de un lado a otro durante largo tiempo. Al fin no pude continuar manteniendo abiertos los ojos, y antes de saber qué me pasaba, caí profundamente dormido, con la vela encendida.

No sé cuánto rato estuve durmiendo, pero de repente sonó un grito horrible y me levanté. Allí estaba papá, enloquecido, saltando de un lado a otro, gritando algo acerca de serpientes. Dijo que se le subían por las piernas; entonces daba un salto y gritaba, y decía que una le había mordido en la mejilla... Pero yo no vi ninguna serpiente. Empezó a correr por la cabaña dando vueltas y aullando:

—¡Llévatela! ¡Llévatela, me está mordiendo en el cuello!

Jamás vi una mirada tan espantosa en los ojos de un hombre. No tardó en quedar agotado y cayó jadeante; luego rodó con sorprendente rapidez, lanzando puntapiés a diestro y siniestro, dando manotazos en el aire, gritando y diciendo que los demonios se apoderaban de él. Quedó extenuado al poco rato y estuvo quieto, gimiendo. Luego se quedó más quieto aún y no hizo sonido alguno. Pude oír a los búhos y a los lobos, a lo lejos, en los bosques, y la quietud era horripilante. El yacía en el rincón. Poco a poco se incorporó y escuchó con la cabeza ladeada. Dijo en voz muy baja:

—Plaf... plaf... plaf... ¡Las pisadas de la muerte! Plaf... plaf... plaf... Viene por mí, pero no quiero ir... ¡Oh, están frías...! ¡Suéltame...! ¡Deja en paz a ese pobre diablo!

Luego se puso a cuatro patas, se arrastró suplicándole que le dejara tranquilo, se enrolló en su manta y se escabulló debajo de la mesa de pino, suplicando aún, y entonces empezó a llorar. Le oía a través de la manta.

Poco después salió rodando y se puso en pie de un salto, con aire de loco, me vio y vino hacia mí. Me persiguió por la cabaña con una navaja, llamándome ángel de la muerte, diciendo que me mataría para que no volviera por él. Le supliqué diciéndole que yo era solamente

Huck, pero soltó una carcajada espeluznante, rugió y continuó la persecución. Una vez, cuando di media vuelta y le esquivé pasando por debajo de su brazo, me agarró por la espalda de la chaqueta y pensé que estaba perdido, pero me escabullí de la chaqueta tan rápido como el rayo y pude ponerme a salvo. Al fin le rindió el cansancio, se dejó caer al suelo, de espaldas contra la pared, y dijo que descansaría un minuto antes de matarme. Se sentó encima del cuchillo y dijo que dormiría para recobrar fuerzas, y que entonces ya veríamos quién era quién.

No tardó en dormirse. Yo cogí la vieja silla de asiento resquebrajado, me subí a ella con tanta cautela como pude para no hacer ruido y descolgué la escopeta. Introduje la baqueta para cerciorarme de que estaba cargada, luego la puse encima del barril de nabos, apuntando hacia papá, y me senté detrás en espera de que se despertara. ¡Qué lento y monótono se hizo el tiempo de la espera!

Capítulo 7

—¡Levántate! ¿Qué te propones?

Abrí los ojos y miré alrededor, tratando de averiguar dónde me encontraba. El sol había salido ya, y yo había estado profundamente dormido hasta entonces. Papá estaba de pie a mi lado, con aire torvo y aspecto enfermizo. Dijo:

—¿Qué haces con esa escopeta?

Pensé que no se acordaba de lo que él había estado haciendo, de manera que contesté:

—Alguien intentaba entrar y me preparé a recibirlo.

—¿Por qué no me despertaste?

—Lo intenté, pero fue inútil. No pude ni moverte.

—Bueno, bueno. No te quedes ahí parado charlando todo el día. Sal a ver si ha picado el anzuelo algún pez para desayunar. Iré dentro de un minuto.

Abrió la puerta y yo me dirigí a la orilla del río. Vi algunas ramas y cosas parecidas flotando corriente abajo, así como una corteza, de modo que calculé que el río iba a crecer. Pensé que me hubiera divertido de lo lindo si hubiera estado en el pueblo. La crecida de junio siempre me daba suerte, porque, en cuanto empieza, la corriente arrastra leña, cuerdas y trozos de troncos flotantes..., a veces hasta media docena de troncos, y entonces no hay más que cogerlos y venderlos a los almacenes madereros y al serradero.

Remonté la orilla vigilando a papá con un ojo y con el otro viendo qué podía pescar del agua. Entonces apareció una canoa. Era una preciosidad, de unos trece o catorce pies de larga, que flotaba alta como un pato. Me zambullí de cabeza desde la orilla, como una rana, vestido y todo, y nadé hacia la canoa. Esperaba que dentro hubiera alguien tendido, porque esto es lo que suele hacer la gente para engañar a los demás y, cuando uno se ha ilusionado con la canoa, asoman la cabeza y se ríen de uno. Pero no ocurrió esta vez. No había duda de que la embarcación iba a la deriva, de modo que me metí dentro y remé hacia la orilla. Pensé que el viejo se alegraría al verla..., pues bien valía diez dólares. Pero, cuando desembarqué, papá no estaba a la vista aún, y mientras metía la canoa en una maleza parecida a una garganta, casi cubierta por enredaderas y sauces llorones, se me ocurrió otra idea. Decidí esconderla para, en vez de dirigirme a los bosques cuando huyera, ir río abajo a unas cincuenta millas de distancia de la cabaña y acampar definitivamente en un sitio, para no pasarlo mal andando a pie.

Estaba bastante cerca de la cabaña y estuve asustado temiendo a cada momento que se acercara el viejo, pero tuve tiempo de esconderla. Luego salí y me asomé a ver desde detrás de unos sauces. Allá abajo estaba el viejo, en el camino, apuntando a un pájaro con su escopeta. De modo que no había visto nada.

Cuando se acercó, yo estaba atareado con la caña de pescar. Me regañó un poco por mi lentitud, pero le dije que me había caído al río y por eso había tardado tanto. Sabía que se fijaría en mis ropas mojadas y empezaría a hacer preguntas. Capturamos cinco peces y volvimos a casa.

Mientras estábamos echados, después de desayunar, para dormir la siesta, rendidos tanto él como yo, empecé a cavilar cómo evitar que papá y la viuda intentaran seguirme. Más seguro que confiar en la suerte sería alejarme lo bastante antes de que notaran mi ausencia. Pueden ocurrir muchas cosas. El caso es que al principio no vi la solución, pero al poco rato papá se incorporó para beber otro cazo de agua y dijo:

—La próxima vez que se acerque un hombre a husmear por aquí tienes que despertarme, ¿entiendes? Ese no venía a nada bueno. Le hubiera pegado un tiro. La próxima vez me despiertas, ¿comprendido?

Luego se tendió y cayó dormido..., pero lo que había dicho me dio la idea que necesitaba. Me dije que ya sabía cómo arreglármelas para que nadie me siguiera.

Alrededor de las doce anduvimos ribera arriba. La corriente era bastante rápida y arrastraba montones de troncos a la deriva debido a la crecida. A poco apareció parte de una balsa de troncos..., unos nueve sujetos entre sí. Salimos con el esquife y la remolcamos a tierra. Luego comimos. Otro que no hubiera sido papá habría pasado el resto del día recogiendo más madera, pero eso no iba con su estilo. Nueve troncos le bastaban para una vez. Quería ir corriendo a venderlos al pueblo. De modo que me encerró y se marchó en el esquife remolcando la balsa a las tres y media aproximadamente.

Calculé que esa noche no regresaría. Esperé hasta que supuse que estaba ya lejos y entonces me dediqué a aserrar el tronco otra vez. Antes de que él hubiera alcanzado la orilla opuesta del río, yo había salido por el agujero. Papá y su balsa eran solamente unas motas en el agua, a lo lejos.

Cogí el saco de harina de maíz y lo llevé al escondite de la canoa. Aparté las enredaderas y las ramas para meterlo dentro de la embarcación. Luego hice lo mismo con el lomo de cerdo y con el barril de whisky; me llevé todo el café y el azúcar que había, así como las municiones. También me llevé estopa, el cubo y la calabaza vinatera, un cazo y una taza de hojalata, mi vieja sierra y dos mantas, lo mismo que la cazoleta y la cafetera. Cogí las cañas de pescar, cerillas y otras cosas... Todo lo que valía un centavo. Dejé la cabaña limpia. Necesitaba un hacha, pero no había más que la del montón de leña, y yo sabía por qué la dejaba. Cogí por último la escopeta y así terminé con mi trabajo.

Había desgastado bastante el suelo al salir a rastras del agujero sacando tantas cosas. De modo que lo arreglé del mejor modo posible desde fuera removiendo la tierra para borrar las huellas y el serrín. Luego coloqué el tronco en su sitio y coloqué debajo dos piezas una contra otra para apuntalarlo, porque en aquella parte formaba curva y apenas tocaba el suelo. Desde cuatro o cinco pies de distancia, de no saberse que había sido serrado, ni siquiera se notaba. Además, estaba en la parte de atrás de la cabaña y era improbable que alguien se acercara por allí.

Había hierba en el camino hasta el sitio donde estaba la canoa, de modo que no dejé huellas. Me di una vuelta para comprobarlo. Llegué a la orilla y miré hacia el río. Todo estaba tranquilo. Cogí la escopeta y me interné en los bosques, donde cacé algunos pájaros. Entonces vi un cerdo salvaje. En cuanto los cerdos se escapan de las granjas de la pradera, no tardan en volverse salvajes. Le pegué un tiro y me lo llevé al campamento.

Cogí el hacha y destrocé la puerta. Para conseguirlo tuve que descargar bastantes golpes sobre ella. Cogí el cerdo y lo llevé junto a la mesa, donde le corté el cuello con el hacha y lo dejé desangrándose en tierra. Digo tierra porque era tierra, compacta y sin tablas. Después cogí un saco viejo, lo llené de piedras grandes, todas las que pude arrastrar, y, empezando desde donde estaba el cerdo, lo arrastré hasta la puerta y a través de los bosques hasta el río, donde lo eché y estuve viendo cómo se hundía. Deseé que Tom Sawyer estuviera allí, pues sabía que a él le interesaría ese asunto, y le habría dado algunos toques de adorno con su fantasía. Nadie podría despacharse a gusto en esto tan bien como lo haría Tom Sawyer.

Finalmente me arranqué algunos cabellos, ensangrenté el hacha y la colgué en el rincón. Luego cogí el cerdo, lo apreté contra mi chaqueta (para que no goteara), hasta que estuve bastante más abajo de la cabaña, y entonces lo arrojé al río. Se me ocurrió otra cosa, de manera que fui a la canoa en busca del saco de comida y la sierra, y los llevé a la cabaña. Puse el saco donde solía estar antes y lo agujereé por la parte inferior con la sierra, porque no había cuchillos ni tenedores allí, ya que papá utilizaba para todo su navaja. Luego transporté el saco unas cien yardas por la hierba y a través de los sauces, al este de la casa, hacia un lago de aguas poco profundas, que tenía cinco millas de ancho y estaba lleno de juncos... y de patos también, dicho sea de paso, en la temporada. Había, al otro lado, un cenegal o caleta que se extendía hasta varias millas de distancia, no sé dónde, pero en dirección contraria al río. La harina de maíz caía del saco y dejaba un rastro hasta el lago. Allí dejé también la amoladera de papá, para darle apariencias de accidente. Luego tapé el agujero del saco atándolo con un cordel, para que dejara de soltar carga y me lo llevé, junto con la sierra, a la canoa.

Empezaba a anochecer, de modo que dejé correr la canoa río abajo, junto a unos sauces llorones que caían sobre la orilla, y esperé a que saliera la luna. Entonces comí un bocado y me eché en la canoa para fumar una pipa y hacer proyectos. Me dije que seguirían el rastro del saco lleno de piedras hasta la orilla y que entonces dragarían el río buscándome. Y que irían tras el reguero de harina hasta el lago y recorrerían la caleta que había al otro lado en busca de los ladrones que me mataron y se llevaron las cosas. En el río no buscarían más que mi cadáver. Pronto se darían por vencidos y dejarían de pensar en mí.

Podía detenerme donde quisiera. La isla Jackson me gusta. La conozco bastante bien, y allí nunca va nadie. Además, desde ella podría ir en barca al pueblo por las noches para merodear y coger las cosas que necesitara. La isla Jackson era el sitio adecuado.

Me sentí bastante cansado y sin darme cuenta me dormí. Al despertar, por un momento no supe dónde estaba. Me incorporé. El río parecía anchísimo. La luna brillaba tanto, que hubiera podido contar los troncos a la deriva que descendían flotando, negros, quietos, a centenares de yardas de la orilla. Todo estaba mortalmente tranquilo, parecía ser tarde y «olía» a tarde. Ya saben que quiero decir... No conozco las palabras para hacerme entender.

Bostecé a gusto, me estiré y ya iba a desamarrar la canoa para marcharme, cuando oí un ruido distante al otro lado del agua. Escuché. Pronto lo reconocí. Era el ruido opaco y monótono que producen los remos funcionando en las chumaceras cuando la noche está quieta. Atisbé por entre las ramas de los sauces y... allí estaba. Era un esquife al otro lado del agua. No podía saber cuántos iban dentro. Seguía avanzando y, cuando estuvo delante de mí, vi que solamente iba en él un hombre. Pensé que acaso fuera papá, pero no le esperaba. Pasó cerca, llevado por la corriente, y se aproximó a la orilla de agua tranquila y pasó tan cerca de mí, que hubiese podido tocarle con la escopeta. Pues sí era papá... y, además, sobrio, a juzgar por la manera cómo manejaba los remos.

No perdí tiempo. Al minuto siguiente me dejaba deslizar corriente abajo con suavidad, pero rápido, al amparo de la umbrosa orilla. Recorrí unas dos millas y media y luego giré un cuarto de milla o más hacia el centro del río, porque no tardaría en pasar el embarcadero y la gente podría verme y llamarme. Me metí entre los maderos que iban a la deriva y después me tendí en el fondo de la canoa y dejé que flotase.

Estuve descansando largo rato, fumando en pipa y contemplando el cielo, que aparecía limpio de nubes. El cielo parece muy profundo cuando uno está echado de cara hacia la luna. Jamás lo había observado. ¡Y desde qué lejos se oye en esas noches sobre el agua! Oí a gente que hablaba en el embarcadero del vapor. Oí lo que decían, hasta la última palabra. Un hombre afirmaba que se aproximaban los días largos y las noches cortas. Otro dijo que se figuraba que aquélla no era precisamente una de las noches cortas... y rieron, él lo repitió y volvieron a reírse. Después despertaron a otro, se lo contaron y rieron, pero él no. Les respondió bruscamente y dijo que le dejaran en paz. El primer hombre que había hablado declaró que pensaba contárselo a su mujer, lo hizo y a ella le pareció muy chistoso, aunque añadió que no era nada comparado con las cosas tan graciosas que decía en sus años mozos. Oí decir a un hombre que eran casi las tres y que esperaba que la claridad del día no tardara en llegar más de una semana. Después la conversación fue quedando atrás y ya no pude entender las palabras, aunque sí percibía el murmullo de sus voces, y de vez en cuando una carcajada distante.

Estaba más abajo del embarcadero, a unas dos millas y media río abajo, cubierta de arboleda y levantándose en el centro del río, grande, sombría, sólida, como un vapor sin luces. No se veían indicios del banco, que ahora estaba lejos del agua.

No me costó mucho llegar allí. Pasé el cabo a gran velocidad, por lo rápido de la corriente, y luego entré en agua mansa y desembarqué en el lado orientado hacia la orilla de Illinois. Metí la canoa en una hendidura profunda de la orilla que yo conocía. Tuve que apartar las ramas de los sauces para hacerla entrar y, cuando la amarré, desde fuera nadie habría podido ver la canoa.

Subí a sentarme sobre un tronco en el cabo de la isla y miré el gran río y los troncos negros a la deriva, y luego hacia el pueblo, a tres millas de distancia, donde parpadeaban tres o cuatro luces. A una milla río arriba había una enorme y mostruosa balsa que descendía con una linterna en el centro. La vi acercarse y, cuando estaba casi frente a donde me encontraba yo, oí decir a un hombre: «¡Vamos, remos de popa! ¡Virad hacia estribor!»

Lo oí tan claramente como si el hombre estuviera a mi lado.

Había un ligero color gris en el cielo, de modo que me interné en los bosques y me eché en el suelo para dormir un rato antes de desayunar.

Capítulo 8

Cuando desperté, el sol estaba tan alto, que calculé que eran más de las ocho. Estuve tumbado en la hierba, bajo la sombra, pensando en cosas y sintiéndome descansado, feliz y contento. Podía ver el sol por un par de rendijas, pero en su mayoría eran árboles enormes los que había en derredor. En tierra había sitios moteados, allí donde la luz quedaba matizada por las hojas, demostrando la ligera brisa que corría más arriba. Un par de ardillas posadas en una rama charloteaban amistosamente.

Me sentí perezoso... No quería levantarme para preparar el desayuno... Ya estaba adormilándome otra vez cuando me pareció oír el profundo sonido de un ¡booom! río arriba. Me incorporé, apoyado en un codo, y escuché; pronto volví a oírlo. Me puse en pie de un brinco, fui a atisbar por un agujero entre las hojas y vi una humareda sobre el agua, algo más arriba..., casi delante del embarcadero. Y allí estaba el vapor, abarrotado de gente, flotando río abajo. Ya sabía qué pasaba. ¡Booom! Vi el humo blanco que salía del costado del vapor. ¿Saben? Estaban disparando cañonazos sobre el agua para sacar a flote mi cadáver.

Tenía hambre, pero no me convenía encender una hoguera, porque podrían ver el humo. Por lo tanto, permanecí sentado allí, contemplando el humo de los cañonazos. El río tenía en ese sitio una milla de ancho y siempre ofrecía un bonito aspecto en una mañana de verano, de modo que lo pasaba bastante bien viéndoles buscar mis restos, sólo que me acuciaba el hambre. Entonces se me ocurrió que siempre ponen azogue sobre hogazas de pan y las dejan flotar porque suelen localizar los cadáveres de los ahogados. Me dije que echaría un vistazo por si llegaba hasta mí alguna, y que daría yo buena cuenta de ella.

Me trasladé al extremo de la isla orientado hacia la orilla de Illinois para probar suerte y no quedé defraudado. Se aproximó una enorme hogaza doble, y ya casi la había alcanzado con un palo largo, cuando me resbaló el pie y el pan siguió flotando alejándose de mí. Claro está que yo me encontraba donde la corriente era más intensa, lo sabía. Pero a poco llegó flotando otra hogaza de pan y esta vez me salí con la mía. Le saqué el tapón, sacudí la untadura de azogue y le hinqué los dientes. Era pan de tahona, del que come la gente bien, nada de vulgar pan de maíz.

Encontré un buen sitio entre las hojas y me senté allí, encima de un tronco, a comer el pan y a contemplar el vapor, sintiéndome muy satisfecho. Pensé algo. Me dije que seguramente la viuda, el cura o alguien estaría rogando que el pan me encontrase, y así había pasado. Por lo tanto, no había duda de que había algo de cierto en el asunto. Es decir, lo hay cuando una persona como la viuda o el cura rezan, pero eso no va conmigo, y supongo que sirve solamente para los buenos.

Encendí la pipa, eché una buena bocanada y continué mirando. El vapor flotaba con la corriente y calculé que podría tener la oportunidad de ver quiénes iban a bordo cuando se acercara, porque se aproximaría como la hogaza de pan. Cuando estuvo bastante cerca de mí, guardé la pipa, me encaminé al lugar donde había pescado el pan y me tumbé detrás de un tronco, en la ribera, en un sitio descubierto. Podía atisbar por la horquilla que formaba el tronco.

A poco se acercó y pasó tan cerca, que hubieran podido desembarcar bajando la pasarela de a bordo. Iba casi todo el mundo: papá, el juez Thatcher, Beckie Thatcher, Joe Harper, Tom Sawyer y su vieja tía

Polly, Sid, Mary y otras personas. Todos hablaban del crimen, pero el capitán los interrumpió diciendo:

—Fíjense bien: aquí es donde la corriente se acerca más, y tal vez le ha arrastrado hasta la orilla y está enredado en la maleza de la ribera. Así lo espero, de todos modos.

Yo no lo esperaba. Se agruparon todos y se apoyaron sobre las barandillas, casi mirándome a la cara, y estuvieron quietos, atentos, poniendo todo su empeño en escudriñar la orilla. Yo los veía muy bien, pero ellos a mí no. El capitán exclamó entonces:

—¡Apártense!

Y el cañón soltó una explosión tan horrible, que me ensordeció el ruido y casi me cegó el humo. Pensé que iba a morirme. Creo que si hubieran disparado con balas habrían conseguido el cadáver que andaban buscando.

Bueno, vi que no estaba herido, a Dios gracias. El vapor siguió flotando y desapareció de la vista detrás del cabo de la isla. Pude oír las detonaciones de vez en cuando, cada vez más distantes, y al cabo de una hora dejé de oírlas. La isla tenía tres millas de largo. Pensé que habían llegado a su final y que renunciaban a seguir buscándome. Pero me equivocaba. Doblaron el extremo de la isla y remontaron el canal por el lado del Missouri, con lentitud, disparando cañonazos ocasionalmente. Me dirigí a ese lado y los observé. Cuando estuvieron delante del cabo de la isla, dejaron de disparar, volvieron a la orilla del Missouri y regresaron al pueblo.

Supe entonces que estaba a salvo. Nadie vendría en mi busca. Saqué los bártulos de la canoa y me hice un campamento magnífico en la densa arboleda. Me levanté una especie de tienda con las mantas para resguardar las cosas de la lluvia. Capturé un pez y lo abrí con la sierra, y hacia la puesta del sol encendí la hoguera de campamento y cené. Después instalé una caña para pescar algo para el desayuno.

Cuando anocheció, me senté junto al fuego, fumando y sintiéndome bastante satisfecho, pero al rato me encontré algo solo, de modo que me dirigí a la orilla y escuché el rumor del agua, conté las estrellas, los troncos a la deriva y las balsas que descendían río abajo, y después me acosté: no hay mejor modo de pasar el tiempo cuando uno se siente solo; es imposible seguir estándolo, y entonces todo pasa.

Y así durante tres días y tres noches. No había diferencia..., siempre lo mismo. Pero al día siguiente fui a explorar la isla. Era su dueño, me pertenecía toda entera, por así decirlo, y quería saber cuanto a ella se refería, pero sobre todo quería pasar el tiempo. Encontré muchísimas fresas maduras, deliciosas, y uvas verdes de verano, y frambuesas, y ya empezaban a verse moras negras. «Pronto podría cogerlas para comerlas», pensé.

Fui de un lado para otro por los bosques hasta que calculé que estaba cerca de la isla. Llevaba la escopeta, pero no había disparado contra nada. La llevaba para protegerme, aunque mataría alguna pieza por la noche, cuando volviera a mi campamento. De momento estuve a punto de pisar una serpiente de buen tamaño, la cual se escurrió a través de la hierba y las flores, y yo fui tras ella intentando dispararle. Seguí avanzando y de repente me encontré justamente sobre las cenizas de una higuera de campamento aún humeante.

El corazón me dio un salto en el pecho. No esperé a mirar nada más, sino que desmartillé la escopeta y me largué por donde había venido, de puntillas, tan de prisa como pude. De vez en cuando me paraba un instante, entre la densa vegetación, y escuchaba, pero era tan fuerte mi respiración, que no podía oír nada. Seguí y algo más adelante volví a detenerme y escuché... Y así una y otra vez. Si veía un arbusto, lo tomaba por la figura de un hombre; si pisaba una ramita y la rompía, me daba la impresión de que me cortaban el aliento en dos y que mi mitad era la más pequeña.

No me sentía muy temerario cuando llegué al campamento, todo hay que decirlo, pero recordé que no era el momento de perder tiempo. Por lo tanto, recogí mis trastos para guardarlos en la canoa a fin de tenerlos fuera de la vista, apagué el fuego y desparramé las cenizas para darle el aspecto de una hoguera del año pasado. Después trepé a un árbol.

Creo que estuve allá arriba unas dos horas, pero no vi ni oí nada... Sólo me pareció ver y oír infinidad de cosas. Bueno, no podía quedarme allí arriba para siempre, de modo que acabé por bajar, aunque tuve buen cuidado de no salir de la espesura y de estar alerta todo el tiempo. No tenía para comer más que fresas y los restos del desayuno.

Cuando llegó la noche, me sentía realmente hambriento. Por eso, apenas me sentí protegido por las sombras, me alejé de la orilla antes de que saliera la luna y remé hacia la ribera de Illinois, a un cuarto de milla de distancia. Me adentré en los bosques y me preparé la cena. Había hecho el propósito de quedarme allí por la noche, cuando oí un plon-plon, plon-plon, y me dije: Se acercan caballos. En seguida oí voces. Lo puse todo dentro de la canoa lo más de prisa posible y me interné a rastras en el bosque para ver lo que podía encontrar. No había llegado lejos cuando oí decir a un hombre:

—Será mejor que acampemos aquí si encontramos un buen lugar; los caballos están rendidos. Echemos un vistazo por ahí.

No esperé y me apresuré a alejarme remando. Atraqué en el sitio de costumbre y decidí dormir dentro de la canoa.

No dormí mucho. Me lo impidió sobre todo el pensar. Y cada vez que me despertaba era con la sensación de que me cogían por el cuello. Por eso no me hizo mucho bien el sueñecito. Al fin llegué a decirme que así no podía vivir; tenía que descubrir quién estaba en la isla además de yo; lo averiguaría o reventaría. Y el caso es que en seguida me encontré mejor.

De manera que tomé mi pértiga para apartarme unos dos pasos de la orilla y luego dejé la canoa fuera arrastrada por la corriente hacia abajo, entre las sombras. Brillaba la luna, y más allá de las sombras estaba tan claro como si fuese de día. Fui escudriñándolo todo durante una hora: estaba silencioso y quieto como las rocas. Para entonces había llegado casi hasta un extremo de la isla. Se levantó una ligera brisa más bien fría y eso equivalía a decir que la noche casi había acabado. Giré con ayuda de la pértiga y apunté la canoa hacia el bosque. Me senté sobre un tronco y miré entre las hojas. Vi que la luna dejaba de vigilar y que las tinieblas empezaban a cubrir el río. Pero durante un ratito vi un haz pálido por encima de las copas de los árboles y comprendí que el día se acercaba.

De manera que cogí la escopeta y me deslicé hacia el lugar donde había encontrado el fuego de campamento, parándome cada dos minutos para escuchar. Pero no tuve suerte; no lo encontraba. Al fin vislumbré fuego a través de los árboles. Seguí su dirección despacio, cautelosamente. A poco me encontré lo bastante cerca para verlo, y allí había un hombre tendido en el suelo. Poco faltó para que me diera un ataque. Tenía una manta liada a la cabeza y ésta casi en el fuego. Me senté detrás de un grupo de arbustos, a unos seis pies de él, y miré con detenimiento. Ya lucía la claridad grisácea del nuevo día. El no tardó en bostezar, desperezarse y quitarse la manta... ¡Y era Jim, el negro de la señorita Watson! Apuesto a que me alegré de verle. Dije:

—¡Hola, Jim! —y salí de mi escondrijo.

El pegó un brinco y me miró con espanto. Cayó de rodillas y, juntando las manos, exclamó:

—¡No me hagas daño..., por piedad! Nunca he sido malo con un fantasma. Me agradan mucho los muertos y he hecho todo lo que he podido por ellos. Anda, entra de nuevo en el río, al sitio de donde vienes, y no le hagas nada al viejo Jim, que siempre será tu amigo...

Bueno, no tardé mucho en hacerle comprender que no estaba muerto. Me gustaba mucho ver a Jim. Ahora no estaba tan solo. Le dije que no tenía miedo de que él contara a la gente dónde estaba yo. Seguí hablando, pero él permanecía sentado, quieto, sin dejar de mirarme. Al fin le dije:

—Ya es de día. Vamos a desayunar. Reaviva tu fuego.

—¿De qué sirve reavivar el fuego para guisar frambuesas y hierbajos? Tienes escopeta, ¿no? Entonces podemos conseguir algo mejor que frambuesas.

—Entonces, ¿vives sólo de frambuesas y plantas? —le pregunté yo.

—No encontré otra cosa —contestó.

—Oye, ¿cuánto tiempo llevas en la isla, Jim?

—Llegué la noche después de que te mataran.

—¡Caramba! ¿Tanto tiempo?

—Sí, sí...

—¿Y no has tenido más que esa porquería para comer?

—No..., nada más.

—Bueno, pues debes estar muerto de hambre, ¿verdad?

—Creo que sería capaz de comerme un caballo. ¿Desde cuándo estás en la isla?

—Desde la noche de mi asesinato.

—¡No! Oye, ¿de qué has vivido? Pero ¿tienes escopeta? ¡Oh, claro, tienes escopeta! Eso va bien. Ahora mata algo y yo me ocupo del fuego.

Entonces fuimos a donde estaba la canoa y, mientras él encendía una hoguera en un claro cubierto de hierba, yo traje comida, tocino, café, una cafetera y una sartén, azúcar y tazas de hojalata, y el negro se impresionó de lo lindo porque supuso que lo conseguía por artes mágicas. También capturé un buen pez y Jim lo limpió con su cuchillo y lo frió.

Cuando el desayuno estuvo listo, nos tumbamos en la hierba y comimos comida caliente. Jim la atacó con todas sus fuerzas, porque estaba casi muerto de hambre. Luego, cuando nos encontramos bastante hartos, estuvimos echados desperezándonos.

Al poco rato dijo Jim:

—Pero oye, Huck, ¿a quién mataron en la cabaña si no eras tú?

Se lo conté todo, y Jim dijo que había sido una idea inteligente. Dijo que ni Tom Sawyer habría pensado en un plan mejor. Después le pregunté:

—¿Cómo y por qué has venido aquí, Jim?

Pareció bastante confuso y durante un minuto no dijo nada. Al fin contestó:

—Tal vez sea mejor no decirlo.

—¿Por qué, Jim?

—Verás, hay razones. Pero tú no me delatarás, si te lo cuento, ¿verdad, Huck?

—¡Que me cuelguen si lo hago, Jim!

—Bueno, creo en ti, Huck... ¡Me escapé!

—¡Jim!

—Oye, dijiste que no me delatarías... Recuerda que lo has dicho, Huck.

—Pues sí, lo dije y cumpliré mi palabra. Palabra de indio injun que no lo diré. La gente me llamaría ruin abolicionista y me despreciaría por callarme..., pero eso no cambia las cosas. No lo diré ni volveré allá de ninguna manera. Así que cuéntamelo todo.

—Pues, verás, fue así: La vieja solterona..., es decir la señorita Watson, me hace la vida imposible, me trata bastante mal, pero siempre dijo que me vendería en Orleans. Me di cuenta de que últimamente rondaba por allí a menudo un traficante de negros y empecé a preocuparme. Bueno, pues una noche me llegué hasta la puerta, que no estaba bien cerrada, oí cómo la solterona decía a la viuda que pensaba venderme en Orleans, aunque no quería, pero que podría conseguir ochocientos dólares por mí y que no podía resistirse ante tanto dinero. La viuda trató de convencerla para que no me vendiera, pero yo no esperé a enterarme del resto. Te aseguro que salí huyendo más que de prisa.

No paré de correr colina abajo. Esperaba robar un esquife más arriba del pueblo, pero aún había gente levantada y me escondí en la tonelería de la orilla para esperar a que se fueran. Pasé allí la noche entera. Siempre había alguien rondando por aquel lugar. A las seis de la mañana empezaron a pasar esquifes, y a las ocho o las nueve todos los que iban en los esquifes decían que tu papá había llegado al pueblo diciendo que te habían matado. Los últimos esquifes iban llenos de damas y caballeros, que se dirigían al sitio para verlo. A veces se detenían en la orilla a descansar antes de atravesar el río y así, por lo que hablaron, me enteré del crimen. Sentí mucho que te mataran, Huck, pero ahora estoy contento.

Pasé todo el día tumbado debajo de las bacías. Tenía hambre, pero no estaba asustado porque sabía que la solterona y la viuda irían a pasar todo el día a la reunión en un campamento después de desayunar, y ellas saben que yo salgo con el ganado al amanecer, de modo que no esperarían verme allí y no me echarían de menos hasta la noche. Los otros criados no me echarían de menos, porque se largarían en cuanto se marcharan las viejas.

Pues bien, cuando fue de noche, tomé el camino del río y recorrí unas dos millas o más hasta que no había casas. Ya había decidido lo que iba a hacer. Date cuenta de que, si continuaba huyendo a pie, los perros descubrirían mi pista. Si robaba un esquife para cruzar el río, lo echarían de menos y sabrían que habría desembarcado en la otra orilla y descubrirían mi pista. Entonces me dije que lo mejor sería encontrar una balsa; una balsa no deja rastro.

Vi una luz que doblaba el cabo, y entonces nadé apoyándome en un tronco hasta más de la mitad del río, me mezclé entre los demás troncos a la deriva, bajando la cabeza, y nadé contra corriente hasta que llegó la balsa. Entonces nadé hasta la popa y me agarré a ella. Se nubló y todo estuvo bastante oscuro un rato, de modo que me encaramé a las tablas y me tumbé encima. Los hombres estaban en el centro, junto a una linterna. El río estaba crecido y la corriente era bastante fuerte, de modo que pensé que alrededor de las cuatro de la mañana estaría veinticinco millas más abajo del río y que entonces me escabulliría, antes de clarear el día, llegaría a nado hasta la orilla y me adentraría en los bosques por el lado de Illinois.

Pero no tuve suerte. Cuando estábamos casi en el cabo de la isla, un hombre se acercó con la linterna. Vi que era inútil esperar más, así que me escurrí al agua por la borda y nadé hacia la isla. Bueno, tenía la idea de que podría tomar tierra en cualquier parte, pero fue imposible allí, porque la ribera era demasiado escarpada. Anduve luego por casi toda la isla antes de encontrar un buen sitio. Entré en el bosque y pensé que ya no haría más el tonto con las balsas mientras movieran tanto la linterna. Tenía la pipa, un poco de tabaco y algunas cerillas en mi gorra, y no estaban mojadas; por lo tanto, me di por satisfecho.

—¿Y no has tenido pan ni carne para comer durante todo ese tiempo? ¿Por qué no cogías tortugas?

—¿Y cómo iba a atraparlas? ¡No es tan fácil agarrarlas! ¿Y cómo puede uno golpearlas con una piedra? ¿Cómo hacerlo por la noche? Porque, como puedes suponer, no iba a aparecer durante el día en la orilla del río.

—Sí, claro... Has tenido que ocultarte en el bosque todo el tiempo, claro. ¿Les oíste disparar los cañonazos?

—¡Oh, sí! Sabía que te buscaban a ti. Les vi pasar por aquí cerca y los estuve mirando desde los arbustos.

Se acercaron algunos pájaros pequeños, volando una o dos yardas y volviendo a posarse. Jim dijo que era señal de que iba a llover. Así pasaba cuando las gallinas volaban de esta forma, por lo que sucedería lo mismo con los pájaros. Jim no me dejó que cogiera algunos, y afirmó que hacerlo atraía la muerte. Dijo que una vez, estando enfermo su padre, algunas personas capturaron un pájaro, y entonces su vieja abuela dijo que su padre moriría, y murió.

Y Jim aseguró que no debían contarse las cosas que uno iba a preparar para comer, porque traía mala suerte. Lo mismo ocurría si uno sacudía el mantel después de ponerse el sol. Y dijo que, si un hombre era dueño de una colmena y se moría, había que decírselo a las abejas antes de que saliera el sol al día siguiente, porque de lo contrario las abejas se debilitaban, dejaban de trabajar y se morían. También dijo Jim que las abejas no picaban a los idiotas, pero esto no lo creí, porque yo las he desafiado a picarme muchas veces y nunca lo han hecho.

Había oído algunas cosas parecidas antes, pero no todas. Jim conocía toda clase de señales. Dijo que lo sabía casi todo. Yo afirmé que a mí me parecía que todas las señales indicaban mala suerte y le pregunté que si no había señales de buena suerte. El contestó:

—Muy pocas... y no son útiles a nadie. ¿Para qué quieres saber cuándo te llegará la buena suerte? ¿Quieres ahuyentarla? —Y añadió—: Si tienes los brazos y el pecho peludos, es señal de que serás rico. Bueno, pues una señal como ésta sí es útil, porque es adelantada. Mira, puede que seas pobre mucho tiempo y entonces podrías desanimarte y matarte, si no creyeras que esa señal quiere decir que serás rico.

—¿Y tú tienes los brazos y el pecho peludos, Jim?

—¿Por qué haces esa pregunta? ¿No ves que sí?

—Bueno, ¿y eres rico?

—No, pero lo fui y volveré a ser rico. Una vez tuve catorce dólares, pero me metí a especular y me arruiné.

—¿En qué especulabas, Jim?

—Bueno, primero probé con mercancías.

—¿De qué clase?

—Pues mercancías vivas. Ganado, ¿entiendes? Invertí diez dólares en una vaca. Pero no volveré a exponer dinero en mercancías. La vaca se murió en mis manos.

—De modo que perdiste los diez dólares.

—No, no los perdí. Unicamente perdí nueve. Vendí el pellejo por un dólar y diez centavos.

—Te quedaron cinco dólares y diez centavos. ¿Volviste a especular?

—Sí, ¿conoces al negro cojo que pertenece al viejo señor Bradish? Bueno, pues abrió un banco, y a todo el que ponía un dólar le daba cuatro dólares más al cabo de un año. Bien, todos los negros lo hicieron, 'pero tenían poco. Yo era el que tenía más. De modo que pedí más de cuatro dólares, y le dije que si no me los daba abriría yo mismo otro banco. Claro, ese negro quería quitarme del negocio, porque dijo que no había bastante para dos bancos, de modo que le dije que pondría mis cinco dólares y él me pagaría treinta y cinco al cabo del año.

Así lo hice. Entonces pensé que invertiría los treinta y cinco dólares para seguir especulando. Había un negro llamado Bob, que había cogido una barca chata y su amo no lo sabía. Se la compré y le dije que le pagaría los treinta y cinco dólares al finalizar el año, pero esa noche robaron la barca y al día siguiente el negro cojo dijo que el banco había quebrado, de modo que ninguno de nosotros sacó dinero.

—¿Qué hiciste con los diez centavos, Jim?

—Iba a gastarlos, pero tuve un sueño, y en el sueño me decían que los diera a un negro llamado Balum... El «asno de Balum» le llamaban, para acortar la historia. Es uno de ésos que están mal de la cabeza, ¿sabes? Pero dicen que es afortunado, y yo vi que yo no lo era. El sueño decía que dejara que Balum invirtiera los diez centavos y él los aumentaría por mí. Bueno, Balum cogió el dinero y, cuando estaba en la iglesia, oyó decir al predicador que aquél que daba a los pobres hacía un préstamo a Dios, y que recibiría su dinero cien veces doblado. De modo que Balum dio los diez centavos para los pobres y se tumbó a esperar lo que saldría de aquello.

—Bueno, ¿y qué pasó, Jim?

—Nada, nada en absoluto. No hubo modo de cobrar aquel dinero, ni tampoco pudo Balum. No prestaré más dinero como no sea sobre seguro. ¡Mira que decir el predicador que el dinero sería devuelto cien veces doblado! Si yo lograra que me devolvieran los diez centavos, lo encontraría justo y me alegraría de la operación.

—Bien, de todos modos, no pasa nada, porque un día u otro serás rico, Jim.

—Sí..., lo soy ahora, mirándolo bien. Soy mi dueño y valgo ochocientos dólares. Ojalá tuviera ese dinero, ya no querría más.

Capítulo 9

Yo quería ir a ver un lugar en el centro de la isla, que encontré mientras exploraba; nos pusimos en marcha y no tardamos en llegar, porque la isla sólo tenía tres millas de largo y un cuarto de milla de ancho.

Ese sitio era una colina o sierra de unos cuarenta pies de altura. Nos costó bastante subir arriba, tan abruptas eran las laderas y tan espesa la maleza. La exploramos bien por todas partes y al poco rato encontramos una enorme caverna en la roca, casi en la cima, en el lado orientado hacia Illinois. La caverna ocupaba como dos o tres habitaciones unidas y Jim podía estar de pie en su interior. Dentro hacía fresco. Jim propuso guardar allí nuestras cosas, pero yo dije que no, porque tendríamos que subir y bajar a cada momento.

Jim aseguró que, si tuviéramos la canoa escondida en un buen sitio y todas las cosas en la caverna, podríamos refugiarnos allí en el caso de que alguien viniera a la isla, y que nunca nos encontrarían sin los perros. Además, dijo que los pajaritos habían señalado que iba a llover, y ¿quería yo que se empapara todo?

De modo que volvimos, la llevamos a remo hasta delante de la caverna y subimos allí todos nuestros bártulos. Luego buscamos un sitio cercano donde ocultar la canoa entre los sauces. Sacamos algunos peces de los anzuelos, que volvimos a dejar preparados. Entonces guisamos la comida.

La entrada de la caverna era lo bastante ancha para hacer rodar por ella un barril, y a un lado de la entrada el suelo sobresalía un poco, era llano y resultaba ideal para encender una hoguera, de modo que allí preparamos la cena.

Dentro extendimos las mantas para alfombrarlo y comimos allí. Dejamos las otras cosas en el fondo de la caverna. Pronto oscureció y empezó a tronar y relampaguear. Los pájaros habían acertado. En seguida empezó a llover con toda la furia y nunca había visto un viento tan fuerte. Era una tormenta normal de verano. Estaba tan oscuro, que fuera parecía todo de color azul-negro y resultaba encantador; la lluvia azotaba con tal fuerza los árboles cercanos, que parecían telarañas. De pronto llegaba una ráfaga de viento que doblaba los árboles y daba la vuelta a las hojas, mostrando su palidez de la parte inferior. Seguía después un verdadero ramalazo huracanado, que obligaba a los árboles a extender sus ramas como si se volvieran locos. Después, cuando reinaba la oscuridad más azulada..., clareaba con el brillo de la gloria y se vislumbraban las copas de los árboles revueltas, más allá, en medio de la tormenta, a centenares de yardas más lejos de lo que llegaba la vista, negro como el pecado en un segundo; y ahora se podía oír el trueno con todo su fragor y alejarse arrancando ecos de furia y gruñendo, rodando por el cielo hacia el interior del mundo como ruedan los barriles vacíos por una escalera, cuando ésta es larga y rebotan muchísimo, ¿comprenden?

—Es bonito esto, Jim —dije yo—. No querría estar en otro sitio. Pásame otro trozo de pescado y pan de maíz caliente.

—Bien, pues no estarías aquí si no es por Jim. Ahora estarías allá abajo, en el bosque, sin comida, casi ahogándote bajo este diluvio. No te quepa la menor duda, chico. Las gallinas saben cuándo va a llover y también los pájaros, amigo.

El río siguió creciendo y creciendo durante diez o doce días, hasta que al fin desbordó las orillas. En los lugares bajos de la isla el agua tenía tres o cuatro pies de profundidad, así como en la parte baja del Illinois. En aquella parte tenía una anchura de muchas millas, pero en la del Missouri había la misma, de una media milla, porque la orilla del Missouri no era más que una muralla de altos acantilados.

Algunas veces atravesábamos la isla en la canoa. En los profundos bosques había frescor y sombra, aunque fuera llamease el sol. Serpenteábamos saliendo y entrando por los bosques, y en ocasiones las enredaderas colgantes eran tan espesas que teníamos que volver atrás y seguir por otro camino. Bueno, pues en todos los árboles viejos y destruidos podían verse conejos, serpientes y otros animales; y cuando la isla estuvo inundada, durante un par de días, el hambre los hizo tan dóciles, que podíamos acercarnos a remo y ponerles la mano encima, pero no a las serpientes y las tortugas, que se escurrían dentro del agua. Si hubiéramos querido, habríamos tenido muchísimos animalitos domésticos.

Una noche recogimos una pequeña parte de una balsa de troncos. Tenía doce pies de ancho por unos quince o dieciséis de largo, y la parte superior se alzaba sobre el agua unas seis o siete pulgadas, formando un piso sólido y plano. A veces veíamos pasar troncos del aserradero durante el día, pero los dejábamos; no queríamos hacernos ver a la luz del día.

Otra noche, cuando nos encontrábamos en la parte superior de la isla, poco antes del amanecer, vimos descender una casa de madera por el lado oeste. Tenía dos pisos y se balanceaba mucho. Nos acercamos a ella remando y subimos a bordo, trepando hasta una ventana del piso de arriba. Pero era demasiado oscuro para verse, de modo que amarramos la canoa y nos sentamos dentro a esperar que fuera de día.

Empezó a amanecer antes de que llegáramos a la isla. Entonces nos asomamos por la ventana. Vimos una cama, una mesa y dos sillas viejas, y montones de cosas por doquier, en el suelo. Y había ropas colgadas en la pared. En el suelo, en el extremo opuesto yacía algo que parecía un hombre. Jim dijo:

—¡Eh, oiga!

Pero no se movió. Entonces yo grité también, y Jim dijo:

—Ese hombre no duerme... Está muerto. Quédate aquí quieto, yo entraré a ver.

Penetró en el cuarto, se inclinó a su lado y exclamó:

—¡Está muerto! Y además desnudo. Le dispararon por la espalda. Me parece que lleva dos o tres días muerto. Entra, Huck, pero no le mires la cara... Es espantosa.

No le miré. Jim le cubrió con algunos trapos viejos, pero no había necesidad de que lo hiciera. No quería verlo. Por el suelo había muchas cartas grasientas desparramadas, botellas de whisky vacías y un par de antifaces de tela negra. Y las paredes estaban cubiertas de palabras y dibujos hechos con carbón. Había dos vestidos viejos y sucios de calicó, un sombrero de sol y ropa interior femenina colgados en la pared, así como ropas de hombre. Lo metimos todo en la canoa. Podía ser útil. Había un viejo sombrero de paja jaspeada de muchacho en el suelo. También me lo llevé. Y una botella que había contenido leche y que tenía un tapón de trapo para que lo chupara un niño. Nos habríamos llevado la botella si no hubiera estado rota. Había un arca vieja y destrozada y un baúl de pelo con los goznes rotos. Estaban abiertos, pero dentro no había nada interesante. Había tal desorden, que pensamos que la gente se había marchado precipitadamente sin poder llevarse todos sus efectos.

Cogimos una linterna vieja de hojalata y un cuchillo de carnicero sin mango, un cuchillo «Barlow» nuevo, que valdría cincuenta centavos en cualquier almacén y un montón de velas de sebo, un candelero de hojalata, una calabaza vinatera y una taza de hojalata; además, una vieja colcha de la cama y una bolsa con alfileres, agujas de coser, cera y botones, hilo y cosas por el estilo, así como una hacheta y algunos clavos, una caña de pescar tan gruesa como mi dedo, con algunos anzuelos monstruosos, un rollo de ante y un collar de cuero, de perro, una herradura de caballo y algunas redomas de medicinas sin etiquetas. Y cuando ya nos íbamos encontré una almohaza en bastante buen estado y Jim halló un viejo arco de violín y una pata de palo. Tenía las correas rotas, pero, exceptuando este detalle, era una buena pata de palo, aunque resultaba demasiado larga para mí y demasiado corta para Jim. No pudimos encontrar la otra aunque lo registramos todo.

Así que, en conjunto, conseguimos un buen botín. Cuando estábamos listos para irnos, nos hallábamos a un cuarto de milla más abajo de la isla y era completamente de día, por lo que hice que Jim se echara en el fondo de la canoa y se tapara con la colcha, ya que si permanecía sentado la gente habría visto de lejos que era un negro. Remé hacia la orilla del Illinois y fuimos a la deriva más de media milla. Me acerqué al agua mansa al pie de la ribera y no tuve accidentes ni vi a nadie. Llegamos a casa a salvo.

Capítulo 10

Después de desayunar quise hablar del muerto y hacer cábalas sobre cómo se había producido su asesinato, pero Jim se negó a comentarlo. Dijo que traería mala suerte. Además, que su espíritu podría venir a torturarnos. Afirmó que era más probable que un hombre que no había sido enterrado volviera a molestar, que otro confortablemente sepultado. Eso parecía razonable, de modo que no insistí más, pero no pude por menos de recordarlo, deseando saber quién había matado de un disparo al hombre y por qué lo hizo.

Revolvimos las ropas que nos habíamos llevado y encontramos ocho dólares de plata cosidos en el forro de un viejo abrigo de lana. Jim supuso que la gente de aquella casa lo había robado, porque, si llegan a saber que el dinero estaba allí, no lo habrían dejado. Dije que a mí me parecía que le habían matado, pero Jim no quiso hablar de ello, y yo agregué:

—Bueno, tú crees que trae mala suerte, pero ¿qué dijiste cuando te traje la piel de serpiente que encontré en la cima de la sierra anteayer?

Dijiste que tocar una piel de serpiente con las manos es la peor mala suerte del mundo. Bueno, ¡aquí tienes la mala suerte! Hemos conseguido todas esas cosas y además ocho dólares. ¡Ojalá tuviéramos tan mala suerte como todos los días, Jim!

—No importa, amigo, no importa. No te las prometas tan felices. Vendrá. Te digo que vendrá.

Y vino. Tuvimos esa charla el martes. Bueno, pues el viernes, después de comer, estábamos tumbados en la hierba en lo alto de la loma y nos quedamos sin tabaco. Bajé por él a la caverna y allí encontré una serpiente. La maté y la dejé enroscada a los pies de la manta de Jim, como si estuviera viva, pensando que resultaría divertido ver lo que pasaba cuando Jim la viera. Por la noche me había olvidado por completo de la serpiente y, cuando Jim se echó sobre la manta mientras yo encendía una vela, encontró la pareja de la serpiente muerta, que le mordió.

Jim se levantó dando un alarido, y lo primero que iluminó la luz fue el reptil enroscado y erguido, dispuesto a lanzarse al segundo ataque. Lo aplastó en un segundo y Jim cogió el barril de whisky de papá y empezó a vaciarlo.

Iba descalzo y la serpiente le había mordido en el talón. Eso pasó por ser yo un estúpido al no recordar que allí donde uno deja una serpiente muerta viene su pareja y se enrosca a su alrededor. Jim me dijo que cortara la cabeza de la serpiente y la arrojara lejos, y después le desollara el tronco y asara un trozo. Lo hice y Jim se lo comió diciendo que eso le ayudaría a curarse. Me hizo arrancarle los cascabeles y atarlos alrededor de su muñeca. Aseguró que eso ayudaría. Luego salí y lancé lejos a las serpientes, entre los arbustos, porque no quería que Jim se enterase, si yo podía evitarlo, de que la culpa había sido mía.

Jim bebió whisky y más whisky del barril, y de vez en cuando le daba un ataque de locura y se tiraba al suelo aullando, pero en cuanto volvía en sí se agarraba otra vez al barril de whisky. Tenía el pie muy hinchado y también la pierna, pero poco a poco la borrachera hizo su aparición y pensé que Jim ya estaba bien, pero yo hubiera preferido ser mordido por una serpiente, que por el whisky de papá.

Jim estuvo acostado durante cuatro días con sus noches. Luego la hinchazón desapareció y él volvió a andar. Hice el propósito de no volver a coger nunca más la piel de una serpiente con las manos, después de comprobar los resultados. Jim dijo que esperaba que la próxima vez le hiciera caso. Añadió que manosear una piel de serpiente acarreaba una mala suerte tan espantosa, que quizás no pararía ahí la racha. Dijo que prefería mil veces ver la luna nueva por encima de su hombro izquierdo, antes que coger una piel de serpiente con la mano. Y yo empecé a pensar lo mismo, aunque siempre he creído que mirar la luna nueva por encima del hombro izquierdo es una de las cosas más temerarias e insensatas que uno puede hacer. El viejo Hank Bunjer lo hizo una vez y se jactó de ello, pero antes de los dos años se emborrachó, y se cayó desde una torre y quedó de tal manera, que parecía, como quien dice, un amasijo de carne desparramada; y lo metieron de lado entre dos puertas de granero a guisa de ataúd y lo enterraron de esta manera, según cuentan, pero yo no lo vi. Papá me lo contó. Pero, en todo caso, eso le pasó por loco, por mirar a la luna de aquel modo.

Pasaron los días y el río volvió a su cauce entre las márgenes; una de las primeras cosas que hicimos fue poner de cebo un conejo desollado en uno de los enormes anzuelos y capturar un pez tan grande como un hombre, de unos seis pies y dos pulgadas de largo y de más de doscientas libras de peso. No pudimos atraparlo con las manos, naturalmente, pues nos hubiera arrojado de cabeza al Illinois. Nos quedamos sentados allí, viéndolo agitarse y moverse hasta que se ahogó. Encontramos un botón de latón dentro de su estómago y una pelota redonda, así como muchas porquerías. Partimos la pelota por la mitad y dentro había una canilla. Jim dijo que debía haberlo llevado dentro mucho tiempo para tenerla cubierta de tal manera, formando una pelota. Creo que fue el mayor pez que se capturó en el Mississippi. Jim aseguró no haber visto nunca nada igual. En el pueblo valdría una buena suma. En su mercado venden pescado como éste a tanto la libra; todo el mundo lo compra; su carne es tan blanca como la nieve y hace una deliciosa fritura.

Al día siguiente dije que empezaba a encontrar aquella vida monótona y aburrida, y que necesitaba alguna emoción nueva. Dije que pensaba cruzar el río para averiguar qué pasaba en la orilla opuesta. A Jim le sedujo la idea, pero observó que había que ir de noche y estar muy alerta. Luego lo estudió y preguntó por qué no me ponía algunas de las ropas viejas y me disfrazaba de chica. También era una excelente idea. Así que acortamos uno de los vestidos de calicó, me arremangué los pantalones hasta las rodillas y me lo puse. Jim me lo abrochó por la espalda con los corchetes y no me sentaba del todo mal. Me ajusté el sombrero de sol atándolo por debajo de la barbilla, así que para quien quisiera verme la cara era como mirar por la tubería de una estufa. Jim dijo que nadie me conocería, salvo de día, y aun entonces a duras penas. Estuve todo el día ensayando para andar con aquellas cosas puestas y lo conseguí al fin, aunque Jim dijo que no sabía andar como una chica, añadiendo que debía dejar la costumbre de levantarme las faldas para meter la mano en el bolsillo de mis pantalones. Tomé buena nota del detalle y lo hice mejor.

Poco después de anochecer me dirigí hacia la orilla de Illinois. Crucé hacia el pueblo desde un poco más abajo del embarcadero del vapor y, llevado por la corriente, llegué a la orilla del pueblo. Amarré y empecé a andar a lo largo de la ribera. Había luz en una cabaña pequeña que estuvo deshabitada durante mucho tiempo, y me pregunté quién viviría entonces allí. Me aproximé sigilosamente y atisbé por la ventana. Dentro había una mujer de unos cuarenta años de edad, haciendo calceta al lado de una vela, que estaba encima de una mesa de pino. Su rostro me era desconocido. Debía ser forastera, porque no había ninguna cara en el pueblo que no me fuera familiar. Fue un golpe de suerte, porque ya empezaba a acobardarme. Tenía miedo de haber venido. La gente podía reconocer mi voz y descubrirme. Pero si aquella mujer había estado dos días en un pueblo tan pequeño, podría contarme lo que yo quería saber; por lo tanto, llamé a la puerta con el firme propósito de recordar que era una chica.

Capítulo 11

—¡Adelante! —exclamó la mujer, y entré; luego dijo—: Toma una silla.

Obedecí. Me miró de cuerpo entero con sus ojillos relucientes y añadió:

—¿Cuál es tu nombre?

—Me llamo Sarah Williams.

—¿Dónde vives? ¿En este vecindario?

—No, señora, en Hookerville, siete millas más abajo. He venido andando y estoy agotada.

—Y hambrienta, supongo. Te prepararé algo.

—No, no tengo hambre. Tenía tanta, que tuve que detenerme dos millas más abajo en una granja, y por eso ya no tengo hambre. Por esto llego tan tarde. Mi madre está enferma, sin dinero y sin nada, y vengo a decírselo a mi tío Abner Moore. Vive en la parte alta del pueblo, dice mamá. Nunca he estado aquí. ¿Le conoce usted?

—No, pero es que aún no conozco a todo el mundo. Vivo aquí desde hace dos semanas. Hay mucho trecho desde aquí a la parte alta del pueblo. Será mejor que pases aquí la noche. Quítate el sombrero.

—No —dije yo—, descansaré un ratito y me iré. No me da miedo la oscuridad.

Dijo que no me dejaría marcharme sola, que su marido llegaría dentro de una hora y media y él me acompañaría. Luego empezó a hablar de su marido, de sus familiares, que vivían río arriba y de otros familiares que vivían río abajo, de la buena posición en que estaban antes y de que les parecía que habían cometido una equivocación viniendo a nuestro pueblo en lugar de dejar lo seguro..., y así una y otra vez, hasta que llegué a sospechar que era yo quien se había equivocado entrando en la casa para saber qué pasaba en el pueblo. Poco a poco empezó a hablar de papá y del crimen, y me pareció de perlas que charlara por los codos. Me habló de mí y de Tom Sawyer, cuando encontramos los seis mil dólares (sólo que ella dijo diez), de papá, de su mala reputación y de la mía, también mala, y finalmente llegó al asunto de mi asesinato. Entonces yo dije:

—¿Quién lo hizo? Hemos oído muchas cosas sobre esto allá abajo, en Hookerville, pero no sabemos quién mató a Huck Finn.

—Bueno, supongo que aquí hay más de uno que quisiera saber quién lo mató. Algunos creen que lo hizo el propio Finn, su padre.

Abrí los ojos y miré alrededor, tratando de averiguar donde me encontraba. El sol había salido ya, y yo había estado profundamente dormido hasta entonces. Papá estaba de pie a mi lado, con aire torvo y aspecto enfermizo. Dijo:—¿Qué haces con esa escopeta? (pág. 30)

—No... ¿Es posible?

—Así lo creyó casi todo el mundo al principio. El nunca sabrá cómo se libró de ser linchado. Pero antes de anochecer opinaron lo contrario y decidieron que lo hizo un negro fugitivo que se llamaba Jim.

—¡El...!

Me callé. Comprendí que me convenía callar. Ella continuó, sin darse cuenta siquiera de mi interrupción.

—El negro se escapó la misma noche en que mataron a Huck Finn. Ahora ofrecen una recompensa por él... Trescientos dólares. Y también hay una recompensa por el viejo Finn... Doscientos dólares. Verás, él vino al pueblo a la mañana siguiente del crimen para contarlo, y fue con los demás en el vapor y después desapareció. Antes de que anocheciera querían lincharlo, pero se había ido, ¿comprendes? Bueno, al día siguiente descubrieron que el negro se había escapado. Se supo que no le había visto nadie desde las diez de la noche del crimen. Le cargaron a él el crimen, ¿sabes? Y entonces, al día siguiente, regresó el viejo Finn y acudió gimoteando al juez Thatcher pidiéndole dinero para capturar al negro por todo Illinois. El juez le dio dinero y por la noche el viejo Finn se emborrachó y estuvo rondando por ahí hasta después de medianoche con un par de forasteros de aspecto sospechoso, con quienes después se marchó. Bueno, pues todavía no ha vuelto, y nadie espera verlo de nuevo hasta que se olvide ese asunto, ya que la gente cree que él fue quien mató a su hijo y arregló las cosas para que todos creyeran que lo habían hecho los ladrones y conseguir así el dinero de Huck sin tener que molestarse con un largo juicio. Dice la gente que era lo bastante canalla para hacerlo. ¡Oh!, supongo que es astuto. Si no regresa en un año, estará salvado. No se le puede probar nada, ¿sabes? Entonces los ánimos estarán menos exaltados y se apoderará del dinero de Huck con la mayor facilidad.

—Sí, eso supongo, señora. No veo ningún obstáculo para que no lo haga. ¿Ha dejado de pensar todo el mundo que lo hizo el negro?

—¡Oh, no; no todos! Hizo muchas cosas. Pero pronto atraparán al negro, y puede que le hagan hablar metiéndole el miedo en el cuerpo.

—Pero, ¿todavía lo persiguen?

—¡Vaya! ¡Si serás cándida, muchacha! ¿Te parece que se encuentran todos los días trescientos dólares? Algunos creen que el negro no anda lejos de aquí. Yo soy de éstos..., pero no lo digo. Hace algunos días estaba hablando con un anciano matrimonio que vive en la casa de al lado, en la cabaña de troncos, y dijeron que nadie va a esa isla que hay más allá, la isla Jackson. ¿No vive nadie allí?, pregunté yo. «Nadie», me contestaron. No dije más, pero pensé mucho. Estaba casi segura de haber visto humo allá, en la parte del cabo, un par de días antes, de modo que me dije a mí misma que seguramente el negro se esconde allí. Al menos vale la pena registrar el lugar. Desde entonces no he visto humo, y me figuro que se ha ido, si es que era él, pero mi marido irá a comprobarlo... con otro hombre. Estuvo ausente, río arriba, pero ha regresado hoy, y se lo dije en cuanto llegó, hace dos horas.

Me puse tan nervioso que no podía estarme quieto. Tenía necesidad de ocupar las manos en algo, de manera que cogí una aguja de encima de la mesa y empecé a enhebrarla. Me temblaban las manos y no me salía muy bien. Cuando la mujer dejó de hablar, levanté los ojos y vi que me miraba con mucha curiosidad, sonriendo ligeramente. Dejé la aguja y el hilo y demostré interés —y lo tenía desde luego— diciendo:

—Trescientos dólares es mucho dinero. ¡Ojalá los tuviera mi madre! ¿Irá esta noche su marido?

—¡Sí! Subió al pueblo con el hombre de quien te he hablado para conseguir un bote y ver si les prestan otra arma. Irán después de medianoche.

—¿No lo verían mejor si esperasen a que fuera de día?

—Sí, pero ¿no podría ver mejor también el negro? Seguramente después de medianoche estará durmiendo y ellos podrán explorar los bosques en busca de la hoguera de su campamento, si lo tiene.

—No se me había ocurrido.

La mujer seguía mirándome con curiosidad, por lo que me sentí muy violento. A poco dijo ella:

—¿Cómo dijiste que te llamas, preciosa?

—Ma... Mary Williams.

Tuve la sensación de que no había dicho Mary Williams antes, de modo que mantuve bajos los ojos. Me parecía haber dicho Sarah Williams. Me sentí como acorralado y tenía miedo de demostrarlo. Deseé que la mujer dijera algo más. Cuanto más rato estaba callada, tanto más intranquilo me sentía yo. Pero al fin dijo:

—Cariño, me parece que al entrar dijiste que te llamabas Sarah.

—¡Oh, sí, lo dije, señora! Sarah Mary Williams. Algunos me llaman Sarah y otros Mary.

—¡Ah!, ¿de veras?

—Sí, señora.

Me encontraba mejor, pero deseé estar fuera de todos modos. Todavía me faltaba valor para levantar los ojos.

Bueno, la mujer empezó a hablar de los malos tiempos que corrían, de lo pobremente que vivían y de que las ratas iban de un lado a otro con tanta libertad como si la casa fuera suya, y así sucesivamente, y yo recobré al fin la calma. Tenía razón en lo de las ratas. De vez en cuando se veía una asomando el hocico por un agujero en el rincón. Ella dijo que tenía que tener cosas a mano para tirarlas a las ratas cuando se quedaba sola, porque de lo contrario no estaría tranquila. Me mostró una barra de plomo retorcida y formando un nudo, dijo que solía tener buena puntería con ella, pero que unos días atrás se había dislocado el brazo y no sabía si ahora podría acertar. Aguardó una oportunidad y ágilmente lanzó la barra contra una rata, errando con mucho el tiro. Profirió un «¡huy!» de dolor. Entonces me pidió que yo probara la próxima vez.

Yo quería marcharme antes de que regresara su marido, pero no lo demostré, claro está. Cogí la barra y a la primera rata que asomó el hocico se la tiré. La hubiera dejado bastante mal herida si no se hubiera movido de donde estaba. Dijo la mujer que había sido un lanzamiento de primera y me brindó una segunda oportunidad. Fue a recoger la barra de plomo y trajo también una madeja de hilo con la que quería que yo la ayudase. Sostuve en alto las dos manos y ella puso encima la madeja y continuó hablando de sí misma y de los asuntos de su marido. Pero se interrumpió para decir:

—Vigila las ratas. Será mejor que tengas la barra de plomo a mano, en el regazo.

Así que soltó la barra en mi regazo, yo junté las piernas para sostenerla y ella siguió charlando. Pero sólo durante un minuto. Luego quitó la madeja, me miró fijamente a los ojos con expresión afable y preguntó:

—Veamos, ahora... ¿Cómo te llamas de verdad?

—¿Co... cómo, señora?

—¿Cuál es tu nombre? ¿Bill, Tom, Bob... o qué?

Creo que yo temblaba como una hoja. No sabía qué hacer. Pero dije:

—Por favor, no se burle de una pobre chica como yo, señora. Si le estorbo en su casa, yo...

—No lo harás. Siéntate y quédate donde estás. No voy a hacerte daño ni tampoco te delataré. Debes contarme tu secreto y confiar en mí. Lo guardaré y, además, te ayudaré. También te ayudará mi marido, si tú lo quieres. Me parece que eres un aprendiz fugitivo..., esto es todo. No tiene importancia. Has recibido malos tratos y has decidido acabar con todo. ¡Dios te bendiga, no pienso delatarte, hijo! Anda, sé buen chico y cuéntamelo todo.

Dije que sería inútil continuar fingiendo, que se lo confesaría todo, siempre que ella mantuviera su promesa. Entonces le conté que mis padres habían muerto, que la ley me había entregado a un granjero viejo y mezquino que vivía en el campo, a treinta millas del río, el cual me trataba tan mal, que no pude resistirlo más. Se marchó para pasar fuera dos días, de manera que aproveché la ocasión, robé algunas ropas de su hija y hui. Estuve tres días recorriendo las treinta millas. Viajé por las noches y de día me ocultaba y dormía. La bolsa con pan y carne que me llevé de la granja me había durado todo el camino. Dije también que confiaba en que mi tío Abner Moore cuidara de mí, y que por esta razón había llegado al pueblo de Goshen.

—¿Goshen, hijo? Esto no es Goshen. Este pueblo se llama San Petersburgo. Goshen está a una milla río arriba. ¿Quién te dijo que esto era Goshen?

—¡Oh!, pues un hombre que encontré hoy al amanecer, cuando iba a adentrarme en los bosques para dormir. Me dijo que doblara hacia la derecha cuando llegara al cruce de caminos y que encontraría Goshen cinco millas más adelante.

—Me figuro que estaría borracho. Te lo dijo al revés.

—Hablaba como si lo estuviera, pero ya no importa. Tengo que continuar mi camino. Llegaré a Goshen antes de que sea de día.

—Aguanta un minuto. Te prepararé algo de comer. Puedes necesitarlo.

Después de preparar la comida preguntó:

—Oye cuando una vaca está echada, ¿por qué parte se levanta primero? Contesta de prisa... No te detengas ni a pensarlo. ¿Por qué parte se levanta primero?

—Por atrás, señora.

—Bueno, ¿y un caballo?

—Por delante, señora.

—¿A qué lado de un árbol se cría más musgo?

—Por el norte.

—Si hay quince vacas paciendo en la ladera de una montaña, ¿cuántas de ellas comen con la cabeza hacia la misma dirección?

—Las quince, señora.

—Bien, me parece que sí has vivido en el campo. Pensé que tal vez tratabas de engañarme otra vez. ¿Cuál es tu nombre verdadero?

—George Peters, señora.

—Bueno, procura recordarlo, George. No vaya a olvidársete y me digas que te llamas Alexander antes de irte y luego me salgas con que te llamas George-Alexander. Y no te acerques a las mujeres llevando este viejo vestido de calicó. Aparentas una pobre niña bastante mediocre, aunque tal vez engañes a los hombres. Bendito seas, hijo, y cuando quieras enhebrar una aguja no sostengas quieto el hilo y le acerques la aguja; sostén quieta la aguja y acércale el hilo para pasarlo... Así es cómo suele hacerlo una mujer, pero el hombre lo hace al revés. Y cuando tires algo a una rata o a cualquier otra cosa ponte de puntillas y levanta la mano por encima de la cabeza tan torpemente como sepas, y no le des a la rata por lo menos por seis o siete pies de distancia. Lánzalo manteniendo el brazo rígido desde el hombro, como si ahí tuvieras un pivote que lo hace girar; no desde la muñeca y el codo, extendiendo el brazo a un lado, como lo hace un muchacho. Y recuerda que cuando una chica trata de sostener algo en el regazo separa las rodillas, no las junta, como has hecho tú para coger la barra de plomo. Me di cuenta de que eras un chico cuando enhebrabas la aguja y te preparé las otras pruebas para cerciorarme. Ahora corre al lado de tu tío, Sarah Mary Williams George Alexander Peters, y si te encuentras en apuros avisa a la señora Judith Loftus, que soy yo, y haré lo que pueda para sacarte del aprieto. Sigue el camino del río, y la próxima vez que debas hacer un largo recorrido a pie lleva zapatos y calcetines. El camino del río es rocoso y supongo que llegarás a Goshen con los pies destrozados.

Subí la ribera unas cincuenta yardas y luego desanduve lo andado y me dirigí al lugar donde estaba mi canoa, bastante más abajo de la casa. Salté dentro y me marché a toda prisa. Remonté la corriente lo suficiente para alcanzar el cabo de la isla y entonces empecé a cruzar. Me quité el sombrero porque ya no necesitaba la visera. Cuando me encontraba en el centro del río oí que el reloj empezaba a dar campanadas. Me paré a escuchar. El sonido llegaba débilmente por encima del agua, pero con claridad... Eran las once. Cuando llegué a la isla no me detuve a tomar aliento, aunque estaba desfallecido, sino que me interné entre los árboles, donde antes solía tener mi campamento, y encendí una buena hoguera en un sitio seco.

Luego salté dentro de la canoa y me dirigí hacia nuestro escondite, una milla y media más abajo, tan rápidamente como pude. Desembarqué y atravesé el bosque, subí la colina y entré en la caverna. Allí estaba Jim profundamente dormido en el suelo. Le desperté diciéndole:

—¡Levántate y muévete, Jim! ¡No hay un minuto que perder! ¡Vienen por nosotros!

Jim no hizo preguntas, ni siquiera dijo una palabra. Pero el modo como trabajó durante la siguiente media hora demostró lo asustado que estaba. Entonces todo cuanto teníamos en el mundo estaba en nuestra balsa, la cual estaba lista para desatracar de la caleta de sauces donde estaba escondida. Primero apagamos el fuego de la caverna y después no sacamos fuera ni una vela.

Me alejé un poco de la orilla en la canoa para echar un vistazo, pero, si había un bote, no pude verlo, porque las estrellas y las sombras no sirven para ver bien. Luego sacamos la balsa y nos deslizamos bajo la sombra, pasando junto a la isla, mortalmente quietos, sin pronunciar una palabra.

Capítulo 12

Faltaría poco para la una cuando por fin estuvimos más abajo de la isla, y la balsa avanzaba muy despacio. Si se aproximaba alguna embarcación, cogeríamos la canoa y nos dirigiríamos a la orilla de Illinois. Menos mal que no se acercó ningún bote, porque ni se nos ocurrió meter la escopeta dentro de la canoa, ni una caña de pescar, ni nada de comer. Estábamos demasiado preocupados para pensar en tantas cosas. No fue muy acertada la idea de ponerlo todo en la balsa.

Si los hombres visitaron la isla, supongo que encontraron la hoguera que yo encendí y esperaron toda la noche a que apareciese Jim. En todo caso, estuvieron lejos de nosotros y, si mi treta del fuego no los engañó, la culpa no fue mía. Lo hice con tanta mala intención como pude.

Cuando empezó a amanecer, amarramos a un saliente de remolque en un marcado meandro del lado de Illinois, cortamos ramas de chopos de Virginia con la hacheta y con ellas cubrimos la balsa; para darle el aspecto de un corrimiento de tierra en el banco que había allí. Un saliente de remolque es un banco de arena que tiene chopos tan compactos como los dientes de una traílla.

Teníamos montañas en la orilla de Missouri y densa arboleda en la de Illinois, y en aquel lugar el canal estaba en la orilla de Missouri, de modo que no temíamos que nadie nos encontrara. Pasamos allí el día, tumbados, observando las balsas y los vapores que navegaban por la orilla del Missouri, y los vapores que remontaban el río, luchando con él en el centro. Hablé a Jim de mi aventura con aquella mujer, y Jim dijo que era muy lista y que, si ella nos seguía la pista, seguro que no se sentaba a montar guardia junto a la hoguera del campamento... No, señor, traería un perro.

—Bueno —dije yo entonces—, ¿y si ella dijo a su marido que llevara un perro?

Jim apostó a que ella no lo pensó cuando los hombres se marcharon, y creía que deberían subir al pueblo en busca de un perro, que perderían mucho tiempo, pues de lo contrario nosotros no nos encontraríamos ahora a dieciséis o diecisiete millas más abajo del pueblo... No, señor, estaríamos en el pueblo de nuevo. Dije que no importaba el motivo por el que no nos capturasen, siempre que no lo lograran.

Cuando empezó a anochecer, asomamos las cabezas entre la densa barrera de los chopos y miramos en todas direcciones. No se veía nada. Jim cogió algunas tablas superiores de la balsa e improvisó una choza en la que guarecernos de la lluvia y el mal tiempo, así como para mantener las cosas secas. También hizo un suelo para la choza, levantándolo algo más de un pie por encima del nivel de la balsa, a fin de que las mantas y todo lo demás no fuera alcanzado por el oleaje de los vapores. Al centro pusimos una capa de tierra de unas cinco o seis pulgadas de grueso, enmarcada, a fin de que no se moviera de sitio. Serviría para encender una hoguera cuando el tiempo empeorase o hiciera frío. También hicimos un remo extra, porque uno de los otros podía romperse contra un tronco flotante o algo parecido. Fijamos un palo corto y ahorquillado para colgar la vieja linterna, porque siempre debíamos encenderla cuando viésemos bajar un vapor por el río, con objeto de impedir que nos arrollase, pero no haría falta encender la linterna para los vapores que remontaban el río, a menos que estuviéramos en lo que llaman un cruce, pues el río aún estaba bastante crecido y sus orillas, muy bajas, seguían inundadas, de manera que los vapores que remontaban el río no siempre seguían el canal, sino que preferían el agua fácil.

Esa segunda noche caminamos unas siete u ocho horas, con una corriente que hacía más de cuatro millas por hora. Pescamos, hablamos y nos bañamos de vez en cuando para no dormirnos. Daba una sensación de solemnidad dejarnos llevar a la deriva río abajo, por sus aguas quietas, tumbados boca arriba, contemplando las estrellas, y ni siquiera deseábamos hablar en voz alta, y no reíamos, sino que soltábamos una risita entre dientes. En conjunto tuvimos buen tiempo y no nos ocurrió nada aquella noche, ni la siguiente, ni la tercera.

Todas las noches pasábamos frente a algunos pueblos. Los había situados en lo alto de negras colinas, como un radiante lecho de luces, sin que pudiera verse una sola casa. La quinta noche pasamos por delante de St. Louis y pareció como si el mundo entero estuviera iluminado. Solían decir en San Petersburgo que había veinte o treinta mil personas en St. Louis, pero nunca lo creí hasta ver aquel maravilloso derroche de luces a las dos de aquella noche tranquila. No se oía ningún ruido, todo el mundo dormía.

Cada noche solía bajar a tierra, alrededor de las diez, para comprar diez o quince centavos de comida, tocino o cualquier otra cosa, en un pueblecito. A veces escamoteaba un pollo que no dormía cómodamente en su gallinero y me lo llevaba. Papá decía siempre que hay que coger un pollo cuando se tiene la oportunidad, porque, si uno no lo quiere, fácilmente encontrará alguien que lo quiera, y una buena acción jamás se olvida. Nunca vi que papá no quisiera el pollo, pero en todo caso eso era lo que él decía.

Por las mañanas, antes de amanecer, me deslizaba dentro de sembrados y me llevaba una sandía, un melón, una calabaza o un poco de maíz nuevo y cosas por el estilo. Papá decía siempre que no era malo llevarse cosas prestadas si uno tenía el propósito de pagarlas algún día, pero la viuda decía que eso no era más que una expresión suave de la palabra «robar», y que ninguna persona honrada debía hacerlo. Jim dijo que le parecía que tanto la viuda como papá llevaban la mitad de razón, de modo que lo mejor para nosotros sería elegir dos o tres cosas de la lista y decir que nunca las tomaríamos prestadas... Luego, suponía que no había nada malo en tomar prestado el resto.

Así que lo hablamos durante toda una noche, mientras flotábamos río abajo, tratando de decidir si nos desprendíamos de las sandías o de los melones o de qué. Pero hacia el amanecer llegamos a un acuerdo satisfactorio. Nos desprenderíamos de las manzanas silvestres y de los nísperos. Antes no estábamos tranquilos, pero ya estaba resuelto el problema. Me alegré de la decisión tomada, porque las manzanas silvestres nunca son del todo buenas y los nísperos tardarían aún dos o tres meses en madurar.

Cazamos de vez en cuando algún pájaro que se despertaba demasiado temprano por la mañana o se acostaba bastante tarde por la noche. En conjunto, vivíamos estupendamente.

A la quinta noche, más abajo de St. Louis, tuvimos una gran tormenta después de medianoche, con fuertes truenos y relámpagos, y la lluvia cayó como si fuera cortina de agua sólida. Nos quedamos en la choza y dejamos que la balsa se cuidara de sí misma. Con el resplandor de los relámpagos pudimos ver delante un gran río, flanqueado por altos acantilados rocosos. Dije:

—¡Caramba, mira allá, Jim!

Era un vapor que se había estrellado contra una roca. La corriente nos llevaba hacia él. El relámpago nos lo dejó ver claramente. Estaba ladeado, con parte de su cubierta superior asomando por encima del agua, y se podía ver nítidamente la chimenea y una silla junto a la gran campana, con un chambergo colgado del respaldo, cuando lo iluminaban los relámpagos.

Bueno, quizá porque era una noche de tempestad y todo tenía tanto aire misterioso, sentí exactamente lo que cualquier muchacho al ver el barco naufragado allí, en el centro del río, sombrío y solitario. Deseé subir a bordo y recorrerlo para ver qué había dentro. De modo que dije:

—Desembarquemos en él, Jim.

Pero Jim se oponía al principio:

—No quiero hacer el tonto visitando un naufragio. Las cosas nos van bien y es mejor dejarlas como están, según dice el libro divino. Apuesto a que hay un guardián a bordo.

—¡Que va a haber un guardián, hombre de Dios! —repliqué yo—. No hay nada que vigilar, salvo el sombrero y el timón. ¿Crees que alguien se expondría por un sombrero y un timón en una noche como ésta, cuando puede que se parta por la mitad en cualquier momento y sea arrastrado río abajo? —Jim no pudo oponer nada a esto, de modo que no lo intentó—. Además —continué—, podíamos tomar prestado lo que valiera la pena de la cabina del capitán. Te apuesto a que hay cigarros... de los de cinco centavos cada uno. Los capitanes de los vapores siempre son ricos y ganan seis dólares al mes, y les importa un comino lo que cuesta algo que les interesa, ¿entiendes? Métete una vela en el bolsillo. No estaré tranquilo, Jim, hasta que le echemos un vistazo por dentro. ¿Crees que Tom Sawyer despreciaría semejante bicoca? ¡Ni hablar! Lo llamaría una aventura, eso es... Y desembarcaría en este barco naufragado, aunque fuera lo último que hiciera con vida. ¡Y no le echaría imaginación a la aventura! ¡Te apuesto a que te parecería estar viendo a Cristóbal Colón descubriendo el Nuevo Mundo! ¡Ojalá Tom Sawyer estuviera aquí!

Jim gruñó, pero al fin accedió. Dijo que no habláramos más de lo preciso y en voz baja. Al resplandor de los relámpagos vimos de nuevo el buque naufragado, nos agarramos a la cabria de estribor y amarramos allí mismo.

La cubierta estaba alta en ese punto. Nos escurrimos hacia abajo por la pendiente hacia babor, en la oscuridad, tanteando suavemente el suelo con los pies y alargando las manos para esquivar las retenidas, porque estaba tan a oscuras que no podíamos ni verlas. Pronto tropezamos con el extremo proel de la claraboya y nos encaramamos a ella. El paso siguiente nos llevó ante la puerta de la cabina del capitán, que estaba abierta, y, ¡diantres!, abajo, en la cámara, vimos una luz. ¡Y en el mismo momento nos pareció oír unas voces quedas allá!

Jim dijo en un susurro que se encontraba muy mal y que lo siguiera. Respondí que estaba de acuerdo y me encaminaba ya hacia la balsa, cuando oí una voz lastimera que decía:

—¡Por favor, muchachos! ¡Juro que no lo diré a nadie!

Otro respondió en voz bastante alta:

—¡Mientes, Jim Turner! Siempre pediste más y lo conseguiste porque nos amenazabas con delatarnos si no te lo dábamos. Pero esta vez has ido demasiado lejos. Eres el perro más canalla y traidor del país.

Jim se había alejado ya hacia la balsa. Yo me sentía devorado por la curiosidad y me dije que Tom Sawyer no se volvería atrás ahora, ni yo tampoco. Vería qué pasaba allí. De modo que me agaché y a cuatro patas avancé por el pequeño corredor, a oscuras, hasta que no quedaba más que un camarote entre el salón y yo. Allí vi a un hombre tendido en el suelo, atado de pies y manos, y a dos hombres de pie junto a él, uno de los cuales sostenía una pequeña linterna en la mano y el otro encañonaba con una pistola al hombre tendido en el suelo, al tiempo que le decía:

—¡Me gustaría hacerlo! ¡Y tendría que hacerlo, granuja inmundo!

El hombre que yacía en el suelo se encogía diciendo:

—¡Por favor, no lo hagas, Bill...! ¡No diré nada!

Y cada vez que decía eso el hombre de la linterna se reía diciendo:

—¡Pues claro que no lo dirás! ¡Apuesto a que nunca has dicho una verdad! —Y luego añadió—: ¡Cómo suplica! Y, sin embargo, si no llegamos a adelantarnos atándolo, nos habría matado a los dos. ¿Y por qué? Por nada. Simplemente porque reclamábamos nuestros derechos..., por eso nada más. Pero creo que no volverás a amenazar a nadie, Jim Turner. ¡Guárdate la pistola, Bill!

Bill dijo:

—No lo haré, Jake Packard. Prefiero matarlo... ¿No mató él al viejo Hatfeld de la misma manera? ¿No se lo merece?

—Pero es que no quiero matarlo y tengo buenas razones.

—¡Dios te bendiga por estas palabras, Jake Packard! ¡No las olvidaré mientras viva! —dijo el hombre del suelo, casi gimoteando.

Packard no le hizo el menor caso, sino que colgó su linterna de un clavo y se encaminó hacia donde estaba yo, a oscuras, e indicó a Bill con un ademán que le siguiera. Retrocedí a gatas tan de prisa como pude unas dos yardas, pero, al estar tan ladeado el barco, no adelanté mucho, de modo que para evitar que tropezaran conmigo y me sorprendieran entré en un camarote de la parte de arriba. El hombre avanzó a tientas y, cuando llegó a mi camarote, dijo:

—Ven... Entra aquí.

Y entró seguido de Bill. Pero antes de que entraran yo estaba ya en la litera, acurrucado y arrenpetido de haber subido a bordo. Allí estaban ellos, con las manos sobre el borde de la litera, hablando. No pude verlos, pero adivinaba dónde estaban por el olor de whisky que echaban. Me alegré de no beber whisky, aunque esto no hubiera cambiado las cosas, porque no habrían podido descubrirme, ya que ni siquiera respiraba. Estaba demasiado asustado. Además, uno no podía respirar escuchando semejante conversación. Hablaban en tono bajo y grave. Bill quería matar a Turner. Dijo:

—Ha dicho que me delatará y lo hará. Si le diéramos nuestras dos partes ahora, las cosas seguirán igual después de la pelea y de cómo le hemos tratado. Tan seguro como que estás vivo, que él nos denunciará. Ahora escúchame: Creo que debemos eliminarlo.

—Yo también —dijo Packard tranquilamente.

—¡Maldición, empezaba a sospechar lo contrario! Bueno, pues todo arreglado. Vamos a eliminarlo.

—Aguarda un minuto. No me has dejado hablar. Escúchame tú a mí. No está mal pegarle un tiro, pero hay medios más discretos, ya que hay que hacer el trabajo. Lo que quiero decir es esto: Es de locos andar solicitando una soga para el cuello cuando uno puede conseguir su propósito de otra manera que no acarrea riesgos. ¿Tú qué crees?

—Que tienes toda la razón. Pero ¿cómo lo solucionarás esta vez?

—Mi idea es ésta, verás: Registraremos todo el barco cogiendo las cosas que se nos pasaron por alto en los camarotes, bajaremos a la orilla y esconderemos el botín. Entonces esperaremos. Apuesto a que no pasan ni dos horas antes de que este barco se desmorone y sea arrastrado río abajo. ¿Lo entiendes? El se ahogará y nadie tendrá la culpa más que él. Me figuro que es mucho mejor esto que matarlo. No soy partidario de matar a un hombre mientras pueda evitarse. No es sensato ni moral. ¿Me equivoco?

—No... Creo que no. Pero supón que el barco no se desmorona ni se lo lleva el río.

—Bueno, esperemos dos horas y veamos qué pasa, ¿no?

—De acuerdo, vamos.

Nada más que se alejaron, yo me largué, envuelto en sudor frío, hacia la proa. Aquello estaba oscuro como boca de lobo. Llamé con un susurro áspero:

—¡Jim!

El me contestó con un gemido a mi lado. Yo le dije entonces:

—¡Jim, no podemos perder tiempo gimoteando! Es una banda de asesinos y, si no encontramos su bote y lo dejamos a la deriva en el río para que esos tipos no puedan huir, uno de ellos las va a pasar negras. Pero, si encontramos su bote, podemos meterlos a todos en el aprieto... y el sheriff se encargará de ellos. ¡Pronto... date prisa! Yo miraré por el lado de babor y tú por el de estribor. Empiezas por la balsa y...

—¡Ay, Señor, mi Señor! ¿La balsa? ¡No hay ninguna balsa! Se han soltado las amarras y ha desaparecido... ¡Y nosotros nos hemos quedado aquí!

Capítulo 13

Bueno, el caso es que me quedé sin aliento y casi me desmayé. ¡Acorralados en el barco con semejante banda! Pero no había tiempo que perder para tener flaquezas sentimentales. Teníamos que encontrar el bote ahora... para nosotros. De modo que, temblando, bajamos por el lado de estribor, y fue una maniobra tan lenta, que se nos antojó que pasaba una semana antes de que alcanzáramos la popa. Ni rastro de un bote. Jim dijo que no podía seguir adelante; estaba tan asustado, que le faltaban las fuerzas. Pero yo le dije que, si nos quedábamos a bordo del barco naufragado, estábamos perdidos sin remedio. De modo que seguimos andando al acecho. Buscamos la popa del camarote y lo encontramos. Luego nos dirigimos hacia la proa por la claraboya, colgándonos de persiana en persiana, porque el saliente de la claraboya estaba en el agua. Cuando llegamos cerca de la puerta del salón, ¡allí estaba el esquife! Apenas podía verlo.

Me sentí aliviado. Un segundo más y estaría a bordo del esquife, pero justamente entonces se abrió la puerta. Uno de los hombres asomó la cabeza a unos dos pies de mí, y pensé que estaba ya perdido, pero la metió nuevamente dentro, diciendo:

—¡Aparta de una vez esa maldita linterna, Bill!

Arrojó una bolsa o algo en el bote y luego saltó dentro y se sentó. Era Packard. Acto seguido salió Bill y se reunió con él. Packard dijo en voz baja:

—Preparados... ¡Vámonos!

Me fue difícil seguir colgándome de las persianas, por lo débil que me sentí. Pero Bill dijo:

—Aguarda, ¿le has registrado?

—No. ¿No lo hiciste tú?

—No. Así que tiene aún su parte del dinero.

—Bueno, vamos entonces... Es inútil llevarnos el botín y dejar el dinero.

—Oye... ¿No sospechará lo que tramamos?

—Tal vez no. Pero, de todo modos, hemos de quitárselo. Vamos.

Dejaron el bote y volvieron a entrar.

La puerta se cerró de golpe porque estaba en el costado carenado: medio segundo después yo estaba en el bote y Jim me seguía a tropezones. ¡Corté la cuerda con mi cuchillo y nos largamos!

No tocamos un remo, no hablamos ni en susurros, apenas respiramos. Nos dejábamos llevar por la rápida corriente, en un silencio de muerte, por delante de la punta del tambor de rueda y de la popa. Un par de segundos más tarde nos encontrábamos a cien yardas más abajo del barco naufragado, que las tinieblas engulleron sin dejar rastro. Estábamos salvados y lo sabíamos.

Cuando estábamos a tres o cuatrocientas yardas, vimos aparecer la linterna como una chispita en la puerta del camarote, por un segundo, y comprendimos que los granujas habían descubierto la desaparición del bote y se daban cuenta de que se encontraban en el mismo apuro que Jim Turner.

Entonces Jim empuñó los remos y emprendimos la búsqueda de nuestra balsa. Fue entonces cuando empecé a preocuparme por los hombres. Creo que antes me faltó tiempo. Empecé a pensar en lo espantoso que debía ser, incluso para unos asesinos, encontrarse en semejante aprieto. Me dije que quién podía asegurar que no me convirtiera en un asesino, y que, entonces, ¿me gustaría que me hicieran aquello? Por lo tanto, dije a Jim:

—En cuanto veamos una luz, desembarcaremos cien yardas más arriba o más abajo de ella, en un lugar donde haya un buen escondrijo para ti y el esquife, y entonces idearé una historia fantástica para que alguien vaya en busca de esa banda y los saque del apuro, para que les cuelguen cuando les llegue el momento.

Pero la idea fue un fracaso. Pronto se desencadenó otra tormenta, y esta vez peor que nunca. Llovía intensamente y no se veía ni una luz.

«Todo el mundo debe estar acostado», pensé. Descendimos por el río en busca de luces y de nuestra balsa. Al cabo de largo rato cesó de llover, pero quedaron las nubes, los relámpagos continuaron gimiendo con furia y a poco uno de sus destellos nos reveló un objeto negro que flotaba ante nosotros y hacia el cual nos dirigimos.

Era la balsa, y nos alegró una enormidad subir a bordo de ella nuevamente. Vimos entonces una luz a la derecha, en la orilla. Dije que iría hacia allí. El esquife estaba medio lleno del botín que había robado la banda del buque. Lo trasladamos a la balsa e indiqué a Jim que siguiera flotando y encendiera una luz cuando calculase que llevaba recorridas dos millas, sin apagarla hasta mi regreso. Luego empuñé los remos y me dirigí hacia la luz. Mientras descendía vi tres o cuatro luces más en la ladera de la colina. Era un pueblo. Rodeé la luz de la orilla, levanté los remos y seguí flotando. Al pasar vi una linterna colgada del asta de la bandera de un vapor de doble quilla. Miré alrededor en busca del vigilante y preguntándome dónde dormiría. A poco le encontré durmiendo en las bitas de proa, con la cabeza entre las rodillas. Le sacudí dos o tres veces por el hombro y empecé a llorar.

Se despertó bastante sobresaltado, pero, cuando vio que sólo era yo, bostezó a gusto, estiró los brazos y dijo:

—Hola, ¿qué pasa? No llores, peque. ¿Qué te ocurre?

Yo dije:

—Papá, mamá, mi hermanita y...

Entonces me deshice en lágrimas. El dijo:

—Oh, vamos, vamos; no lo tomes de esta manera. Todos tenemos problemas y éste tuyo se solucionará. ¿Qué ocurre?

—Ellos... ellos... ¿Es usted el vigilante del barco?

—Sí —contestó, bastante satisfecho—. Soy el capitán, el dueño, el piloto, el vigilante y el primer marinero, y a veces la carga y el pasaje. No soy tan rico como el viejo Jim Hornsback y no puedo ser tan generoso y bueno para con Tom, Dick y Harry como lo es él, y gastar el dinero que se gasta él, pero le he dicho más de una vez que no me cambiaría por él, porque es lo que yo le digo: la vida de marinero es la mía, y que me cuelguen si vivo alguna vez a dos millas del pueblo, donde nunca pasa nada; no lo haría por toda su pasta y mucha más que me dieran. Es lo que yo digo...

Le interrumpí para decir:

—Están en un espantoso atolladero y...

—¿Quiénes?

—Pues papá, mamá y mi hermanita y la señorita Hooker; y si usted cogiera su vapor y fuera allí...

—¿A dónde? ¿Dónde están?

—En el barco naufragado.

—¿Qué barco?

—Pues no hay más que uno.

—¿Cómo? ¿Hablas del «Walter Scott»?

—Sí.

—¡Cielo Santo! Por el amor de Dios, ¿qué hacen allí?

—Pues no fueron a propósito.

—¡Apuesto a que...! Pero, Dios bendito, ¡están perdidos si no se va de prisa! Y ¿cómo diantres se metieron en ese atolladero?

—Muy fácil. La señorita Hooker estuvo de visita en el pueblo...

—Sí, en Boots's Landing... Continúa.

—Estuvo allí y, al anochecer, salió con su ama negra en la barcaza para pasar la noche en casa de su amiga, la señorita no sé cómo se llama. Perdieron el remo de gobierno, dieron vueltas y entonces flotaron río abajo, de popa, unas dos millas, y luego quedó montada sobre el barco naufragado, y el barquero, la negra y los caballos se perdieron, pero la señorita Hooker logró agarrarse y subir a bordo del barco naufragado. Bueno, pues una hora después de anochecer llegamos nosotros en nuestra chalupa mercante y estaba tan oscuro, que no vimos el barco hasta que estuvimos encima, y también nosotros quedamos montados sobre él; nos salvamos todos, menos Bill Whipple... ¡Oh, qué buena persona era! Casi preferiría haber sido yo...

—¡Válgame Dios; es la cosa más extraordinaria que he oído en mi vida! Y entonces, ¿qué hicisteis?

—Pues gritamos continuamente, pero el río es tan ancho allí, que nadie nos oyó. Papá dijo que alguien debía bajar a tierra en busca de auxilio. Yo era el único que sabía nadar, de modo que me ofrecí, y la señorita Hooker dijo que si no encontraba pronto ayuda viniese aquí en busca de su tío, que él lo solucionaría. Toqué tierra a una milla más abajo de aquí y desde entonces he ido de un lado a otro tratando de lograr que la gente hiciera algo por mí, pero todos decían: «¿Cómo, en semejante noche y con esa corriente? Es una locura. Ve al vapor.» Ahora, si usted va y...

—¡Diablos, me gustaría ir, y no sé aún si iré! Pero ¿quién pagará después el gasto? ¿Crees tú que tu papá...?

—¡Oh, claro está que sí! La señorita Hooker recalcó que su tío Hornsback...

—¡Rayos y truenos! ¿Es él su tío? Oye, ve corriendo hacia aquella luz de allá y dobla hacia el oeste. Un cuarto de milla más adelante llegarás a la taberna. Diles que te lleven a casa de Jim Hornsback y él pagará la cuenta. Y no te entretengas, porque él querrá conocer la noticia. Dile que habré salvado a su sobrina antes de que él llegue al pueblo. Anda, echa a correr. Voy ahí, a la vuelta de la esquina, a despertar a mi maquinista.

Corrí hacia la luz, pero en cuanto él desapareció tras la esquina volví sobre mis pasos, salté dentro de mi esquife, achiqué el agua y luego remé orilla arriba, en el agua mansa, unas seiscientas yardas y me escondí entre algunas barcas, porque no estaría tranquilo hasta ver salir el vapor. Pero en conjunto me sentía bastante satisfecho de la manera en que ayudaba a aquella banda, pues no lo harían muchos en mi lugar. Deseé que la viuda lo supiera. Pensé que ella estaría orgullosa de mí por ayudar a aquellos bribones, porque los granujas y los desgraciados son los que más interesan a la viuda y a las buenas personas.

¡Bueno, a poco bajó a la deriva el barco naufragado, sombrío y silencioso! Me recorrió una especie de temblor frío y luego remé hacia él. Estaba muy hundido y pronto me di cuenta de que había pocas posibilidades de que dentro hubiera alguien con vida. Di la vuelta alrededor y lancé unos gritos, pero no hubo respuesta. Había un silencio de muerte. Me sentí algo apenado por la banda, pero no mucho, porque pensé que, si ellos podían soportarlo, yo también podría.

Entonces apareció el vapor, de modo que me dirigí hacia el centro del río diagonalmente. Cuando calculé que estaba fuera de su vista, levanté los remos y miré atrás. Vi que el vapor husmeaba el barco naufragado en busca de los restos de la señorita Hooker, porque el capitán sabía que tío Hornsback querría tenerlos. Luego el vapor abandonó bastante pronto la búsqueda y regresó a la orilla. Volví a remar y me lancé a toda velocidad río abajo.

Se me antojó que pasaba larguísimo rato antes de aparecer la luz de Jim. Cuando la vi, parecía hallarse a mil millas de distancia. Cuando la alcancé, el cielo empezaba a volverse grisáceo por el este, de manera que nos dirigimos hacia una isla, ocultamos la balsa, hundimos el esquife, nos tumbamos y quedamos dormidos como muertos.

Capítulo 14

Poco después de levantarnos repasamos las cosas que la banda robó del barco naufragado y hallamos botas, mantas, ropas y toda suerte de objetos, así como un montón de libros, un catalejo y tres cajas de cigarros. Ninguno de los dos había sido tan rico en toda su vida. Los cigarros eran de primera. Estuvimos toda la tarde tumbados en los bosques, hablando. Yo hojeé los libros y lo pasamos bastante bien. Conté a Jim todo lo ocurrido dentro del barco y en el vapor. Dije que cosas así eran aventureras, pero él dijo que estaba harto de aventuras. Añadió que, cuando yo entré en el camarote y él se volvió a gatas hacia la balsa y descubrió que había desaparecido, estuvo a punto de morirse del susto, porque pensó que él estaba perdido de todos modos, porque, si no se salvaba, moriría ahogado, y, si se salvaba, el que le salvara le devolvería a su ama por la recompensa ofrecida, y entonces la señorita Watson le vendería a los del sur sin dudarlo. Bueno, Jim tenía razón; casi siempre la tenía. Para ser negro, poseía un cerebro extraordinario.

Leí muchas cosas a Jim respecto a los reyes, duques, condes y gente así. Se enteró de los suntuosos ropajes que llevaban, de su gran estilo, de que entre sí se llamaban Majestad y Su Señoría y cosas así, en lugar de señor. Los ojos se le desorbitaban a Jim; estaba muy interesado, y dijo:

—No sabía que hubiera tantos. No había oído hablar de ninguno de ellos; es decir, solamente del rey Salomón, a menos que llames reyes a los de la baraja. ¿Cuánto gana un rey?

—¿Cuánto gana? —exclamé yo—. ¡Pues mil dólares al mes, si quiere! Los reyes tienen todo lo que desean, es todo suyo.

—¿Verdad que es estupendo? Y ¿qué tienen que hacer, Huck?

—¡No hacen nada! ¡Qué cosas dices...! No hacen más que estar sentados...

—¡No! ¿De veras?

—¡Pues claro! Están siempre sentados menos cuando hay guerra. Entonces tienen que ir a la guerra, pero normalmente están ganduleando por ahí, o van de caza con el halcón... con el halcón y... ¡Chisst! ¿Has oído ese ruido?

Atisbamos, pero no había nada anormal, simplemente el rumor de la rueda del vapor que descendía doblando el cabo. Volvimos al sitio.

—Sí —continué yo—, y en otras ocasiones, cuando se aburre, alborota con el parlamento y, si no hacen todos lo que él quiere, les corta la cabeza. Pero lo que suelen hacer los reyes es rondar el harén.

—Rondar... ¿el qué?

—El harén.

—¿Qué es eso?

—El sitio donde guardan a sus mujeres. ¿No has oído hablar del harén? Salomón tenía uno y tenía aproximadamente un millón de esposas.

—¡Ah, sí, es verdad! Yo... lo había olvidado. Me figuro que un harén es algo así como una pensión. Lo más seguro es que tengan muchas complicaciones en el cuarto de los niños. Y supongo que las mujeres discutirán muchísimo, y así el alboroto se hace mayor. Y, sin embargo, dicen que Salomón fue el hombre más sabio que ha vivido jamás. No me convence. Porque ¿cómo se explica que un hombre tan sabio quisiera vivir en medio de semejante batahola? No... desde luego, no es posible. Un hombre sabio se construiría una fábrica de calderos y, cuando quisiera descansar, no tendría más que cerrar la fábrica y en paz.

—Bueno, pues fue el hombre más sabio, porque la viuda me lo dijo.

—No sé qué te diría la viuda, pero él no fue un sabio. Casi todas las cosas que hizo tenían truco. ¿Sabes lo del crío que iba a partir en dos?

—Sí, me lo contó la viuda.

—¡Pues entonces...! ¿No fue una idea disparatada? No tienes más que pensarlo un minuto. Ahí tienes ese tocón... Digamos que es una de las mujeres. Ahí estás tú... Eres la otra mujer. Yo soy Salomón y este billete de dólar es el niño. Las dos lo reclamáis. ¿Qué hago yo? ¿Empiezo a preguntar entre los vecinos para averiguar a cuál de las dos pertenece el billete y se lo doy a la mujer que es la dueña, sano y salvo, como haría una persona con la cabeza bien sentada? No... Voy y parto el billete en dos; te doy la mitad a ti y la otra mitad a la otra mujer. Así es cómo pensaba hacerlo Salomón con el niño. Y ahora te pregunto yo: ¿De qué sirve medio billete? No puedes comprar nada con él. ¿Y de qué sirve medio crío? No daría ni tanto así por un millón de mitades de niños.

—¡Diantre, Jim; a ti se te ha escapado el verdadero sentido, hombre!

—¿A mí? Anda, chico, no me hables a mí de sentidos. Yo veo el sentido cuando lo hay, y ese asunto no lo tiene. No se disputaban medio crío, se disputaban al niño entero. Y el hombre que piensa que arreglará las cosas dando medio crío cuando uno lo quiere entero es que no sabe ni entrar en casa cuando llueve. No me hables de ese Salomón, Huck, le conozco por la espalda.

—¡Te digo que no entiendes el sentido!

—¡Y dale con el sentido! Yo sé lo que sé. Te repito que el verdadero sentido es más profundo. ¡Vaya si lo es! Viene de cómo se educó Salomón. Toma a un hombre que sólo tiene uno o dos niños. ¿Crees que ese hombre malgastará críos? No, señor, no los malgastará; no puede darse este gusto. El sabe valorarlos. Pero toma a un hombre que tiene unos cinco millones de críos correteando por su casa, y la cosa cambia. A él le resulta tan fácil partir a un niño en dos como si fuera un gato. Tiene muchos más. Niño más, niño menos, ¿qué podía importarle a Salomón? ¡Qué condenado!

Jamás había visto un negro igual. Si se le metía una idea en la cabeza, no había manera de sacársela. De los negros que conocía, era el que más inquina tenía a Salomón. Así que seguí hablando de otros reyes y dejé a Salomón a un lado. Le hablé de Luis XVI, al que le cortaron la cabeza en Francia mucho tiempo atrás, y de su hijo, el Delfín, que debía ser rey, pero al que se lo llevaron para encerrarlo en la cárcel, donde al cabo de algún tiempo se murió.

—¡Pobre chiquillo!

—Pero algunos dicen que se escapó y vino a América.

—¡Es estupendo! Pero se encontraría bastante solo... Aquí no hay reyes, ¿verdad, Huck?

—No.

—Entonces no puede conseguir un empleo. ¿Qué va a hacer?

—Pues no lo sé. Los hay que se meten a policías y otros que enseñan a la gente a hablar en francés.

—Oye, Huck, ¿los franceses no hablan del mismo modo que nosotros?

—No, Jim. No entenderías ni una palabra de lo que dicen... ni una palabra.

—¡Vaya, esto sí que me revienta! ¿Cómo es esto?

—Yo no lo sé, pero así es. Aprendí algo de su jerga en un libro. Supón que se acerca un hombre y te dice: *Parlé-vú fransé... ¿*Qué pensarías?

—No pensaría nada. Le daría un porrazo en la cabeza. Es decir, si no fuera blanco. No consentiría a ningún negro que me llamara eso.

—¡Caray, que no te llama nada! Solamente te pregunta si sabes hablar francés.

—Ah, pues entonces, ¿por qué no lo dice?

Allí vi a un hombre tendido en el suelo, atado de pies y manos, y a dos hombres de pie junto a él, uno de los cuales sostenía una pequeña linterna en la mano y el otro encañonaba con una pistola al hombre tendido en el suelo. . . (pág. 56)

—¡Si te lo dice! Es la manera francesa de decírtelo.

—¡Qué cosa tan ridícula! Mira, no quiero hablar más de eso. No tiene sentido.

—Oye, Jim. ¿Un gato habla como nosotros?

—No, un gato no.

—Bueno, ¿y una vaca?

—No, una vaca tampoco.

—¿Habla un gato como una vaca o una vaca como un gato?

—No.

—Es natural y correcto que cada uno hable de manera distinta, ¿verdad?

—¡Claro!

—¿Y no es natural y correcto que un francés hable de distinta manera que nosotros? Anda, contéstame a eso.

—¿Un gato es un hombre?

—No.

—Entonces, no tiene sentido que un gato hable como un hombre. ¿Una vaca es un hombre? ¿O bien es un gato?

—Ni una cosa ni otra.

—Bien, pues la vaca no tiene por qué hablar como uno o el otro. ¿Un francés es un hombre?

—Sí.

—¡Ah, bien! ¿Por qué, pues, el muy condenado no habla como un hombre? ¡Contéstame tú a eso!

Vi que era inútil seguir hablando... Es imposible enseñar a discutir a un negro. Así que me di por vencido.

Capítulo 15

Calculamos que al cabo de otras tres noches llegaríamos a Cairo, al fondo del Illinois, donde desemboca el río Ohio, y eso era lo que buscábamos. Venderíamos la balsa, embarcaríamos en un vapor y remontaríamos el Ohio entre los Estados libres para poner término a nuestras tribulaciones.

Bueno, la segunda noche apareció la niebla y nos dirigimos a un asidero de remolque, pues nada sacaríamos con seguir navegando con la niebla. Cuando avancé remando en la canoa, con el cable, para amarrar, no encontré más que árboles muy pequeños. Até el cable alrededor de uno que había en el borde de la ribera cortada, pero había una corriente muy fuerte, y la balsa descendió tan rápidamente, que arrancó el árbol de raíz llevándoselo río abajo. Vi que se espesaba la niebla y me asusté tanto que casi pasé medio minuto sin moverme... y entonces la balsa había desaparecido ya de mi vista. Era imposible ver más allá de veinte yardas. Salté dentro de la canoa, corrí a popa, cogí la pértiga y empecé a remar. Pero no se movía. Con tantas prisas, no la había desamarrado. Me levanté e intenté desatar el cable, pero con la excitación las manos me temblaban y apenas pude hacer nada.

En cuanto me puse en marcha perseguí la balsa acalorado, inquieto. Al principio todo fue bien, pero el asidero de remolque no tenía sesenta yardas de largo, y en cuanto pasé por delante me adentré a toda velocidad en la sólida niebla blanca y quedé tan desorientado de la dirección que llevaba como lo estaría un muerto.

Pensé, «No servirá de nada que reme; antes de que me dé cuenta chocaré contra la ribera, un asidero de remolque o cualquier otra cosa. Tengo que permanecer quieto y seguir flotando; sin embargo, resulta una verdadera tortura mantener las manos quietas en semejante momento». Grité y escuché. Allá abajo, lejos, oí un grito que levantó mis ánimos. Continué avanzando, atento el oído por si volvía a oír el grito. La segunda vez me di cuenta de que, en lugar de acercarme al lugar de donde procedía, me alejaba en dirección contraria. Después descubrí que, en vez de ir hacia la derecha como debía, iba hacia la izquierda, sin llegar a ningún sitio concreto, ya que giraba velozmente aquí y allá, mientras que la distante voz procedía en línea recta.

Deseé que al estúpido se le ocurriera tocar continuamente una cacerola de hojalata, pero no lo hizo. Lo que me preocupaba eran las pausas entre grito y grito. Bueno, continué luchando y entonces oí el grito detrás de mí. En menudo embrollo me encontraba. O bien era el grito de otra persona o yo había dado la vuelta por completo.

Dejé la pértiga. Oí de nuevo el grito; seguía a mi espalda, pero en un sitio distinto. Seguí oyéndolo, cada vez desde distinto lugar, y yo continué contestando hasta que al poco rato lo localicé nuevamente delante de mí y comprendí que la corriente había hecho dar la vuelta a la canoa, con la proa hacia río abajo, y que yo seguía la dirección correcta, si era Jim y no otro balsero el que gritaba. Era imposible distinguir una voz de otra en medio de la niebla, porque nada tiene aspecto ni sonido natural cuando hay niebla.

Prosiguieron los gritos y al minuto siguiente vi que me dirigía velozmente hacia una ribera cortada cubierta de enormes árboles de aspecto fantasmal; la corriente me arrojó hacia la izquierda y pasé rozándola entre numerosos troncos flotantes que, impulsados por la vertiginosa corriente, parecían rugir.

Un segundo o dos más tarde, se hizo todo blanco, sólido, quieto. Permanecí completamente inmóvil, escuchando los golpeteos de mi corazón, y creo que no respiré mientras dio cien latidos.

Entonces abandoné la partida. Me di cuenta de lo que ocurría. Esa ribera cortada era una isla y Jim había bajado por el lado opuesto. No era un asidero de remolque al que pudiera llegarse en diez minutos. Tenía la arboleda de una isla corriente; podía tener unas cinco o seis millas de largo y más de media milla de ancho.

Continué inmóvil, aguzando los oídos, durante unos quince minutos. Estuve flotando, claro está, a cuatro o cinco millas por hora, pero uno esto no lo piensa. No, uno lo siente mientras permanece quieto como un muerto sobre el agua; y si se vislumbra un tronco flotante que pasa por el lado, uno no piensa en lo de prisa que uno va, sino que contiene el aliento y se dice: «¡Diantre, este tronco vuela!» Si se figuran que no se siente uno solo y abandonado en medio de la niebla, en la noche, pruébenlo una vez... y ya verán.

Seguidamente, durante una media hora, grité de vez en cuando; al fin oí la respuesta, muy distante, e intenté seguirla, pero no lo conseguí, y en seguida calculé que me había metido en un nido de asideros de remolque, porque los vislumbraba vagamente a ambos lados, en ocasiones formando un angosto canal entre sí. Y otros que no podía ver y que sabía que estaban allí, porque oía el rumor de la corriente batiendo contra la maleza y la hojarasca que colgaba sobre las orillas. Bueno, no tardé mucho en perder la pista de los gritos, y sólo traté de perseguirlos un rato, de todos modos, aunque era peor que perseguir un fuego fatuo. Jamás se ha sabido de un sonido que cambiara de sitio tantas veces y con tanta velocidad.

Tuve que apartarme con las manos de la ribera en cuatro o cinco ocasiones para impedir llevarme las islas del río; y, por tanto, pensé que la balsa debía chocar contra el margen de vez en cuando, pues de lo contrario se adelantaría hasta el punto de que dejaría de oírla... pues flotaba más de prisa que yo.

Poco después me pareció encontrarme de nuevo en río abierto, pero no pude oír ni seguir el rastro de ningún otro grito. Supuse que Jim se había agarrado a un tronco flotante y que estaba perdido. Me sentía muy cansado, de modo que me tumbé en el fondo de la canoa y me dije que no me preocuparía más. No quería dormirme, claro está, pero estaba tan soñoliento, que no pude evitarlo, así que decidí echar un sueñecito.

Pero me figuro que fue algo más que un sueñecito, porque cuando desperté las estrellas refulgían, había desaparecido la niebla y me encontraba doblando un enorme recodo, con la popa por delante. De momento no supe dónde estaba; creí estar soñando. Cuando lo recordé, me pareció que todo había ocurrido la semana anterior.

Allí el río era monstruosamente grande, con árboles muy altos y espesos a ambas orillas, como una muralla sólida, según pude ver a la luz de las estrellas. Volví la mirada río abajo y vi una mancha negra sobre el agua. Me dirigí hacia allí, pero cuando la alcancé vi que se trataba de un par de troncos aserrados y atados juntos. Luego vi otra mota y la perseguí; luego otra, y esta vez acerté. Era la balsa.

Cuando me acerqué, Jim estaba sentado, con la cabeza baja y hundida entre las rodillas, dormido, con el brazo derecho colgando por encima del remo de gobierno. El otro remo estaba destrozado y la balsa cubierta de hojas, ramas y escombros. Era evidente que había pasado malos ratos.

Amarré la canoa y me tumbé en la balsa, bajo las mismas narices de Jim. Empecé a bostezar y a desperezarme golpeando a Jim con mis puños cerrados, diciendo:

—Hola, Jim, ¿me he dormido? ¿Por qué no me despertabas?

—¡Válgame Dios! ¿Eres tú, Huck? ¿No te has muerto... ni te has ahogado... y has vuelto? Es demasiado para ser verdad, querido; es demasiado. Déjame mirarte, pequeño, déjame tocarte. ¡No, no estás muerto! ¡Has vuelto sano y salvo, Huck, mi querido amigo Huck, loado sea Dios!

—¿Qué te pasa, Jim? ¿Has estado bebiendo?

—¿Bebiendo? ¿Que si he bebido? ¿Es que he tenido tiempo de beber?

—Bueno, pues entonces ¿por qué hablas como si estuvieras loco?

—¿Que hablo como si estuviera loco?

—Sí, dices tonterías sobre que he vuelto sano y salvo... ¡Ni que me hubiera ido!

—Huck... Huck Finn, mírame a los ojos, mírame a los ojos. ¿No te has ido?

—¿Quién? ¿Yo? Oye, ¿de qué diablos hablas? Yo no he ido a ninguna parte. ¿A dónde querías que fuera?

—Bueno, mira chico, aquí hay algo raro. ¡Vaya si lo hay! ¿Yo soy yo o quién es yo? ¿Estoy aquí o dónde estoy? Esto es lo que ahora quiero saber.

—Bueno, a mí me parece que estás aquí, salta a la vista, pero creo que estás bastante chiflado, Jim.

—¿Tú crees? Bueno, contéstame a esto: ¿No te llevaste el cable en la canoa para sujetarlo al asidero de remolque?

—No. ¿De qué asidero me hablas? No he visto ningún asidero de remolque.

—¿Que no lo has visto? Oye... ¿Acaso el cable no se soltó y la balsa se fue río abajo, dejándote a ti atrás, en medio de la niebla?

—¿Qué niebla?

—Pues... ¡la niebla! La niebla que ha habido toda la noche. Y ¿acaso tú no gritabas y yo grité hasta que nos metimos entre las islas, y uno de nosotros se perdió, y el otro fue como si también se hubiera perdido porque no sabía dónde estaba? ¿Y acaso yo no me estrellé contra muchas islas y lo pasé horriblemente, y pensé que iba a ahogarme? ¿No es cierto, muchacho..., no es cierto? Contéstame a esto.

—Esto ya es demasiado para mí, Jim. No he visto niebla, ni las islas, ni me ha pasado nada de nada. He estado aquí toda la noche charlando contigo hasta que te dormiste apenas hace diez minutos, y supongo que también yo me dormí. En tan poco tiempo no has podido emborracharte, de modo que seguramente lo has soñado todo.

—¡Que me cuelguen! ¿Cómo puedo haber soñado todo esto en diez minutos?

—¡Pues que me cuelguen a mí si no lo has soñado, porque nada de esto ha ocurrido!

—Pero, Huck, si para mí ha sido tan claro como...

—Esto no importa, pues nada es verdad. Lo sé porque he estado aquí todo el rato.

Jim guardó silencio durante cinco minutos, pensando. Luego dijo:

—Bueno, pues supongo que lo habré soñado, Huck, pero te juro que ha sido el sueño más real que he tenido. Y, además, ninguno me había dejado tan cansado como éste.

—Oh, es natural; a veces un sueño cansa a cualquiera. Pero el tuyo debió de ser fenomenal... Cuéntamelo, Jim.

Así que Jim empezó a relatármelo como había ocurrido, sólo que lo adornó muchísimo. Luego dijo que iba a interpretarlo, porque le había sido enviado como aviso. Dijo que el primer asidero de remolque significaba un hombre que trataría de hacernos algún bien, pero que la corriente significaba otro hombre que nos alejaría del primero. Los gritos eran avisos que nos llegarían de vez en cuando y, si no nos esforzábamos en comprenderlos, nos arrastrarían a la mala suerte en vez de alejarnos de ella. Los asideros de remolque eran dificultades que nos acarrearían las disputas con gente camorrista y toda suerte de personas viles, pero que, si nos metíamos en nuestros asuntos y no replicábamos ofendiéndolos, saldríamos con bien, abandonaríamos la niebla y entraríamos en el inmenso y claro río, que simbolizaba los Estados Unidos libres, y que entonces se acabarían las tribulaciones.

Estaba bastante nublado cuando subí a la balsa, pero empezaba a despejarse otra vez.

—Bien, hasta ahora la interpretación es bastante buena, Jim —dije yo—; pero ¿qué significan estas cosas?

Me refería a las hojas y los escombros que había en la balsa y al remo destrozado. Podían verse claramente.

Jim lo contempló, luego me miró a mí y otra vez a las hojas y lo demás. El pensamiento de que había soñado se había clavado tan fuertemente en su cerebro, que parecía incapaz de desprenderse de él y situar nuevamente los hechos en su justo lugar. Pero, cuando logró ordenar sus ideas, me miró fijamente, sin sonreír, y dijo:

—¿Qué significan? Voy a decírtelo. Cuando me quedé extenuado del esfuerzo y cansado de llamarte y me dormí, llevaba el corazón casi destrozado porque te habías perdido y no me importaba lo que se hiciera de la balsa. Y cuando desperté y te vi aquí de nuevo, sano y salvo, los ojos se me llenaron de lágrimas y me hubiera arrodillado para besarte los pies, tanta era mi gratitud al cielo. Y a ti todo lo que se te ocurrió fue reírte de mí, engañar al viejo Jim con una mentira. Esto de aquí es porquería, y porquería es la gente que mete escombros en la cabeza de sus amigos y les hace avergonzarse.

Se levantó despacio, anduvo hasta el cobertizo y entró en él sin decir nada más. Pero fue suficiente. Me hizo sentirme tan ruín, que casi le hubiera besado los pies para que retirase todo lo que había dicho.

Tardé quince minutos en decidirme a humillarme ante un negro..., pero lo hice y después no lo sentí. No le gasté más bromas mezquinas y no le habría gastado aquélla de haber sabido que iba a herirlo tan profundamente.

Capítulo 16

Dormimos durante casi todo el día y nos pusimos en marcha por la noche, siguiendo algo distanciados a una balsa monstruosamente larga, que pasaba tan lentamente como una procesión. En cada extremo tenía cuatro remos largos, así que calculamos que debía llevar unos treinta hombres. A bordo había cinco enormes cobertizos, separados unos de otros, una hoguera de campamento descubierta en el centro y un asta de bandera en cada punta. Era de postín. Valía mucho ser balsero de semejante balsa.

Descendimos a la deriva hasta un enorme recodo y la noche se cubrió de nubes y se hizo calurosa. El río era muy ancho, amurallado a ambas riberas por sólidas arboledas; casi era imposible ver una rendija a través o una luz. Hablamos de Cairo y nos preguntamos si lo conoceríamos cuando llegáramos allí. Yo dije que probablemente no, porque había oído decir que allí sólo había una docena de casas, y añadí que, si no tenían las luces encendidas, ¿cómo sabríamos que pasábamos junto a un pueblo? Jim replicó que, si los dos grandes ríos se unían allí, reconoceríamos el lugar. Pero yo dije que tal vez creeríamos pasar junto a una isla y que volvíamos a entrar en el mismo río de antes. Eso inquietó a Jim... y a mí también. El caso era: ¿qué íbamos a hacer? Propuse remar hasta la orilla en cuanto apareciese una luz, decir a alguien que papá iba detrás, con una chalana mercante, que tenía poca pericia en el oficio y que quería saber cuánto faltaba para llegar a Cairo. A Jim le pareció una buena idea, de modo que lo celebramos fumando una pipa mientras esperábamos.

No teníamos otra ocupación que la de mirar atentamente la ribera en busca del pueblo para no pasar de largo. Jim dijo que estaba seguro de verlo, porque sería un hombre libre en cuanto lo descubriera, y que si le pasaba por alto se encontraría de nuevo en el país de los esclavos, sin más posibilidades de obtener la libertad. De vez en cuando se levantaba de un salto diciendo:

—¡Ahí está!

No estaba allí. Eran fuegos fatuos o luciérnagas, de modo que él volvía a sentarse y continuaba vigilando como antes. Dijo que sentirse tan cerca de la libertad le producía estremecimientos febriles. Bueno, les aseguro que también yo temblaba y me sentía febril oyéndole hablar, porque empezaba a entrarme en la cabeza que Jim era casi libre... Y ¿quién tenía la culpa? Pues yo. No conseguí arrancarme eso de la conciencia. Llegó a inquietarme de tal modo, que me impedía descansar. Era incapaz de estarme quieto en un sitio. Antes no se me había ocurrido pensar en lo que estaba haciendo. Pero entonces sí lo pensé; y ese descubrimiento me perseguía, torturándome continuamente. Traté de convencerme de que yo no era culpable, porque yo no había obligado a Jim a huir de su legítima dueña, pero todo fue inútil: la conciencia se levantaba para replicar cada vez: «Pero tú sabías que huía en busca de su libertad y podías haberte dirigido remando a la orilla para decírselo a alguien». Así era... No había que darle vueltas. Ahí era donde me dolía. La conciencia me reprochaba: «¿Qué te hizo la pobre señorita Watson para que tú dejaras que su negro se fugara sin decir ni una sola palabra? ¿Qué te hizo la pobre mujer para merecer de ti un trato tan vil? ¡Vaya!, ella trató de darte una formación, de enseñarte buenos modales; intentó ser buena contigo como supo. ¡Eso es lo que ella te hizo!»

Empecé a sentirme tan mezquino y miserable, que casi deseé morirme. Me moví inquieto por la balsa, insultándome a mí mismo, mientras Jim iba de un lado a otro junto a mí. Ninguno de los dos podía estarse quieto. Cada vez que él pegaba un brinco y decía: «¡Eso es Cairo!», tenía la impresión de que me disparaban un tiro y pensaba que, si era Cairo, me moriría de desesperación.

Jim hablaba en voz alta mientras yo hablaba para mí. Decía que lo primero que haría al llegar a un Estado libre sería ahorrar dinero y no gastarse ni un centavo, y que cuando tuviera bastantes ahorros se compraría una mujer esclava de una finca cercana a la de la señorita Watson; que entonces los dos juntos trabajarían para comprar a los niños, y que si su amo no quería venderlos, ellos buscarían a un abolicionista para que se los robara.

Me dejaba helado oírle hablar así. Jamás en su vida se había atrevido a expresarse de esta forma. Fíjense en la diferencia que hubo en él tan pronto se creyó libre. Como dice el antiguo refrán: «Dale la mano a un negro y se tomará el codo.» Me dije que éste era el resultado de no pensar. Ahí está el negro al que ayudé a huir, que entonces se desenmascaraba diciendo que iba a robar a sus hijos, los niños que pertenecían a un hombre al que yo ni siquiera conocía, un hombre que no me había hecho ningún daño.

Lamenté oírle decir eso a Jim; era algo que le desmerecía. Mi conciencia empezó a azuzarme con más violencia que nunca, hasta que le dije «Déjamelo de mi cuenta... Todavía no es tarde... Iré a la orilla remando cuando vea la primera luz y lo diré.» En seguida me sentí tranquilo, feliz y ligero como una pluma. Habían desaparecido todas mis preocupaciones. Miré atentamente en busca de una luz, casi cantando para mis adentros. Al poco tiempo apareció una y Jim me advirtió señalándola:

—¡Estamos salvados, Huck, estamos salvados! Ponte en pie y cuádrate! ¡Al fin es Cairo! Lo sé, lo sé...

—Iré a comprobarlo en la canoa, Jim. Pudiera no serlo, ¿sabes?

El se levantó y preparó la canoa; extendió su chaqueta en el fondo para que me sentara encima, me entregó el remo y, cuando yo me alejaba, gritó:

—¡Pronto estaré gritando de alegría y diré que todo se lo debo a Huck! Soy un hombre libre y nunca lo habría sido de no ser por Huck... ¡Huck lo consiguió! Jim jamás te olvidará, Huck. Eres el mejor amigo que ha tenido Jim; y ahora eres el único amigo que tiene el viejo Jim.

Me alejaba remando, animado por el deseo de denunciarlo, pero cuando él dijo eso pareció como si me abandonaran las fuerzas. Continué lentamente y no estaba seguro sobre si me alegraba de haberme puesto en camino o no. Cuando estuve a cincuenta yardas de distancia, Jim gritó:

—¡Ahí va el bueno y leal Huck! ¡El único caballero blanco que ha cumplido la promesa hecha al viejo Jim!

Bueno, es que me ponía enfermo. Pero recordé que debía hacerlo... No podía eludirlo. En aquel momento se aproximó un esquife tripulado por dos hombres armados, quienes se detuvieron, y yo hice lo mismo. Uno de ellos preguntó:

—¿Qué es aquello?

—Una balsa —contesté.

—¿Eres de esa balsa?

—Sí, señor.

—¿Hay otros hombres en ella?

—Sólo uno, señor.

—Esta noche se han escapado cinco negros, allá arriba, al otro lado del recodo. ¿Tu hombre es blanco o negro?

No contesté en seguida. Lo intenté, pero las palabras no salían. Me debatí un segundo o dos tratando de atreverme a decirlo, pero no fui lo bastante hombre... no tuve ni el valor de un conejo. Vi que me ablandaba, de modo que desistí, y afirmé:

—Es blanco.

—Iremos a verlo.

—Vayan —dije yo—; papá está allí, y ustedes pueden ayudarle a remolcar la balsa a tierra; allí donde hay luz. Está enfermo... y también lo esta mamá y Mary Ann.

—¡Oh, diantre! Tenemos mucha prisa, chico, pero debemos ir. Vamos... Empuña la pértiga y en marcha.

Yo empuñé mi pértiga y ellos sus remos. A los pocos instantes dije yo:

—Papá se lo agradecerá, se lo aseguro. Todo el mundo se aleja cuando les pido que me ayuden a remolcar la balsa a tierra, y yo solo no puedo hacerlo.

—¡Valientes sinvergüenzas! Claro que es algo raro... Oye, chico, ¿qué le pasa a tu padre?

—Es la... éste... Bueno, casi no tiene nada.

Dejaron de remar. Entonces habíamos acortado bastante la distancia que nos separaba de la balsa. Uno de ellos muy nervioso se adelantó y dijo:

—Muchacho, esto es una mentira. ¿Qué es lo que tiene tu padre? Será mejor para ti que digas la verdad.

—La diré, señor, palabra... Pero no nos dejen, se lo suplico. Tiene la...la... Caballeros, si continúan remando un poco más y me dejan echarles el cable, no tendrán que acercarse a la balsa... Háganlo, por favor...

—¡Atrás, John, atrás! —exclamó uno. Retrocedieron—. ¡Apártate, chico... quédate a babor! ¡Maldita sea, supongo que el viento no habrá soplado hacia nosotros! Tu padre tiene la viruela y lo sabes muy bien. ¿Por qué no lo dijiste desde el principio? ¿Quieres que la contagie a todo el mundo?

—Bueno —dije yo gimoteando—, antes se lo dije a todos y se marchaban abandonándonos.

—Pobre diablo, llevas algo de razón. Lo sentimos mucho por ti, pero nosotros... ¡Qué diablos, no queremos tener la viruela! ¿Sabes? Mira, te diré lo que tienes que hacer. No intentes desembarcar solo, porque lo harías todo pedazos. Sigue río abajo unas veinte millas y llegarás a una ciudad que hay en la ribera izquierda. Entonces el sol estará bastante alto, y cuando pidas ayuda dices que tus familiares tienen fiebre y escalofríos. No vuelvas a ser tan tonto como para dejarles adivinar lo que pasa. Nosotros queremos hacerte un favor, así que pon veinte millas entre tú y nosotros; sé buen muchacho. Sería inútil que atracaras donde se ve la luz... porque es un almacén de maderas. Oye... Me figuro que tu padre es pobre, y debo reconocer que tiene muy mala suerte. Mira... Pondré una moneda de oro de veinte dólares encima de esta tabla y puedes recogerla cuando pase flotando junto a ti. Me creo un canalla por dejarte, pero ¡caray, sería un imbécil si bromeara con la viruela! ¿Lo entiendes, verdad?

—Espera, Parker —dijo el otro hombre—; allí van otros veinte dólares míos para que se los pongas también encima de la tabla. Adiós, muchacho, haz lo que te ha dicho el señor Parker y todo irá bien.

—Así es, muchacho... ¡Adiós, adiós! Si ves a los negros fugitivos, busca ayuda y atrápalos. Ganarás dinero, si los capturas.

—¡Adiós, señor! —contesté—. Si puedo hacerlo, no se me escapará ningún negro fugitivo...

Se marcharon, y subí a la balsa sintiéndome malvado y ruín, porque sabía perfectamente que había obrado mal y me daba cuenta de que era inútil que quisiera rectificar mi conducta. Al que no le enderezan por el buen camino de niño, está perdido... Cuando viene un momento difícil y no tiene nada que le dé apoyo moral, concentrándole en su quehacer acaba derrotado. Reflexioné un minuto y me dije: «Aguarda; supón que hubieras obrado como es debido entregando a Jim... ¿Te sentirías mejor que ahora? ¡No! —pensé—, me sentiría muy mal... Lo mismo que en estos momentos. Bueno, entonces —proseguí—, ¿de qué sirve aprender a obrar bien, cuando el hacer bien es penoso y no lo es hacer mal, y la recompensa es exactamente la misma?» Me quedé perplejo. No sabía contestar a eso. De modo que pensé que mejor haría no preocupándome más por el asunto y en lo sucesivo debería obrar según las circunstancias.

Entré en el cobertizo. Jim no estaba allí. Miré a mi alrededor. No estaba por ningún lado. Grité:

—¡Jim!

—Aquí estoy, Huck. ¿Se han ido ya? No hables en voz alta.

Estaba en el río, debajo del remo de popa, asomando la nariz por el agua. Le dije que los hombres habían desaparecido de la vista y que podía subir a bordo. El refirió:

—Estuve escuchando la conversación, me metí en el río y, si hubieran llegado hasta aquí, habría ido a nado hasta la orilla. Después, cuando se fueran, habría regresado nadando. ¡Chico, cómo les tomaste el pelo! ¡Esa sí que fue una treta ingeniosa! Te digo, muchacho, que creo que has salvado la vida al viejo Jim... ¡Y el viejo Jim no va a olvidarlo, amigo!

Después hablamos del dinero. Era una buena cantidad: veinte dólares para cada uno. Jim dijo que podríamos tomar pasaje de cubierta en un vapor, y que el dinero nos duraría hasta donde quisiéramos llegar en los Estados libres. Dijo que veinte millas más no eran muchas para la balsa, pero que deseaba estar ya allí.

Hacia el amanecer atracamos, y Jim puso especial empeño en que la balsa quedara bien escondida. Luego trabajó durante todo el día guardando cosas en fardos y disponiéndolo todo para abandonar la balsa.

Esa noche, alrededor de las diez, divisamos las luces de un pueblo, en un recodo de la izquierda. Fui a enterarme en la canoa. Pronto encontré a un hombre en el río, en un esquife, instalando un aparejo de pesca. Me aproximé y dije:

—Señor, ¿es Cairo ese pueblo?

—¿Cairo? No. Debes estar loco.

—¿Qué pueblo es, señor?

—Si quieres saberlo, ve y averígualo. Como te quedes medio minuto más aquí molestándome, vas a recibir algo que no te gustará.

Remé hasta la balsa. Jim estaba terriblemente desilusionado, pero yo le animé diciéndole que seguramente Cairo sería el pueblo siguiente.

Pasamos por delante de otro pueblo antes del amanecer. Desistí el ir porque era terreno muy alto. Jim dijo que en Cairo no había terreno alto. Lo había olvidado. Pasamos el día atracados a un asidero de remolque, relativamente cerca de la ribera izquierda. Empecé a sospechar algo. Jim también. Dije yo:

—Tal vez pasamos por delante de Cairo aquella noche de niebla.

—No hablemos de eso, Huck. Los pobres negros no pueden tener suerte. Siempre pensé que aquella piel de serpiente de cascabel había dejado a la mitad su maléfica influencia.

—¡Ojalá nunca hubiera visto esa serpiente, Jim; ojalá nunca la hubiera visto!

—Tú no tienes la culpa, Huck; no lo sabías. No te lo reproches.

Cuando se hizo de día, ¡allí estaba el agua clara de Ohio, y fuera el Lodoso...! De modo que había que olvidarse de Cairo.

Lo discutimos. Ni pensar en acercarnos a la orilla; y no podíamos llevar la balsa río arriba, naturalmente. No había otra solución que esperar a que anocheciera y correr el riesgo de retroceder en la canoa. Dormimos todo el día entre los chopos, y, cuando volvimos a la balsa antes de que anocheciera, ¡la canoa había desaparecido!

No dijimos ni una palabra durante un buen rato. No había nada que decir. Sabíamos ambos muy bien que era otra obra de la piel de serpiente de cascabel, así que ¿de qué serviría hablar de ello? Parecería que criticábamos, y eso significaba traer más mala suerte... y seguiría trayéndonosla hasta que aprendiéramos a cerrar el pico.

Al fin discutimos sobre lo que convenía hacer y descubrimos que no había más remedio que continuar con la balsa hasta que se presentara la ocasión de comprar una canoa para retroceder. No íbamos a «tomarla prestada» cuando no hubiera nadie cerca, porque esto podría poner a la gente en nuestra persecución. De modo que partimos por la noche en la balsa.

Aquel que todavía no crea que es una temeridad tocar la piel de serpiente de cascabel después de lo que la serpiente nos hizo a nosotros, lo creerá ahora si continúa leyendo y ve lo que siguió haciéndonos.

Los lugares donde se compran las canoas están en las balsas que permanecen atracadas en la orilla. Pero nosotros no vimos ninguna balsa atracada, de modo que seguimos adelante durante más de tres horas. Bueno, la noche se puso gris y bastante espesa, que es lo peor después de la niebla. Resulta imposible distinguir la silueta del río y apreciar las distancias. Era muy tarde, y entonces se aproximó un vapor río arriba. Encendimos la linterna calculando que la verían. Los vapores no solían acercarse a nosotros, pues siguen los bancos, en busca de remansos de agua bajo los errecifes, pero en noches como aquélla se abren paso por el canal contra todo el río.

Podíamos oír el ruido que hacía al avanzar, pero no lo vimos hasta que estuvo cerca. Venía derecho hacia nosotros. Suelen hacerlo, tratando de comprobar hasta qué punto pueden aproximarse sin tocar las embarcaciones. En ocasiones la rueda arranca un remo, y entonces el piloto asoma la cabeza y se ríe, creyéndose muy listo. Bueno, el vapor se acercaba y pensamos que se proponía pasar rozándonos, aunque no daba muestras de virar en absoluto. Era enorme y venía a toda máquina, con el aspecto de una nube negra rodeada por hileras de luciérnagas, pero de repente se combó enorme, aterrador, con una larga hilera de puertas de horno abiertas, relucientes como dientes al rojo vivo, y con su monstruosa proa y defensas cerniéndose sobre nosotros. Nos lanzaron un grito y sonó una campana ordenando que parasen las máquinas, una retahíla de juramentos y el silbido del vapor... Y, cuando Jim saltó al agua por un lado y yo por el otro, el vapor se echó encima de la balsa, atravesándola y destruyéndola.

Me arrojé de cabeza con el propósito de bucear hasta el fondo, porque una rueda de treinta pies había de pasar por encima de mí, y yo quería dejarle muchísimo espacio. Siempre lograba mantenerme un minuto debajo del agua, y esta vez creo que estuve minuto y medio. Luego subí hacia la superficie rápidamente, a punto de estallar. Asomé la cabeza y los hombros por encima del agua, expulsé el agua por la nariz y resoplé un poco. Naturalmente, había una corriente muy fuerte, y el vapor había puesto en marcha otra vez las máquinas diez segundos después de pararlas, porque les importaban poco los balseros. De manera que ahora seguía remontando el río, perdiéndose de vista en medio de la oscuridad, aunque pude oírlo.

Llamé a Jim una docena de veces, pero no obtuve respuesta. Me agarré a una tabla que me tocó mientras «pisaba agua» y me dirigí hacia la orilla empujando la tabla por delante. Descubrí que la corriente se orientaba hacia la ribera izquierda, lo cual significaba que me encontraba en un cruce, de modo que cambié de rumbo y seguí en esa dirección.

Fue una travesía lenta, oblicua, de dos millas; por lo tanto, tardé largo rato en terminarla. Llegué a tierra sin novedad y trepé por la ribera. No veía muy bien, pero anduve a tientas por terreno abrupto durante un cuarto de milla o tal vez más, y entonces me encontré ante una enorme y anticuada cabaña doble antes de verla. Iba a marcharme de prisa de allí, pero una jauría de perros saltó sobre mí aullando y ladrando, y el sentido común me aconsejó no moverme ni tanto así:

Capítulo 17

Al medio minuto alguien habló desde una ventana, sin asomar la cabeza:

—¡Ya está bien, chicos! ¿Quién va?

Yo dije:

—Soy yo.

—¿Quién es «yo»?

—George Jackson, señor.

—¿Qué quieres?

—Nada, señor. Sólo me gustaría seguir mi camino, pero los perros no me dejan.

—¿Qué haces a estas horas de la noche merodeando por aquí?

—No merodeaba, señor. Es que me caí por la borda del vapor.

—Oh, ¿de veras? A ver si alguien enciende la luz. ¿Cómo has dicho que te llamas?

—George Jackson, señor. Soy un muchacho.

—Si dices la verdad, no tienes por qué tener miedo... Nadie te hará daño. Pero no te muevas. Quédate donde estás. Vosotros, despertad a Bob y Tom, y coged las escopetas. George Jackson, ¿hay alguien contigo?

—No; nadie, señor.

Oí el ajetreo de gente dentro de la casa y después vi una luz. El hombre exclamó:

—¡Aparta esa luz, Betsy, idiota...! ¿Has perdido la cabeza? Déjala en el suelo, detrás de la puerta. Bob, si tú y Tom estáis listos, a vuestros sitios.

—Estamos listos.

—Y ahora, George Jackson, ¿conoces a los Shepherdson?

—No, señor... Nunca he oído hablar de ellos.

—Bueno, puede que sí y puede que no. Ahora, todos preparados. Da un paso hacia adelante, George Jackson. Y no te des prisa... Acércate despacio. Si hay alguien contigo, que se quede atrás... Como se deje ver, le pegamos un tiro. Vamos, ahora. Acércate despacio; empuja la puerta... ábrela lo bastante para pasar escurriéndote, ¿entiendes?

No fui de prisa; no habría podido aunque quisiera. Cada vez daba un paso; y no sentía ningún ruido; sólo me parecía oír el golpeteo de mi corazón. Los perros estaban quietos como si fueran personas, pero me seguían los talones. Cuando llegué a los tres escalones de la puerta, oí que desde dentro la abrían con llave, le quitaban los cerrojos y la tranca. Puse la mano en la puerta y la empujé un poco, un poquito más, hasta que alguien dijo:

—Ya basta... Asoma la cabeza.

Lo hice, pero supuse que me la iban a cortar.

La vela estaba en el suelo, y allí estuvimos todos, ellos mirándome y yo a ellos, durante un cuarto de minuto. Tres hombres muy corpulentos apuntándome con sus armas, lo que puedo asegurarles que me hizo lanzar un respingo. El más viejo, de unos sesenta años; los otros dos, de treinta o más... todos ellos arrogantes y bien parecidos, y una dulcísima anciana de cabellos grises, detrás de la cual había dos mujeres jóvenes a las que no pude ver bien. El caballero anciano dijo:

—Bueno... me parece que todo está bien. Entra.

En cuanto estuve dentro, el anciano cerró la puerta con llave, echó los cerrojos, puso las trancas y dijo a los muchachos que entrasen con las escopetas, y todos entraron en un salón enorme que tenía una alfombra nueva de trapo en el suelo, y se agruparon en un rincón que quedaba fuera del alcance de las ventanas delanteras... A los lados no había ninguna. Alzaron la vela, me miraron detenidamente y declararon:

—Pues no es un Shepherdson... No, no tiene nada de Shepherdson.

Luego el anciano dijo que esperaba que no me importase que me registraran por si llevaba armas encima, ya que no llevaba ningún mal propósito, sino que era para estar seguro. De modo que no me registró los bolsillos; únicamente me palpó por fuera con las manos y dijo que estaba bien. Añadió que me pusiera cómodo como si estuviera en mi casa y que les hablara de mí, pero la anciana exclamó entonces:

—¡Pero, Saúl, el pobrecillo está empapado! Además, ¿no crees que estará hambriento?

—Tienes razón, Raquel... Se me olvidaba.

Entonces la anciana ordenó:

—Betsy —que era una mujer negra—, ve volando en busca de algo de comer. Y una de vosotras, muchachas, que despierte a Buck y se lo diga... ¡Oh, aquí está Buck! Buck, llévate a este pequeño forastero, quítale las ropas mojadas y dale un traje tuyo.

Buck aparentaba tener mi misma edad, unos trece o catorce años, aunque era un poco más alto. Llevaba puesta sólo una camisa y tenía los pelos alborotados. Se acercó bostezando y frotándose los ojos con un puño, mientras con la otra mano arrastraba una escopeta. Preguntó:

—¿No hay ningún Shepherdson por ahí?

Le dijeron que no, que había sido una falsa alarma.

—Bien —dijo el chico—, si lo hubiera habido, creo que le habría despachado...

Todos se rieron y Bob comento:

—Oye, Buck, has tardado tanto en aparecer, que habrían tenido tiempo de quitarnos el cuero cabelludo.

—Es que nadie vino a avisarme y esto no está bien. Siempre me dais de lado. No me dejáis divertirme.

—No te preocupes, Buck, hijo mío —dijo el anciano—, tendrás ocasión de divertirte a su debido tiempo, todo llegará. Ve con el muchacho y haz lo que te ha dicho tu madre.

Cuando estuvimos en su cuarto del piso de arriba, él me dio una camisa de tela áspera, una chaqueta y unos pantalones suyos, que yo me puse. Entonces me preguntó cómo me llamaba, pero antes de que pudiera contestarle empezó a hablarme de un arrendajo azul y de un conejo pequeño que había capturado en los bosques dos días antes, y me preguntó cómo estaba Moisés cuando se le apagó la vela. Dije que no lo sabía; jamás había oído hablar de aquello.

—Bueno, adivínalo —dijo él.

—¿Cómo voy a adivinarlo —repliqué—, si jamás me lo han contado?

—Pero sabrás adivinarlo, ¿no? Es muy fácil.

—¿Qué vela? —pregunté yo.

—Pues cualquiera —dijo él.

—No sé cómo estaba; ¿cómo estaba?

—¡Pues a oscuras, hombre, a oscuras!

—Entonces, si ya lo sabías, ¿por qué me lo preguntabas?

—¡Caray, es un acertijo! ¿No lo ves?, ¿cuánto tiempo te quedarás aquí? Tienes que quedarte para siempre. Podemos pasarlo estupendamente... Ahora no hay escuela. ¿Tienes un perro tuyo? Yo sí tengo... y se zambulle en el río y me trae las maderas que le echo. ¿Te gusta peinarte los domingos y todas esas bobadas? Ya puedes apostar que a mí no me gustan, pero mamá me obliga. ¡Malditos pantalones! Creo que haré mejor poniéndomelos, pero preferiría no llevarlos puestos, ¡dan tanto calor! ¿Estás listo? Pues vamos, amigo.

Pan de maíz frío, ternera fría y mantequilla habían preparado abajo, y hasta ahora no he saboreado cosa mejor que aquello. Buck, su mamá y los demás fumaban en pipa de tusa de maíz, excepto la mujer negra, que se había ido, y las dos muchachas. Fumaban y hablaban mientras yo comía y hablaba. Las muchachas se envolvían con colchas y llevaban los cabellos sueltos sobre la espalda.

Todos me hicieron preguntas, y les conté que papá, yo y toda la familia vivíamos en una granja pequeña, en el extremo de Arkansas; que mi hermana Mary Ann se había fugado para casarse sin que hubiésemos sabido nada más de ella. Bill fue a buscarla y no supimos nada más de él, y Tom y Mort murieron, y sólo quedamos papá y yo, y él fue consumiéndose por la pena hasta que murió, entonces yo me marché, porque la granja no era nuestra. Remonté el río, viajando con pasaje de cubierta en un vapor, y me caí por la borda. Así había llegado a su casa. Dijeron que lo considerara mi hogar mientras quisiera vivir allí. Era ya casi de día, y todo el mundo se acostó. Yo fui a la cama con Buck, y cuando desperté por la mañana, ¡maldita sea, había olvidado mi nombre! Estuve allí tendido durante una hora, tratando de recordarlo, y cuando se despertó Buck, le dije:

—¿Sabes deletrear, Buck?

—Sí —contestó.

—Apuesto a que no sabes deletrear mi nombre.

—¡Te apuesto lo que quieras a que sí sé!

—Bueno, pues adelante...

—G-o-r-g-e J-a-x-n... ¡Ya está!

—Vaya —dije—, pues lo has deletreado. No creía que supieras. Mi nombre no es muy fácil... deletrearlo, sin haberlo estudiado antes...

A solas lo apunté, porque alguien podía pedirme a mí que lo deletrease, y quería estar familiarizado con él para hacerlo de un tirón, como si estuviera acostumbrado al nombre.

Era una familia muy agradable, y la casa muy elegante. Nunca había visto una casa en el campo tan bonita y de tanto postín. No tenía picaporte de hierro en la puerta delantera ni otro de madera con un cordel delante, sino una aldaba de latón que giraba, lo mismo que las de las casas del pueblo. En el salón no había camas, ni rastros de ellas; en cambio, en los pueblos había infinidad de salones que tenían camas. Había una enorme hoguera con ladrillos en el fondo, que siempre se conservaban rojos y limpios gracias al agua que le echaban encima. Frotándolos además con otro ladrillo. A veces les daban una capa de pintura, lo mismo que hacen en los pueblos. Tenían enormes morillos de latón capaces de sostener un tronco aserrado. En el centro de la repisa de la chimenea había un reloj en cuyo cristal delantero, y en su parte inferior, estaba pintado el cuadro de una ciudad, y en el centro un sitio redondo para el sol, y podía verse el péndulo oscilando detrás de él. Era bonito oír el tic-tac de aquel reloj. A veces, cuando uno de esos buhoneros venía a limpiarlo y repasarlo, empezaba a funcionar dando ciento cincuenta campanadas antes de cansarse. Ellos no lo habrían dado por ningún dinero.

Había un exótico loro muy grande a cada lado del reloj, hecho con algo parecido a yeso, pintado muy llamativamente. Junto a uno de los loros había un gato de loza, y junto al otro un perro, también de loza. Al apretarlos chillaban, pero no abrían la boca ni cambiaban de expresión, ni parecían interesados. Chillaban por debajo.

Había un par de enormes abanicos hechos con las alas de pavos salvajes, abiertos, detrás de esas cosas. Encima de una mesa, en el centro de la habitación, se hallaba una especie de cesto de loza, precioso, en cuyo interior había manzanas, naranjas, uvas, y melocotones, mucho más rojos, amarillos y bonitos que los de verdad, pero no lo eran, porque en las partes donde faltaban pedacitos de corteza se veía el yeso blanco, o lo que fuera, que había debajo.

Aquella mesa tenía un tapete de hule muy bonito, que llevaba pintada un águila roja y azul con las alas abiertas, y una franja alrededor. Decían que venía de Filadelfia. También había libros, perfectamente amontonados en cada esquina de la mesa. Uno de ellos era una enorme Biblia familiar, llena de ilustraciones. Otro era *Progreso del Peregrino,* que hablaba de un hombre que dejó a su familia sin decir por qué. Lo leía de vez en cuando. Decía cosas interesantes, pero duras. Otro era *Ofrenda de Amistad,* lleno de cosas bellas y poesía, pero yo no leí la poesía. Otro se titulaba *Los discursos de Henry Clay,* y otro *Medicina de la Familia,* del doctor Gunn, en el que se decía todo lo que había que hacer si uno estaba enfermo o muerto. Había un libro de himnos y muchos más libros.

Y había sillas muy bonitas, de rejilla en el asiento y perfectas... No estaban abolsadas en el centro ni reventadas como un cesto viejo.

En las paredes aparecían cuadros colgados... sobre todo de Wáshington y de Lafayette, y de batallas, y de María, la de Escocia, y uno titulado *La firma de la Declaración.* Había algunos que llamaban «dibujos al carbón», y que eran obra de una de las hijas, que había muerto cuando tenía quince años. Eran diferentes a todos los cuadros que yo había visto antes: más negros, en general, de lo que es corriente. Uno representaba a una mujer que llevaba un vestido recto y negro, con la cintura por debajo de los sobacos, con bultos como coles en el centro de las mangas, y un enorme sombrero negro que parecía un cazo, con un velo negro, y tobillos delgados y blancos rodeados de cinta negra, y zapatillas negras, como un cincel, y ella se apoyaba con el codo, pensativa, sobre una lápida, debajo de un sauce llorón, y la otra mano le colgaba al costado, sosteniendo un pañuelo blanco y una bolsita, y debajo del cuadro se leía: «¡Ay! ¿No volveré a verte más?»

Otro cuadro representaba a una joven con el cabello peinado hacia arriba, en lo alto de su cabeza, recogido delante de una peineta como el respaldo de una silla. Lloraba sosteniendo un pañuelo, y en el dorso de su otra mano tenía un pájaro muerto, con las patitas hacia arriba. Debajo del cuadro se leía: «¡Nunca volveré a escuchar tus dulces trinos; nunca más, ay!»

Había otro en el que una joven estaba en la ventana, mirando la luna mientras las lágrimas corrían por sus mejillas, y en una mano sostenía una carta abierta en uno de cuyos bordes se veía un lacre negro, y ella apretaba un medallón con una cadena contra la boca, y debajo del cuadro se leía: «¡Y te has ido; ay, sí te has ido!»

Eran unos cuadros muy bonitos, creo, pero no acababan de entusiasmarme mucho porque, si me encontraba algo alicaído, siempre conseguían abatirme por completo. Todo el mundo lamentaba su muerte, porque ella había preparado muchos otros cuadros, y cualquiera pudo darse cuenta de lo que perdían en vista de lo que ya llevaba hecho. Pero yo calculé que, con su estado de ánimo, se encontraría mucho más a gusto en el cementerio. Cuando enfermó, ella trabajaba en la que iba a ser su obra maestra, según decían, y cada noche y cada día suplicaba en sus oraciones que le fuera permitido vivir hasta terminarla, pero no tuvo la ocasión. Era el cuadro de una joven vestida con una larga túnica blanca, de pie en la barandilla de un puente y a punto de tirarse; con el cabello cayéndole por la espalda, mirando a la luna y con lágrimas bañándole la cara; los brazos cruzados sobre el pecho, otros dos brazos extendidos hacia adelante y dos más alzados hacia la luna... La idea era ver cuál de los tres pares resaltaba más, y luego borrar los restantes brazos. Pero, como iba diciendo, murió antes de que pudiera tomar una decisión, y ahora ellos conservaban ese cuadro sobre la cabecera de la cama, en la habitación de la difunta, y el día de su cumpleaños tenían la costumbre de adornarlo con flores. Otras veces quedaba oculto por una cortinilla. La joven del cuadro tenía una cara dulce y agradable, pero a mí se me antojó que tenía demasiados brazos, los cuales la hacían parecer una araña.

Esta muchacha, en vida, conservaba un libro de recortes, en el que solía pegar esquelas mortuorias, accidentes y casos de sufrimientos, que sacaba del «Observador presbiteriano», y ellos la inspiraban para escribir versos. Era poesía muy buena. Esto es lo que escribió de un muchacho que se llamaba Stephen Dowling Bots, quien se cayó a un pozo, ahogándose:

ODA A STEPHEN DOWLING BOTS, FALLECIDO

¿Y enfermó el joven Stephen?
¿Y murió el joven Stephen?
¿Y se acongojaron los corazones apenados?
¿Y le lloraron dolientes, desesperados?

No, no fue éste el destino
del joven Stephen Dowling Bots,
aunque apenas corazones le llorasen;
no fue la enfermedad la que se lo arrebató...

No le abatió un resfriado,
ni la viruela ni el sarampión;
ningún mal ocasionó la muerte
de Stephen Dowling Bots.

No fue el desprecio de un amor,
el que trastornó su corazón;
ni le azotaron latigazos de dolor,
al pobre Stephen Dowling Bots.

¡Oh, no! Llénense de lágrimas vuestros ojos,
mientras os digo cuál su triste destino fue...
Su alma voló lejos de este mundo cruel,
al caer de cabeza a un pozo, que no de pie...

Le cogieron, y le vaciaron, ¡ay!,
mas demasiado tarde fue...
Su espíritu, alto, muy alto llegó...
Al reino de los buenos y los grandes subió...

Si Emmeline Grangerford podía escribir poesía como ésa antes de los catorce años, cualquiera podía decir hasta dónde habría llegado con el tiempo. Buck me dijo que ella soltaba la poesía a chorros. Ni siquiera tenía que pensarlo. Dijo Buck que ella escribía una línea y, si no encontraba nada que rimara con ella, la tachaba y escribía otra y continuaba adelante. Ella no tenía preferencias; sabía escribir sobre cualquier cosa que se le indicara, con tal de que fuera lacrimosa. Cada vez que se moría un hombre, una mujer o un niño, ella se presentaba con su «tributo» antes de que se enfriase. Ella los llamaba «tributos». Los vecinos decían que primero estaba el doctor, después Emmeline y luego el dueño de la funeraria... Este sólo se adelantó a Emmeline en una ocasión, y ella falló al buscar una rima para el nombre del difunto, que se llamaba Whistler. Desde entonces Emmeline no fue la misma; nunca se quejaba, pero fue consumiéndose por dentro y no vivió mucho tiempo. ¡Pobrecilla! En más de una ocasión me obligué a subir al cuartito que solía ser suyo para coger su viejo libro de recortes y leerlo cuando sus cuadros me habían exasperado y yo había pensado en ella de manera algo hostil. Me gustaba toda aquella familia incluidos los muertos, y no iba a permitir que nada se interpusiera entre nosotros. La pobre Emmeline hacía poesía sobre todos los muertos cuando ella vivía, y no me parecía justo que nadie la hiciera sobre ella, cuando había muerto. De modo que traté de sudar uno o dos versos, pero me salí con la mía. Conservaban la habitación de Emmeline arreglada y limpia y todas las cosas colocadas como a ella le gustaba en vida, y allí no dormía nunca nadie. La anciana se cuidaba personalmente del cuarto, aunque había numerosos negros, y allí cosía a menudo y casi siempre leía la Biblia.

Bueno, como iba diciendo del salón, había cortinas muy bonitas en las ventanas: blancas, con dibujos de castillos con enredaderas por las paredes y ganado que iba a abrevar. También había un piano pequeño que, supongo, tenía cacerolas de hojalata en su interior, y nada resultaba tan encantador como oír cantar a las jóvenes *El último eslabón se ha roto* y *La batalla de Praga*. Las paredes de todas las habitaciones estaban enyesadas, y la mayoría tenían alfombras en el suelo; además, toda la casa estaba encalada exteriormente.

Era una casa doble, y el enorme espacio abierto que había en el centro estaba cubierto y tenía suelo, y a veces ponían allí la mesa al mediodía, y resultaba un lugar acogedor y fresco. No había nada mejor. ¡Y qué buenos eran los guisos y, además, en qué cantidad!

Capítulo 18

El coronel Grangerford era un caballero, ¿saben? Era un caballero de pies a cabeza, y también su familia. Era bien nacido, según el dicho, y eso vale tanto para un hombre como para un caballo; así lo decía la viuda Douglas, y nadie negó jamás que ella fuera de la más pura aristocracia en nuestro pueblo. Papá lo decía siempre también, aunque él tenía tanta nobleza como un gato callejero. El coronel Grangerford era muy alto y muy delgado, y tenía un color de piel pálido-oscuro sin rastro de encarnado por ninguna parte. Se afeitaba todas las mañanas la delgada cara y tenía unos labios muy delgados, unas ventanas de la nariz delgadísimas, una nariz alta, cejas espesas y los ojos más negros que he visto nunca, tan hundidos y negros, que parecían mirarle a uno desde el fondo de unas cavernas, como quien dice. Tenía una frente alta, y su cabello lacio y negro le llegaba a los hombros. Sus manos eran largas y delgadas, y todos los días se ponía una camisa limpia y un traje de un lino tan blanco, que a uno le dolían los ojos al mirarlo. Los domingos llevaba una chaqueta azul de faldón con botones dorados. También llevaba un bastón de caoba con puño de plata.

No había frivolidad alguna en su persona, en absoluto, y nunca era vulgar. No podía ser más bondadoso... Se daba cuenta cualquiera. Y por eso se tenía confianza en él. A veces sonreía y daba gusto verlo, pero cuando se enderezaba como una estaca y empezaba a titilar el relámpago debajo de sus cejas, a uno le entraban ganas de encaramarse primero a un árbol y averiguar después qué pasaba. Nunca tenía que decir a nadie que cuidara los modales... Donde él estuviera, todos los tenían. Además, a todo el mundo le gustaba tenerle cerca. Era como un rayo de sol... Quiero decir que él daba la sensación que produce el buen tiempo. Cuando parecía un nubarrón, todo se oscurecía durante medio minuto, y eso bastaba; no volvía a ocurrir nada malo durante una semana.

Cuando él y la señora bajaban por la mañana, toda la familia se levantaba de la silla y les deseaba los buenos días, y no se sentaban hasta que ellos habían tomado asiento. Después, Tom y Bob iban a la alacena donde estaban las botellas, mezclaban un vaso de licor de raíces amargas y se lo ofrecían a él, quien lo sostenía en su mano y esperaba que Tom y Bob hubiesen preparado sus vasos; éstos se inclinaban entonces diciendo: «Nuestro beber para ustedes, señor y señora»; y los aludidos se inclinaban casi imperceptiblemente dando las gracias, y los tres hombres bebían. Tom y Bob vertían luego una cucharada de agua sobre el azúcar, y el poquitín de whisky o licor de manzana que quedaba en el fondo de sus vasos nos lo daban a Buck y a mí, y nosotros bebíamos también a la salud de los ancianos.

Bob era el mayor y Tom el segundo. Eran hombres altos, apuestos, con hombros muy anchos, rostros morenos, largos cabellos negros y ojos también negros. Vestían enteramente de lino blanco, como el caballero anciano, y llevaban anchos jipijapas.

Luego venía la señorita Charlotte, que tenía veinticinco años de edad y era alta, orgullosa e impresionante, pero muy buena, cuando no estaba enojada; porque, si lo estaba, tenía una mirada que le dejaba a uno seco, como su padre. Era guapa.

También lo era su hermana, la señorita Sophia, pero de otro modo. Esta era amable y dulce como una paloma, y nada más tenía veinte años.

Cada uno poseía su propio negro para servirle..., incluso Buck. Mi negro se lo pasaba estupendamente, porque yo no estaba acostumbrado a tener a nadie que me lo hiciera todo, pero Buck casi siempre estaba pidiendo algo.

Era lo que quedaba de la familia, pero antes eran más... Había habido tres hijos más, a los que mataron, y Emmeline, que se murió.

El anciano caballero poseía muchas granjas y más de cien negros. A veces llegaba una muchedumbre de gente, a caballo, desde diez o quince millas a la redonda, y se quedaban cinco o seis días. Hacían excursiones por el río y meriendas en los bosques, y organizaban fiestas y bailes en la casa por las noches. Casi todos eran parientes de la familia. Los hombres llevaban consigo sus armas. Les aseguro que era un conjunto de gente bien.

Por allí había otro clan de aristocracia, cinco o seis familias, casi todas apellidadas Shepherdson. Eran del mismo rango, bien nacidas, ricas e impresionantes como la de los Grangerford. Los Shepherdson y los Grangerford usaban el mismo embarcadero, que estaba a unas dos millas más arriba de nuestra casa, de modo que a veces, cuando subía allí con un grupo de nuestra gente, solía ver a muchos Shepherdson montando unos caballos espléndidos.

Un día Buck y yo estábamos en los bosques cazando, cuando oímos acercarse un caballo. Atravesamos el camino. Buck dijo:

—¡De prisa! ¡Corre al bosque!

Lo hicimos y entonces atisbamos desde nuestro escondite por entre las ramas. A poco apareció un magnífico joven galopando por el camino con aspecto de soldado. Llevaba la escopeta cruzada sobre el pomo del arzón. Le había visto antes. Era el joven Harney Shepherdson. Oí el disparo del arma de Buck junto a mi oído, y a Harney se le cayó el sombrero de la cabeza. Asió su escopeta y se aproximó hasta nuestro escondite. Pero no esperamos. Nos internamos corriendo en el bosque. No era muy espeso, de modo que miré por encima del hombro para esquivar la bala, y vi dos veces a Harney apuntando contra Buck; luego se alejó a caballo por donde había venido..., supongo que a recuperar su sombrero, pero no pude verlo. No dejamos de correr hasta que llegamos a casa. Los ojos del anciano caballero relampaguearon un minuto... de placer, pensé yo. Luego su semblante se suavizó y dijo en un tono bastante amable:

—No me gusta que dispares desde la espesura. ¿Por qué no saliste al camino, muchacho?

—Los Shepherdson no lo hacen, padre. Siempre sacan ventaja.

La señorita Charlotte mantuvo erguida la cabeza como una reina mientras Buck contaba la aventura, y las aletas de su nariz se relajaron y le brillaron los ojos. Los dos muchachos tenían expresión torva, pero no dijeron nada. La señorita Sophia palideció, pero le volvió el color al saber que el hombre no había sido herido.

En cuanto pude llevar a Buck junto a los graneros, bajo los árboles, y estuvimos solos, dije:

—¿Querías matarlo, Buck?

—Bueno, pues sí.

—¿Qué te hizo?

—¿El? El no me ha hecho nada.

—Entonces, ¿por qué querías matarlo?

—Por nada... Es por lo de la disensión

—¿Qué es una disensión?

—Oye, ¿estás en las nubes? ¿No sabes lo que es una disensión?

—Nunca había oído hablar de eso... Dime qué es.

—Bueno —dijo Buck—, es esto: Un hombre tiene una disputa con otro hombre y lo mata; entonces el hermano del otro hombre lo mata a él; luego el hermano de cada uno va en busca del otro; después intervienen los primos... y así llegan a matarse todos y se acaba la disensión. Pero eso va despacio y lleva mucho tiempo.

—¿Y ésta dura desde hace mucho, Buck?

—Bueno, yo creo que desde hace treinta años más o menos. Hubo diferencias por algo y un pleito para resolverlas. Uno de los hombres lo perdió y mató al que lo había ganado, que es lo que debía hacer, naturalmente. Cualquiera lo haría.

—¿Por qué hubo esas diferencias, Buck? ¿Por tierras?

—Supongo... No lo sé.

—Bueno, ¿quién empezó la matanza? ¿Un Grangerford o un Shepherdson?

—¡Diantre! ¿Cómo voy a saberlo yo? Pasó hace tanto tiempo...

—¿No lo sabe nadie?

—Oh, sí, lo sabe papá, me parece, y algunos otros de la familia; pero ahora ya no saben cómo empezó la primera disputa.

—¿Han matado a muchos, Buck?

—Sí... Salimos a buen promedio de funerales. Pero no siempre se matan. Papá lleva encima algunos balazos, pero no se preocupa, porque como no pesan mucho... A Bob le han esculpido un poco con un cuchillo de monte y a Tom le han herido un par de veces.

—¿Han matado a alguien este año, Buck?

—Sí, nosotros eliminamos a uno y ellos a otro. Hace unos tres meses, mi primo Bud, de catorce años, iba cabalgando por los bosques, al otro lado del río, sin llevar armas encima, ¡qué estúpida imprudencia!, y cuando llegó a un lugar solitario oyó los cascos de un caballo que le seguía y vio al viejo Baldy Shepherdson persiguiéndolo con la escopeta en la mano y la cabellera blanca ondeando al viento. En vez de saltar y esconderse en la espesura, Bud decidió que podía distanciarlo y estuvieron corriendo durante cinco millas o más, y el viejo le iba ganando de modo que se detuvo y se dio la vuelta para recibir los balazos de cara, y el viejo se le acercó a caballo y le derribó de un tiro. Pero no le quedó mucho tiempo para disfrutar de su suerte, porque a la semana los nuestros lo eliminaron a él.

—Yo creo que ese viejo era un cobarde, Buck.

—Pues yo creo que no lo era. ¡Ni hablar de eso! Entre los Shepherdson no hay ni un cobarde. Y tampoco los hay entre los Grangerford. Ese mismo viejo estuvo luchando un día durante media hora contra tres Grangerford y al fin los venció. Todos iban montados a caballo; él saltó del suyo y se ocultó detrás de una pila de leña y dejó su caballo delante de él para protegerse de las balas, pero los Grangerford no desmontaron, sino que permanecieron saltando en torno de él acribillándole, y el viejo los acribilló a ellos a balazos. El y su caballo volvieron a casa cojeando y maltrechos, pero a los Grangerford hubo que ir a recogerlos para llevarlos a casa; uno de ellos estaba muerto, y otro murió al día siguiente. No, amigo, si uno busca cobardes no tiene que perder el tiempo buscándolos entre los Shepherdson, porque esa especie no se da entre ellos.

Al domingo siguiente fuimos todos a la iglesia, situada a unas tres millas. Todos íbamos a caballo. Los hombres se llevaron las escopetas, y Buck también, manteniéndolas entre las rodillas o apoyadas en la pared, a mano. Los Shepherdson hicieron lo mismo. El sermón resultó bastante corriente... Hablaba acerca del amor fraternal y de otros tostonazos por el estilo, pero todos dijeron que era un excelente sermón y lo comentaron mientras volvíamos a casa, y tenían todos tanto que decir sobre la fe, las buenas obras, la gracia y no sé cuántas cosas más, que me pareció uno de los peores domingos conocidos.

Una hora después de comer, todos estaban adormilados, algunos en las sillas y otros en sus habitaciones. Era bastante aburrido. Buck y un perro yacían tumbados al sol, sobre la hierba, profundamente dormidos. Yo subí a nuestro cuarto y decidí echar también una siesta. Descubrí a la dulce señorita Sophia de pie en su puerta, que era la contigua a la nuestra, y me hizo entrar en su habitación, cerrando la puerta suavemente. Me preguntó si me gustaba, y dije que sí. Me preguntó si haría algo por ella y dije que sí. Luego añadió que había dejado su Nuevo Testamento olvidado en el banco de la iglesia, entre otros dos libros, y que yo podría salir con cautela y, si no había nadie en la iglesia, recoger su libro sin decir nada a nadie. Dije que bueno, que lo haría. Así que me escabullí de la casa y enfilé el camino. No había nadie en la iglesia, exceptuando uno o dos cerdos, porque la puerta no tenía cerradura y a los cerdos les gusta mucho el suelo de la iglesia, porque en verano está frío. Si se fijan, la mayoría de las personas van a la iglesia sólo cuando deben ir, pero un cerdo ya es diferente.

Yo me dije que algo estaba tramándose. No es natural que una chica se interese tanto por su Nuevo Testamento, de modo que lo sacudí y de él cayó un pedacito de papel en el que a lápiz estaba escrito: *Las dos y media*. Aunque lo registré bien, no encontré nada más. Pocas cosas me aclaraba eso, de modo que volví a meter el papel dentro y, cuando llegué a casa y subí al cuarto, encontré a la señorita Sophia esperándome junto a su puerta. Me hizo entrar de un tirón, cerró la puerta y luego buscó en el Nuevo Testamento hasta dar con el papelito. En cuanto lo leyó, pareció ponerse muy contenta y, sin darme ni tiempo de pensar, me agarró, me dio un abrazo y dijo que yo era el muchacho más bueno del mundo entero y que no hablara de eso a nadie. Por un minuto su rostro apareció muy sonrojado, los ojos relucientes, y me pareció muy guapa. Estaba bastante desconcertado, pero, cuando recobré el aliento, le pregunté qué decía el papel. Me preguntó si sabía leer lo manuscrito y contesté: «No, sólo la letra a molde», y ella dijo que el papel no era más que una señal para las páginas del libro y que ya podía irme a jugar.

Salí y bajé al río reflexionando sobre el asunto. Pronto me di cuenta de que me seguía mi negro. Cuando perdimos la casa de vista, él miró atrás y a su alrededor antes de acercarse corriendo para decirme:

—Amigo George, si baja conmigo al pantano le enseñaré muchos mocasines de agua.

Pensé: «Es muy curioso... Lo mismo dijo ayer. Debería saber que a uno no le gustan tanto los mocasines de agua como para ir a su caza y captura. ¿Qué quiere?» Y, por lo tanto, contesté:

—Bueno, ve tú delante.

Le seguí durante media milla y entonces él se internó en la zona pantanosa, avanzando con el lodo hasta los tobillos otra media milla. Llegamos a un espacio de terreno llano, seco y cubierto de árboles, matorrales y enredaderas, y él dijo:

—Dé usted unos pasos y entre ahí, amigo George, ahí están. Ya los vi antes. Ya no me interesa volver a verlos.

Seguidamente se marchó y los árboles no tardaron en ocultar su figura. Di unos pasos adelante, llegué a un claro reducido, tan grande como una alcoba, cubierto por doquier por enredaderas, y allí vi un hombre dormido, y... ¡caracoles, era mi viejo amigo Jim!

Lo desperté creyendo que iba a darle una enorme sorpresa verme, pero no fue así. Casi lloró de alegría, pero no se sorprendió. Dijo que aquella noche nadó detrás de mí y oyó mis gritos llamándole, pero que no contestó porque no quería que a él le recogiera nadie para devolverlo a la esclavitud. Añadió:

—Me lastimé un poco y no podía nadar aprisa, por lo que al final me separé de ti y quedé rezagado. Pensé que te daría alcance en tierra sin tener que llamarte a gritos, pero en cuento vi la casa fui más despacio. Estaba demasiado apartado para oír lo que ellos te decían, y los perros me asustaban, pero cuando todo quedó en silencio comprendí que estabas dentro de la casa y me adentré en los bosques para esperar el nuevo día. A primera hora de la mañana llegaron algunos negros que se dirigían a los campos, me llevaron consigo y me enseñaron este lugar, donde los perros perderían mi rastro gracias al agua, y cada noche me traen comida y me dicen cómo sigues.

—¿Por qué no dijiste a Jack que me trajera antes aquí, Jim?

—Bueno, no valía la pena molestarte, Huck, hasta que pudiéramos hacer algo..., pero ahora todo está arreglado. He comprado cacerolas, sartenes y provisiones cuando podía, y por la noche he remendado la balsa cuando...

—¿De qué balsa hablas, Jim?

—De la nuestra.

—¿Quieres decir que nuestra vieja balsa no se hizo pedazos?

—No. Quedó bastante maltrecha, pero podía arreglarse. Unicamente se perdieron todos nuestros bártulos. Si no hubiéramos buceado tan hondo ni nos hubiéramos alejado tanto en el agua, y si la noche hubiese sido menos cerrada y no hubiéramos estado tan asustados, habríamos visto la balsa. Pero mejor es que no la viésemos, porque ahora ha quedado casi como nueva, y en lugar de los bártulos que perdimos tenemos otros nuevos.

—¿Cómo te hiciste de nuevo con la balsa, Jim? ¿La cogiste?

—¿Cómo iba a cogerla en los bosques? No, unos negros la encontraron parada en un rincón, más allá del recodo del río, y la escondieron en una caleta, entre los sauces, y tanto llegaron a pelearse para decidir quién se quedaba con ella, que terminé por enterarme en seguida, de modo que arreglé la discusión diciéndoles que la balsa no era de nadie más que tuya y mía. Y les pregunté si iban a quedarse con la propiedad de un joven caballero blanco y ganarse por ello una paliza. Di diez centavos a cada uno y se quedaron satisfechos, deseando que aparecieran más balsas para hacerse ricos. Han sido muy buenos conmigo esos negros, y no tengo que pedirles dos veces algo para que lo hagan, amigo. Ese Jack es un buen negro y muy listo.

—Sí que lo es. Nunca me ha dicho que estabas aquí; me pidió que viniera para enseñarme muchos mocasines de agua. Si algo ocurriera, él no estaría complicado. Puede decir que nunca nos ha visto juntos, y diría la verdad.

No quiero hablar mucho del día siguiente. Creo que será mejor ser breve. Me desperté al amanecer y, cuando iba a darme la vuelta para seguir durmiendo, me di cuenta de lo tranquilo que estaba todo. Parecía que nadie se moviera. Eso era desacostumbrado. Después descubrí que Buck se había levantado y dasaparecido del cuarto. Bueno, me levanté, extrañado, y bajé la escalera... No se veía a nadie; todo estaba inmóvil. Lo mismo fuera de la casa. ¿Qué significaba aquello? Junto a la pila de leña encontré a mi Jack y le pregunté:

—Pero ¿qué pasa?

Y él contestó:

—¿No lo sabe, amito George?

—No —dije yo—, no lo sé.

—Bueno, pues, ¡la señorita Sophia se ha fugado; vaya si se ha fugado! Se marchó por la noche, nadie sabe cuándo... Se fue para casarse con el joven Harney Shepherdson, ¿sabe? Por lo menos eso esperan. La familia lo descubrió hace media hora y no perdieron el tiempo. ¡Nunca he visto ajetreo mayor y más rápido de escopetas y caballos! Las mujeres han ido a decirlo a los parientes, y el viejo amo Saúl y los chicos en busca del joven para matarlo antes de que cruce el río con la señorita Sophia. Supongo que nos esperan tiempos muy malos.

—Buck se fue sin despertarme.

—¡Me lo figuro! No iban a complicarle en eso. El amito Buck cargó su escopeta y dijo que traería a casa un Shepherdson o reventaría. Bueno, los hay a montones, creo, y puede apostar a que se trae uno si tiene la oportunidad.

Me di prisa en enfilar el camino del río. Al poco rato empecé a oír disparos de escopetas a bastante distancia. Cuando llegué a la vista del almacén maderero y la tinada donde atracan los vapores, me interné bajo los árboles avanzando a través de la maleza hasta llegar a un buen sitio, y entonces trepé hasta la horquilla de un chopo y empecé a observar lo que pasaba. Había una hilera de troncos de cuatro pies de altura a cierta distancia delante del árbol, y al principio pensé ocultarme detrás, pero acaso fue una suerte que no lo hiciera.

Había por allí cuatro o cinco hombres corveteando montados a caballo, en el espacio abierto ante el almacén maderero, maldiciendo y gritando, tratando de capturar a una pareja de jóvenes que estaban detrás de la pila de leña junto al embarcadero, pero no lograban acercarse. Cada vez que uno de ellos se mostraba en el lado del río de la pila de leña, disparaban contra él. Los dos muchachos estaban en cuclillas, espalda contra espalda, detrás de la pila, de modo que podían vigilar por ambos lados.

Al poco rato los hombres dejaron de corvetear por allí y cesaron sus gritos. Enfilaron las monturas hacia el almacén; entonces se puso en pie uno de los muchachos, disparó por encima de la hilera de troncos y derribó a uno de los hombres de su silla de montar. Todos saltaron a tierra, recogieron al herido y le trasladaron al almacén. En ese instante los dos muchachos echaron a correr. Llegaron a la mitad del trecho que había hasta el árbol en que yo me escondía antes de que los hombres lo advirtieran. Estos montaron de un salto a caballo y salieron tras ellos. Les ganaban terreno, pero era lo mismo, ya que los muchachos les llevaban una buena ventaja. Llegaron a la pila de leña que había delante de mi árbol y se escurrieron detrás, así que de nuevo estaban en situación de mantener a raya a los hombres. Uno de los chicos era Buck, y el otro un muchacho delgado de unos diecinueve años.

Los jinetes estuvieron por allí un rato y luego se alejaron. En cuanto se perdieron de vista, llamé a Buck para decírselo. El se desorientó al escuchar mi voz, que salía del árbol. Se quedó la mar de sorprendido. Me encargó que vigilara atentamente y le avisara cuando los hombres reaparecieran; dijo que andarían tramando alguna treta, que no tardarían en volver. Deseé estar lejos de aquel árbol, pero no me atrevía a bajar. Buck empezó a jurar gritando que él y su primo Joe (el otro muchacho) aún se desquitarían por lo de aquel día. Dijo que habían muerto su padre y sus hermanos, y dos o tres enemigos. Afirmó que los Shepherdson los acechaban emboscados. Buck dijo que su padre y sus hermanos hubieran debido esperar los refuerzos de los parientes, porque los Shepherdson eran demasiados para ellos. Le pregunté por el joven Harney y la señorita Sophia. Contestó que habían cruzado el río y estaban a salvo. Me alegró saberlo, pero ¡cómo se puso Buck recordando que aquel día no había matado a Harney cuando pudo hacerlo! Creo que jamás he oído cosa parecida.

De repente, ¡bang! ¡bang! ¡bang!, los disparos de tres o cuatro escopetas… Los hombres habían dado la vuelta para acercarse a pie por nuestra espalda, a través de los bosques. Los muchachos saltaron al río, ambos heridos, y mientras nadaban corriente abajo los hombres corrían a lo largo de la ribera gritando:

—¡Matadlos! ¡Matadlos!

Me puse tan mal, que por poco no me caí del árbol. No voy a decir todo lo que ocurrió… Me pondría enfermo otra vez si lo repitiera. Deseé no haber llegado nunca a tierra aquella noche, para no tener que presenciar cosas tan espantosas. Nunca podré apartarlas de mi pensamiento… Sueño con ellas infinidad de veces.

Me quedé en el arbol hasta que anocheció, por miedo de bajar. A veces oía los disparos de las escopetas en los bosques, y en dos ocasiones vi grupos reducidos de hombres que pasaban al galope junto al almacén maderero, armados. Por lo tanto, pensé que el jaleo continuaba. Me sentía muy abatido, de modo que decidí no acercarme nunca más a aquella casa, porque tenía la sensación de que yo llevaba algo de culpa en lo sucedido. Recordando el pedazo de papel, supuse que significaba que la señorita Sophia debía encontrarse con Harney en algún sitio a las dos y media para fugarse juntos, y me di cuenta de que hubiera debido hablarle a su padre de la nota y de la extraña manera en que su hija se comportó. Entonces tal vez él la habría encerrado bajo llave y jamás habría ocurrido tan horrible matanza.

Cuando descendí del árbol, me deslicé despacio a lo largo de la ribera del río y encontré los dos cuerpos tendidos en la orilla. Los arrastré hasta dejarlos en tierra y entonces tapé sus rostros y me marché tan aprisa como pude. Lloré un poco al taparle la cara a Buck, porque él fue muy bueno conmigo.

Ya era de noche. No me acerqué a la casa, sino que me adentré en los bosques y me encaminé hacia el pantano. Jim no estaba en su isla, de modo que me dirigí rápidamente hacia la caleta, atravesando los espesos sauces, deseoso de saltar a bordo y marcharme de aquella horrible tierra… ¡La balsa había desaparecido! ¡Válgame Dios, qué pánico! Casi tardé un minuto en recobrar el aliento. Lancé un grito. Una voz, a menos de veinticinco pies de distancia, me contestó:

—¡Bendito sea el cielo! ¿Eres tú, amigo? No hagas ruido.

Era la voz de Jim… Nunca me pareció tan deliciosa. Corrí por la ribera y subí a bordo. Jim me cogió y me abrazó; estaba contentísimo de verme. Dijo:

—¡Dios te bendiga, muchacho; estaba seguro otra vez de que habías muerto! Jack estuvo aquí y dijo que seguramente te habían matado de un disparo, porque no volviste a casa. Así que ahora iba a lanzar la balsa al agua en dirección a la boca de la caleta, para estar listo para la marcha cuando Jack volviera para asegurarme de que habías muerto. ¡Querido muchacho, estoy muy contento de tenerte de nuevo aquí!

Yo contesté:

—Bien... Eso es formidable. No me encontrarán y supondrán que me han matado y que mi cuerpo se lo ha llevado el río. Allá arriba encontrarán algo que los inclinará a creerlo... De modo que no perdamos tiempo, Jim. Salgamos a río abierto tan de prisa como puedas.

No me sentí tranquilo hasta que la balsa estuvo a dos millas más abajo, en el centro del Mississippi. Luego colgamos la linterna de señales y estuvimos seguros de que una vez más éramos libres y estábamos a salvo. Desde el día anterior no había probado bocado, de modo que Jim sacó unas tortas de maíz, mantequilla, tocino, repollos y verduras —no hay nada mejor en el mundo entero si está bien guisado—, y, mientras yo cenaba, estuvimos hablando y lo pasamos muy bien. Me alegraba enormemente estar lejos de las disensiones, y Jim lo estaba de haber dejado el pantano. Dijimos que no había nada mejor, a fin de cuentas, que la balsa. Otros sitios parecen cárceles asfixiantes, pero una balsa no. En una balsa uno se encuentra deliciosamente libre, tranquilo y cómodo.

Capítulo 19

Pasaron dos o tres días con sus noches. Creo que podría decir que pasaron nadando, tan lenta, suave y dulcemente se deslizaron. Así es como pasábamos el tiempo. Allí el río era mostruosamente grande..., a veces tenía una milla y media de anchura. Corríamos por la noche y de día atracábamos y nos escondíamos. En cuanto terminaba la noche, dejábamos de navegar y atracábamos, casi siempre en el remanso de agua debajo de un asidero de remolque. Luego cortábamos chopos de Virginia jóvenes y sauces, y con ellos cubríamos la balsa para esconderla. Seguidamente instalábamos los aparejos de pesca, nos metíamos en el río y nadábamos para refrescarnos. Después nos sentábamos en el lugar donde el agua llegaba hasta la rodilla y esperábamos a que apareciera la claridad del día. No se oía ningún ruido, todo estaba en calma, como si el mundo entero estuviera dormido; solamente se oía alguna que otra vez el croar de las ranas. Mirando por encima del agua, lo primero que se veía era una línea monótona: los bosques de la ribera opuesta. No podía distinguirse nada más. Después una palidez en el cielo que seguidamente se extendía... Entonces el río suavizaba su tono más allá y se acababa la oscuridad para dar paso al color gris. Podían verse manchitas oscuras flotando a lo lejos: chalanas mercantes y cosas así. Y se veían también largas franjas negras: balsas. A veces se oía el chirriar de un remo o el eco de voces, tan quieto estaba todo, y los sonidos llegaban de muy lejos.

Al poco rato se veía una raya en el agua y uno adivinaba por su forma que allí había un tronco flotante con el que la impetuosa corriente chocaba dándole aquel aspecto. Se veía la niebla humeando por encima del agua, un resplandor rojizo en el este y el río, y se distinguía una cabaña de troncos en el borde de los bosques, al otro lado del río, distante, que probablemente era un almacén de maderas, apilado por los estafadores, de modo que uno podía arrojar a un perro a través de ellos por cualquier parte. Luego se levantaba una brisa muy agradable que envolvía a uno, tan fresca y tan dulcemente fragante gracias a los bosques y las flores. Pero a veces no era así, porque dejaban pescado por los alrededores, peces-caimanes y otros parecidos, y echaban bastante olor a podrido. ¡Mas después se hace de día por completo y todo sonríe bajo el sol, y los pájaros cantores se unen a la alegría!

Un poco de humo no sería visto, de modo que cogíamos algunos pescados de los aparejos de pesca y nos preparábamos el desayuno. Después observábamos el solitario río y nos amodorrábamos perezosamente hasta que caíamos dormidos. Al poco rato despertábamos y mirábamos qué era lo que nos había despertado; un vapor avanzando dificultosamente río arriba tan distante en la ribera opuesta, que resultaba imposible saber si llevaba la rueda en el costado o en la popa. Después, por espacio de una hora, no había nada que ver ni oír..., únicamente una sólida soledad. Más tarde se veía pasar deslizándose una balsa, a lo lejos, y acaso un tipo a bordo, partiendo leña, porque es lo que suelen hacer en una balsa. Podía verse el destello del hacha levantada, que luego descendía..., mas no se oía nada; veía uno que el hacha se alzaba de nuevo, y cuando estaba por encima de la cabeza del hombre, entonces se oía el ¡zas!..., tanto tardaba en llegar el ruido por encima del agua. Así que solíamos pasar el día sin hacer nada, escuchando el silencio. Una vez hubo una niebla muy espesa y las balsas y barcas que pasaban hacían ruido con las cacerolas para que los vapores no pasaran por encima de ellas. Pasó tan cerca una chalana o una balsa que pudimos oírlos maldiciendo y riéndose... Y los oímos perfectamente, pero no vimos ni rastro de ellos. A uno le entraban escalofríos, porque parecían espíritus retozando en el aire. Jim dijo que él creía que lo eran, pero yo repliqué:

—No, los espíritus no dirían: «¡Condenada niebla!»

En cuanto anochecía llevábamos la balsa hacia el centro del río, donde la dejábamos flotar hacia donde quisiera llevarla la corriente. Encendíamos las pipas y nos sentábamos con las piernas colgando en el agua, hablando de toda clase de cosas. Siempre íbamos desnudos, de día y de noche, siempre que los mosquitos nos dejaban. Las ropas nuevas que me dieron los familiares de Buck eran demasiado buenas para que resultaran cómodas y, además, yo no tenía mucho apego a la ropa.

A veces teníamos el río entero para nosotros durante largo rato. Más allá se veían las riberas y las islas, al otro lado del agua; y en ocasiones un destello, que era una vela en la ventana de una cabaña; y en otras uno o dos en el agua, a bordo de una balsa o de una chalana, ¿saben? Y podíamos oír el sonido de un violín o una canción desde una de esas embarcaciones. Es delicioso vivir en una balsa. Teníamos el cielo allá, en lo alto, tachonado de estrellas, y solíamos permanecer tendidos boca arriba, contemplándolas y haciendo cábalas sobre si fueron hechas o se hicieron solas... Jim afirmaba que fueron hechas y yo que no, que se hicieron solas. En mi opinión hubiera llevado demasiado tiempo hacer tantas estrellas. Jim dijo que acaso las «puso» la luna. Bueno, eso ya era más razonable, porque era posible: yo he visto a una rana poner muchísimos huevos a la vez..., así que no dije nada más contra esa idea. Solíamos mirar también las estrellas que caían y las veíamos en su veloz descenso. Jim afirmó que seguramente las echaban del nido por estar estropeadas.

Por la noche veíamos un par de veces a un vapor deslizándose en la oscuridad y, cuando esto ocurría, expulsaba por sus chimeneas un mundo entero de chispas que caían en lluvia sobre el río, lo cual era digno de verse. Luego el barco doblaba un recodo y sus luces parpadeaban hasta desaparecer, el chuchu de la máquina cesaba y el río volvía a estar silencioso como antes. Después llegaban hasta nosotros, al cabo de largo rato, las olas que el vapor había levantado a su paso; nuestra balsa se agitaba un poquito y a continuación no se oía nada durante mucho tiempo, salvo el croar de alguna rana.

Después de medianoche la gente de tierra firme se acostaba, y entonces, durante dos o tres horas, las riberas se veían negras, sin más destellos en las ventanas de las cabañas. Esos destellos eran nuestro reloj... El primero que aparecía anunciaba la llegada de la mañana, de modo que entonces buscábamos un sitio donde escondernos y en seguida atracábamos.

Una mañana, al romper el alba, encontré una canoa y crucé un canalete hasta la orilla. Estaba a unas doscientas yardas nada más, y remé una milla remontando una caleta entre bosques de cipreses para ver si podía recoger algunas bayas. Justamente cuando pasaba por el sitio donde cruzaba la caleta una especie de paso para vacas, vi a dos hombres enfilando el caminito muy apresurados. Pensé que estaba perdido, porque cuando alguien perseguía a alguien yo pensaba en mí... o en Jim. Me disponía a poner pies en polvorosa cuando los dos hombres, que estaban ya muy cerca, me suplicaron a gritos que les salvara la vida... Que no habían hecho nada y que por eso los perseguían hombres y perros de presa. Querían saltar en seguida en mi canoa, pero yo les dije:

—No, no salten. Todavía no se oyen los perros ni los caballos. Tienen tiempo de esconderse entre la espesura y remontar la caleta. Luego entren en el agua y vengan hacia aquí para subir a la canoa. Eso despistará a los perros.

Así lo hicieron, en cuanto estuvieron a bordo enfilé hacia el asidero de remolque y al cabo de unos diez minutos oímos a lo lejos el griterío de los hombres y los ladridos de los perros. Oímos cómo se acercaban a la caleta, pero no pudimos verlos. Pareció que se detenían para reconocer la situación. Luego, según íbamos alejándonos, dejamos de oírles. Cuando abandonamos los bosques, una milla atrás, y salimos al río, todo estaba en silencio; remamos hacia el asidero de remolque, nos escondimos entre los chopos de Virginia... y ya estábamos salvados.

Uno de aquellos individuos tenía setenta años o más. Era calvo y llevaba unas patillas muy grises. Tenía puesto un viejo y maltrecho chambergo, una camisa azul de lana, grasienta, y los andrajosos pantalones azules metidos dentro de altas botas, los tirantes de los pantalones, de punto, hechos en casa... No, sólo era un tirante. Llevaba, también, una vieja chaqueta azul con botones dorados colgada del brazo, y él y su compañero cargaban unas enormes bolsas viejas que parecían repletas.

El otro hombre tenía unos treinta años y vestía de modo bastante corriente. Después de desayunar, cuando empezamos a hablar, lo primero que resultó fue que los dos no se conocían.

—¿Cómo se ha metido en el jaleo? —preguntó el calvo al otro.

—Verá, yo vendía un artículo que elimina el sarro de los dientes... Sin duda lo quita, pero se lleva también el esmalte. Me quedé una noche más de lo que debía y me disponía a largarme, cuando me tropecé con usted en el camino que hay en esta parte del pueblo, y usted me pidió que le ayudara porque venían en su búsqueda. Le dije que también me esperaban complicaciones y que iba a desaparecer con usted. Eso es todo... ¿Y qué cuenta usted?

—Bueno, pues estuve dirigiendo durante cosa de una semana una campaña en favor de la templanza. Era el niño mimado de las mujeres, sin distinción de edades, porque yo ataqué en firme a los borrachos, palabra. Me sacaba cinco o seis dólares por noche: diez centavos por barba, los niños y los negros gratis, y el negocio iba en aumento. Bueno, pues alguien fue por ahí con el cuento de que yo distraía mis ratos de ocio emborrachándome cuando estaba solo. Un negro vino a despertarme esta mañana diciendo que la gente estaba reuniéndose sin armar alboroto, con sus caballos y sus perros, y que en cuanto llegaran me darían media hora de ventaja y después me perseguirían. Que, si me atrapaban, me cubrirían de alquitrán y de plumas y me pasearían por el pueblo montado en un carro. No esperé a desayunar; no tenía ni pizca de hambre.

—Viejo —dijo el joven—, estoy pensando en formar sociedad, ¿qué le parece?

—No me parece nada mal... ¿A qué te dedicas tú, muchacho..., especialmente?

—Tengo el oficio de impresor, patento algunas medicinas, soy actor teatral... Mi estilo es la tragedia, ¿sabe? Cuando hay ocasión hago magnetismo y frenología; para variar enseño geografía en una escuela, y otras veces tercio un discurso... ¡Oh, hago montones de cosas, casi todo lo que se presenta, siempre y cuando no sea trabajar! ¿Cuál es su especialidad?

—En mis tiempos hice grandes cosas como médico... En eso de poner sólo las manos sobre un paciente y curarle de cáncer, parálisis y enfermedades por el estilo. También se me da bien echar la buenaventura cuando alguien me ha puesto antes al corriente de los hechos. Lo mío son los sermones, los mítines al aire libre y las actividades misioneras...

Durante un ratito nadie habló. Luego el joven lanzó un suspiro y dijo:

—¡Ay!

—¿De qué te quejas, muchacho? —preguntó el calvo.

—¡Pienso que pude llegar tan lejos, y ahora me encuentro rebajado a vivir en semejante compañía! —Y empezó a limpiarse las lágrimas con un trapo.

—¡Maldito sea tu pellejo! ¿No es lo bastante buena la compañía? —preguntó el calvo, con bastante altanería.

—Sí, claro que lo es; todo lo buena que merezco, ya que ¿quién me echó tan bajo cuando estaba tan alto? Yo mismo. No les hago reproche alguno, caballeros..., ni lo piensen. No censuro a nadie. Me lo merezco todo. Que el mundo, frío y cruel, haga lo peor. Una cosa sé... En alguna parte hay una tumba que me espera. El mundo puede seguir como hasta ahora; que me lo quite todo..., a los seres queridos, las propiedades, todo..., pero eso no podrá arrebatármelo. Algún día yaceré en mi tumba, todo se olvidará y mi corazón despedazado habrá hallado la paz. —Y siguió lloriqueando.

—Olvídate de tu pobre corazón despedazado —dijo el calvo—. ¿Por qué nos echas la carga de tu pobre corazón despedazado a nosotros? ¡Nosotros no hemos hecho nada!

—No, lo sé, lo sé. No les hago reproches, caballeros. Yo mismo me he hundido... Sí, yo mismo fui. Justo es que sufra ahora, muy justo; sí, señor... No me quejo...

—¿Qué se ha hundido? ¿Desde dónde se ha hundido?

—¡Ah, no iban a creerme ustedes! El mundo es incrédulo... Olvídenlo; no importa. El secreto de mi nacimiento...

—¿El secreto de tu nacimiento? Muchacho, ¿quieres decir que...?

—Caballeros —dijo el joven con aire muy solemne—, voy a revelárselo porque me inspiran confianza. ¡Por derecho soy duque!

Al oír esto, a Jim se le salieron los ojos de las órbitas, y supongo que a mí me ocurrió lo mismo. Entonces dijo el calvo:

—¡No! No hablará en serio, ¿verdad?

—¡Oh, sí! Mi bisabuelo, el primogénito del duque de Bridgewater, llegó huyendo a este país a finales del último siglo, para aspirar el aire puro de la libertad. Aquí se casó y murió, dejando un hijo, y casi al mismo tiempo murió su propio padre. El hijo segundón del duque difunto se apoderó del título y de los bienes, ignorando los derechos del verdadero heredero, el infante duque. Yo soy el descendiente directo de este niño..., el legítimo duque de Bridgewater. ¡Y aquí me tienen, convertido en un paria, despojado de mi alcurnia, acosado por los hombres, despreciado por el mundo cruel, andrajoso, cansado, tristemente amargado y degradado a la compañía de criminales en una balsa!

Jim le compadeció muchísimo y yo también. Tratamos de consolarlo, pero dijo que era inútil, que poco consuelo había para él. Dijo que, si teníamos la delicadeza de reconocer su valía, le haríamos más bien que con ninguna otra cosa. Dijimos que bueno, que nos dijera cómo quería que lo hiciéramos. Explicó que deberíamos hacerle una reverencia cuando le dirigiéramos la palabra, y llamarle Su Gracia, o Milord, o Su Señoría... Que no tenía inconveniente en que le llamáramos Bridgewater a secas, ya que, de todos modos, según dijo, era un título y no un nombre. Y uno de nosotros tenía que servirle durante la comida y hacer cuanto él ordenara.

Bueno, eso era fácil y lo hicimos. Mientras duró la comida, Jim permaneció atento a servirle, diciéndole:

—¿Su Señoría prefiere de esto o de aquello?

Y así todo el rato. Cualquiera podía darse cuenta de que esta deferencia le complacía enormemente.

Pero el anciano fue cayendo en un sombrío silencio. No tenía mucho que decir y no parecía ver con buenos ojos las atenciones de que rodeábamos al duque. Daba la impresión de estar cavilando algo. Por la tarde dijo:

—Oiga, «Bilgewater»: siento mucho lo que le pasa, pero no es usted la única persona que ha pasado malos tragos como ése.

—¿No?

—No, amigo. No es usted la única persona a la que han destronado injustamente de un alto puesto.

—¡Ay!

—No, no es la única persona que tiene un secreto de nacimiento.

Y entonces, ¡diantre, el viejo se echó a llorar!

—¡Alto! ¿Qué quiere usted decir?

—«Bilgewater», ¿puedo confiar en usted? —preguntó el viejo ahogando un sollozo.

—¡Hasta la mismísima muerte! —Tomó la mano del viejo, la estrujó y añadió—: El secreto de su ser. ¡Hable!

—¡«Bilgewater», yo soy el difunto Delfín!

Pueden apostar que Jim y yo nos quedamos de una pieza. Luego dijo el duque:

—Que es usted ¿qué?

—Sí, amigo mío, verdad es que sus ojos están contemplando en este preciso instante al pobre Delfín desaparecido, Luis XVII, hijo de Luis XVI y de María Antonieta.

—¡Usted! ¡A su edad! ¡No! Usted quiere decir que es el difunto Carlomagno. Por lo menos tiene usted seiscientos o setecientos años.

—Ah, las desdichas me han convertido en lo que soy ahora, «Bilge-water». La aflicción ha encanecido mi pelo y ha provocado esta calvicie prematura. Sí, caballeros, ante ustedes ven a este desharrapado infeliz, al errante, desterrado, pisoteado y sufriente rey legítimo de Francia.

Lloró y se lo tomó tan a la tremenda, que Jim y yo apenas sabíamos qué hacer. Lo sentíamos de veras, a la vez que nos enorgullecía tenerlo con nosotros. Así que tratamos de consolarlo, como lo hicimos antes con el duque. Pero el viejo dijo que no valía la pena, que sólo podía hacerle bien la muerte para terminar con todo. Aunque dijo que solía reconfortarle, consolarle momentáneamente que la gente le diera el tratamiento que correspondía a su elevada alcurnia, echando una rodilla a tierra para hablarle y llamándole siempre Vuestra Majestad, sirvién-dole durante las comidas y no sentándose en su presencia hasta que él diera su venia.

De modo que Jim y yo empezamos a darle tratamiento mayestático, a hacerle esto, lo otro y lo de más allá, y a quedarnos de pie hasta que nos autorizaba a sentarnos. Esto le hizo mucho bien y no tardó en mostrarse jovial y satisfecho. Pero el duque parecía resentido ante el cambio de cosas, a pesar de que el rey se mostraba afable con él diciendo que el bisabuelo del duque y los demás duques de «Bilgewater» habían sido altamente apreciados por su padre y que tenían fácil acceso a palacio. De todos modos, el duque siguió de mal talante hasta que le dijo el rey:

—Es más que probable que tengamos que vivir juntos largo tiempo en esta balsa, «Bilgewater». ¿De qué sirve amargarse la vida? Sólo conseguirá malestar. ¿Tengo yo la culpa de no haber nacido duque? ¿Tiene usted la culpa de no haber nacido rey? Entonces, ¿por qué preocuparse tanto? Mi lema es éste: Acepta las cosas como vengan. No podemos quejarnos de estar aquí... Hay comida abundante y una vida fácil. Venga, dadme la mano, duque, y seamos todos amigos.

El duque lo hizo, y Jim y yo nos alegramos mucho. Aquello terminó con el malestar, y lo celebramos, ya que hubiera sido muy lamentable tener enemistades a bordo de la balsa, pues por encima de todo es necesario que en una balsa todos estén contentos y se sientan amables y afables con los demás.

No tardé en adivinar que aquellos embusteros no eran reyes ni duques, sino unos charlatanes, pero no dije nada. Me lo callé. Era lo mejor, pues de esta manera se evitaban las disputas y las complicacio-nes. Si querían que les llamásemos reyes y duques, no había inconve-niente, con tal de mantener en paz la familia. Era inútil decírselo a Jim, así que no se lo dije. Si algo bueno aprendí de papá fue que lo mejor para llevarse uno bien con esa clase de gente es dejarles que se salgan con la suya.

Capítulo 20

Nos hicieron infinidad de preguntas. Querían saber por qué cubríamos la balsa de aquella manera y atracábamos durante el día en vez de seguir el viaje... ¿Acaso Jim era un negro fugitivo? Yo dije:

—¡Válgame el cielo! ¿Creen que un negro se dirigiría hacia el sur? —Admitieron que era increíble. Pero yo tenía que explicar las cosas, de modo que dije—: Mi familia vivía en el condado de Pike, en Missouri, donde yo nací. Murieron todos menos papá, mi hermano Ike y yo. Papá decidió irse a vivir con el tío Ben, que tiene una casita en el río, cuarenta y cuatro millas más abajo de Orleans. Papá era bastante pobre y tenía algunas deudas, de modo que cuando hizo cuentas comprobó que le quedaban solamente dieciséis dólares y Jim, nuestro negro. No era suficiente para mil cuatrocientas millas ni siquiera con pasaje de cubierta. Bueno, pues cuando creció el río papá tuvo un día una racha de suerte al encontrarse esta balsa. Entonces decidimos bajar hasta Orleans en ella.

Pero la suerte no asistió mucho a papá. Una noche un vapor pasó por encima de la esquina delantera de la balsa y todos caímos al agua y buceamos por debajo de la rueda del vapor. Jim y yo salimos a flote, pero papá estaba borracho, y mi hermanito Ike tenía solamente cuatro años, así que no salieron de debajo del agua. Bueno, durante los dos días siguientes tuvimos bastantes complicaciones, porque a cada momento llegaba gente en esquifes tratando de quitarme a Jim, diciendo que les parecía que era un negro fugitivo. Ahora no navegamos de día y por la noche nadie nos molesta.

Dijo el duque:

—Dejadme que encuentre el medio de viajar durante el día si queremos. Lo pensaré... Inventaré un plan que solucione esto. Lo dejaremos por hoy, porque, naturalmente, no iremos a pasar junto a ese pueblo a la luz del día... Acaso no fuera saludable.

Al anochecer, el tiempo empeoró y parecía que iba a llover. El relampagueo de calor espurreaba bajo en el cielo y las hojas empezaban a temblar... Todo anunciaba claramente que pasaríamos un mal rato. De modo que el duque y el rey examinaron el cobertizo para ver qué tal eran las camas. La mía era un jergón de paja, mejor que la de Jim, que era de perfollas de maíz. En un jergón de perfollas suele haber tusas que pinchan a uno y le hacen daño. Y, cuando uno se da la vuelta, las perfollas secas hacen el mismo ruido que si uno se tumbara sobre un montón de hojas muertas, y con tanto alboroto uno se despierta. Por esto el duque declaró que se quedaba con mi cama, pero el rey dijo que no, añadiendo:

—Me figuraba que la diferencia de alcurnia le haría comprender que una cama de perfollas de maíz no es digna de mí. Vuestra Señoría tendrá la cama de perfollas.

Jim y yo nos pusimos a temblar, porque se veía venir otra discusión entre ellos. Por lo tanto, nos alegramos mucho cuando dijo el duque:

—Estoy predestinado a verme siempre bajo el férreo yugo de la opresión. El infortunio ha quebrantado mi espíritu, otrora altanero. Sucumbo, me someto; es mi destino. Estoy solo en el mundo... ¡Sufriré! ¡Puedo soportarlo!

Salimos en cuanto anocheció. El rey nos dijo que nos mantuviéramos en el centro del río, que no encendiéramos ninguna luz hasta que nos hallásemos bastante más abajo del pueblo. Poco después llegamos a la vista del racimo de luces; eran del pueblo, ¿saben? Y pasamos por delante de él media milla. Cuando estábamos tres cuartos de milla más abajo, colgamos la linterna de señales, y alrededor de las diez empezó a llover, a soplar el viento y a relampaguear furiosamente. El rey nos encargó que montáramos guardia hasta que el tiempo mejorase. Luego él y el duque entraron a gatas en el cobertizo para pasar la noche. Mi guardia duraba hasta las doce, pero de todas maneras no me habría acostado aunque hubiese tenido cama, porque uno no ve semejante tormenta todos los días ni muchísimo menos. ¡Amigos, cómo rugía el viento! Y cada dos segundos había un resplandor que iluminaba la espuma de las olas en media milla a la redonda, y a través de la lluvia las islas se veían polvorientas, y los árboles se bamboleaban azotados por el viento. Entonces llegaba un ¡uu-aaac! ¡bum! ¡bum! ¡bum! ¡bum-borrombombombum-bum-bum...! Y el trueno se alejaba retumbando y gruñendo, y cesaba. Después ¡ras!, el desgarro de otro relámpago, y otro zambombazo contundente. Las olas, en ocasiones, casi me arrastraban desde la balsa, pero no llevaba ropa, de modo que daba lo mismo. No tuvimos problemas con los troncos flotantes; los relámpagos eran tan constantes y su resplandor tan fuerte, que los veíamos a tiempo para girar la proa a un lado u otro y esquivar los troncos.

Yo tenía también la guardia intermedia, pero para entonces estaba muy adormilado, y Jim dijo que haría la primera mitad para mí. Jim era siempre muy bueno en esto, ¡vaya si lo era! Entré a gatas en el cobertizo, pero el rey y el duque estaban tendidos con las piernas tan abiertas que no había sitio para mí, de modo que me tumbé fuera... No me importaba la lluvia, ya que hacía calor, y las olas no eran ya tan altas. Alrededor de las dos volvieron a levantarse, y Jim iba a despertarme, pero cambió de idea porque pensó que no eran lo bastante altas para ser peligrosas. Se equivocó, porque a poco y de repente el oleaje zarandeó la balsa y me barrió de cubierta lanzándome al agua. Jim se desternillaba de risa. Nunca he visto a un negro que se riera tan fácilmente.

Le relevé en la guardia y Jim se tumbó y empezó a roncar. Poco después la tormenta se aplacó definitivamente y, en cuanto apareció la primera luz de una cabaña, le desperté y condujimos la balsa hacia un escondrijo para pasar el día.

El rey sacó una mugrienta baraja después del desayuno, y él y el duque jugaron a cartas un rato, a cinco centavos la partida. Terminaron cansándose del juego y dijeron que «organizarían una campaña». Así lo llamaron. El duque metió la mano en su saco, mostró muchas hojitas impresas y las leyó en voz alta.

En una se decía que «el célebre doctor Armand de Montalban, de París, dará una conferencia sobre la ciencia de la frenología» en tal día y tal sitio, a diez centavos la entrada, y «facilitará estudios del carácter a veinticinco centavos cada uno».

El duque dijo que se trataba de él. En otra hoja era «el mundialmente conocido trágico shakesperiano Garrick el joven, de Drury Lane, Londres». En otras hojas aparecía con infinidad de otros nombres y hacía cosas maravillosas, como encontrar agua y oro con una «vara adivina», «eliminación de brujerías» y otras. Luego dijo:

—Pero mi debilidad es la musa histriónica. ¿Habéis pisado las tablas alguna vez, Majestad?

—No —contestó el rey.

—Pues lo haréis antes de tres días, Grandeza Caída —dijo el duque—. En el primer pueblo al que lleguemos alquilaremos un local y representaremos la lucha a espada de *Ricardo III* y la escena del balcón de *Romeo y Julieta*. ¿Qué decís a esto?

—Acepto de mil amores cualquier cosa que dé dinero, «Bilgewater», pero, verá, yo no tengo nada de actor ni he visto mucho teatro. Era demasiado pequeño cuando papá solía ofrecer representaciones en palacio. ¿Cree que podrá enseñarme?

—¡Por supuesto!

—Bien. De todos modos, me gustará hacer algo nuevo. Empecemos en seguida.

Entonces el duque le explicó quién era Romeo y quién Julieta, y dijo que estaba acostumbrado a hacer de Romeo, así que el rey haría de Julieta.

—Pero si Julieta era una chica tan joven, duque, mi calva y mis patillas blancas no le sentarán muy bien, seguramente...

—No se preocupe... Esos patanes pueblerinos no pensarán en eso. Además, ¿sabe? Irá disfrazado, y eso cambia mucho de aspecto. Julieta se encuentra en un balcón, disfrutando del claro de luna antes de acostarse, y lleva puesto su camisón y su gorro de dormir de volantes. Aquí están los trajes para esos papeles.

Sacó dos o tres vestidos de cortina de calicó que dijo eran la armadura medieval para Ricardo III y el otro individuo, y un camisón de dormir de algodón y un gorro de dormir de volantes. El rey estaba satisfecho, de modo que el duque sacó su libro y leyó los papeles con espléndidos ademanes, saltando y actuando a la vez, para demostrar cómo había de hacerse. Luego dio el libro al rey y le dijo que se aprendiera su papel de memoria.

Había un pueblo muy pequeño unas tres millas más abajo del recodo, y después de cenar el duque dijo que había ideado el modo de viajar durante el día sin poner en peligro a Jim. Añadió que iría al pueblo para solucionarlo. El rey dijo que le acompañaría por si encontraba algo. Estábamos sin café, de modo que Jim dijo que sería mejor que yo fuera con ellos en la canoa y lo trajera.

Cuando llegamos, no había nadie por la calle; todo estaba desierto, totalmente muerto y silencioso, como en domingo. Encontramos a un negro enfermo tomando el sol en un patio trasero, el cual nos informó de que todos aquéllos que no eran demasiado jóvenes ni viejos, o demasiado enfermos, habían ido a una reunión de campamento, a unas dos millas en el interior. El rey se enteró del sitio exacto y dijo que iría a esa reunión al aire libre porque valía la pena, y que fuera yo también.

El duque declaró que él buscaba una imprenta. La encontramos. No era muy importante y estaba situada en el primer piso de una carpintería. Los carpinteros y los impresores habían ido a la reunión, dejando las puertas abiertas. Era un sitio sucio y desordenado, con manchas de tinta, carteles de caballos y negros fugitivos en todas las paredes. El duque se quitó la chaqueta y dijo que se daba por satisfecho. De modo que el rey y yo nos dirigimos hacia el campamento de la reunión.

Llegamos al cabo de una media hora empapados de sudor, porque ese día hacía un calor espantoso. Había allí mil personas por lo menos, de veinte millas a la redonda. Los bosques estaban llenos de caballos y carros, atados por doquier, comiendo en las cebaderas y pataleando para ahuyentar las moscas. Había cobertizos improvisados con estacas y techumbres de ramas, donde se vendían limonada, pan de jengibre y montones de sandías, maíz verde y mercancías por el estilo.

Los sermones se daban debajo de la misma clase de cobertizos, sólo que eran mayores y dentro había una muchedumbre. Los bancos estaban hechos con las partes externas de troncos, con agujeros en su parte redonda, donde introducir bastones que hacían las veces de patas. No tenían respaldo. Los predicadores estaban sobre altas plataformas, a un extremo de los cobertizos. Las mujeres llevaban puestos los sombreros de sol y algunas lucían vestidos de mezclilla de lino y lanilla, otras de guinga y algunas de las más jóvenes llevaban vestidos de calicó. Había muchachos que iban descalzos, y algunos niños llevaban por todo vestido una camisa de lino de estopa. Algunas viejas hacían calceta, y había gente joven haciéndose el amor disimuladamente.

En el primer cobertizo al que llegamos el predicador estaba leyendo un himno. Leía dos líneas y acto seguido los demás las cantaban, y resultaba impresionante oírlo dada la gente que había y el entusiasmo con que lo hacían. Luego el predicador leía otras dos líneas para que las cantaran..., y así sucesivamente. La gente parecía cada vez más estimulada a cantar con más entusiasmo y más alto, hasta que, finalmente, algunos empezaron a gemir y otros a gritar.

El predicador empezó entonces a hablar, y lo hizo en serio. Se dirigía primero hacia un lado de la plataforma y luego hacia el otro; después se inclinaba hacia adelante, sin dejar de agitar el cuerpo y los brazos, gritando con todas sus energías. De vez en cuando levantaba en alto la Biblia, la abría de par en par y la agitaba en todas direcciones, gritando:

—¡Es la serpiente de bronce en el desierto! ¡Miradla y vivid!

Y la gente gritaba entonces:

—¡Gloria! ¡Aaamén!

Y él continuó así, y la gente siguió gimiendo, llorando y diciendo «amén»:

—¡Oh, venid al banco de los sufrimientos! ¡Venid, los que estáis negros por el pecado! (¡Amén!) ¡Venid, los enfermos y amargados! (¡Amén!) ¡Venid, los cojos, los tullidos y los ciegos! (¡Amén!) ¡Venid, los pobres y los necesitados, los oprimidos por la vergüenza! (¡Aaamén!) ¡Venid, los disipados, los abatidos y los dolientes! ¡Venid con el espíritu destrozado! ¡Venid con el corazón arrepentido! ¡Venid con vuestros harapos, pecados y suciedad! ¡Las aguas purificadoras son gratis, la puerta del cielo está abierta...! ¡Oh, entrad y descansad! (¡Aaamén! ¡Gloria, gloria, aleluya!)

Y así una y otra vez. Ya no se entendía lo que decía el predicador a causa de los gritos y los llantos. La gente se puso en pie, abriéndose paso entre la multitud, con considerable esfuerzo para acercarse al banco de los dolientes, mientras las lágrimas corrían por sus mejillas. Y cuando todos los dolientes hubieron llegado en tropel hasta los bancos delanteros, cantaron, gritaron y se arrojaron sobre la paja, totalmente enloquecidos.

Bueno. Me di cuenta que el rey no estaba inactivo: su voz se oía por encima de la de todos. Luego se dirigió hacia la plataforma y el predicador le suplicó que hablase a la gente, y él lo hizo. Les dijo que era pirata, que lo había sido durante treinta años, en el océano Indico, y que su tripulación se había reducido considerablemente la primavera anterior en un combate. Que él regresaba a la patria para reclutar nuevos tripulantes y que, a Dios gracias, la noche anterior le habían robado, desembarcándole de un vapor sin un centavo, y que ahora se alegraba. Era la mayor bendición de su vida, porque ahora era un hombre distinto, por vez primera en su azarosa existencia era feliz y, aunque fuera pobre, empezaría de nuevo a trabajar a fin de regresar al océano Indico y dedicarse el resto de su vida a llevar por el buen camino a los piratas, porque nadie mejor que él podría hacerlo, puesto que estaba relacionado con todas las tripulaciones piratas de aquellos mares. Y, aunque le llevara mucho tiempo llegar allí sin dinero, de todos modos llegaría, y cada vez que convenciera a un pirata le diría:

—No me des a mí las gracias, no tengo mérito alguno; se lo debes todo a la buena gente de la reunión de campamento de Pokeville, hermanos naturales y bienhechores de la raza... ¡Y aquel querido predicador es el mejor amigo que jamás ha tenido un pirata!

Entonces se echó a llorar y todo el mundo hizo lo mismo. Alguien gritó:

—¡Hagamos una colecta para él; hagamos una colecta para él!

Media docena de personas se ofrecieron para empezarla, pero alguien gritó:

—¡Que pase él el sombrero!

Los demás le corearon y el predicador también.

De modo que el rey pasó entre la muchedumbre con el sombrero, frotándose los ojos, bendiciendo a la gente, elogiándolos y dándoles las gracias por ser tan buenos para con los pobres piratas que estaban tan lejos de allí. De vez en cuando algunas de las chicas más guapas, húmedas las mejillas por el llanto, se le acercaban pidiéndole que le dejaran besarle para tener un grato recuerdo suyo. El siempre accedía. Y algunas lo abrazaron y lo besaron seis o siete veces. Le invitaron a quedarse una semana y todos querían que viviera en sus casas, diciendo que sería un honor para ellos, pero él contestó que, siendo aquél el último día de la reunión, ya no podía hacer ningún bien y que, además, ardía en deseos de regresar en seguida al océno Indico para ponerse a trabajar en pro de los piratas.

Cuando regresamos a la balsa y él pasó recuento, descubrió que había recogido ochenta y siete dólares con sesenta y cinco centavos. Y se había llevado consigo un barril de tres galones de whisky, que encontró debajo de un carro cuando regresábamos a través de los bosques. Dijo el rey que, en conjunto, el día había resultado mucho más productivo que ninguno de los que conoció cuando se dedicaba a misionero. Dijo que era inútil hablar, que los herejes no podían compararse con los piratas para sacar provecho a una reunión de campamento.

El duque creyó que había logrado una espléndida jornada hasta que apareció el rey. Entonces empezó a dudarlo. Había impreso dos encargos para unos rancheros en la imprenta —carteles de caballos—, cobrando su importe de cuatro dólares. Y había conseguido anuncios en el periódico por valor de diez dólares, periódico que publicaría por cuatro dólares si ellos pagaban por adelantado..., cosa que hicieron.

El precio del periódico era de dos dólares al año, pero aceptó tres suscripciones de a medio dólar con la condición de que le pagaran por adelantado; ellos querían pagar en leña vendida en cuerdas y cebollas, como de costumbre, pero él dijo que acababa de comprar el negocio de la imprenta y que rebajaba en lo posible el precio y pensaba llevarlo adelante cobrando al contado. Compuso una pequeña poesía que se inventó, compuesta de tres versos, muy dulces y tristes, cuyo título era *Sí, aplasta, mundo frío, este corazón despedazado,* y la dejó compuesta y lista para imprimirla en el periódico, sin cobrar nada por ello.

Bueno, ganó nueve dólares y medio y dijo que a cambio había trabajado de lo lindo durante el día.

Luego nos enseñó otro trabajito que él había impreso gratuitamente porque era para nosotros. Tenía la ilustración de un negro fugitivo que llevaba un hatillo colgado de un palo sobre el hombro, y al pie decía: «200 dólares de recompensa». El texto se refería a Jim y le describía minuciosamente. Decía que se había escapado de la plantación de St. Jacques, cuarenta millas más abajo de Nueva Orleans, el último invierno, que probablemente se dirigía hacia el norte y que aquél que lo capturase y lo devolviera cobraría la recompensa y los gastos.

—Ahora —dijo el duque—, a partir de esta noche viajaremos de día si queremos. Cuando veamos que se acerca alguien, ataremos a Jim de pies y manos, le dejaremos dentro del cobertizo y enseñaremos este cartel diciendo que lo hemos capturado río arriba y que somos demasiado pobres para viajar en vapor, de modo que les pedimos prestada la balsa a unos amigos para ir en busca de la recompensa. Sería formidable cargar a Jim de cadenas y esposarlo, pero eso no iría bien con la historia de que somos pobres. Sería como si llevara joyas. Las cuerdas bastarán. Debemos conservar la unión, como dicen las tablas.

Todos dijimos que el duque era muy listo y que no habría problema en viajar de día. Calculamos que esa noche lograríamos cubrir la distancia suficiente para ponernos fuera del alcance del escándalo que seguramente promovería la obra de imprenta del duque en el pueblecito. Luego, si queríamos, continuaríamos avanzando.

Permanecimos echados, inmóviles, y sin desatracar hasta que dieron las diez. Luego pasamos deslizándonos a bastante distancia del pueblo y no colgamos la linterna hasta que lo perdimos de vista.

Cuando Jim me llamó para relevarle en la guardia, a las cuatro de la madrugada, dijo:

—Huck, ¿crees que nos encontraremos con más reyes en este viaje?

—No —dije yo—, creo que no.

—Bueno —replicó él—, pues menos mal. No me importa un rey o dos, pero es suficiente. El nuestro está completamente borracho y el duque no le va a la zaga.

Supe entonces que Jim intentó hacerle hablar en francés para oír cómo sonaba, pero él replicó que había pasado demasiado tiempo en este país y que había tenido tantas tribulaciones que se le había olvidado.

Capítulo 21

El sol estaba ya alto, pero seguimos adelante y no atracamos. El rey y el duque aparecieron al fin, bastante aturdidos, pero después de saltar al agua y de darse un baño se reanimaron. Después del desayuno el rey se sentó en una esquina de la balsa, se quitó las botas, se subió los pantalones y dejó las piernas colgando en el agua para estar más cómodo. Luego encendió la pipa y empezó a aprender de memoria *Romeo y Julieta*. Cuando se lo supo, él y el duque se dedicaron a ensayar juntos. El duque tenía que enseñarle una y otra vez a recitar su papel, y le hizo suspirar y llevarse la mano al corazón, hasta que al cabo de un rato dijo que lo hacía bastante bien, «sólo que no debe gritar "¡Romeo"» así, como si fuera el bramido de un toro... Debe decirlo en tono suave, lánguido... Así: "¡Romeeeo!" ¿Se da cuenta? Porque Julieta es una muchachita dulce y encantadora, ¿entiende?, y no rebuzna como un asno».

Bueno, después cogieron un par de largas espadas que hizo el duque con listones de robles y empezaron a ensayar el duelo. El duque se llamaba a sí mismo Ricardo III, y el modo en que se movían y saltaban por la balsa era impresionante. El rey dio un traspié y se cayó al agua. Después descansaron y charlaron sobre toda suerte de aventuras que corrieron en otros tiempos por el río.

Después de comer, el duque dijo:

—Bueno, Capuleto, queremos que la función sea de primera, ¿sabe? Así que le añadiremos algo más. Necesitamos algo para después de las repeticiones.

—¿Qué son repeticiones, «Bilgewater»?

El duque se lo dijo, y luego agregó:

—Yo corresponderé bailando algo escocés o el baile del marinero. Y usted.... A ver... ¡Ah, ya sé! Usted hará el soliloquio de Hamlet.

—¿El qué de Hamlet?

—El soliloquio de Hamlet, ¿sabe? Lo más célebre de Shakespeare. ¡Ah, es sublime, sublime! Siempre entusiasma al público. No lo tengo en el libro, pues sólo poseo un volumen, pero creo que podré recitarlo de memoria. Me pasearé un minuto para arrancarlo de las bóvedas de la memoria.

Empezó a pasear de arriba abajo, pensando, enarcando las cejas de manera horrible de vez en cuando. Tan pronto fruncía el ceño como se apretaba la mano contra la frente y, tambaleándose, daba un quejido. Después suspiraba e inmediatamente derramaba una lágrima.

Daba gusto mirarlo. Al poco rato consiguió recordarlo. Nos pidió que le prestáramos atención. Entonces adoptó una actitud muy noble, con una pierna hacia delante, los brazos levantados y la cabeza echada hacia atrás, contemplando el cielo. En seguida empezó a desbarrar como enloquecido, haciendo rechinar los dientes, después de lo cual, mientras hablaba, aulló, se agitó de un lado a otro, hinchó el pecho y dejó eclipsado a cualquier actor de los que yo había visto en mi vida. Esto fue lo que dijo, y lo aprendí fácilmente mientras él se lo enseñaba al rey:

Ser o no ser: eso es el desnudo punzón
que convierte en calamidad una tan larga vida;
porque ¿quién llevaba fardeles hasta que el bosque de Birnam a
[Dunsinane llegó?
Pero ese miedo a algo después de morir
asesina el sueño inocente,
segundo curso de la gran naturaleza,
y más bien nos hace lanzar las flechas de la ultrajante fortuna,
que correr hacia otros de los que nada sabemos.
He aquí el respeto que debe darnos tregua.
¡Despierta a Duncan con tus golpes! Querría que pudieras,
porque ¡quién soportaría los latigazos y los desprecios del tiempo,
el mal del opresor, la injuria del hombre orgulloso,
la demora de la ley y el descanso que tomaran sus punzadas,
en el mortal desierto y la medianoche, cuando los cementerios
[bostezan,
en trajes acostumbrados de negro solemne,

sólo que el país ignoto, de cuyo confín ningún viajero retorna,
respira contagio sobre el mundo,
y así el matiz nativo de la resolución, como el pobre gato del adagio,
está enfermizo de temor,
y todas las nubes que descendían sobre los tejados de nuestras casas,
con este acatamiento, sus corrientes tuercen
y pierden el nombre de la acción!
Es una consumación que ha de desearse devotamente. Pero con
                                        [*dulzura, rubia Ofelia:*
No abras tus ponderadas y marmóreas mandíbulas,
y métete en un convento... ¡Vete!

Bueno, al viejo le gustó ese discurso y muy pronto lo aprendió, de modo que podía lucirse. Parecía que hubiera nacido para ello; y cuando lo recitaba de carrerilla y se entusiasmaba, resultaba delicioso su modo de agitarse, gesticular y encogerse.

A la primera oportunidad que tuvimos, el duque hizo imprimir algunos carteles de la función; después de eso, durante dos o tres días, mientras avanzábamos flotando, la balsa se convirtió insólitamente en un lugar muy animado, porque no había más que duelos a espada y ensayos..., así era como los llamaba el duque. Una mañana, cuando estábamos bastante internados en el Estado de Arkansas, llegamos a la vista de un pueblecito en un enorme recodo del río. Entonces atracamos unos tres cuartos de milla más arriba, en la embocadura de una caleta que quedaba encerrada con un túnel por los cipreses, y todos, menos Jim, cogimos la canoa y descendimos al pueblo para ver si el lugar ofrecía posibilidades para nuestra representación teatral.

Tuvimos mucha suerte: aquella tarde había función de circo y la gente del campo empezaba a llegar en todo tipo de viejos carros y a caballo. El circo se marcharía antes de la noche, de modo que nuestra representación tendría una buena ocasión. El duque alquiló el palacio de justicia y nosotros recorrimos el pueblo pegando los carteles, que decían:

¡¡¡RESURRECCION SHAKESPERIANA!!!

¡Atracción maravillosa!

¡Solamente por una noche!

DAVID GARRICK, el joven
del Teatro Drury Lane de Londres,
y
EDMUND KEAN, el viejo,
del Teatro Royal Haymarket, Whitechapel,
Pudding Lane, Piccadilly, Londres,
y los Teatros Reales Continentales,
en su sublime espectáculo shakesperiano:

LA ESCENA DEL BALCON

DE «ROMEO Y JULIETA»

Romeo ...... Sr. Garrick
Julieta ...... Sr. Kean

¡Secundados por toda la compañía!
¡Nuevos trajes, nuevos decorados, nueva dirección!

Además, el emocionante, colosal y excitante
DUELO A ESPADA

DE «RICARDO III»

Ricardo III ...... Sr. Garrick
Richmond .... Sr. Kean

Y también, a petición especial,

EL INMORTAL SOLILOQUIO

DE «HAMLET»

por el ilustre Kean

¡Representado por él durante 300 noches consecutivas en París!
¡Solamente por una noche, debido a imperativos
compromisos adquiridos para actuar en Europa!

Entrada, 25 centavos; niños y criados, 10 centavos

Luego estuvimos dando vueltas por el pueblo. La mayoría de los almacenes y las casas eran viejos edificios de madera reseca, que nunca fueron pintados; se levantaban sobre estacas a tres o cuatro pies por encima del suelo, para quedar fuera del alcance del agua cuando el río se desbordaba. Las casas tenían alrededor jardincillos, pero no crecía casi nada en ellos, salvo estramonio y girasoles, montones de cenizas, botas y zapatos viejos y retorcidos, fragmentos de botellas, trapos y objetos de hojalata usados.

Las vallas estaban hechas con distintas clases de tablas, claveteadas en épocas diferentes, y se inclinaban en muchas direcciones; tenían portillos con un gozne generalmente, y de cuero además. Algunas vallas fueron enjalbegadas en alguna ocasión, pero dijo el duque que debía de ser en la época de Cristóbal Colón. Por lo general, había cerdos en el jardín y gente que trataba de sacarlos fuera.

Las tiendas estaban en una calle. Tenían delante toldos blancos de confección casera, y la gente del pueblo trababa los caballos en los soportales de los toldos. Debajo de los toldos había cajas de mercancías, y los ociosos se pasaban el día entero sentados encima de ellas, tallándolas con sus cuchillos Barlow, mascando tabaco, bostezando y desperezándose. Formaban un grupo bastante ordinario. Usualmente, llevaban sombreros de paja amarilla tan anchos como un paraguas, pero sin chaquetas, ni chalecos. Se llamaban entre sí Bill, Buck y Hank, Joe y Andy, y hablaban en tono perezoso, empleando maldiciones y juramentos. Había un haragán apoyado en cada soporte de los toldos, y solía tener las manos hundidas en los bolsillos de los pantalones, menos cuando las sacaba para dar tabaco o rascarse. Uno les oía decir continuamente:

—Dame un poco de tabaco, Hank.

—No puedo... Es lo último que me queda. Pídeselo a Bill.

Bill le daba o no le daba tabaco; a veces mentía diciendo que no le quedaba. Algunos de esos haraganes no tenían un solo centavo, ni siquiera un poco tabaco. Mascan de prestado... Dice un individuo: «Me gustaría que me prestaras un poco, Jack; no hace ni un minuto que he dado a Ben Thompson lo último que me quedaba», y es mentira casi siempre. Pero no engaña más que a un forastero; y Jack, que no lo es, replica: «¿Tú le has dado tabaco? ¡Un pepino! Devuélveme el tabaco que me has sacado, Lafe Buckner, y te prestaré una o dos toneladas de tabaco, sin cargarte intereses.» «Oye, que alguna vez sí te lo devuelvo.» «Sí, claro..., una gota. Yo te presté tabaco de la tienda y tú me devolviste porquería que se le parecía.»

El tabaco de tienda es una pastilla plana y negra, pero esos tipos suelen mascar la hoja natural retorcida. Cuando piden prestado un poco, no lo cortan con cuchillo, sino que se meten la pastilla entre los dientes, la muerden y tiran de ella con las manos hasta que la parten en dos... Entonces, en ocasiones, el dueño del tabaco lo mira pesaroso cuando se lo devuelven y dice con sarcasmo: «Mira, tú, dame el "pedazo" y quédate con la "pastilla".»

Todas las calles y los caminos eran de fango, de nada más que de fango.., tan negro como el alquitrán y de un pie de profundidad en algunos sitios, y de dos o tres pulgadas en todos. Los cerdos deambulaban y gruñían por doquier. Se veía a una cerda enlodada y a su camada de cerditos por la calle, poniéndose en mitad del paso de las personas, quienes tenían que dar un rodeo. La cerda se tumbaba, cerraba los ojos y agitaba las orejas, mientras los cerditos mamaban de ella, la cual estaba tan contenta como si estuviera a sueldo. Y entonces se oía a un haragán que gritaba: «¡Sus! ¡A ella, "Tige"! ¡Sus, a ella!» Y la cerda se escapaba, lanzando chillidos horribles, con un perro o dos colgados de cada oreja, y tres o cuatro docenas más detrás; y entonces los gandules se ponían en pie y la miraban hasta perderse de vista, riéndose divertidos y satisfechos de la jarana. Después se sentaban otra vez hasta que había una pelea de perros. Nada podía despertarlos ni hacerlos tan felices como una pelea de perros, a menos que fuera echar trementina a un perro vagabundo y pegarle fuego, o bien atarle una lata al rabo y contemplarle correr como loco hasta matarse.

Delante del río había algunas casas que sobresalían de la ribera inclinadas, como dispuestas a caer dentro del agua. La gente las había abandonado. En la esquina de algunas otras la ribera formaba socavón, y esa esquina quedaba colgando. La gente las habitaba aún, pero era peligroso, ya que a veces se hunde de repente una franja de tierra tan ancha como una casa. Semejante pueblo tiene que estar siempre retrocediendo, porque el río no cesa de mordisquearlo.

Según se acercaba el mediodía, el número de carros y caballos en las calles se hacía mayor. No cesaban de llegar. Las familias se traían la comida desde sus hogares en el campo y comían en los carros. Se bebía mucho whisky, y yo vi tres peleas. Al poco rato alguien gritó:

—¡Por ahí viene el viejo Boggs! Llega del campo para su borrachera mensual... ¡Ya llega, chicos!

Todos los haraganes estaban contentos. Supuse que se divertían a costa de Boggs. Uno dijo:

—Me pregunto a quién piensa comerse esta vez. Si se hubiera comido a todos los hombres que se jactaba de ir a comerse en los últimos veinte años, ahora se habría hecho célebre.

Otro dijo:

—Ojalá Boggs me amenazara a mí, porque entonces sabría que no iba a morirme en mil años.

Boggs se acercó montado a caballo, aullando y gritando como un indio injun:

—¡Dejad el camino libre! ¡Estoy en pie de guerra y va a subir el precio de los ataúdes!

Iba bebido, balanceándose sobre su silla. Tenía más de cincuenta años de edad y una cara muy colorada. Todos le gritaban, riéndose de él y dirigiéndole pullas, a las que él correspondía con otras, diciendo que ya los metería en cintura uno tras otro, que en ese momento no podía entretenerse porque había bajado al pueblo para matar al viejo coronel Sherburn. Su lema era: «Primero carne, y para redondearlo otras menudencias.»

Me vio, se acercó y dijo:

—¿De dónde sales tú, muchacho? ¿Estás preparado para morir?

Luego siguió adelante. Yo me asusté, pero un hombre comentó:

—Eso no significa nada. Cuando anda bebido siempre se porta así. Es el viejo estúpido más bonachón de todo Arkansas, jamás ha hecho daño a nadie, esté bebido o sobrio.

Boggs se detuvo, a caballo, delante de la mayor tienda del pueblo y bajó la cabeza para poder ver el interior por debajo del toldo. Entonces gritó:

—¡Sal a la calle, Sherburn! ¡Ven a vértelas con el hombre al que has estafado! ¡Vengo a buscarte a ti, perro, y pienso echarte el guante!

Y continuó llamando a Sherburn todo lo que acudió a su lengua. La calle estaba abarrotada de gente que escuchaba, reía y luego seguía su camino. Al poco rato un hombre altivo, de unos cincuenta y cinco años —y era, desde luego, el mejor vestido del pueblo—, salió del almacén, y entonces la muchedumbre retrocedió para dejarle paso. El dijo a Boggs, con mucha calma y parsimonia:

—Estoy harto de eso, pero lo soportaré hasta la una..., ni un minuto más. Si después de esa hora vuelves a abrir la boca para decir algo contra mí, te atraparé por mucho que corras.

Se dio la vuelta y volvió a entrar. La multitud parecía aplacada, nadie se movía y cesaron las risas. Boggs se alejó a caballo, echando pestes de Sherburn a voz en grito, calle abajo. Después volvió y se detuvo delante de la tienda gritando como antes. Algunos hombres se agruparon alrededor suyo tratando de que se callara, pero él no quiso. Le dijeron que a los quince minutos daría la una, que debía irse a casa cuanto antes. Pero no valió de nada. El maldijo enérgicamente, lanzó el sombrero al fango, lo aplastó montado a caballo y poco después se marchó de nuevo calle abajo a toda prisa, con el cabello gris al viento. Todos los que tenían oportunidad de detenerle trataban de hacerle desmontar para encerrarle hasta que se le pasara la borrachera, pero fue inútil... El volvía a correr calle arriba y lanzaba contra Sherburn otra maldición. Al poco rato dijo alguien:

—¡Traed a su hija! ¡Pronto, traed aquí a su hija; a veces él le hace caso! Solamente ella puede convencerle...

De modo que alguien echó a correr. Yo anduve calle abajo y me detuve. Al cabo de cinco o diez minutos reapareció Boggs, pero no montado a caballo. Cruzaba la calle tambaleándose, hacia mí, sin sombrero, con un amigo a cada lado cogiéndolo del brazo y empujándolo hacia delante. El estaba tranquilizado; no se quedaba rezagado, sino que parecía esforzarse en andar de prisa. Alguien gritó:

—¡Boggs!

Miré en la dirección de la voz y vi que era el coronel Sherburn. Aparecía de pie, inmóvil, en la calle, y con la mano derecha empuñaba una pistola con el cañón vuelto hacia el cielo. En el mismo instante vi a una muchacha que se acercaba corriendo acompañada de dos hombres. Boggs y sus acompañantes se volvieron para ver quién había llamado y, cuando vieron la pistola, los hombres se apartaron de un salto, y entonces la pistola descendió y quedó encañonada hacia un punto determinado, con ambos gatillos amartillados. Boggs levantó las manos y dijo:

—¡Oh, Dios, no dispares!

¡Bang! Sonó el primer disparo y Boggs retrocedió dando un traspié y arañando el aire. ¡Bang! Sonó el segundo disparo y él cayó hacia atrás, en tierra, con un ruido pesado, con los brazos abiertos. La muchacha gritó, se acercó corriendo y, al llegar junto a su padre, se arrojó sobre él, llorando y exclamando:

—¡Oh, le ha matado, le ha matado!

La multitud se arracimó en torno de ellos apretados unos contra otros, alargando el cuello para ver. Y los que estaban dentro del círculo resistían el alud gritando:

—¡Atrás! ¡Atrás! ¡Dadle aire! ¡Dadle aire!

El coronel Sherburn arrojó la pistola al suelo, giró sobre sus talones y se alejó.

Llevaron a Boggs a una pequeña droguería, con la gente apretada a su alrededor, seguidos por la población. Yo me di prisa en conseguir un buen puesto en la ventana, desde la que se podía ver el interior. Le tendieron en el suelo, pusieron una enorme Biblia debajo de su cabeza, abrieron otra y la dejaron sobre su pecho, pero en primer lugar le rasgaron la parte delantera de la camisa, y entonces vi el sitio por donde entró una de las balas. El jadeó pesadamente y su pecho levantaba la Biblia cada vez que aspiraba y volvía a bajarla cuando expulsaba el aire. Después se quedó quieta. Estaba muerto. Entonces arrancaron a su hija de su lado. Ella lloraba y gritaba mientras se la llevaban. Tenía unos dieciséis años y era de aspecto dulce y afable, pero estaba horriblemente pálida y asustada.

No tardó en presentarse el pueblo entero, dando empujones, retorciéndose y luchando por llegar a la ventana y echar un vistazo, pero las personas que habían conseguido sitio no lo soltaban y los que estaban detrás de ellas no cesaban de reprocharles:

—¡Bueno, ya habéis mirado un buen rato, amigos! No está bien que os estéis aquí todo el tiempo sin dejar que los otros también miremos. Los demás tenemos los mismos derechos que vosotros.

Había gritos acalorados y yo me escabullí creyendo que posiblemente habría jaleo. Las calles estaban concurridas y todos parecían muy excitados. Cuantos habían presenciado el tiroteo contaban cómo había sucedido y en torno a cada uno de ellos se agrupaba una compacta muchedumbre que escuchaba ávidamente, estirando el cuello. Un hombre zanquilargo, de cabellera abundante, enorme chistera de piel blanca echada hacia atrás y un bastón de empuñadura ahorquillada, señalaba en el suelo los sitios donde Boggs y Sherburn habían estado de pie, y la gente le seguía de un lado a otro, observando todo lo que hacía y asintiendo para demostrar que lo comprendían, inclinándose un poco y apoyando las manos sobre sus caderas para mirarle cómo él indicaba los sitios en el suelo con su bastón. Luego él se situó muy erguido en el lugar donde había estado antes Sherburn, con el ceño fruncido, el ala del sombrero echada sobre los ojos, y gritó:

—¡Boggs! —Luego puso su bastón en posición recta e hizo—: ¡Bang! —Retrocedió tambaleándose y repitió—: ¡Bang! —Y en seguida cayó de espaldas al suelo.

La gente que había visto cómo ocurrió el hecho manifestó que él lo hizo perfectamente, que así fue exactamente como pasó todo. Después unos doce de ellos sacaron sus botellas y le invitaron a beber.

Bueno, el caso es que no pasó mucho rato antes de que alguien dijera que debían linchar a Sherburn. En un minuto lo decía ya todo el mundo; así que se fueron enloquecidos, aullando y arrancando a su paso todas las cuerdas de tender que encontraban a mano para colgarlo con ellas.

Capítulo 22

Enfilaron calle arriba en masa, hacia la casa de Sherburn, lanzando gritos y alaridos como los de los indios injun, y había que apartarlo todo para que no fuese aplastado y pisoteado. Era un espectáculo pavoroso.

Los niños correteaban delante de la multitud, chillando, tratando de apartarse de su paso; y en cada ventana del camino asomaban cabezas femeninas, y en cada árbol se veían muchachos negros, y chicos y fregonas que miraban por encima de las vallas.

En cuanto se aproximaba la multitud, se dispersaban los grupos y se ponían fuera de su alcance. Numerosas mujeres y chicas lloraban con desconsuelo, mortalmente asustadas.

Se detuvieron delante de la valla de la casa de Sherburn, tan apretados como era posible. Uno ni siquiera oía su propio pensamiento con tanto ruido. Era un patio de unos veinte pies. Alguien gritó: «¡Abajo la valla! ¡Abajo la valla!» Entonces se produjo un gran estruendo con los golpes que dieron al destrozar la valla y las primeras líneas de la muchedumbre entraron en alud, como una oleada.

Entonces Sherburn apareció en el tejado del pequeño porche con una escopeta de doble cañón en la mano. Se plantó con deliberada calma y sin pronunciar una palabra. Cesó el barullo y la ola se echó hacia atrás.

Sherburn no habló. Allí estaba, de pie, mirando hacia abajo. La quietud ahora era horripilante. Sherburn recorrió la muchedumbre con la mirada lentamente, y, cada vez que la fijaba en alguien, la persona trataba de sostener su mirada, pero no lo conseguía. Bajaban los ojos y se agitaban inquietos. Luego Sherburn soltó algo parecido a una risita y que no era muy agradable, la clase de risa que le causa a uno la sensación de que está comiendo pan con arena dentro. Seguidamente dijo, en tono pausado y desdeñoso:

—¡Vosotros linchando a alguien! ¡Es una idea divertida pensar que vosotros tengáis coraje suficiente para linchar a un *hombre*!... No os falta valor para embadurnar de alquitrán y plumas a las infelices mujeres sin amigos ni protección que llegan aquí... ¿Eso es lo que os ha hecho creer que tendríais redaños suficientes para ponerle la mano encima a un hombre? ¡Un hombre está a salvo en las manos de diez mil de vuestra clase..., siempre que sea de día y no os tenga a su espalda!

¿Os conozco yo? ¡Vaya si os conozco! Nací y me crié en el sur y he vivido en el norte, de modo que conozco a fondo al tipo corriente. El tipo corriente de hombres como vosotros es un cobarde. En el norte deja que cualquiera le pisotee, vuelve a casa y eleva una plegaria pidiendo un espíritu humilde para sobrellevarlo. En el sur un hombre solo ha detenido una diligencia atestada de hombres, a la luz del día, y ha robado a todos. Vuestros periódicos os llaman valientes con tanta prodigalidad, que os creéis más valientes que los demás pueblos..., cuando en realidad sois igualmente valientes, pero no más. ¿Por qué vuestros jurados no ahorcan a los asesinos? Porque temen que los amigos del hombre les disparen por la espalda, por la noche..., y eso es lo que harían.

En consecuencia, siempre lo absuelven; y luego va un hombre por la noche, con cien cobardes enmascarados a su espalda, y lincha al granuja. Vuestro primer error es el de no haber traído con vosotros a un hombre, y el segundo es el de no venir por la noche con los antifaces.

Propuse remar hasta la orilla en cuanto apareciese una luz, decir a alguien que papá iba detrás, con una chalana mercante, que tenía poca pericia en el oficio y que quería saber cuánto faltaba para llegar a Cairo. A Jim le pareció una buena idea, de modo que lo celebramos fumando una pipa mientras esperábamos. (pág. 70)

Habéis traído parte de un hombre, a Buck Harkness, y, si él no os hubiera guiado, os habríais conformado con charlar y charlar.

No queríais venir. Al hombre corriente no le gustan el peligro ni el jaleo. A vosotros no os gustan el peligro ni el jaleo. Pero basta con que medio hombre —Buck Harkness— grite: «¡A lincharlo, a lincharlo!», para que os dé miedo echaros atrás; tenéis miedo de que se descubra lo que sois..., ¡unos cobardes! De modo que lanzáis un aullido y os colgáis de la chaqueta de ese medio hombre y venís aquí echando espumarajos, con altisonantes juramentos de lo que vais a hacer. No hay cosa más lastimosa que el populacho. Populacho es un ejército; no combate con el valor que lleva dentro, sino con el que le dan su masa y sus oficiales. Pero un populacho sin un hombre que lo acaudille da más lástima aún.

Ahora lo que vais a hacer será volver a casa con el rabo entre las piernas y arrastraros hasta un agujero para esconderos. Si se hace algún linchamiento será por la noche, al estilo de la gente del sur. Y cuando vengan lo harán en compañía de un hombre y se presentarán enmascarados. Ahora marchaos... y llevaos a vuestro medio hombre —concluyó, apretando la escopeta contra su brazo izquierdo al tiempo que la amartillaba.

La muchedumbre retrocedió de repente y luego se disgregó y escapó corriendo en todas direcciones, y Buck Harkness tras ellos ridiculizado. Pude haberme quedado, pero no quise.

Me dirigí hacia el circo y estuve rondando por la parte de atrás hasta que pasó el vigilante, y entonces me escabullí dentro por debajo de la tienda. Tenía mi moneda de oro de veinte dólares y algún otro dinero, pero decidí que sería mejor ahorrarlo, porque uno no sabía cuándo íbamos a necesitarlo, tan lejos de casa y entre extraños. Uno nunca es demasiado prudente. No me opongo a gastar el dinero en los circos cuando no hay más remedio, pero es una tontería malgastarlo con ellos.

Era un circo realmente impresionante. Resultaba espléndido verles entrar a todos de dos en dos, a caballo, una dama y un caballero, uno junto al otro. Los hombres iban con ropa interior, sin zapatos, con las manos apoyadas sobre las caderas, en actitud cómoda... Habría unos veinte, y cada señora tenía un cutis precioso y una belleza perfecta. Parecían reinas dueñas de sí, vestidas con trajes que debían costar millones de dólares y cubiertas de brillantes. Era un espectáculo magnífico. Jamás vi otro tan encantador. Y luego uno a uno se levantaron y recorrieron la pista de una manera suave y grácil. Los hombres parecían muy altos, arrogantes, con la cabeza agitándose y moviéndose allá en lo alto, debajo del techo de la tienda, y las damas, con sus vestidos sedosos como pétalos de rosa, ceñidos en las caderas, parecían las sombrillas contra el sol más maravillosas que he visto jamás.

Después fueron cada vez más de prisa, bailando todos ellos, primero con un pie en el aire, después el otro; los caballos se inclinaban más y más, y el director de pista no cesaba de girar alrededor del poste central, haciendo restallar el látigo y gritando: «¡Hi! ¡Hi!», y el payaso decía cosas ingeniosas detrás de él. A poco las manos soltaron las riendas, todas las damas apretaron los nudillos contra sus caderas y los caballeros se cruzaron de brazos, y entonces, ¡cómo saltaban y se encorvaban los caballos! Pero, aun así, uno tras otro entraron en la pista e hicieron la reverencia más encantadora que he visto nunca, y luego salieron corriendo y todo el mundo aplaudió a rabiar.

Durante la función de circo hicieron las cosas más sorprendentes; y todo el rato el payaso estuvo por allí diciendo chistes mientras la gente se moría de risa.

En cuanto el director de pista le decía alguna cosa, el payaso le replicaba ágil, como un abrir y cerrar de ojos, con las cosas más graciosas que ha dicho nadie. Lo que no pude entender era cómo podían ocurrírsele tantas salidas graciosas así tan de repente. A mí no se me habrían ocurrido ni en un año. Al poco rato un borracho intentó saltar a la pista; dijo que quería montar a caballo, que era tan buen jinete como el que más. Discutieron con él, tratando de disuadirlo, pero no quiso escuchar a nadie y el espectáculo se interrumpió. Entonces la gente empezó a gritarle cosas y a burlarse de él, cosa que le puso furioso, y empezó a blasfemar y a gesticular violentamente. La gente se irritó, y numerosos hombres dejaban sus bancos y bajaban en alud a la pista, gritando: «¡Atizadlo! ¡Echadlo fuera!» Algunas mujeres gritaron también. Entonces el director de pista pronunció unas palabras diciendo que esperaba que no hubiera alboroto y que, si el hombre prometía no darlo, le dejaría montar a caballo, eso si se sentía capaz de sostenerse sobre la silla. Todo el mundo se rió y dijo que de acuerdo. El hombre montó a caballo, y apenas lo hizo, el animal empezó a saltar y a corvetear mientras dos empleados del circo se colgaban de sus bridas tratando de contenerlo y el borracho se agarraba a su cuello y a cada brinco del caballo sus pies volaban por el aire, y la gente en pleno se ponía de pie gritando y llorando de risa. Al fin, a pesar de los esfuerzos de los empleados del circo, el caballo se soltó y salió disparado como el rayo, girando más y más de prisa por la pista, con el borrachín tumbado sobre el lomo, aferrado a su cuello, con una pierna colgando que casi tocaba al suelo y la otra saliendo por el otro lado. La gente casi se volvía loca de entusiasmo. A mí no me divertía. Temblaba viéndolo en peligro. Pero él no tardó en conseguir montar bien después de grandes esfuerzos, agarró las bridas, yendo vacilante de un lado a otro... ¡y al minuto siguiente, saltó, soltó las bridas y se quedó de pie! Y el caballo corría veloz como el fuego que devora una casa. Allí estaba él sosteniéndose en pie, desenvuelto y seguro como si no hubiera estado borracho en toda su vida. Después empezó a quitarse la ropa y a tirarla al suelo. Lo hizo tan de prisa, que los trajes parecían amontonarse en el aire, y en total se sacó hasta diecisiete.

Y entonces le vimos: esbelto, apuesto, con el traje más bonito y vistoso que se ha visto jamás. Luego azuzó al caballo con su látigo, le hizo ir más veloz y finalmente saltó al suelo, hizo una reverencia y corrió hacia el camerino bailando, mientras todo el mundo aullaba de placer y sorpresa.

Entonces el director de pista se dio cuenta de que se habían burlado de él, y creo que no se ha visto otro director de pista tan «apurado» como él. ¡Pero si era uno de sus artistas! Se había inventado él solito la broma, sin decírselo a nadie. Bueno, yo me sentí bastante corrido por haberme dejado tomar el pelo de aquel modo, pero no me hubiera cambiado por el director de pista ni por mil dólares. No sé, tal vez haya circos más sensacionales que aquel que yo vi, pero todavía no los conozco. En todo caso, me pareció lo bastante bueno para mí. Y, dondequiera lo encuentre, puede estar seguro de que yo seré un cliente asiduo.

Aquella noche hicimos nuestra representación; pero no había más de doce personas, lo bastante para cubrir gastos. Y estuvieron riéndose todo el rato, cosa que puso furioso al duque. Bueno, el caso es que todo el mundo se marchó antes que terminara la función, menos un muchacho que estaba dormido. El duque dijo que los patanes de Arkansas no alcanzaban a comprender a Shakespeare, que sólo querían astracanadas y acaso algo peor que esto. Dijo que se daba perfecta cuenta de cuáles eran sus gustos. De modo que a la mañana siguiente se hizo con algunas hojas enormes de papel de embalaje y pintura negra y dibujó unos carteles que anduvo pegando por todo el pueblo. Estos carteles anunciaban:

EN EL PALACIO DE JUSTICIA
¡SOLO POR TRES NOCHES!

Los mundialmente célebres actores

DAVID GARRICK, El joven
y
EDMUND KEAN, El viejo

De los teatros de Londres y del continente
en su emocionante tragedia

EL CAMELOPARDO DEL REY
o
LA SIN PAR REALEZA

Entrada, 50 centavos.

Más abajo, en letras mayores que las demás, se decía:

PROHIBIDA LA ENTRADA A LAS MUJERES
Y NIÑOS

—¡Y ahora —dijo él—, si con esa línea no los atraemos, es que no conozco Arkansas!

Capítulo 23

El duque y el rey trabajaron en firme durante todo el día levantando un escenario, instalando un telón y una hilera de velas a guisa de candilejas; y aquella noche el local estuvo abarrotado de hombres en un momento. Cuando ya no cabía nadie más en el interior, el duque dejó su puesto en la puerta y, dando la vuelta, se acercó por la parte de atrás al escenario, apareció delante del telón y en un breve discurso elogió su tragedia diciendo que era la más emocionante que se había visto jamás: y así continuó alabando la tragedia y a Edmund Kean, el viejo, quien iba a interpretar el papel principal. Al fin, cuando tuvo a todo el mundo en vilo, levantó el telón enrollándolo, y al instante inmediato apareció el 'rey brincando a gatas y desnudo; iba pintado de pies a cabeza, con rayas y franjas de todos los colores, espléndidos como los de un arco iris. Y... Pero poco importa cómo era el resto de su indumentaria, sumamente chocante. La gente estaba a punto de morirse de risa, y cuando el rey terminó de hacer las cabriolas y salió sin dejar de brincar hacia los bastidores, el público aplaudió estruendosamente, gritando, entre carcajadas, que volviera y lo repitiese. Y después de haberlos complacido, tuvo que repetirlo de nuevo. Bueno, hasta una vaca se habría reído viendo las gansadas que hacía aquel viejo idiota.

Luego el duque bajó el telón, hizo una reverencia ante el público y dijo que la gran tragedia sólo se representaría otras dos noches debido a los apremiantes contratos de Londres, donde en el Drury Lane se habían agotado ya todas las localidades. Acto seguido les dedicó otra reverencia y dijo que, si había conseguido divertirlos e instruirlos, se sentiría profundamente agradecido si ellos hablaban de la función a sus amigos para que vinieran también a verla.

Veinte personas gritaron:

—¿Cómo? ¿Se ha terminado ya? ¿Esto es todo?

El duque dijo que sí. Entonces hubo jaleo. Todos empezaron a gritar «¡Estafa!», poniéndose en pie rojos de cólera y enfilando hacia el escenario para abalanzarse sobre los actores, pero un hombre robusto y de aspecto agradable saltó de pie sobre un banco y gritó:

—¡Alto! Unas palabras nada más, caballeros —Se pararon a escucharle—. Nos han estafado... y ¡de qué manera!, pero no debemos permitir que nos convirtamos en el hazmerreír del pueblo entero y seguir oyendo hablar de esto hasta el fin de nuestras vidas. No. ¡Lo que hemos de hacer es marcharnos tranquilamente, comentar la función y engañar al resto de la población! De esta manera estaremos a la par. ¿No es sensato lo que os propongo?

—¡Vaya si lo es! ¡El juez tiene razón! —gritó todo el mundo.

—Bien, pues entonces ni hablar de la estafa. Marchaos a casa y aconsejad a todos que vengan a ver la tragedia.

Al día siguiente en el pueblo no se hablaba más que de lo espléndida que era la función. Se abarrotó de nuevo el local aquella noche y engañamos del mismo modo a todos. Cuando yo, el rey y el duque regresamos a la balsa, cenamos todos, y después, alrededor de medianoche, hicieron que Jim y yo bajáramos en la balsa por el río hasta dos millas más abajo del pueblo, donde la escondimos.

A la tercera noche se volvió a llenar el local... Y esta vez no eran novatos, sino los mismos que estuvieron en la función dos noches antes. Me quedé junto al duque en la puerta y vi que cada hombre que entraba llevaba los bolsillos abultados, o algo camuflado debajo de la chaqueta, y también me di cuenta de que ni por asomo se trataba de artículos de perfumería. Olía a huevos podridos, a coles putrefactas y cosas por el estilo. Y apuesto a que noto cuando hay cerca un gato muerto, de modo que aquella noche entraron sesenta y cuatro. Entré un minuto, pero era demasiado para mí y no pude soportarlo. Bueno, pues, cuando ya no cabía nadie más en el local, el duque dio un cuarto de dólar a un tipo y le encargó que vigilara la puerta unos instantes; después dio la vuelta hasta el escenario y yo fui detrás de él, pero en cuanto doblamos la esquina y estábamos a oscuras, él dijo:

—¡Aligera y no dejes de correr hasta dejar atrás las casas; luego vete a la balsa volando!

Lo hice y él también. Llegamos a la balsa al mismo tiempo, y en menos de dos segundos estábamos deslizándonos por el río, que estaba a oscuras y silencioso, dirigiéndonos hacia el centro de la corriente. Pensé que el pobre rey estaría en un gran atolladero delante del público, pero no fue así ni mucho menos. A poco asomó la cabeza por el cobertizo y dijo:

—Bueno, ¿cómo han ido las cosas esta vez, duque?

Ni siquiera estuvo en el pueblo.

No colgamos la luz hasta hallarnos diez millas más abajo de ese pueblo. Luego la encendimos y cenamos. El rey y el duque se rieron de lo lindo hablando de cómo habían tomado el pelo a aquellas personas. Dijo el duque:

—¡Esos idiotas cabezones! Yo sabía que los que asistieron a la primera función se callarían la boca y embaucarían a los demás, y sabía que esperarían a la tercera noche para tomarse el desquite. Bueno, ya lo tienen, y daría cualquier cosa por ver cómo lo hacen. Me gustaría saber si saben aprovechar la oportunidad. Pueden convertirla en una merienda campestre si quieren... pues llevaban provisiones en abundancia.

Aquellos bribones recogieron cuatrocientos sesenta y cinco dólares en aquellas tres noches. Nunca había visto semejante cargamento de dinero.

A poco, cuando dormían y roncaban, dijo Jim:

—¿No te parece raro lo que hacen esos reyes, Huck?

—No —contesté—, no me lo parece.

—¿Por qué no, Huck?

—Pues porque lo llevan en la sangre. Me figuro que todos son iguales.

—Pero, Huck, nuestros reyes son unos granujas redomados; esto es lo que son, unos granujas redomados.

—Pues es lo que yo digo. Casi todos los reyes lo son, por lo que observo.

—¿Ah, sí?

—Cuando leas algo sobre ellos, ya verás. Ahí tienes a Enrique VII. Este es un superintendente de escuela dominical comparado con él. Y mira a Carlos II, y a Luis XIV, y a Luis XV, y a Jaime II, y a Eduardo II, y a Ricardo III, y a cuarenta más; además de las heptarquías sajonas, que en la antigüedad armaban las de Caín. ¡Corcho!, ¡debiste haber visto al viejo Enrique VIII cuando estaba en su apogeo! Era el no va más. Tenía por costumbre casarse cada día con una mujer nueva y cortarle la cabeza a la mañana siguiente. Y lo hacía con la misma indiferencia que si pidiera huevos. «Traedme a Nell Gwynn», decía; y se la llevaban. A la mañana siguiente: «¡Cortadle la cabeza!»; y se la cortaban. «Traedme a Jane Shore», decía; se la llevaban. A la mañana siguiente: «Cortadle la cabeza»; y se la cortaban. «Llamad a Fair Rosamun»; Fair Rosamun acudía cuando la avisaban con la campanilla. Al día siguiente: «Cortadle la cabeza». Y él hacía que cada una de ellas le contara un cuento todas las noches, y continuó así hasta que reunió mil y un cuentos de este modo. Entonces los puso todos en un libro, que tituló *Libro del día del juicio final,* nombre muy adecuado para el caso. Tú no conoces a los reyes, Jim, pero yo sí, y este vegestorio que tenemos nosotros es uno de los más decentes que he encontrado en la historia.

Bueno, supongamos que Enrique tiene el antojo de buscar jaleo en este país. ¿Cómo ha de hacerlo? ¿Avisando? ¿Dando una oportunidad al país? No. De pronto arroja por la borda todo el té en el puerto de Boston y da un palo con la declaración de la independencia, y los desafía a enfrentarse con él. Ese era su estilo… Jamás daba a nadie una oportunidad. Sospechaba de su padre, el duque de Wellington. Bueno, pues ¿qué crees que hizo? ¿Pedirle que se preparase? No… Lo ahogó en un barril de malvasía, como si fuera un gato.

Supón que la gente dejaba dinero cerca de donde se encontraba él… ¿Qué hacía? Se lo embolsaba. Supón que se comprometía a hacer algo, y tú le pagabas y no te sentabas allí para ver que lo hiciera… ¿Qué hacía? Siempre al revés. Supón que abría la boca… ¿Qué ocurría entonces? Si no la cerraba en seguida, se le escapaba una mentira. Enrique era una sabandija; y, si le tuviéramos con nosotros en lugar de nuestros reyes, habría engañado a los de ese pueblo mucho más de lo que los hemos estafado nosotros. No digo que los nuestros sean unos corderitos, porque no lo son, si a eso vamos. Lo que yo digo es que un rey es un rey, y hay que ser tolerantes con ellos. En conjunto son unos trapisonditas. Es que los han educado así.

—Pero éste huele como un demonio, Huck.

—Bien, huelen todos, Jim. Nosotros no podemos impedir que un rey huela; la historia no da ningún remedio para evitarlo.

—En cuanto al duque, es un hombre pasable en cierto modo.

—Sí, el duque es otra cosa. Pero no muy distinto. Para ser duque, éste es así, así. Cuando anda borracho, no hay miope que pueda diferenciarlo de un rey.

—Bueno, de todos modos, que me cuelguen si quiero tener más, Huck. Con los que tenemos me basta.

—Pienso lo mismo, Jim. Pero lo tenemos y hemos de recordar lo que son y ser tolerantes. A veces quisiera saber de un país que se haya quedado sin reyes.

¿De qué me serviría explicar a Jim que aquel par de bribones no eran reyes ni duques auténticos? De nada en absoluto. Además, era lo que yo decía: resultaba imposible distinguirlos de los verdaderos.

Me acosté y Jim no me llamó cuando me tocaba el turno. Lo hacía a menudo. Cuando me despertaba, al romper el alba, allí estaba él con la cabeza hundida entre las piernas, gimiendo y lamentándose por lo bajo. Yo no lo tomaba en cuenta ni lo daba importancia. Sabía por qué se lamentaba. Pensaba en su esposa y en sus hijos, que estaban lejos de él. Se sentía abatido y nostálgico porque jamás había estado lejos de su casa, y creo que quería tanto a su familia como los blancos quieren a las suyas. No parece natural, pero creo que así es. Por las noches gemía y se quejaba de este modo a menudo, cuando creía que yo estaba dormido, y decía:

—¡Pobrecilla Lizabeth! ¡Pobrecillo Johnny! Es muy duro. ¡Supongo que nunca volveré a veros, nunca más!

Jim era un negro bonísimo, ¡ya lo creo que lo era!

Pero en esta ocasión logré hacerle hablar de su esposa y sus hijos. Y me dijo:

—Lo que me apena tanto esta vez es que he oído algo allá, en la ribera, como si fuera un golpe o un portazo, y eso me ha hecho acordarme de la vez que traté tan mal a mi pequeña Lizabeth. Tenía solamente cuatro años, cogió la escarlatina y estuvo muy enferma; pero se puso bien, y un día estaba correteando por allí cuando le dije: «Cierra la puerta.» No lo hizo. Allí estaba, sonriéndome y mirándome. Me enfurecí y le dije otra vez, en voz alta: «¿No me has oído? ¡Qué cierres la puerta!» No se movió, sin dejar de sonreírme. Yo estaba fuera de mí y dije: «¡Ahora vas a ver tú!» Y, diciendo esto, le solté un fuerte bofetón en la mejilla que la hizo caer al suelo. Después me fui a la otra habitación, y a los diez minutos, cuando volví, la puerta seguía abierta aún, y la niña estaba de pie junto a ella, con las lágrimas rodándole por las mejillas. ¡Bueno, creo que me volví loco de rabia! Iba a abalanzarme sobre la niña cuando en ese momento la puerta, que se abría por dentro, fue cerrada violentamente por una ráfaga detrás de ella. ¡Bang! Y... ¡Señor, la niña ni se movió! Casi me quedé sin respiración. Me sentía tan... ¡Oh, no sé cómo me sentía! Salí tembloroso y di la vuelta para abrir la puerta despacito, sin hacer ruido, asomé la cabeza y me acerqué sigilosamente a la niña por la espalda, y de repente le grité «¡Booo!» con todas mis fuerzas. *¡Ella no se movió ni tanto así!* ¡Oh, Huck!, rompí a llorar, la cogí entre mis brazos y le dije: «¡Ay, mi pobrecilla, el buen Dios perdone al viejo Jim, porque él jamás se perdonará mientras viva!» ¡Oh, estaba completamente sorda y muda,

Huck, completamente sorda y muda... y yo la había tratado de aquel modo!

Capítulo 24

Al día siguiente, al anochecer, atracamos junto a un asidero de remolque, debajo de un grupo de sauces, donde había un pueblo a cada lado del río, y el duque y el rey empezaron a trazar un plan para trabajar en los dos pueblos. Jim habló al duque y le dijo que esperaba que invirtieran algunas horas nada más, porque le resultaba muy aburrido quedarse todo el día en el cobertizo atado con la cuerda. Verán: cuando le dejábamos solo, teníamos que atarlo, porque si alguien le encontraba solo y sin atar no parecería que fuera un negro fugitivo, ¿comprenden? De modo que el duque reconoció que debía resultar muy pesado estar todo el día atado y que buscaría la manera de evitarlo.

El duque era asombrosamente listo y pronto ingenió la solución. Vistió a Jim con el disfraz del rey Lear: era una túnica larga de cortina de calicó, con una peluca blanca de cola de caballo. Le pintó la cara y las manos, las orejas y el cuello de un sólido azul mate, como el de un hombre que lleva nueve días ahogado. Que me cuelguen si no era lo más horrible que he visto en mi vida. Luego el duque pintó sobre una tabla de ripia este cartel:

Arabe enfermo, pero inofensivo cuando no se vuelve loco.

Y clavó la tabla en un listón y lo puso de pie a unos cuatro o cinco pies de distancia frente al cobertizo. Jim estaba satisfecho. Dijo que resultaba mucho mejor que permanecer una eternidad atado cada día, temblando cada vez que oía un ruido. El duque le dijo que podía estar a sus anchas y que, si alguien metía la nariz allí, él se plantara de un salto fuera del cobertizo y lanzara un par de aullidos como si fuera un animal salvaje, que estaba seguro de que se largarían dejándolo en paz. Eso parecía bastante sensato, pero tomemos a un hombre corriente: no esperaría a que Jim lanzara un aullido. ¡Caray, no sólo parecía que estuviera muerto, sino algo peor que esto!

Aquellos bribones querían probar otra vez con *La sin par realeza*, porque daba mucho dinero, pero estimaron que sería imprudente, ya que acaso la noticia había corrido ya hasta allí. No daban con ningún plan apropiado. De modo que al fin el duque dijo que se tumbaría para estrujarse el cerebro durante un par de horas para ver si encontraba el modo de engañar al pueblo de Arkansas: y el rey declaró que se dejaría caer por el otro pueblo, sin ningún plan, confiando solamente en que la providencia le indicase el camino provechoso... Supongo que se refería al diablo.

Nos habíamos comprado todos ropa en una tienda la última vez que tocamos tierra, y ahora el rey se puso la suya y me dijo que yo me pusiera la mía. Lo hice, naturalmente. El traje del rey era completamente negro y tenía un aspecto realmente impresionante. Jamás me había dado cuenta de lo mucho que cambia la ropa a uno. ¡Caramba!, antes parecía el viejo bribón que era, pero ahora, cuando se quitaba su nueva chistera blanca y sonreía haciendo una reverencia, tenía tal aspecto grandioso, bonachón y piadoso, que diríase que acababa de bajar del arca y acaso que era el mismo Levítico en persona. Jim limpió la canoa y yo preparé la pértiga. Había un gran vapor atracado a la orilla, más allá, unas tres millas debajo del pueblo. Llevaba allí un par de horas cargando. Dijo el rey:

—En vista de que voy vestido así, creo que acaso sea mejor que llegue de St. Louis o de Cincinnati, o de otro sitio importante. Ve hacia el vapor, Huckleberry, bajaremos al pueblo en él.

No tuvo que repetírmelo. Alcancé la orilla media milla más arriba del pueblo y luego pasé de prisa por el banco, en el remanso de agua. A poco llegamos junto a un joven pueblerino de aire simpático y cándido que estaba sentado sobre un tronco, enjugándose el sudor de la cara, porque hacía un calor tremendo. Junto a él había un par de sacos.

—Enfila la proa hacia la orilla —dijo el rey. Lo hice—. ¿A dónde va usted, joven?

—Al vapor; me dirijo a Orleans.

—Suba a bordo —dijo el rey—. Aguarde un minuto: mi criado le ayudará con los sacos. Salta a tierra y ayuda al caballero, Adolphus...

Comprendí que se refería a mí. Cuando le hube ayudado, los tres nos pusimos en camino. El joven estaba muy agradecido. Dijo que era duro llevar aquel equipaje haciendo tanto calor. Preguntó al rey adónde se dirigía, y el rey le explicó que había bajado por el río y desembarcado en el otro pueblo por la mañana, y que ahora subía algunas millas para visitar a un antiguo amigo en una granja. El joven dijo:

—Al verle, al principio me dije: «Es el señor Wilks, seguro, y llega aquí muy a tiempo». Pero después pensé: «No, creo que no es él; de lo contrario, no remontaría el río.» Usted no es él, ¿verdad?

—No, me llamo Blodgett... Elexander Blodgett... Reverendo Elexander Blodgett. Supongo que debo decirlo, ya que soy uno de los humildes servidores del Señor. Pero, de todos modos, puedo sentirlo por el señor Wilks, que no llegue a tiempo, si es que se pierde algo, cosa que no espero.

—Bueno, no pierde ninguna propiedad, porque la tendrá de todas maneras, pero se ha perdido ver morir a su hermano Peter... cosa que acaso no le importe; nadie puede saberlo... Pero su hermano habría dado cualquier cosa en ese mundo por verlo a él antes de morir. No ha hablado de otra cosa durante esas tres semanas; no le había visto desde que ambos eran pequeños... y nunca había visto a su hermano William, el sordomudo. William no tiene más de treinta o treinta y cinco años. Peter y George eran los únicos que vinieron aquí. George era el hermano casado. El y su esposa murieron el año pasado. Y sólo quedan

Harvey y William, y, como le decía, no han llegado a tiempo.

—¿Los ha avisado alguien?

—¡Oh, sí! Hace un mes o dos, cuando Peter se puso enfermo, porque Peter dijo que, según se encontraba de mal, pensaba que no saldría de ésta. Verá, era ya muy viejo, y las hijas de George eran demasiado jóvenes para hacerle compañía excepto Mary Jane, la pelirroja. Y por eso se sentía muy solo después de la muerte de George y su esposa, y parecía no importarle seguir viviendo. Ansiaba desesperadamente ver a Harvey... y también a William, porque era una de esas personas que se resisten a hacer testamento. Ha dejado una carta para Harvey, y dijo que en ella indicaba dónde estaba escondido el dinero y cómo quería que se repartiera el resto de su propiedad para dejar bien situadas a las hijas de George, porque George no dejó nada. Y esa carta fue lo único que consiguieron hacerle escribir.

—¿Por qué cree usted que no viene Harvey? ¿Dónde vive?

—¡Oh!, vive en Inglaterra... en Sheffield. Predica allí... Nunca ha estado en este país. No ha tenido demasiado tiempo y, además, puede que ni siquiera haya recibido la carta, ¿sabe?

—Lástima, lástima que él no pudiera vivir para ver a sus hermanos. ¿Y dice usted que se dirige a Orleans?

—Sí, pero esto se solamente una parte. Iré en un barco, el próximo miércoles, hacia Río de Janeiro, donde vive mi tío.

—Es un viaje bastante largo. Pero resultará delicioso. Ojalá fuera yo quien se marcha. ¿Mary Jane es la mayor? ¿Qué edad tienen las demás?

—Mary Jane tiene diecinueve años, Susan quince y Joanna unos catorce... Esa es la única que se dedica a obras de caridad, y tiene un labio leporino.

—¡Pobres angelitos! ¡Quedar solas así en este frío mundo!

—Bueno, podían haber quedado peor. El viejo Peter tenía amigos y no van a permitir que les suceda nada malo. Están Hobson, el predicador bautista, y el diácono Lot Hovey, y Ben Rucker, y Abner Shackleford, y Levi Bell, el abogado, y el doctor Robinson, y sus esposas, y la viuda Bartley, y... Bueno, hay muchos, pero éstos fueron los más íntimos de Peter, de quienes hablaba cuando escribía a la familia; de modo que Harvey sabrá dónde encontrar amigos cuando llegue.

Bueno, el viejo siguió haciendo preguntas hasta que le sacó al joven todo cuanto sabía. Que me cuelguen si no preguntó por todo el mundo y todo lo que había en aquel bendito pueblo, acerca de los Wilks, del negocio de Peter —que era una tenería—, y del de George —que era una carpintería—; y así sucesivamente. Luego dijo:

—¿Por qué quería usted ir a pie hasta el vapor?

—Porque es uno grande, de Orleans, y temía que no parase aquí. Cuando van cargados no suelen detenerse. Lo haría un vapor de Cincinnati, pero éste es de St. Louis.

—¿Era rico Peter Wilks?

—Oh, sí, bastante. Tenía casas, tierras y se supone que dejó tres o cuatro mil dólares en metálico escondidos en alguna parte.

—¿Cuándo dice usted que murió?

—No lo he dicho, pero fue anoche.

—¿El entierro será mañana?

—Sí, aproximadamente al medioadía.

—Bien, esto es muy triste, pero todos hemos de irnos tarde o temprano, de manera que lo que debemos hacer es estar preparados; con eso es suficiente.

—Sí, señor, es lo mejor. Mamá decía lo mismo.

Cuando alcanzamos el barco, casi había terminado de cargar y al poco rato zarpó. El rey nada dijo de ir a bordo, de modo que me perdí el paseo.

Cuando el barco se hubo ido, el rey me ordenó que remara una milla arriba, hacia un lugar solitario, donde bajó a tierra y dijo:

—Lárgate inmediatamente y vuelve con el duque y las bolsas nuevas. Y, si él se ha ido a la ribera opuesta, le buscas y le traes aquí. Y dile que se dé prisa. ¡Anda, lárgate, rápido...!

Yo vi lo que él tramaba, pero no dije media palabra. Cuando regresé con el duque, escondimos la canoa, y ellos se sentaron sobre un tronco y el rey le contó exactamente todo lo que le dijo el muchacho. Y mientras lo hacía trataba de hablar como un caballero inglés y, para ser un villano, lo hacía bastante bien. No sé imitarlo y, por tanto, no lo intentaré, pero palabra que él lo hizo formidablemente. Luego dijo:

—¿Te cae bien el papel de sordomudo, «Bilgewater»?

El duque dijo que le dejara hacer y él vería, que había representado el papel de sordomudo en las tablas. De modo que entonces esperaron un vapor.

A media tarde pasaron un par de barcos pequeños, pero no procedían de lo bastante lejos río arriba. Al fin llegó uno grande y ellos lo pararon. Fuimos a bordo en el bote que ellos nos enviaron. El vapor iba a Cincinatti y, cuando supieron que solamente queríamos ir cuatro o cinco millas más allá, se pusieron terriblemente furiosos y, entre maldiciones, gritaron que no nos desembarcarían. El rey se mostraba sereno y dijo:

—Si los caballeros pueden darse el gusto de pagar un dólar por cabeza y por milla para embarcar y desembarcar en un bote, un vapor puede permitirse el lujo de llevarlos, ¿verdad?

Ellos se ablandaron entonces y dijeron que estaban de acuerdo. Cuando llegamos al pueblo, nos desembarcaron en el bote. Unas dos docenas de hombres se congregaron en el embarcadero al ver acercarse el bote. El rey preguntó:

—Caballeros, ¿alguno de ustedes puede decirme dónde vive el señor Peter Wilks?

Ellos se miraron unos a otros asintiendo con la cabeza como diciendo: «¡Qué te decía!» Después uno contestó en tono afable y gentil:

—Lo siento, señor, pero lo único que podemos hacer es decirle dónde *vivía* ayer.

En un abrir y cerrar de ojos, el muy granuja se desplomó contra el hombre, apoyando la barbilla sobre su hombro, y lloró mientras exclamaba:

—¡Ay, ay, nuestro pobre hermano! Ha muerto... ¡Nunca volveremos a verlo! ¡Oh, es demasiado duro!

Luego se volvió lloriqueando e hizo muchas señas idiotas al duque con las manos, y así me cuelguen si éste no dejó caer la bolsa y rompió a llorar estrepitosamente. Eran los dos estafadores más grandes que he visto en mi vida.

Bueno, los hombres se agruparon alrededor de ellos, les dirigieron muchas frases de consuelo y les llevaron las bolsas colina arriba; luego les dejaron apoyarse en ellos y llorar, y contaron al rey cómo fueron los últimos momentos de su hermano, y el rey lo contó a su vez al duque haciéndole señas con las manos, y ambos lloraron al curtidor muerto como si hubieran perdido a los doce apóstoles. Bueno, si alguna vez he visto cosa parecida, soy un negro. Bastaba para que uno se avergonzara de la raza humana.

Capítulo 25

La noticia corrió por toda la ciudad en dos minutos, y podía verse a la gente cómo acudía corriendo de todas direcciones, algunos poniéndose la chaqueta. No tardamos en hallarnos en el centro de una muchedumbre, y el ruido de los pasos parecía una marcha militar. Las ventanas y las cancelas de los patios estaban abarrotadas, y a cada instante alguien decía, asomado a una valla:

—¿Son ellos?

Y cualquiera de los que trotaban con el grupo contestaba diciendo:

—¡Seguro que sí!

Cuando llegamos a la casa, la calle estaba abarrotada, y las tres muchachas se hallaban en la puerta. Mary Jane era pelirroja, desde luego, pero eso no importaba, pues era muy hermosa, y su cara y sus ojos estaban iluminados como la gloria, tanta era su alegría por la llegada de sus tíos. El rey abrió los brazos y Mary Jane se arrojó en ellos mientras la del labio leporino se abalanzaba sobre el duque, ¡y entonces sí que hubo el gran espectáculo! Casi todo el mundo, sobre todo las mujeres, lloraron de alegría al presenciar el encuentro alborozado al cabo de tanto tiempo.

Entonces el rey dio un codazo al duque —yo lo vi—, miró en derredor suyo y vio el ataúd en un rincón, sobre dos sillas. Luego él y el duque, abrazados mutuamente por los hombros y llevándose la mano libre a los ojos, fueron lenta y solemnemente hacia allí mientras todos retrocedían abriéndoles paso, y cesó la charla, y la gente hacía «¡Chisst!», y los hombres se quitaron los sombreros y bajaron las cabezas. Se habría podido oír caer un alfiler en esos instantes. Cuando llegaron junto al ataúd, se inclinaron para mirar el cuerpo inerte y estallaron en un llanto tan escandaloso, que habría podido oírseles desde Orleans. Después se abrazaron mutuamente por el cuello, asomando la cabeza de uno por el hombro del otro, y pasaron tres o cuatro minutos mientras lloraban desconsoladamente como nunca he visto llorar a nadie. Además, todo el mundo hacía lo mismo, y el sitio estaba húmedo como no he visto otro. Luego uno de ellos se puso a un lado del ataúd, el otro al otro lado, se arrodillaron, apoyaron las cabezas sobre él y empezaron a rezar para sus adentros.

Bueno, pues al llegar a esto la gente llegó al momento cumbre de su emoción, y todos rompieron a llorar; las pobres chicas también; y casi todas las mujeres se acercaron a las chicas sin decir nada y las besaron solemnemente en la frente, levantaron los ojos al cielo mientras las lágrimas rodaban por sus mejillas y luego se alejaron tambaleándose, sollozando, para dar a la mujer siguiente su oportunidad de exhibirse. Jamás he visto nada tan repulsivo.

Después el rey se levantó, adelantóse un poco y, sobreponiéndose a su emoción, soltó un discurso entre lágrimas y lamentos, hablando de que era una amarga prueba para él y su pobre hermano la pérdida del difunto y el no haber podido verle con vida después del largo viaje de cuatro mil millas, pero que era una prueba dulcificada por aquella querida simpatía y santas lágrimas, de modo que daba de corazón las gracias a todos, ya que no podía darlas con los labios, porque las palabras eran demasiado débiles y frías... y toda clase de embustes y bajezas que le ponían a uno enfermo. Después musitó un piadoso «amén», se dejó llevar por el dolor y rompió a llorar desesperadamente.

Al minuto siguiente de haber pronunciado esas palabras, alguien de los presentes entonó el *gloriapatri* y todos le siguieron con toda el alma, dándole a uno el calorcillo agradable que se siente en la iglesia. La música es buena cosa, y, después de tanta bazofia y tanta farsa, nunca la he visto refrescar tanto las cosas con su sonido honesto y magnífico.

Luego el rey volvió a darle a la lengua, diciendo que él y sus sobrinas agradecerían que algunos de los principales amigos de la familia cenaran con ellos aquella noche y asistieran al velatorio. Añadió que, si su pobre hermano, de cuerpo presente, pudiera hablar, él sabía a quienes nombraría, porque eran nombres muy queridos y que mencionaba a menudo en sus cartas, como el reverendo Hobson, el diácono Lot Hovey, el señor Ben Rucker y Abner Shackleford, Levi Bell y el doctor Robinson, y sus esposas, y la viuda Bartley.

El reverendo Hobson y el doctor Robinson estaban en la otra parte del pueblo cazando juntos. O sea que el doctor estaba embarcando a un enfermo para el otro mundo y el predicador le preparaba para el viaje. El abogado Bell estaba de negocios en Louisville. Pero todos los demás estaban a mano, de modo que se adelantaron para estrechar la mano al rey, darle las gracias y charlar con él. Luego se dieron un apretón de manos con el duque y no le dijeron ni media palabra, limitándose a sonreír y mover las cabezas como una pandilla de zoquetes, mientras él hacía toda suerte de señas con las manos diciendo «Gu-gu... gu-gu-gu», como un bebé que no sabe hablar.

El rey siguió parloteando y consiguió informarse sobre todo bicho viviente del pueblo, llamándolos por el nombre, refiriendo pequeños detalles de hechos acaecidos en alguna ocasión en la ciudad a la familia de George o a Peter. Y siempre indicaba que Peter se lo contaba en sus cartas, pero eso era mentira, ya que estaba enterado gracias a aquel muchacho cretino que llevamos en la canoa hasta el vapor.

Después Mary Jane fue en busca de la carta que dejó su padre al morir, y el rey la leyó en voz alta y lloró leyéndola. Dejaba la casa y tres mil dólares en oro a las chicas, y la tenería (que era un próspero negocio), junto con otras casas y tierras (por valor de siete mil dólares) y tres mil dólares en oro, a Harvey y William. Decía asimismo en la carta que había escondido seis mil dólares en metálico en el sótano. Aquellos dos granujas dijeron que bajarían a buscarlos para hacer las cosas como era debido y en presencia de todos. Me pidió que los acompañara con una vela.

Cerramos la puerta del sótano a nuestra espalda y, cuando encontraron la bolsa, la vaciaron en el suelo, y resultaba un espectáculo delicioso ver el montón de monedas de oro. ¡Caray, cómo le brillaban los ojos al rey! Dio una palmada en el hombro al duque, diciendo:

—¿No es formidable? ¡Oh, ya lo creo que sí! Billy esto vale mucho más que *La sin par realeza*, ¿eh?

El duque reconoció que sí. Manosearon las monedas de oro y las hicieron escurrirse entre sus dedos, dejándolas caer tintineando en el suelo. El rey dijo luego:

—No vale la pena discutirlo; ser hermanos de un hombre rico muerto y los representantes de herederos es nuestro estilo, «Bilge». Esto sacamos de confiar en la providencia. A la larga, es lo mejor. Lo he intentado todo y no hay nada mejor que esto.

Cualquiera habría quedado satisfecho con el montón de monedas y no habría desconfiado, pero no, ellos tenían que contarlo. Lo hicieron y comprobaron que faltaban cuatrocientos quince dólares. Dijo el rey:

—¡Maldita sea! ¡Quisiera saber qué hizo de esos cuatrocientos quince dólares!

Eso les preocupó y lo registraron todo, hasta que al fin el duque dijo:

—Bueno, estaba bastante enfermo y probablemente se equivocó... Eso debe ser. Lo mejor será que lo dejemos así y nos callemos. Podemos pasarnos sin esos dólares.

—¡Oh, caray, ya sé que podemos pasarnos...! Yo pienso en el recuento... Nos interesa ser muy justos y honrados aquí, ¿entiendes? Nos interesa subir el dinero y contarlo delante de todo el mundo y que nadie sospeche nada. Pero si el muerto dice que hay seis mil dólares no nos interesa en modo alguno que...

—¡Alto! —dijo el duque—. Pongamos nosotros el dinero que falta.

Y empezó a sacar monedas de oro de su bolsillo.

—Es una idea formidable, duque... Llevas sobre los hombros una cabeza de primera —dijo el rey—. Bendita sea *La sin par,* que vuelve a sacarnos de un aprieto.

Y también él empezó a sacar monedas y a amontonarlas. Casi se quedaron sin blanca, pero reunieron los seis mil dólares.

—Oye —dijo entonces el duque—, tengo otra idea: subamos y, después de contar el dinero, lo damos a las chicas.

—¡Válgame el cielo, duque, un abrazo! Es la idea más luminosa que puede ocurrírsele a nadie. Desde luego, tienes una cabeza estupenda. ¡Oh, éste sí que es el truco magistral! ¡Ya pueden tener sospechas, que con eso los haríamos papilla!

Cuando volvimos a la sala, todos se agruparon alrededor de la mesa, y el rey contó el dinero y lo puso en veinte montones de trescientos dólares cada uno. Todo el mundo las miró con expresión hambrienta, relamiéndose de codicia. Después guardaron de nuevo el dinero en la bolsa y me di cuenta de que el rey se hinchaba para soltar otro discurso. Dijo:

—Amigos todos, mi pobre hermano, que yace ahí de cuerpo presente, se ha mostrado generoso con aquéllos a quienes deja en este valle de lágrimas. Ha sido generoso con estas pobres corderillas a las que quiso y amparó y que no tienen padre ni madre. Sí, y los que le conocimos sabemos que él habría sido más generoso con ellas de no impedírselo el temor de mortificar a William y a mí, a quienes tanto nos quería. ¿No es verdad? En mi mente no hay duda alguna. Bien... ¿y qué clase de hermanos serían los que se interpusieran en su camino en momento semejante? ¿Y qué clase de tíos serían los que robaran —sí, sí, robaran— a esas pobres corderillas a las que él tanto quiso? Si conozco bien a William —y creo que sí le conozco—, yo... Bueno, se lo preguntaré.

Se volvió y empezó a hacerle señas con las manos al duque. El duque le miró unos momentos con aire estúpido; después, de repente, demostró que había comprendido y se abalanzó sobre el rey, produciendo aquellos sonidos guturales enérgicamente, y le abrazó quince veces antes de soltarlo. Entonces el rey dijo:

—¡Lo sabía! Me figuro que esto convencerá a todos de cuál es su sentir. Aquí tenéis, Mary Jane, Susan, Joanna; tomad el dinero, todo... Es el regalo de ese hombre que yace inmóvil, frío, pero feliz.

Mary Jane se le colgó del cuello, Susan y la del labio leporino abrazaron al duque, y hubo otra sesión de besos y abrazos como jamás he visto otra igual. Y todos se echaron encima con lágrimas en los ojos, y la mayoría estrechó las manos de los embaucadores sin dejar de repetir:

—¡Qué bondadosos son ustedes, almas benditas! ¡Qué gesto tan divino! ¡Cómo han podido hacerlo!

Y no tardaron en hablar otra vez del muerto, de lo bueno que era, de su irreparable pérdida y de todo eso. Y al poco rato entró un hombre fuerte, de mandíbulas de hierro, procedente de la calle, que se quedó inmóvil, escuchando en silencio. Nadie le dijo media palabra tampoco, porque el rey hablaba y todos le prestaban atención absoluta. El rey estaba en la mitad de un discurso.

—...y por ser amigos íntimos del difunto. Por este motivo están invitados aquí esta noche, pero mañana queremos que vengan todos, y justo es que sus orgías fúnebres sean públicas.

Y así continuó hablando en tono lastimero, disfrutando al escucharse hablar, y de vez en cuando intercalaba lo de las «orgías fúnebres», hasta que el duque no pudo más, de modo que garrapateó en un papel: «*Exequias,* viejo idiota!», lo dobló y, sin dejar de soltar los gu-gu-guu, lo alargó estirando la mano por encima de las cabezas. El rey leyó la nota, la guardó en su bolsillo y dijo:

—¡Pobre William, a pesar de su enfermedad, tiene un corazón perfecto! Me pide que invite a todo el mundo a los funerales, desea que dé la bienvenida a todos. Pero no tenía por qué preocuparse... Eso precisamente era lo que estaba haciendo.

Luego prosiguió charlando totalmente sereno, y siguió refiriéndose a las «orgías fúnebres» de vez en cuando, como lo hiciera antes. Y cuando lo hizo por tercera vez puntualizó:

—Digo «orgías», no porque sea el término corriente, ya que no lo es, y todos sabemos que suele decirse «exequias». Pero en Inglaterra no se estila ya decir exequias, sino orgías. Orgías es mejor, porque significa con más exactitud lo que uno desea. Es una palabra que está compuesta de la *orgo* griega, fuera, abierto, más allá, y la hebrea *visum,* plantar, cubrir. De ahí viene lo de enterrar. Así que ya ven que «orgías fúnebres» significa entierro abierto o público.

Era el tipo más perverso que me había echado a la cara. Bueno, pues el hombre de mandíbulas de hierro se rió ante sus mismas narices. Todos se quedaron consternados. Y dijeron:

—¡Pero, doctor!

Y Abner Shackleford añadió:

—Pero, Robinson, ¿no te has enterado de la noticia? Este es Harvey Wilks.

El rey le dirigió una amable sonrisa y le alargó la mano diciendo:

—¿Es el querido y buen amigo de mi pobre hermano, el médico? Yo...

—¡Aparte su mano! —exclamó el doctor—. Conque usted habla como un inglés, ¿eh? Es la peor imitación que he visto en mi vida. ¿Usted el hermano de Peter Wilks? ¡Usted es un farsante, esto es lo que es!

¡Cómo se lo tomaron todos! Rodearon al doctor, trataron de apaciguarlo, probaron a explicarle que Harvey había demostrado de cuarenta maneras que era efectivamente Harvey, que conocía los nombres de todos, hasta los de los perros, y le suplicaron fervientemente que no hiriera los sentimientos de Harvey y los de las pobres muchachas, y así sucesivamente. Pero todo fue inútil; él siguió gritando, diciendo que un hombre que quisiera imitar a un inglés sin saber imitar la jerga mejor que él, era un farsante y un embustero. Las pobres chicas estaban colgadas del cuello de él llorando, y de pronto el doctor se volvió hacia ellas diciendo:

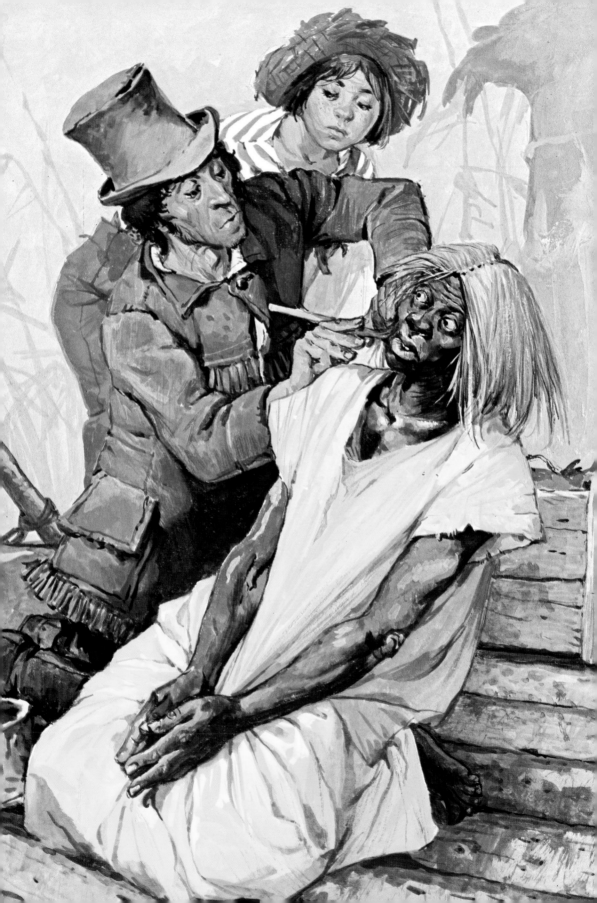

Se pintó la cara y las manos, las orejas y el cuello de un sólido azul mate, como el de un hombre que lleva nueve días ahogado. (pág. 120)

—Yo fui amigo de vuestro padre y también soy amigo vuestro. Como tal, os digo honradamente que quiero protegeros de todo mal y os pido que volváis la espalda a ese bribón y no queráis saber nada de él. El ignorante y embaucador con sus imbecilidades de griego y hebreo. Es un vulgar impostor que se ha presentado bien provisto de una serie de nombres y sucesos que habrá conseguido de alguien en alguna parte, y vosotras los tomáis como pruebas, y se ha visto ayudado por esos imbéciles amigos vuestros, que deberían saber lo que hacen. Mary Jane Wilks, sabes que soy amigo tuyo, un amigo sincero y honrado. Atiéndeme: echa a ese despreciable granuja. Te lo *suplico, ¿*lo echarás?

Mary Jane se irguió y ¡caray, qué guapa estaba! Dijo:

—Aquí está mi respuesta. —Levantó la bolsa del dinero, la puso en las manos del rey y añadió—: Toma estos seis mil dólares para invertirlos como mejor te parezca para mí y mis hermanas, y no me des ningún recibo por ellos.

Después rodeó al rey con su brazo por un lado mientras Susan y la del labio leporino hacían lo mismo por el otro lado. Todos aplaudieron y patalearon armando una tremenda batahola mientras el rey erguía la cabeza sonriendo orgullosamente. Entonces dijo el doctor:

—Muy bien, yo me lavo las manos en este asunto. Pero os advierto que día llegará en que os pondréis enfermas cada vez que recordéis este momento —y salió de la casa.

—Muy bien, doctor —replicó el rey en tono amablemente burlón—, cuando se pongan enfermas, ya le llamaremos a usted —cosa que hizo reír a todos, y dijeron que era una réplica muy ingeniosa.

Capítulo 26

Cuando todos se hubieron marchado, el rey preguntó a Mary Jane cómo estaban las habitaciones de los huéspedes, y ella contestó que había una desocupada para tío William y que cedería su propia habitación al tío Harvey, ya que era algo más amplia, y que ella dormiría en un catre en el cuarto de sus hermanas, añadiendo que en el desván había un jergón. El rey dijo que el jergón serviría para su criado, refiriéndose a mí.

Así que Mary Jane nos acompañó al piso de arriba y les enseñó sus habitaciones, que eran sencillas, pero agradables. Dijo que haría sacar de su cuarto algunos vestidos y otras cosas si estorbaban al tío Harvey, pero éste afirmó que no le molestaban. Los vestidos estaban colgados a lo largo de la pared y cubiertos por una cortina de calicó, que llegaba hasta el suelo. En un rincón había un baúl viejo y en otro un estuche de guitarra, y por doquier toda suerte de cachivaches y chucherías, como les gusta a las chicas adornar sus cuartos. El rey dijo que todo aquello daba un aire más hogareño y amable al cuarto, y que prefería que no lo sacaran. La habitación del duque era bastante pequeña, pero acogedora, como mi improvisada alcoba en el desván.

Aquella noche hubo una cena estupenda a la que asistieron todos los hombres y las mujeres. Yo permanecí de pie detrás de las sillas del rey y el duque, y les serví mientras los negros servían a los demás comensales. Mary Jane estaba sentada a la cabecera de la mesa, con Susan a su lado, y dijo que las galletas eran muy malas, pésimas las conservas y duros los pollos... y todas esas bobadas que suelen decir las mujeres para obtener cumplidos. Y todos sabían que la comida era excelente, y así lo dijeron: «¿Cómo consigues que las galletas te queden tan doraditas y ricas?», y «Por el amor del cielo, ¿dónde encontraste esas deliciosas conservas?», y toda esa clase de paparruchas que dice la gente en una cena.

Cuando terminaron de cenar, la del labio leporino y yo cenamos en la cocina de las sobras, mientras los demás ayudaban a los negros a limpiar. La del labio leporino empezó a sonsacarme cosas de Inglaterra, y que me cuelguen si no pensé que en ocasiones pisaba hielo muy frágil. Decía ella:

—¿Viste alguna vez al rey?

—¿A quién? ¿A Guillermo IV? Seguro que sí... Va a nuestra iglesia.

—¿De veras?

—Sí, de veras. Su banco está frente al nuestro... al otro lado del púlpito.

—Yo pensaba que vivía en Londres.

—Y así es. ¿Dónde iba a vivir?

—¡Pero es que yo creía que tú vivías en Sheffield!

Vi que estaba en un atolladero. Tuve que fingir haberme atragantado con el hueso de un pollo para ganar tiempo y rectificar el desliz. Entonces dije:

—Quiero decir que él va siempre a nuestra iglesia cuando está en Sheffield. Eso es sólo en verano, cuando va a tomar baños de mar.

—¡Qué cosas tienes! Sheffield no está junto al mar.

—¡Vaya!, ¿y quién dice que estuviera?

—Pues tú lo has dicho.

—No lo dije.

—¡Sí!

—¡No!

—¡Sí!

—No he dicho nada parecido.

—Bueno, pues ¿qué dijiste entonces?

—Dije que él iba a tomar baños de mar... Esto fue lo que dije.

—A ver: explícame cómo puede ser que fuera a tomar baños de mar a un sitio donde no hay mar.

—Oye, oye —contesté—, ¿has visto alguna vez agua de Congress?

—Sí.

—¿Y tuviste que ir a Congress para obtenerla?

—No, claro que no.

—Bien, pues tampoco Guillermo IV tiene que ir al mar para tomar baños de mar.

130

—¿Cómo lo hace entonces?

—Exactamente igual que aquí la gente consigue agua de Congress, en garrafas. Allí, en el palacio de Sheffield, tienen hornos, y él quiere que el agua esté caliente. No pueden calentar tanta agua cerca del mar. No tienen lo necesario.

—Ah, ya entiendo. Podías decirlo desde el principio para no perder tiempo.

Al oír esto comprendí que me había librado de una buena. Recobré la tranquilidad y la alegría. Luego dijo ella:

—¿También tú vas a la iglesia?

—Sí... asiduamente.

—¿Dónde te sientas?

—Pues en nuestro banco.

—¿En el banco de quién?

—El nuestro te digo... El de tío Harvey.

—¿Su banco? ¿Para qué quiere un banco él?

—Pues para sentarse, ¿para qué otra cosa había de quererlo?

—Me figuraba que él estaría en el púlpito.

¡Maldita sea, olvidé que él era el predicador! Estaba en otro apuro, de modo que recurrí al truco del hueso de pollo para pensar en alguna salida. Dije a poco:

—¡Diantre! ¿Te figuras que en una iglesia no hay más que un predicador?

—Ah... ¿Para qué quieren más?

—¡Vaya... pues para predicar ante el rey! No he visto otra chica como tú. Nunca tienen menos de diecisiete.

—¡Diecisiete! ¡Válgame Dios! No aguantaría a tantos, aunque jamás alcanzara la gloria. Deben pasarse una semana hablando.

—¡Diantre, no predican todos a la vez, en un mismo día! Unicamente habla uno...

—Bueno, pues entonces ¿qué hacen los demás?

—¡Oh!, poca cosa. Andan de un sitio a otro, pasan la bandeja... y para de contar. Pero en conjunto no hacen nada.

—En este caso, ¿para qué sirven?

—Bueno, no quiero saber cosas tan tontas como ésa. ¿Cómo tratan a los criados en Inglaterra? ¿Les tratan mejor que nosotros a nuestros negros?

—¡No! Allí un criado no es nadie. Los tratan peor que a los perros.

—¿No les dan fiesta, como nosotros, por Nochebuena, la semana de Año Nuevo y el 4 de Julio?

—¡Oh, escúchame! Cualquiera vería que nunca has estado en Inglaterra. Mira, Lepori... Joanna, allí los criados no tienen fiesta en todo el año, y nunca van al circo, ni al teatro, ni a funciones de negros, ni a ninguna parte.

—¿A la iglesia tampoco?

—Tampoco.

—¡Pero tú siempre ibas a la iglesia!

Bueno, otra vez había metido la para. Había olvidado que era el criado del viejo. Pero al minuto siguiente me ingenié la explicación de que un paje como yo era diferente de un criado corriente y que, lo quisiera o no, tenía que ir a la iglesia y sentarme con la familia, porque así era la ley. Pero no lo hice muy bien, y cuando terminé me di cuenta de que ella estaba insatisfecha. Dijo:

—Francamente, ¿no has estado contándome un montón de mentiras?

—Francamente, no.

—¿Ni una sola?

—Ni una sola.

—Pon la mano sobre este libro y júralo.

Vi que se trataba solamente de un diccionario, de modo que puse la mano encima y lo juré. Eso la satisfizo un poco, y dijo:

—Bueno, ahora creo algunas cosas, pero, desde luego, no creeré nada más.

—¿Qué es lo que no crees, Joanna? —preguntó Mary Jane, entrando seguida de Susan—. No es justo ni amable de tu parte que le hables así, ya que es extranjero y está tan lejos de su familia. ¿Te gustaría que te tratasen de este modo?

—Tú eres así siempre, Mary... Siempre dispuesta a correr en ayuda de alguien antes de que sufra. No le he hecho nada. Me ha contado cosas bastante extrañas y dije que todas no me las tragaba. Eso es todo lo que yo dije. Me figuro que puede soportar una menudencia semejante, ¿no?

—Poco me importa que fuera o no una pequeñez. Está en nuestra casa y es forastero. No estuvo bien que le hablaras así. Si estuvieras en su lugar, te sentirías avergonzada; por tanto, no deberías decir a otra persona algo que pueda avergonzarla.

—Pero Mary, él dijo...

—Eso no cambia las cosas. Lo importante es que le trates afablemente, que no le hables de cosas que pueden recordarle que no está en su patria y entre los suyos.

Yo dije para mi coleto: «¡Y ésta es una chica a la que piensa robar ese viejo reptil!»

Entonces intervino Susan... Les aseguro que habló en tono muy contundente censurando la acción de Labio-leporino.

Y yo dije para mis adentros: «¡Y ésta es la otra chica a la que dejaré que le roben el dinero!»

Mary Jane reprendió otra vez a su hermana con su habitual dulzura, pero, cuando terminó de hablar, la pobre Labio-leporino estaba apabullada, y se echó a llorar.

—Bueno, bueno —dijeron las hermanas—, pídele perdón.

Lo hizo. Y lo hizo de un modo maravilloso, tanto, que daba gusto oírla. Y deseé contarle mil mentiras más para que ella me pidiera perdón otra vez.

Y yo dije para mí mismo: «¡Y a ella también dejarás que le quiten su dinero!»

132

Y cuando terminó de hablar, todas se desvivieron por hacerme sentir como en mi propia casa y hacerme comprender que estaba entre amigos. Me sentí tan ruin, mezquino y granuja, que me dije: «La decisión está tomada: o les devuelvo el dinero o reviento.»

Manifesté que iba a acostarme, mas sin especificar cuándo. Tan pronto quedé solo medité sobre el asunto. Me pregunté: «¿Voy a hablarle a ese médico para desenmascarar a estos farsantes? No, esto no sirve. El podría decir quién le había dado el soplo; y entonces el rey y el duque tomarían represalias conmigo. ¿Lo digo confidencialmente a Mary Jane? No... no serviría tampoco. Su cara me delataría ante el duque y el rey, seguro.» Además, el dinero lo tenían ellos, y lograrían escaparse llevándoselo. Si ella iba en busca de ayuda, me encontraría mezclado en el asunto antes de que terminara. No, solamente había una solución. Tenía que robar el dinero, del modo que fuera, sin que sospecharan de mí. «Aquí tienen un buen asunto —me dije—, y no se marcharán hasta que saquen el máximo provecho de la familia y del pueblo entero, de manera que me queda tiempo para encontrar otra solución. Lo robaré, lo esconderé y, dentro de algún tiempo, cuando esté lejos de aquí, río abajo, escribiré una carta a Mary Jane diciéndole dónde lo escondí. Pero será mejor que lo escamotee esta noche si puedo, porque tal vez el doctor no se desentienda tanto del asunto como parece. Es posible que pretenda alejarlos intimidándolos.»

Y, pensándolo bien, decidí registrar sus habitaciones. Arriba, el descansillo estaba a oscuras, pero encontré la habitación del duque y empecé a palpar a tientas a mi alrededor. Se me ocurrió que el rey no dejaría que nadie excepto él guardara el dinero, de modo que fui a su cuarto y volví a tantear el terreno. Me di cuenta de que no podría hacer nada sin una vela, pero no osaba encender una, desde luego.

Me incliné por hacer otra cosa: aguardarles y escuchar a escondidas lo que hablasen. En ese momento percibí un ruido de pisadas que se aproximaban y me planté junto a la cama para esconderme debajo, pero la cama no estaba en el sitio que yo me figuraba. Entonces mi mano tocó la cortina detrás de la cual guardaba Mary Jane sus vestidos. Me escondí detrás de ella, acurrucándome entre los vestidos, y permanecí totalmente inmóvil.

Ellos entraron y cerraron la puerta. Lo primero que hizo el duque fue agacharse para mirar debajo de la cama. Me alegré de no haberme metido debajo de la cama donde suponía que estaría. Y el caso es que parece lógico esconderse debajo de la cama cuando uno trama algo misterioso. Se sentaron y dijo el rey:

—Bueno, ¿qué hay? Habla sin rodeos, porque es mejor para nosotros que estemos abajo, gimoteando en el velatorio, que aquí, dándoles la oportunidad de hablar de nosotros.

—Pues no es fácil decirlo. Me siento intranquilo. Me obsesiona ese doctor. Quería conocer tus planes. Tengo una idea que es formidable.

—¿Cuál, duque?

—Que nos conviene desaparecer antes de las tres de la madrugada y largarnos río abajo con lo que tenemos. Principalmente en vista de que ha sido tan fácil conseguirlo... Nos lo han devuelto tirándonoslo a la cabeza, como quien dice, cuando, por supuesto, pensábamos recuperarlo robándolo. Prefiero que nos larguemos inmediatamente.

Esto me inquietó bastante. Hubiera sido distinto un par de horas antes, pero entonces me sentí decepcionado y a disgusto. El rey dijo:

—¡Cómo! ¿Sin vender el resto de la herencia? ¿Largarnos como unos imbéciles dejando ocho o nueve mil dólares por ahí que claman pasar a nuestras manos? Sin contar con que en conjunto es muy vendible todo...

El duque rezongó algo. Opinó que era suficiente la bolsa de oro y afirmó que no quería continuar adelante; se negaba a robar a las huérfanas todo lo que tenían.

—¡Caray, cómo hablas! —dijo el rey—. No les robaremos nada más que el dinero. La gente que «compre» los bienes será la que salga perdiendo, porque, en cuanto sepa que no nos pertenecían —lo que no tardará en saberse tan pronto nos larguemos—, la venta no será válida y todo volverá a sus dueños. A las huérfanas les devolverán la casa y eso les basta; son jóvenes y vivarachas y pueden ganarse la vida fácilmente. Ellas no perderán nada. Bueno, pensemos sólo en los miles y miles de personas que no están tan bien. ¡Qué diablos, ellas no tienen nada de qué quejarse!

El rey habló por los codos y al fin el duque dio el brazo a torcer y dijo que bueno, pero que le parecía una locura quedarse mientras aquel doctor sospechara de ellos. Pero el rey replicó:

—¡Al infierno el doctor! ¿Qué nos importa él a nosotros? ¿Acaso no tenemos a todos los idiotas del pueblo de nuestra parte? ¿Y acaso no son éstos mayoría en cualquier población?

Así que se dispusieron a bajar de nuevo. Pero dijo el duque:

—Me parece que hemos guardado el dinero en mal sitio.

Esto me dio ánimos. Había empezado a creer que no iba a conseguir ningún indicio que pudiera serme útil. El rey preguntó:

—¿Por qué?

—Porque Mary Jane vestirá de luto desde hoy, y en cualquier instante el negro que arregla las habitaciones recibirá la orden de empaquetar esos trapos y llevárselos a otro sitio, ¿y crees tú que un negro puede encontrar dinero sin caer en la tentación de sacarle tajada?

—Tu cabeza funciona otra vez, duque —dijo el rey.

Y empezó a palpar por debajo de la cortina, a dos o tres pies del lugar donde estaba yo. Me aplasté contra la pared y permanecí muy quieto, aunque tembloroso. Me pregunté qué dirían aquellos individuos si me sorprendían; pero el rey halló la bolsa antes de que yo terminase de hacerme la pregunta, sin sospechar mi presencia.

Cogieron la bolsa y la introdujeron por una hendidura del jergón de paja que había debajo del colchón de plumas, lo embutieron dentro de la paja y dijeron que ahora no había nada que temer, ya que un negro hace la cama sólo con el colchón de plumas y únicamente da la vuelta al jergón de paja un par de veces al año, conque no existía el peligro de que les robaran el dinero.

Claro está que yo no pensaba como ellos. Saqué el dinero del escondrijo antes de que ellos llegaran a la mitad de las escaleras. Subí luego al desván y escondí el dinero allí por el momento. Prefería llevarlo fuera de la casa, porque si ellos descubrían su desaparición la registrarían de arriba a bajo; estaba completamente seguro. Después me acosté vestido, pero no pude dormir a causa de la inquietud que me daba pensar en el asunto. A poco oí que subían el rey y el duque, de modo que me escurrí de mi jergón y me quedé tendido en el suelo, con la barbilla apoyada en la parte superior de mi escalera, esperando a ver si ocurría algo. Pero nada sucedió.

De manera que estuve alerta hasta que cesaron todos los ruidos en la casa y no habían empezado aún los que anunciarían el nuevo día. Luego me deslicé escaleras abajo.

Capítulo 27

Me acerqué sigilosamente hasta sus puertas y escuché: roncaban, de modo que continué andando de puntillas hasta la planta baja. No se oía ningún ruido. Atisbé por una rendija de la puerta del comedor y vi a los hombres que velaban el cadáver dormidos profundamente en sus sillas. La puerta que daba al saloncito donde se hallaba el cadáver estaba abierta, pero no vi a nadie dentro, salvo los restos de Peter, así que seguí adelante. Pero la puerta principal estaba cerrada y no vi la llave en la cerradura. Entonces oí que alguien bajaba las escaleras detrás de mí.

Entré corriendo en el saloncito, eché un vistazo a mi alrededor y vi que el único sitio donde podía esconder la bolsa era el ataúd. La tapa estaba corrida cosa de un pie, mostrando el rostro del muerto, con el paño húmedo encima y la mortaja puesta. Metí la bolsa debajo de la tapa, un poco más allá de las manos cruzadas del muerto, cosa que me hizo estremecer, ya que estaban heladas. Después crucé corriendo la estancia y me oculté detrás de la puerta.

La persona que entraba era Mary Jane. Se acercó al ataúd, muy despacio, se arrodilló y miró dentro. Después se llevó el pañuelo a los ojos y vi que estaba llorando, aunque no pude oírla, y estaba de espaldas a mí. Salí y, cuando pasaba por delante del comedor, decidí cerciorarme de que los hombres que estaban de velatorio no me habían visto; de modo que atisbé por la rendija y me quedé tranquilo. No se habían movido siquiera.

Me acosté bastante melancólico a causa del giro que tomaban las cosas a pesar de lo mucho que me había preocupado y los riesgos que había corrido. Me dije: «Si se quedara el dinero donde está, muy bien, porque cuando estuviéramos a doscientas o trescientas millas río abajo podría escribir a Mary Jane y ella lo recuperaría ordenando que desenterraran el ataúd; pero eso no ocurrirá, sino que encontrarán el dinero al taparlo. Entonces el rey volverá a apoderarse de él y pasará un largo día antes de que dé a nadie otra oportunidad de quitárselo.» Claro está que yo quería bajar a sacar el dinero de allí, pero no me atrevía. A cada minuto avanzaba el nuevo día y no tardarían todos en levantarse y podrían sorprenderme... Sorprenderme con seis mil dólares en las manos, un dinero que nadie me había confiado para guardar. «No quiero verme mezclado en semejante asunto», me dije.

Cuando bajé por la mañana, el saloncito estaba cerrado y se habían ido los que velaron el cadáver. No había nadie, excepto la familia, la viuda Bartley y nuestra tribu. Escruté sus rostros para ver si ocurría algo, pero fui incapaz de averiguarlo.

Hacia el medio día llegó el empresario de pompas fúnebres con su empleado y colocaron el ataúd en el centro de la estancia, encima de un par de sillas, y dispusieron nuestras sillas en hileras y pidieron más prestadas a los vecinos hasta que el vestíbulo, el saloncito y el comedor estuvieron llenos. Vi que la tapa del ataúd estaba como antes, pero no me atreví a mirar debajo con tantas personas delante.

Después empezó a llegar gente y los bribones y las muchachas ocuparon sus sitios en la hilera de delante, a la cabecera del ataúd, y por espacio de media hora la gente desfiló lentamente, en fila india, mirando un minuto el rostro del muerto, y algunos derramaban una lágrima y todo era muy solemne, mientras solamente las muchachas y los bribones sostenían el pañuelo ante los ojos y sollozaban un poco. No se oía otro ruido que el de los pies en el suelo y el de sonarse la nariz, porque la gente siempre se suena más la nariz en un funeral que en otro sitio, excepto en la iglesia.

Cuando el sitio estuvo abarrotado, el empresario de pompas fúnebres se dio una vuelta dando los últimos retoques con sus manos enfundadas en guantes negros, poniendo a la gente y a todo en general en su sitio, desplegando sus maneras suaves y eficaces y sin hacer más ruido que un gato. Movía a la gente de un sitio a otro, apretujaba a los rezagados, abría paso a otros y todo lo hacía sin hablar, con gestos y señas con la cabeza. Después ocupó su sitio apoyándose contra la pared. Era el hombre más prudente, el más silencioso y escurridizo que he visto en mi vida, y era tan risueño como puede serlo un jamón.

Pidieron prestado un órgano muy delicado y, cuando todos estuvieron preparados, una muchacha se sentó y lo hizo funcionar. Daba un sonido chirriante y parecía que tuviera cólico, y todo el mundo empezó a cantar, y a mi entender Peter fue el único que lo pasó bien. Luego el reverendo Hobson asumió la dirección y empezó a hablar, pero de repente estalló en el sótano el escándalo mayor que se ha oído jamás: era solamente un perro, pero armaba una barahúnda tremenda, que no cesó en todo el rato. El pastor tuvo que permanecer de pie junto al ataúd, esperando... Uno no oía ni sus propios pensamientos. Resultaba muy violento y nadie parecía saber qué hacer. Pero a poco el zanquilargo empresario de pompas fúnebres hizo una seña al predicador como diciéndole: «Déjelo de mi cuenta, no se preocupe.» A continuación se agachó y empezó a andar pegado a la pared, y solamente se veían sus hombros por encima de las cabezas de la gente. De modo que avanzó escurriéndose mientras el escándalo proseguía y aumentaba cada vez más. Al fin, cuando hubo recorrido dos lados de la habitación, desapareció en el sótano. A los dos segundos oímos un trastazo y el perro lanzó un par de aullidos la mar de asombrosos, y después todo quedó en silencio y el pastor reanudó la charla donde la había interrumpido antes. Al cabo de dos minutos volvieron a verse los hombros y la espalda del empresario de pompas fúnebres avanzando a lo largo de las tres paredes, y entonces se enderezó, hizo altavoz ante la boca con las manos, y, alargando el cuello en dirección al predicador, dijo en un áspero susurro, por encima de las cabezas de la gente: «¡Tenía una rata!» Luego volvió a agacharse y siguió deslizándose pegado a la pared hasta el sitio donde estuvo antes.

Podía verse que la gente estaba satisfecha, porque, naturalmente, tenían ganas de saber. Una cosilla como ésa no cuesta nada, y son tales pequeñeces las que hacen que un hombre sea apreciado y respetado. No había en la ciudad hombre más popular que aquel empresario de pompas fúnebres.

El sermón fue estupendo, pero terriblemente largo y aburrido. Luego intervino el rey con parte de sus sandeces de costumbre y al fin terminó todo y el empresario de pompas fúnebres empezó a acercarse discretamente hacia el ataúd con su destornillador. Empecé a sudar, de ansiedad mientras le observaba atentamente. Pero él no se entretuvo, sino que se limitó a correr la tapa del ataúd muy suavemente y la atornilló fuertemente. ¡Valiente angustia pasé! No sabía si el dinero estaba dentro o no. De modo que me dije: «Supón que alguien ha escamoteado la bolsa de dinero. ¿Cómo sé yo si he de escribir a Mary Jane o no? Supón que le desentierran y no encuentran nada... ¿Qué pensaría ella de mí? ¡Maldita sea, hasta podrían meterme en la cárcel después de capturarme! Mejor será que me vaya a la chita callando y que no le escriba nada. Las cosas están muy complicadas; tratando de arreglarlas, lo he empeorado todo. ¡Ojalá no me hubiera metido en ese endiablado asunto!»

Le enterraron y volvimos a casa, y yo escruté de nuevo las caras. No podía evitarlo y no conseguía sentirme tranquilo. Pero no conseguí nada; aquellas caras no me decían nada.

El rey estuvo de visita por la tarde, prodigando amabilidades y ganándose muchos amigos. Dio a entender que su parroquia de Inglaterra estaría angustiada por él, por lo que debía regresar inmediatamente después de solucionar el asunto de la herencia. Lamentaba mucho verse tan apremiado por el tiempo y también lo lamentaban los demás. Deseaban que se quedara más tiempo, pero dijeron que comprendían que era imposible. Y dijo que, naturalmente, él y el duque se llevarían consigo a las muchachas. Eso fue del agrado general, ya que de este modo las chicas estarían bien situadas y entre sus propios familiares. También a ellas les gustó la idea, las entusiasmó hasta el extremo de olvidar que tenían una preocupación en el mundo, y le dijeron que lo vendiera todo cuanto antes, que ellas estaban dispuestas. Las desdichadas estaban tan contentas y satisfechas, que me dolió el corazón el saberlas tan engañadas, pero no vi ningún medio seguro de entrometerme y cambiar las cosas.

Bueno, ¡que me cuelguen si el rey no dispuso inmediatamente que la casa, los negros y toda la propiedad pasaran a subasta! Quería venderlo todo a los dos días del entierro, cualquiera podría hacer la compra, si lo deseaba.

Por lo tanto, al día siguiente al entierro, al mediodía, la alegría de las muchachas quedó ensombrecida por primera vez; llegaron un par de traficantes de negros y el rey les vendió a precio razonable los negros, «girados» a tres días, según decían ellos, y allá se fueron los dos hermanos río arriba, a Memphis, y su madre río abajo, a Orleans. Vi que los negros y las muchachas tenían el corazón destrozado de dolor por la separación; se abrazaban llorando, y verlos me puso casi enfermo. Las muchachas dijeron que jamás soñaron que algún día se separase la familia o que fuera vendida fuera de la ciudad. No logro borrar de mi recuerdo el espectáculo de aquellos pobres negros y las chicas colgadas del cuello llorando, y creo que no habría podido soportarlo y que habría delatado a la pandilla o habría reventado si no hubiera sabido que la venta no tenía validez y que los negros volverían a casa al cabo de una o dos semanas.

El hecho impresionó en el pueblo también, y fueron muchos los que manifestaron abiertamente que era un escándalo separar de aquel modo a la madre y los hijos. Eso perjudicó un poco a los bribones, pero el viejo no se amilanó pese a todo lo que dijo o hizo el duque, y les aseguro que el duque estaba muy intranquilo.

Al día siguiente hubo la subasta. Por la mañana, el rey y el duque subieron al desván y me despertaron. Por sus expresiones vi que había jaleo. Dijo el rey:

—¿Estuviste en mi cuarto anteanoche?

—No, Su Majestad —Así le llamaba cuando no había cerca nadie que no fuera de nuestra pandilla.

—¿Estuviste allí ayer o anteanoche?

—No, Su Majestad.

—Dame tu palabra... No me vengas con mentiras.

—Palabra de honor de que no estuve allí, Su Majestad. Le digo la verdad. No me he acercado a su cuarto desde que la señorita Mary Jane les llevó allí a usted y al duque para enseñárselo.

Dijo el duque:

—¿Has visto que entrara allí otra persona?

—No, Señoría; que yo recuerde, no...

—Pues piénsalo.

Reflexioné unos momentos y, viendo que aquella era mi oportunidad, dije:

—Bueno, vi que los negros entraban en varias ocasiones.

Los dos soltaron un respingo, con una expresión que demostraba que eso los sorprendía, y luego hicieron como si no los sorprendiera. Dijo el duque:

—Pero ¿los viste a todos?

—No... por lo menos no a todos a la vez. Eso es, me parece que solamente los vi salir a todos a la vez en una ocasión.

—Ah... ¿Y cuándo fue eso?

—El día del entierro. Por la mañana. No era muy temprano, porque ese día me dormí más de la cuenta. Los vi cuando yo bajaba la escalera.

—Bueno, sigue, sigue... ¿Qué hacían? ¿Cómo se comportaban?

—No hacían nada. Y a mí me parece que no se comportaban de ninguna manera. Se alejaban de puntillas, por lo que comprendí, claro está, que habían entrado a arreglar el cuarto de Su Majestad suponiendo que usted ya se había levantado, pero que usted no se había levantado aún y que por eso habían salido despacito para no despertarlo.

—¡Maldición, la hemos hecho buena! —exclamó el rey.

Y los dos se quedaron con aire alelado y bastante abatidos. Permanecieron así, pensativos, rascándose la cabeza, hasta que al cabo de un minuto el duque soltó una risita áspera y dijo:

—Es chocante, qué bien han hecho su papel los negros. ¡Fingieron apenarse mucho por tener que dejar el pueblo! Y yo llegué a creer que era de verdad, como todo el mundo. Que no vuelvan a decirme que un negro carece de talento de comediante. ¡Vaya, pero si representaron el papel de un modo capaz de engañar a cualquiera! En mi opinión, hay una fortuna en ellos. Si tuviera capital y un teatro, no vacilaría en invertirlo en ellos... Y hete aquí que los hemos vendido por una canción. Sí, y todavía no tenemos el privilegio de cantar la canción. Oye... ¿dónde está esa canción?... ¡El giro!

—En el banco, para su cobro. ¿Dónde querías que estuviera?

—Bueno, correcto, a Dios gracias.

Yo dije, fingiendo timidez:

—¿Pasa algo malo?

El rey se volvió hacia mí enfurecido y chilló:

—¡Esto no es asunto tuyo! No pienses en nada y ocúpate de tus cosas... si las tienes. Mientras sigas en este pueblo no lo olvides, ¿entendido? —Luego dijo al duque—: Tendremos que aguantarnos sin decir ni media palabra. A callar se ha dicho.

Mientras bajaban la escalera, el duque volvió a soltar una risita y exclamó:

—¡Ventas rápidas y beneficios pocos! Un buen negocio... sí, sí.

El rey le replicó, gruñendo:

—Trataba de conseguir una buena tajada vendiéndolos aprisa. Si resulta que los beneficios son nulos, con déficit considerable y ninguna ganancia, ¿tengo yo más culpa que tú?

—Bueno, pero ellos seguirían en la casa y no habría pasado esto si hubieras seguido mi consejo, ¿no?

El rey adoptó una postura retadora hasta un límite discreto y seguro, y luego giró sobre sus talones y se las tuvo conmigo otra vez. Me echó una reprimenda por no haber ido a decirle que los negros salían de su cuarto de aquel modo... Que hasta el más idiota habría comprendido que estaban tramando algo. Y seguidamente empezó a maldecirse a sí mismo un ratito diciendo que todo había pasado por haberse levantado tarde, descansando por la mañana, y que le colgaran si volvía a hacerlo. Así que se marcharon los dos echando pestes y yo me alegré enormemente de haber pensado en lo de los negros sin que éstos salieran perjudicados.

Capítulo 28

Al poco rato fue hora de levantarse, así que bajé la escalera para dirigirme a la planta baja, pero al llegar a la habitación de las muchachas vi, a través de la puerta abierta, a Mary Jane sentada junto a su baúl abierto en el que había estado metiendo cosas, preparándose para el viaje a Inglaterra. Había interrumpido su tarea; con un vestido doblado en el regazo, tenía el rostro hundido en las manos y lloraba. Verla así me dio pena; claro, a cualquiera le habría dado. Entré y dije:

—Señorita Mary Jane, usted no soporta ver tristes a las personas y yo tampoco... casi nunca. Dígame qué le pasa.

Me lo dijo. Se trataba de los negros, lo que yo suponía. Afirmó que casi le desilusionaba el maravilloso viaje a Inglaterra; no sabía cómo podría sentirse feliz allí sabiendo que la madre y sus hijos jamás volverían a verse... Entonces rompió a llorar con más amargura que antes y alzando las manos exclamó:

—¡Oh, cielos, y pensar que nunca volverán a abrazarse!

—Sí, volverán a verse... dentro de dos semanas... ¡Yo lo sé! —dije.

¡Diantre, lo dije sin pensarlo! Y antes de que pudiera moverme, ella me echó los brazos al cuello ¡y me pidió que lo repitiera otra vez, otra vez, otra vez!

Comprendí que me había ido de la lengua y que me encontraba en un atolladero. Le pedí que me dejara reflexionar unos instantes. Y allí se quedó, sentada, muy impaciente, excitada y muy linda, pero con el aire feliz y tranquilo de la persona a quien acaban de sacarle una muela. De manera que empecé a pensar. Me dije: «Supongo que aquel que dice la verdad cuando está en un aprieto corre muchos riesgos, aunque no tenga experiencia y no lo sé con certeza, así me lo parece en todo caso. Y, sin embargo, así me cuelguen si éste no es un caso en que es mejor decir la verdad y realmente más seguro que contar una mentira. He de guardarlo en la memoria y meditarlo en otra ocasión, porque resulta muy extraño y chocante. Jamás vi cosa igual. Bueno, me dije a mí mismo finalmente, voy a arriesgarme. Esta vez diré la verdad, aunque me parece algo así como sentarme sobre un barril de pólvora y hacerlo estallar simplemente para ver hasta dónde llega uno.» Y dije:

—Señorita Mary Jane, ¿hay algún sitio alejado del pueblo donde pueda ir a pasar tres o cuatro días?

140

—Sí... la casa del señor Lothrop. ¿Por qué?

—No viene al caso decirle por qué. Si le digo a cambio por qué sé que los negros volverían a verse dentro de dos semanas, aquí, en esta casa, y le doy pruebas para demostrárselo ¿se irá usted a casa del señor Lothrop y permanecerá allí cuatro días?

—¡Cuatro días! —exclamó—. ¡Me quedaría un año!

—Muy bien —contesté—, no quiero de usted más que su palabra; la prefiero antes que el juramento de otra persona besando una Biblia. —Ella sonrió, se hermoseó al ruborizarse y yo proseguí—: Si no le importa, cerraré la puerta... y echaré el cerrojo. —Después volví y me senté, diciendo—: No se entristezca. Quédese quieta y tómeselo como un hombre. Voy a contarle la verdad, y usted tiene que ser valiente para escucharla, señorita Mary, porque es una amarga verdad y difícil de afrontar, pero no hay más remedio. Sus tíos no lo son, son un par de embaucadores, unos sinvergüenzas redomados. Bueno, ya hemos pasado lo peor... Ahora soportará fácilmente el resto del embrollo.

Recibió una tremenda impresión, naturalmente, pero yo me encontraba fuera de la zona peligrosa, de modo que proseguí, mientras sus ojos se abrillantaban más y más, y se lo conté todo, desde el momento en que nos tropezamos con el joven estúpido que quería embarcar en el vapor, hasta el instante en que ella se había arrojado a los brazos del rey en la puerta principal, dándole dieciséis o diecisiete besos... Entonces se levantó de un salto, con el rostro encendido como una puesta de sol, y exclamó:

—¡Qué animal! ¡Vamos, no perdamos ni un minuto, ni un segundo! ¡Haremos que los embadurnen de alquitrán y de plumas y que los arrojen al río!

Yo dije:

—Claro que sí, pero ¿se refiere usted a antes de marcharse a casa del señor Lothrop o...?

—¡Oh! —replicó ella—, ¿en qué estaría pensando? —Y volvió a sentarse—. No hagas caso de lo que he dicho, por favor... ¿No lo harás, verdad? —Y puso su sedosa mano sobre la mía de un modo que me hizo exclamar que antes preferiría la muerte—. No pensaba en nada; estaba tan alterada —continuó—. Y hora sigue, que no volveré a hacerlo. Dime qué he de hacer y haré lo que tú me digas.

—Bueno —dije yo—, esos dos granujas son de cuidado, y me veo obligado a viajar con ellos durante algún tiempo aún, lo quiera o no... prefiero no decirle a usted por qué motivo. Y si usted los desenmascarase, yo me vería libre de sus garras y a mí no me pasaría nada, pero hay otra persona a quien usted no conoce que se encontraría en un espantoso atolladero. Bien, tenemos que salvarlo a él, ¿verdad? Claro que sí. Pues entonces, no denunciemos a esos embaucadores.

Al decir estas palabras se me ocurrió una buena idea. Vi el medio de que Jim y yo pudiéramos deshacernos de los bribones, meterlos en la cárcel y luego marcharnos. Pero no quería navegar en la balsa a la luz del día, sin nadie a bordo que contestara a las preguntas excepto yo, de modo que no quería poner en práctica el plan hasta avanzada la noche. Dije:

—Señorita Mary Jane, le diré lo que haremos... Y no tendrá que quedarse tantos días en casa del señor Lothrop. ¿Está muy lejos?

—A menos de cuatro millas... en el campo, hacia atrás.

—Bien, nos conviene. Ahora váyase allí y esté tranquila hasta las nueve o las nueve y media de esta noche. Entonces pídales que la traigan a casa otra vez; diga que ha olvidado algo. Si llega aquí antes de las once, ponga una vela en esta ventana, y, si no aparezco, quiere decir que me he ido y que estoy bien. Seguidamente salga usted a la calle, haga correr la noticia y consiga que metan en la cárcel a esos sinvergüenzas.

—Bien —dijo ella—; lo haré.

—Y si ocurre que no consigo escaparme o me capturan con ellos, debe decir que yo le expliqué todo previamente y ponerse de mi parte todo lo que pueda.

—¡Figúrate si no lo haré! ¡No consentiré que toquen ni un pelo de tu cabeza! —exclamó, y vi que se dilataban las aletas de su nariz y que llameaban sus ojos al decirlo.

—Si me escapo —dije yo—, no estaré aquí para probar que esos granujas no son sus tíos, pero tampoco podría hacerlo aunque estuviera. Podría jurar que son un par de holgazanes y unos perdularios, nada más, aunque ya es algo. Bueno, hay otros que podrán hacer más que yo... Personas de cuya palabra no dudarán tan fácilmente como de la mía. Le diré cómo puede encontrarlos. Déme un lápiz y un papel. Así... «*La sin par realeza,* Bricksville.» Guárdelo y no lo pierda. Cuando el tribunal desee averiguar alguna cosa de esos dos individuos, que envíen aviso a Bricksville de que han capturado a los hombres que representaron *La sin par realeza* y pidan testigos... ¡Tendrán aquí al pueblo en un santiamén, señorita Mary! Y, además, vendrán desbordando bilis.

Pensé que todo estaba arreglado, de modo que sólo añadí:

—Deje que se celebre la subasta y no se preocupe. Nadie tendrá que pagar las cosas que compren hasta un día después de la subasta, debido al breve plazo de tiempo con que se ha anunciado, y ellos no van a irse hasta tener el dinero... Y, según hemos arreglado las cosas, la venta no será válida y no conseguirán dinero alguno. Pasó lo mismo con los negros... No hubo tal venta y los negros regresarán en breve. Tampoco pueden cobrar el dinero de los negros... ¡Se han metido en un tremendo embrollo, señorita Mary!

—Bien —dijo ella—, ahora bajaré a desayunar y después me iré en seguida a casa del señor Lothrop.

—Bueno, pero no hemos quedado en eso, señorita Mary Jane —dije yo—, en modo alguno. Váyase usted antes de desayunar.

—¿Por qué?

—¿Por qué motivo se ha figurado que quería que se marchara usted de la casa, señorita Mary?

—Pues no lo he pensado... En realidad, no lo sé. ¿Por qué?

—Sencillamente porque no es usted una persona inexpresiva. No necesito mejor libro que su cara. Cualquiera puede leer en ella como en letras de molde. ¿Se figura que puede usted mirar a sus tíos, cuando se le acerquen para darle los buenos días con un beso, sin que...?

—¡Basta, basta! Sí, me iré antes de desayunar... y con mucho gusto. ¿Dejo a mis hermanas con ellos?

—Sí, no se preocupe por ellas. Tendrán que soportarlos un poco más. Ellos podrían recelar algo si se marcharan todas. No quiero que las vea usted; ni a sus hermanas ni a nadie de este pueblo... Si algún vecino le preguntara cómo se encontraban sus tíos esta mañana, su cara la delataría. No, márchese en seguida, señorita Mary Jane, y yo me arreglaré con todos ellos. Encargaré a la señorita Susan que dé recuerdos de su parte a sus tíos y les diga que estará ausente unas horas para descansar, o visitar a una amiga, y que regresará esta noche o mañana por la mañana.

—Acepto lo de que he ido a ver a una amiga, pero no lo de darles recuerdos de mi parte.

—Bien, sea como usted lo quiere.

A ella le dije eso... Ningún mal había en ello. Se trataba de una cosa sin importancia y son las menudencias las que suelen allanar más los caminos en la vida. Con ello tranquilizaba a Mary Jane y no costaba nada. Después dije:

—Hay otra cosa... La bolsa de dinero.

—¡Ah!, la tienen ellos. Y me encuentro desconcertada, al recordar cómo llegó a sus manos.

—No, se equivoca. No la tienen.

—¡Cómo! ¿Quién la tiene entonces?

—Ojalá lo supiera, pero no lo sé. La tenía yo, porque se la robé a ellos con la intención de dársela a usted. Sé dónde la escondí, pero me temo que ya no siga allí. Lo siento de veras, señorita Mary Jane, lo siento más de lo que puedo expresarle, pero lo hice lo mejor que pude, palabra. Faltó poco para que me sorprendieran y tuve que esconder la bolsa de dinero en el primer sitio a mano para huir... Y no fue un sitio muy apropiado.

—No te hagas reproches... Me duele que lo hagas y no te lo consiento. No tenías más remedio, no fue culpa tuya. ¿Dónde la escondiste?

No quería inducirla a pensar de nuevo en sus tribulaciones y parecía faltarme el valor para pronunciar las palabras que le harían recordar el cadáver en el ataúd, con la bolsa de dinero sobre el estómago. De modo que nada dije por espacio de un minuto... Y, al fin:

—Prefiero no decirle dónde la puse, señorita Mary Jane, si usted me lo permite, pero se lo anotaré en un papel y lo lee por el camino cuando vaya a casa del señor Lothrop. ¿Le parece bien?

—¡Oh, sí!

De modo que escribí: «La puse en el ataúd. Estaba allí cuando usted lloraba por la noche. Yo me encontraba detrás de la puerta y sentí mucha pena por usted, señorita Mary Jane.»

Los ojos se me humedecieron un poco al recordarla llorando allí sola, en la noche, mientras los malditos granujas estaban bajo su propio techo, engañándola y robándola. Y cuando doblé el papel y se lo entregué, vi que también sus ojos estaban húmedos. Me oprimió fuertemente la mano y dijo:

—Adiós. Haré todo lo que me has dicho que haga; y, si no vuelvo a verte, ¡quiero que sepas que jamás te olvidaré, y que pensaré en ti muchas, muchísimas veces, y que rezaré por ti también!

Y después se fue.

¡Rezar por mí! Pensé que si me conociera emprendería una labor más adecuada. Pero apuesto a que de todos modos rezó por mí... Ella era así. Tenía coraje suficiente para rezar por Judas, si se le ocurría... Supongo que tenía una dulce tenacidad. Ustedes pueden decir lo que quieran, pero en mi opinión era la chica de más agallas que he visto; creo que tenía muchísimas agallas. Parece una lisonja, pero no lo es. Y en cuanto a belleza y a bondad también quedaba muy por encima de todas las demás. No he vuelto a verla desde la vez en que salió por aquella puerta. No, no he vuelto a verla desde entonces, pero he pensado en ella millones y millones de veces, y he recordado su promesa de rezar por mí. Y si alguna vez creyera que iba a servir de mucho que yo rezara por ella, así me cuelguen si no lo haría o reventaría.

Supongo que Mary Jane salió por la puerta de atrás, porque nadie la vio marcharse. Cuando encontré a Susan y a la del labio leporino, dije:

—¿Cuál es el nombre de esa gente del otro lado del río a quien van a ver a veces?

Contestaron:

—Hay varias personas, pero sobre todo vamos a ver a los Proctor.

—Eso es —dije—, casi me había olvidado. Bueno, pues la señorita Mary Jane me encargó les dijera que se ha ido allí precipitadamente. Uno de ellos está enfermo.

—¿Cuál?

—No lo sé; lo he olvidado; me parece que es...

—¡Cielo santo, espero que no sea Hanner!

—Lo siento, pero precisamente es Hanner —dije yo.

—¡Válgame Dios! ¡Y tan bien como se encontraba la semana pasada! ¿Está grave?

—Muy grave. Han estado velándola toda la noche, según dijo la señorita Mary Jane, y no cree que dure muchas horas.

—¡Parece increíble! ¿Qué tiene?

Así, de sopetón, no se me ocurrió nada razonable, de manera que contesté:

—Paperas.

—¿Paperas? ¡Un pepino! A los que tienen paperas no los velan.

—A, conque no, ¿eh? Puede estar segura de que sí velan a los que tienen esas paperas. Son diferentes. Una especie nueva; lo dijo la señorita Mary Jane.

—¿Por qué son de una especie nueva?

—Porque están complicadas con otras cosas.

—¿Qué otras cosas?

—Bueno, pues con viruelas, tosferina... y erisipela; tisis, ictericia, fiebre cerebral y no sé qué más.

—¡Cielo santo! ¿Y a eso llaman paperas?

—Es lo que dijo la señorita Mary Jane.

—Bueno, ¿y por qué diablos lo llaman paperas?

—Porque son paperas. Así empieza.

—Esto no tiene sentido. Uno puede tropezar, lastimarse el pie, caerse al pozo, romperse la cabeza, destrozarse la crisma y, si uno pregunta qué le mató, cualquier imbécil le diría: «¡Ah, pues que se lastimó el pie al tropezar!» ¿Tendría eso algún sentido? No. Y tampoco lo tiene esto. ¿Es contagioso?

—¿Que si es contagioso? ¡Hay que ver lo que dice usted! ¿Se engancha una traílla... a oscuras? Si uno no se engancha en una púa, seguro que se engancha en otra, ¿no? Y uno no puede llevarse esa púa sin llevarse también toda la traílla, ¿no? Bueno, pues esa especie de paperas son como una especie de traílla, como quien dice... Y no es una traílla despreciable tampoco; cuando a uno se le engancha, lo hace a conciencia.

—¡Oh, es espantoso, así me parece a mí! —exclamó la del labio leporino—. Llamaré a tío Harvey y...

—¡Ah, sí, es lo que yo haría! —dije yo—. Claro que lo haría. No perdería ni un minuto...

—¿Por qué hablas en ese tono?

—Si lo piensa, se dará cuenta. ¿Acaso sus tíos no tienen el deber de regresar a Inglaterra lo antes posible? ¿Y creen ustedes que tendrían la mezquindad de irse y dejar que ustedes hicieran el viaje solas? Ustedes saben que ellos las esperarán. Hasta aquí, todo correcto. Su tío Harvey es predicador, ¿verdad? Perfectamente; ¿un predicador engañará a un funcionario del vapor? ¿Va a engañar él a un funcionario del barco a fin de que dejen subir a bordo a la señorita Mary Jane? No, ustedes saben que no. ¿Qué hará entonces? Pues dirá: «Es una pena, pero los asuntos de mi iglesia tendrían que ir arreglándose del mejor modo posible, porque mi sobrina se ha expuesto a las terribles paperas *pluribus-unum,* de manera que tengo la obligación moral de quedarme y esperar los tres meses necesarios para comprobar si las ha cogido.» Pero no importa; si ustedes creen que es mejor decírselo a su tío Harvey...

—¡Sopla! ¿Y quedarnos aquí cuando podríamos pasarlo tan ricamente en Inglaterra, esperando a saber si Mary Jane ha cogido o no las paperas? ¡Vaya, no digas majaderías!

—Bien; de todas maneras, puede que sea mejor que lo digan a algunos vecinos...

—Escucha bien. Te llevas la palma como estúpido, ¿no te das cuenta de que ellos lo contarían por ahí? La única solución es no decírselo a nadie.

—Bueno, tal vez tiene usted razón... Sí, me parece que la tiene.

—Pero me figuro que deberíamos decirle a tío Harvey que se ha ido, para que él no se preocupe.

—Sí, es lo que quería la señorita Mary Jane que hicieran ustedes. Sus palabras fueron: «Diles que den a tío Harvey y a tío William un saludo cariñoso y un beso y que les digan que he ido al otro lado del río a ver al señor..., al señor... ¿Cómo se llama esa familia tan rica a la que su tío Peter tenía en tan alta estima? Me refiero a la que...

—Oye, tú debes referirte a los Apthorp, ¿verdad?

—¡Claro que sí! Con esos nombres, uno no consigue recordarlos casi nunca. Sí, ella dijo que digan ustedes que iba a visitar a los Apthorp para asegurarse de que asistirán a la subasta para comprar esta casa, porque ella creía que tío Peter prefería que fuera suya antes que de otra gente; y que se quedará con ellos hasta que le digan que vendrán, y entonces, si no está demasiado cansada, volverá a casa, pero que si lo está regresará mañana por la mañana. Insistió en que no hablaran ustedes de los Proctor, únicamente de los Apthorp..., lo que será la pura verdad, porque ella irá a su casa a proponerles que compren esta casa. Lo sé, porque me lo dijo ella misma.

—De acuerdo —dijeron ellas, y se marcharon en busca de sus tíos para darles el saludo cariñoso, los besos y el mensaje.

Todo estaba arreglado. Las muchachas no dirían nada porque querían ir a Inglaterra; y el rey y el duque preferirían saber que Mary Jane estaba ausente colaborando en el éxito de la subasta antes que tenerla cerca, al alcance del doctor Robinson.

Me sentía estupendamente. Pensé que había obrado con mucho tino... y me dije que ni el propio Tom Sawyer lo habría hecho mejor. Claro está que él le habría echado más estilo, pero a mí eso no se me da muy bien, porque no he sido educado para eso.

Bueno, celebraron la subasta en la plaza pública, a últimas horas de la tarde, prolongándose mucho, y el viejo estaba a mano, con expresión malévola, junto al subastador, intercalando alguna que otra cita de las Escrituras o un dicho piadoso, y el duque rondaba por allí emitiendo sus gu-gu-guuus para ganarse la simpatía general y procurando prodigarse con todos.

Pero poco a poco acabó todo y las ventas se terminaron. Todo menos un pequeñísimo solar en el cementerio. De modo que tenían que «trabajar» aquello... Nunca he visto un camello como el rey en lo de querer tragárselo todo. Pues bien, mientras estaban en eso atracó un vapor, y a los dos minutos se acercó una muchedumbre aullando, aullando y riendo, mientras cantaban:

—¡Aquí llega la oposición! ¡Aquí están los dos juegos de herederos de Peter Wilks! ¡Paguen la entrada y elijan ustedes!

Capítulo 29

Asían a un anciano caballero de aspecto muy agradable y a un simpático joven que llevaba el brazo derecho en cabestrillo. ¡Y, cielo santo, cómo aullaba la gente, cómo se reía! Pero yo no le veía ninguna gracia, y supuse que al rey y al duque les costaría bastante salir a flote. Me figuré que palidecerían. Pero no, no palidecieron ni tanto así. El duque fingió no enterarse de lo que pasaba, sino que continuó con sus gu-gu-guus, tan feliz y satisfecho como una jarra rezumando suero de mantequilla; en cuanto al rey, miró apenado a los recién llegados como si le doliera hasta el mismísimo fondo del corazón pensar que existieran semejantes embaucadores y granujas en el mundo. ¡Oh, lo hizo admirablemente! Numerosas personas se agruparon alrededor del rey para demostrarle que estaban de su parte. El anciano caballero que acababa de llegar parecía mortalmente desconcertado. No tardó en empezar a hablar, y yo vi en seguida que tenía el acento de un inglés, no como el del rey, aunque el de éste era bastante bueno para tratarse de una imitación. No puedo repetir las palabras del anciano, ni sé imitarlo, pero se volvió hacia la muchedumbre y dijo algo parecido a esto:

—Es para mí una sorpresa que no esperaba; y confieso, francamente, que no estoy muy bien preparado para corresponder a ella, porque mi hermano y yo hemos tenido tribulaciones. El se ha roto el brazo y nuestro equipaje quedó anoche en un pueblo de más arriba, por un error. Soy Harvey, el hermano de Peter Wilks, y éste es su hermano William, que no puede oír ni hablar... Y no puede hacer señas que signifiquen gran cosa, porque sólo dispone de una mano para hacerlas. Somos quienes digo que somos, y dentro de un par de días, cuando reciba el equipaje, podré probarlo. Pero hasta entonces no diré nada más, sino que iré al hotel y esperaré.

Entonces él y el nuevo sordomudo echaron a andar, y el rey se rió y exclamó:

—¿Que se rompió el brazo? Muy probable. ¿Verdad que sí? Y muy conveniente para un embaucador que tenga que hacer señas y no sepa cómo. ¿Que perdió el equipaje? ¡Esto sí que es bueno! Y muy ingenioso..., dadas las circunstancias.

Y volvió a reírse, y se rieron todos, excepto tres o cuatro personas, todo lo más media docena. Uno de ellos era el doctor, otro un caballero de mirada penetrante, que llevaba una bolsa de viaje anticuada hecha con tela de alfombra, el cual acababa de desembarcar del vapor y hablaba en voz baja con el doctor, mirando de vez en cuando de soslayo al rey y asintiendo con la cabeza. Era Levi Bell, el abogado, que había ido a Louisville; otro era un hombre corpulento y de maneras rudas, que se acercó y escuchó todo lo dicho por el anciano caballero y que ahora escuchaba al rey. Cuando el rey terminó de hablar, ese tipo forzudo dijo:

—Eh, oiga, si es usted Harvey Wilks, ¿cuándo vino a este pueblo?

—La víspera del entierro, amigo mío —contestó el rey.

—Pero, ¿a qué hora?

—Por la tarde... Un par de horas antes de la puesta del sol.

—¿Cómo llegó?

—En el *Susan Powell,* desde Cincinnati.

—Bueno, entonces, ¿cómo se explica que estuviera en la Punta por la mañana... en una canoa?

—No estuve en la Punta por la mañana.

—Mentira.

Varios hombres se le acercaron presurosos para rogarle que no hablara de aquel modo a un anciano predicador.

—¡Qué va a ser predicador! ¡Es un embustero y un impostor! Aquella mañana estaba en la Punta. Yo vivo allá, ¿no? Bueno, pues yo estaba entonces y él también. Le vi allí. Llegó en una canoa con Tim Collins y un muchacho.

El doctor se acercó y dijo:

—¿Reconocerías al chico si le vieras otra vez, Hines?

—Creo que sí, pero no lo sé. ¡Ah, está ahí!... Le reconozco perfectamente.

Me señalaba a mí. Dijo el doctor:

—Vecinos, no sé si los dos recién llegados son o no unos embaucadores, pero, si estos dos no lo son, yo soy un idiota, esto es todo. Creo que es nuestro deber retenerlos aquí hasta solucionar este asunto. Ven, Hines; vengan todos los demás. Llevaremos a esos individuos a la taberna y dejaremos que tengan un careo con los otros dos. Creo que algo averiguaremos antes de determinar.

Aquello entusiasmó a la gente, aunque tal vez no mucho a los amigos del rey, de modo que nos pusimos en marcha. Faltaba poco para ponerse el sol. El doctor me llevaba cogido de la mano y fue muy amable conmigo, pero no me soltó la mano.

Entramos todos en una sala inmensa del hotel, encendieron algunas velas y fueron en busca de la nueva pareja. En primer lugar, el doctor dijo:

—No deseo ser demasiado duro con estos dos hombres, pero yo creo que son impostores y que acaso tengan cómplices de los que nada sabemos. Si los tienen, ¿no huirán los cómplices con la bolsa de oro que dejó Peter Wilks? No es improbable. Si estos hombres no son impostores, no se opondrán a enviar a alguien en busca del dinero y dejar que nosotros lo guardemos hasta que se pruebe que tienen razón... ¿No es cierto?

Todos asintieron. De modo que comprendí que nuestra pandilla estaba en un buen lío desde el principio. Pero el rey dijo con aire pesaroso:

—Caballeros, quisiera que el dinero estuviera allí porque no tengo intención de obstaculizar una investigación justa y abierta de este desgraciado asunto, pero el dinero no está allí. Pueden enviar a buscarlo si quieren.

—¿Dónde está entonces?

—Bien, cuando mi sobrina me lo entregó para que se lo guardara, lo escondí dentro del jergón de paja de mi cama, ya que desistí de ingresarlo en el banco para los pocos días que estaríamos aquí, creyendo que en la cama estaría seguro, pues nosotros no estábamos acostumbrados a los negros y yo suponía que serían tan honrados como los criados ingleses. Los negros lo robaron a la mañana siguiente, cuando bajé a la planta baja. Cuando los vendí, todavía no había descubierto la desaparición del dinero, de modo que se lo llevaron. Mi criado puede decírselo, caballeros.

El doctor y otros exclamaron: «¡Bah!», y vi que nadie le creía. Un hombre me preguntó si había visto a los negros robar el dinero. Dije que no, pero que los vi saliendo de la habitación y que no supuse nada; sólo imaginé que tenían miedo de haber despertado a mi amo y que trataban de marcharse antes de que él les echara una bronca. Eso fue todo lo que me preguntaron. Luego el doctor se encaró conmigo y preguntó:

—¿También tú eres inglés?

Contesté: «Sí», y él y algunos otros se rieron y exclamaron: «¡Paparruchas!»

Bueno, entonces la emprendieron con la investigación general y allí la tuvimos, arriba y abajo, hora tras hora, sin que nadie hablara de cenar ni a ninguno se le ocurriera pensar en ello. Y así continuaron; y fue la cosa más embrollada que se ha visto.

Hicieron que el rey contara su historia y el anciano caballero la suya. Y cualquiera que no fuera aquel montón de parciales cabezotas habría visto que el caballero desgranaba verdades y el rey mentiras. Y después me hicieron contar lo que sabía. El rey me miró por el rabillo del ojo de un modo que me dio a entender claramente lo que tenía que decir. Empecé a hablar de Sheffield, de que vivíamos allí, y todo acerca de los Wilks ingleses, y así sucesivamente, pero a poco de empezar el doctor se echó a reír, y Levi Bell, el abogado, dijo:

—Siéntate, muchacho; si yo estuviera en tu lugar, no me cansaría. Creo que no estás acostumbrado a mentir; no se te dan bien los embustes. Te falta práctica. Lo haces con bastante torpeza.

El cumplido me importó un comino, pero me alegré de que me dejaran tranquilo. El doctor iba a decir algo, pero se volvió y dijo otra cosa:

—Si hubieras estado en la ciudad desde el principio, Levi Bell...

Le interrumpió el rey, quien, alargando la mano, exclamó:

—¡Vaya! ¿Es entonces el viejo amigo de mi pobre hermano muerto, el mismo de quien tanto me hablaba en sus cartas?

El abogado y él se echaron la mano, y el primero estaba risueño y complacido, y estuvieron hablando animadamente un rato, y luego se apartaron un poco y hablaron en voz baja. Por fin, el abogado se acercó para decir:

—Todo se arreglará. Tomaré la orden y la enviaré, junto con la de su hermano, y entonces ellos sabrán que todo está correcto.

De modo que cogieron papel y pluma, y el rey se sentó y, ladeando la cabeza y mordiéndose la lengua, garrapateó algo. Después dio la pluma al duque... y por primera vez el duque pareció sentirse enfermo. Pero tomó la pluma y escribió. Luego el abogado se volvió hacia el anciano caballero diciéndole:

—Por favor, escriban un par de líneas usted y su hermano y fírmenlas.

El anciano escribió algo, pero nadie pudo leerlo. El abogado asumió una expresión de estupor y exclamó:

—¡Atiza, que me aspen si lo entiendo!

Y sacó un montón de cartas viejas de su bolsillo, las examinó y luego examinó la escritura del anciano, y vuelta a estudiar las cartas. Acto seguido dijo:

—Estas cartas son de Harvey Wilks, y aquí están las escrituras de estos dos, y cualquiera puede ver que ellos no las escribieron. —(El rey y el duque se quedaron pasmados y asustados, lo aseguro. El abogado los había engañado)— Aquí tenemos la escritura de este anciano caballero, y todos pueden ver fácilmente que él no escribió las cartas... Y diré además que esos garabatos que hace no son escritura ni mucho menos. Aquí hay algunas cartas de...

El anciano caballero dijo:

—Déjemelo explicar, por favor. Nadie entiende mi letra, excepto mi hermano..., de modo que él la copia. La escritura que ve usted es la suya, no la mía.

—¡Vaya! —exclamó el abogado—. ¡No faltaba más que esto! También poseo algunas cartas de William, de modo que si le pide usted que escriba un par de líneas para que podamos compa...

—No puede escribir con la mano izquierda —dijo el caballero—. Si pudiera utilizar la mano derecha, verían que escribió sus cartas y las mías. Compare las dos..., por favor... Las escribió la misma mano.

El abogado lo hizo y dijo:

—Así me parece... Y, en todo caso, si no lo es, hay un gran parecido que no había observado antes. ¡Vaya, vaya, vaya! Creía que teníamos la solución, pero se ha convertido en agua de borrajas. En cualquier caso, queda probada una cosa: estos dos no son Wilks —y con un movimiento de cabeza indicó al rey y al duque.

Bueno, ¿qué les parece? ¡El cabezota del viejo loco no se dio por vencido! ¡Ah, no...! Dijo que la prueba no era justa. Añadió que su hermano William era el mayor guasón del mundo, y que no había intentado escribir... Que ya vio él que Will preparaba otra de sus bromas en cuanto le vio coger la pluma. Y siguió barboteando palabras de esta guisa, caldeándose más y más, hasta que empezó a creerse él mismo lo que decía. Pero el anciano caballero intervino entonces diciendo:

—Estoy pensando en algo. ¿Hay alguien aquí que ayudara a amortajar a mi herm..., que ayudara a amortajar al difunto Peter Wilks?

—Sí —afirmó alguien—, lo hicimos Ab Turner y yo. Estamos presentes los dos.

Entonces el anciano se volvió hacia el rey y le dijo:

—Acaso el caballero pueda decirme qué llevaba tatuado en el pecho.

Así me cuelguen si el rey no tuvo que reaccionar a toda marcha para no derrumbarse como un banco de arena socavado por el río. Le pilló tan de improviso... Y, realmente, era una cosa calculada para derrumbar a cualquiera, con una pregunta disparada tan inesperadamente y de modo tan contundente..., porque ¿cómo iba a saber él lo que llevaba tatuado el muerto?

Palideció un poco, no pudo evitarlo. Y reinó un completo silencio en la sala mientras todos se inclinaban ligeramente hacia adelante para mirarle. Yo me dije: «Ahora él arrojará la esponja, aceptando la derrota; es inútil.» Bueno, ¿lo hizo acaso? Resulta increíble, pero no, señor, no lo hizo. Llegué a pensar que se proponía continuar el asunto hasta rendirlos por cansancio, y entonces, cuando se marcharan, huir él y el duque. Bien, en todo caso permaneció sentado, y a poco esbozó una sonrisa y dijo:

—¡Vaya! Es una pregunta muy curiosa, ¿verdad? Sí, señor, puedo decirle qué llevaba tatuado en el pecho. Se trataba de una flechita azul, eso es. Resultaba difícil verla como no se mirase muy de cerca. Y, ahora, ¿qué tiene usted que decir, eh?

Bueno, nunca he visto a nadie que tuviera mayor desfachatez que aquel viejo bribón. El anciano caballero se volvió bruscamente hacia Ab Turner y su compadre y, con los ojos relampagueantes, como si creyera que esta vez había atrapado al rey, dijo:

—¡Bien, ¡ya han oído lo que ha dicho! ¿Había semejante señal en el pecho de Peter Wilks?

Ambos dijeron simultáneamente:

—No vimos esa clase de señal.

—¡Magnífico! —exclamó el anciano caballero—. Ahora bien, lo que ustedes sí vieron en su pecho era una pequeña P, y una B (que es una inicial que dejó de usar cuando era joven), y una W, con guiones entre ellas, así —y escribió P-B-W en un papel—. ¿No lo vieron ustedes?

—No, no lo vimos. No vimos señal alguna.

Bueno, había que ver cómo se pusieron todos. Y gritaron:

—¡Son todos unos embaucadores! ¡Echémoslos de cabeza al río y que se ahoguen! —y todo el mundo aullaba a la vez y se produjo un alboroto ensordecedor. Pero el abogado se plantó de un salto encima de la mesa y chilló:

—¡Caballeros... caballeros! ¡Déjenme decirles algo..., solamente una palabra..., por favor! ¡Hay una solución!... ¡Vayamos a desenterrar el cadáver para averiguar la verdad!

Eso les arrebató.

—¡Hurraaaa! —gritaron todos.

Y ya se disponían a salir, cuando el doctor y el abogado gritaron:

—¡Aguarden! ¡Aguarden! ¡Nos llevaremos también a esos cuatro hombres y al chico!

—¡Sí, nos los llevaremos! —gritaron—; y, si no encontramos las marcas, ¡los lincharemos a todos!

Les aseguro que yo estaba asustado. Pero no había salida posible,

¿comprenden? Nos agarraron a todos y nos hicieron desfilar hacia el cementerio, que estaba una milla y media más abajo del pueblo. El pueblo entero nos seguía detrás, porque armábamos mucho ruido y solamente eran las nueve de la noche.

Cuando pasamos por delante de nuestra casa, deseé no haber enviado a Mary Jane fuera del pueblo, porque ahora no podría llamarla para que me salvara y desenmascarase a los dos impostores.

Bueno, enfilamos la carretera del río en medio de una gran barahúnda; y, para dar más carácter terrorífico al asunto, el cielo se oscurecía y los relámpagos empezaron a revolotear y parpadear, y el viento a estremecer las hojas de los árboles. Este fue el momento más inquieto y peligroso para mí. Me sentía aturdido; todo salía completamente al revés de como estaba dispuesto. En vez de permitirme tomar el tiempo que necesitaba y pasarlo bien con el resultado, y tener a Mary Jane a mi lado para salvarme y ponerme en libertad cuando llegase el momento cumbre, nada en el mundo me separaba de la muerte repentina, nada excepto unas marcas de tatuaje. Si no las encontraban...

No soportaba aquel pensamiento. Y, sin embargo, en cierto modo tampoco lograba pensar en otra cosa. Se hacía más y más de noche. El momento resultaba ideal para dar esquinazo a la muchedumbre, pero Hines, el tipo corpulento, me tenía cogido por la muñeca, y era como si uno tratara de dar esquinazo a Goliat. Me llevaba a rastras, estaba muy excitado, y yo tenía que correr para seguirle el paso.

Cuando llegaron, se arremolinaron dentro del cementerio, cubriéndolo como una inundación. Y, cuando estuvieron junto a la tumba, comprobaron que disponían de cien palas más de las precisas, pero que nadie se había acordado de traer una linterna. Pero no se amilanaron. Empezaron a cavar a la luz titilante de los relámpagos, mientras encargaban a un hombre que fuera en busca de una linterna a la casa más próxima, que estaba a una media milla de distancia.

De modo que cavaron afanosamente; se hizo muy oscuro y empezó a llover, y el viento arremetía con furia, produciendo un sonido sibilante, y estallaron los truenos, y los relámpagos eran cada vez más intensos y frecuentes. Pero la gente no se daba cuenta de nada, pues estaban tan ensimismados en su trabajo; en un minuto, uno podía verlo todo, cada rostro de aquella enorme multitud y las paladas de tierra que brotaban de la tumba, y al segundo inmediato, las tinieblas lo engullían todo y era imposible ver nada.

Al fin extrajeron el ataúd y empezaron a destornillar la tapa, y entonces hubo aludes, codazos y verdadero frenesí con el fin de ver algo. Era una escena escalofriante, a oscuras. Hines me lastimó horriblemente la muñeca con tantos tirones como me dio, y me figuro que se olvidó por completo de que yo existía, tanta era su excitación.

De repente, un relámpago destacó un saetín perfectamente de blanco resplandor y alguien chilló:

—¡Válgame Dios, la bolsa de oro está en su pecho!

Hines soltó un aullido, como todos los demás, dejó libre mi muñeca y se lanzó hacia delante para conseguir echarle un vistazo. Ni yo mismo sé cómo me las compuse para salir disparado en dirección a la carretera, a oscuras.

Estaba completamente solo y volé, como quien dice... Es decir, estaba solo sin contar las sólidas tinieblas, los frecuentes relampagueos, el zumbido de la lluvia, los latigazos del viento y el fragor de los truenos... ¡Y tan cierto como que ustedes han nacido que corrí a todo galope!

Cuando llegué a la ciudad, vi que a causa de la tormenta no había nadie fuera de la casa, de modo que no busqué las calles apartadas, sino que enfilé directamente la calle mayor. Y cuando me acercaba a nuestra casa, agucé la vista y me detuve. No había ninguna luz; la casa estaba a oscuras... Eso me apenó y me decepcionó. No sabía por qué. Pero al fin, cuando pasaba por delante velozmente, ¡zas!, apareció la luz en la ventana de Mary Jane. El corazón se me hinchó de repente como si me fuera a estallar, y en el mismo instante la casa y todo lo demás quedó atrás, engullido por la oscuridad para no volver a aparecer ante mí en este mundo. Era la mejor chica que he visto en mi vida y la que tenía más coraje.

En cuanto estuve lo bastante arriba, por encima del pueblo, para ver que lograría llegar al cabo de amarre, escruté atentamente buscando un bote para tomar prestado. A la luz de un relámpago vi uno que no estaba sujeto con cadenas, lo cogí y lo hice avanzar. Era una canoa, y solamente estaba amarrada con una cuerda. El cabo de amarre estaba en el centro del río, pero no perdí tiempo, y, cuando al fin alcancé la balsa, estaba tan extenuado y jadeante, que me hubiese desplomado para recobrar el aliento si hubiera podido permitírmelo, pero no lo hice. Al saltar a bordo grité:

—¡Ven; sal, Jim, y suéltala! ¡Bondad divina, nos hemos librado de ellos!

Jim salió acercándose a mí con los brazos abiertos. Estaba rebosante de alegría, pero, al verle a la luz de un relámpago, el corazón se me subió a la garganta y caí de espaldas al agua. Había olvidado que era el viejo rey Lear y un árabe ahogado todo en uno, y del susto poco me faltó para echar el hígado y los bofes. Pero Jim me pescó e iba a abrazarme y bendecirme y todo eso, de la alegría que le daba verme de vuelta y libre del rey y del duque, pero yo le dije:

—Ahora no, Jim... ¡Déjalo para el desayuno, déjalo para el desayuno! ¡Desamarra la balsa y larguémonos!

De modo que a los dos segundos nos alejábamos río abajo, y resultó sencillamente maravilloso estar libres otra vez, solos en el vasto río, sin nadie que nos molestara.

Di volteretas, pegué brincos y me cuadré; no pude evitarlo. Pero a la tercera vez que hacía esto percibí un sonido harto conocido... Contuve el aliento, escuché, esperé... Y, sí, cuando el siguiente relámpago iluminó la superficie del agua, ¡vi que allí venían ellos! ¡Empuñando los remos, afanándose para hacer correr su esquife! Eran el rey y el duque.

Me desplomé encogido sobre las tablas de la balsa y me di por vencido; trabajo me costó no echarme a llorar.

Capítulo 30

Cuando subieron a bordo, el rey se acercó a mí y, sacudiéndome cogido por el cuello, dijo:

—Tratabas de darnos esquinazo, ¿eh? Te cansaba nuestra compañía, ¿no?

—No, Su Majestad, no... ¡Por favor, no, Su Majestad! —exclamé yo.

—¡Pues dinos inmediatamente qué te proponías hacer o te sacudiré hasta que revientes!

—Palabra que lo contaré todo tal como ocurrió, Majestad. El hombre que me llevaba cogido fue muy bondadoso y decía a cada momento que un hijo suyo de mi misma edad se le había muerto el año pasado, que le apenaba verme en semejante peligro y, cuando todos se sorprendieron al encontrar el oro y se abalanzaron hacia el ataúd, ese hombre me soltó y me susurró: «¡Vete, corre, o te colgarán!» Y me largué. No me pareció conveniente quedarme... Nada podía hacer y no quería que me colgaran, si podía evitarlo. De modo que no dejé de correr hasta encontrar la canoa. Al llegar aquí pedí a Jim que se diera prisa porque todavía podían capturarme y matarme, y dije que tenía miedo de que usted y el duque ya no siguieran con vida, y estaba muy apenado, lo mismo que Jim, y nos alegró enormemente verlos regresar. Pregunte a Jim si no ha sido como digo.

Jim dijo que así era, y el rey le ordenó que cerrara el pico, diciendo:

—¡Oh, sí, es muy probable!

Y volvió a zarandearme, diciendo que seguramente me ahogaría. Pero entonces intervino el duque:

—¡Suelta al muchacho, viejo idiota! ¿Hubieras hecho tú otra cosa? ¿Preguntaste por él cuando escapabas? Que yo recuerde, no.

El rey me soltó y empezó a echar pestes contra el pueblo y contra todo. Dijo el duque:

—Harías mucho mejor maldiciéndote a ti mismo, porque eres el único que se ha hecho digno de maldiciones. Desde el principio no has hecho nada con sentido común, exceptuando lo de recurrir con tanta frialdad y cara dura a esa imaginaria marca de la flecha azul. Fue una idea luminosa..., sencillamente magnífica, y lo que nos salvó. Porque, de no ser por eso, nos habrían encarcelado hasta que llegase el equipaje de los ingleses, y entonces... ¡a la penitenciaría! Pero esa triquiñuela los empujó al cementerio y el oro nos hizo un favor mejor, porque, si esos cretinos excitados no nos hubieran soltado para meter la nariz y ver qué pasaba, esta noche habríamos dormido con la corbata puesta... ¡De las de eterna duración, por supuesto!

Estuvieron callados un minuto, pensando. Luego dijo el rey con aire distraído:

—¡Puaf! ¡Y nosotros que creíamos que lo robaron los negros! ¡Esto me hizo temblar!

—Sí —dijo el duque, en tono deliberadamente tranquilo, con sarcasmo—. Lo creíamos.

Al medio minuto, el rey dijo, arrastrando las palabras:

—Cuando menos... yo lo creí.

Y el duque replicó del mismo modo:

—Al contrario...., lo creí yo.

El rey se molestó un poco y preguntó:

—Oye, «Bilgewater», ¿de qué hablas?

El duque replicó bastante bruscamente:

—Si a eso vamos, acaso me permitas preguntarte: ¿De qué hablabas tú?

—¡Diablos! —exclamó el rey muy sarcástico—, pero yo no sé... Acaso estabas dormido y no sabías lo que hacías.

El duque se amostazó del todo y dijo:

—¡Oh, dejemos ya esas malditas sandeces! ¿Me tomas por imbécil? ¿Te figuras que yo no sé quién escondió el dinero dentro del ataúd?

—¡Sí, compadre! Sé que tú lo sabes... ¡porque lo escondiste tú!

—¡Mentira!

Y el duque se abalanzó sobre él. Pero el rey chilló:

—¡Aparta las manos!... ¡Suéltame el cuello! ¡Retiro lo que he dicho!

Dijo el duque:

—Bueno, antes confiesa que escondiste el dinero allí con la intención de darme esquinazo cualquier día, para volver, desenterrarlo y quedártelo para ti todo.

—Un momento, duque.... Contesta a esta pregunta con toda franqueza: Si no dejaste allá el dinero, ¿por qué no lo dices? Te creeré y retiraré todo lo que te he dicho.

—¡Viejo bribón, yo no lo hice, y bien lo sabes! ¡Estaríamos listos!

—Bueno, pues te creo. Pero contesta a otra pregunta... y no te enfurezcas: ¿No tenías intención de escamotear el dinero y esconderlo?

El duque no dijo nada durante unos segundos; luego declaró:

—Bueno..., me importa un comino si lo pensé, lo cierto es que no lo hice. Pero tú no sólo lo pensaste, sino que lo hiciste.

—¡Que me muera si lo hice yo, duque! ¡Palabra! No niego que fuera a hacerlo, porque así fue, pero tú..., quiero decir, alguien me tomó la delantera.

—¡Mentira! Lo robaste tú y tienes que decirlo o...

El rey empezó a gorgotear y al final boqueó:

—¡Basta, me rindo, lo confieso!

Me alegró enormemente oírselo decir; me tranquilizó de verdad. Luego el duque retiró las manos de su cuello y dijo:

—Si alguna vez vuelves a negarlo, te ahogo. Te va muy bien quedarte ahí sentado, lloriqueando como un bebé... Es lo que te sienta después de cómo has obrado. ¡Jamás he visto semejante viejo avestruz queriendo tragárselo todo! Y yo, confiando en ti como si fueras mi propio padre. Debería avergonzarte haber consentido que echaran la culpa a aquellos pobres negros, sin salir en su defensa. Me siento en ridículo al pensar que fui lo bastante blandengue como para creer aquellas paparruchas. ¡Maldito seas, ahora comprendo por qué tenías tantas ansias por poner el dinero que faltaba!... Pensabas apoderarte del dinero que yo conseguí con la función de *La sin par realeza* y lo demás, para quedártelo todo.

Dijo el rey, tímidamente, con voz ronca aún:

—Oye, duque, fuiste tú quien propuso poner el dinero que faltaba, no yo.

—¡A callar! ¡Que no vuelva a oírte decir nada más! —replicó el otro.

—Y ahora ya ves lo que has conseguido. Han recuperado todo su dinero y además todo el nuestro, menos un par de monedas. ¡A la cama... y a mí no me dejas con más déficits en toda tu vida!

De modo que el rey se escurrió dentro del cobertizo llevándose la botella para consolarse; y al poco rato el duque echó un trago de ella, de modo que a la media hora ambos eran los ladrones más amigos del mundo y cuanto más empinaban el codo, tanto más afectuosos estaban. Y acabaron roncando uno en brazos del otro.

Los dos estaban muy tiernos, pero me di cuenta de que el rey no se enternecía hasta el extremo de olvidarse de que no debía negar otra vez que había escondido la bolsa de dinero.

Eso me satisfizo y me tranquilizó. Naturalmente, cuando ellos empezaron a roncar, nosotros tuvimos una larga charla, y le conté todo a Jim.

Capítulo 31

No nos atrevimos a detenernos en ningún pueblo durante muchos días; seguíamos avanzando río abajo. Nos hallábamos en el Sur, con un tiempo cálido y a gran distancia de casa. Empezamos a encontrar árboles cubiertos de musgo, que colgaba de las ramas como largas barbas grises. Era la primera vez que lo veía, y daba a los bosques un aspecto solemne y abatido. Entonces los granujas calcularon que estaban fuera de peligro y empezaron a trabajar de nuevo los pueblos.

Primero dieron una conferencia sobre la templanza, pero no sacaron lo bastante para emborracharse. Después, en otro pueblo, abrieron una escuela de baile, pero sabían bailar tanto como un canguro, de modo que a la primera cabriola el público se abalanzó sobre ellos y los sacó «bailando» del pueblo. En otra ocasión intentaron dar una alocución, pero en cuanto empezaron el público se puso en pie, los insultó y les hicieron poner pies en polvorosa.

Probaron sucesivamente con la labor de misioneros, de magnetizadores y de médicos, de decir la buenaventura y un poco de todo, pero no tuvieron suerte. De modo que al fin casi se quedaron y permanecían en la balsa pensando y pensando, sin decir nada, a veces casi medio día, terriblemente melancólicos y desesperados.

Al fin reaccionaron y solían pasarse dos y tres horas tumbados en el cobertizo, hablando en voz baja y confidencial. Jim y yo nos inquietamos. Aquello no nos gustaba ni pizca. Suponíamos que estaban planeando alguna maldad peor que ninguna. Nos devanamos los sesos pensando, y al fin sacamos la conclusión de que pensaban asaltar una casa o un almacén, que iban a dedicarse a falsificar moneda o a algo por el estilo.

Entonces nos asustamos bastante y convinimos en que por nada del mundo nos complicaríamos en tales asuntos, y que a la primera oportunidad les daríamos esquinazo y escaparíamos dejándolos atrás. Bueno, una mañana, a primera hora, ocultamos la balsa en un buen sitio, unas dos millas más abajo de un mísero pueblo llamado Pikesville, y el rey bajó a tierra y nos ordenó que permaneciéramos ocultos mientras él iba al pueblo y trataba de averiguar si allí habían llegado noticias de *La sin par realeza*. («Lo que tú quieres saber es si hay alguna casa donde robar —me dije—; y cuando la hayas asaltado volverás aquí y te preguntarás qué ha sido de mí, de Jim y de la balsa... Y seguirás preguntándotelo mucho tiempo.»)

Y dijo que, si no volvía al mediodía, el duque y yo sabríamos que todo iba bien, y que fuéramos a reunirnos con él.

De modo que nos quedamos donde estábamos. El duque no estaba tranquilo; iba de un lado a otro, sudoroso, de bastante mal talante. Nos regañó por todo, parecía que no hiciéramos nada a su gusto. Le sacaba defectos a cualquier pequeñez. Seguro que algo estaba tramándose. Me alegré mucho cuando el rey no volvió al mediodía. En todo caso tendríamos un cambio... y acaso la oportunidad para «cambiar». De modo que el duque y yo fuimos al pueblo y lo recorrimos buscando al rey. Le encontramos en el cuarto de atrás de una tienda, completamente borracho, mientras un grupo de haraganes se divertía escarneciéndolo, y él los amenazaba furiosamente, maldiciéndolos. Tan borracho estaba, que no podía andar y atacarlos. El duque empezó a insultarlo llamándole viejo loco, y el rey le replicó airado. En cuanto empezaron a discutir acaloradamente, salí fuera y sacudiéndome la pereza de las piernas, salí disparado camino abajo, hacia el río, como un gamo... porque aquella era nuestra oportunidad. Decidí que no amanecería el día en que volvieran a vernos a Jim y a mí. Llegué sin aliento, pero desbordante de alborozo, y grité:

—¡Suéltala, Jim, todo va bien ahora!

Pero no hubo respuesta y nadie salió del cobertizo. ¡Jim había desaparecido! Di un grito...., luego otro... y otro más. Corrí de aquí para allá, por los bosques, gritando y aullando, pero fue inútil... Jim había desaparecido. Entonces me senté y me eché a llorar; no pude evitarlo. Pero no pude quedarme así mucho rato. Salí al camino tratando de decidir lo que convenía hacer, encontré a un muchacho y le pregunté si había visto a un negro forastero, vestido así y asá. El contestó:

—Sí.

—¿Dónde? —pregunté.

—En casa de Silas Phelps, dos millas más abajo de aquí. Es un negro fugitivo y le han capturado. ¿Le buscabas tú?

—¡Ni hablar! Le encontré en el bosque hace un par de horas y él dijo que, si gritaba, me arrancaría el hígado... y me ordenó que me quedara tumbado donde estaba. Así lo hice. Estuve allí desde entonces, sin atreverme a marcharme.

—Bueno, —dijo él—, ya no tienes que temerlo, porque lo han atrapado. Venía huyendo...

—Pues ha sido una suerte que lo capturasen.

—¡Figúrate! Dan doscientos dólares de recompensa por él. Es como encontrarse dinero en el suelo.

—Sí, es verdad... Y yo podía haberlo conseguido si hubiera sido lo bastante forzudo. Yo lo vi primero. ¿Quién lo pescó?

—Un viejo.... Es forastero, y vendió sus derechos sobre él por cuarenta dólares, porque tiene que remontar el río y no puede esperar. ¡Figúrate, chico! Puedes apostar a que yo habría esperado siete años, si fuera necesario...

—¡Pues anda que yo!... —dije—. Pero puede que sus derechos sobre el negro no valgan más, si tan baratos los ha vendido. Puede que haya algo turbio en todo eso...

—No, está clarísimo como el agua. Yo vi el aviso: describe al negro con pelos y señales, está pintado y dice de qué plantación era, de más abajo de Nueva Orleans. No, amigo, puedes apostar a que esa operación es perfecta. Oye, ¿me das un pedazo de tabaco de mascar?

Se marchó porque yo no tenía tabaco. Me dirigí a la balsa y me senté en el cobertizo a pensar. Pero no conseguí nada. Pensé hasta dolerme la cabeza, pero no supe encontrar la solución al problema. Después de aquel largo viaje, después de todo lo que habíamos hecho por culpa de aquellos granujas, no quedaba nada; todo se había echado a perder porque tuvieron la bajeza de hacer a Jim una mala pasada, convirtiéndolo de nuevo en esclavo para toda la vida, y entre extraños además, por cuarenta cochinos dólares.

Por unos instantes me dije que sería mil veces mejor para Jim que fuera esclavo en casa, donde estaba su familia, ya que tenía que ser esclavo. Pensé escribir a Tom Sawyer para que él dijera a la señorita Watson dónde estaba Jim, pero no tardé en abandonar la idea por dos motivos: ella estaría furiosa y enojada por su tunantería e ingratitud al dejarla, de modo que inmediatamente volvería a verle río abajo; y, aunque ella no lo hiciera, todo el mundo, naturalmente, desprecia a un negro desagradecido, y así se lo recordarían a Jim constantemente, haciéndole sentirse ruin y deshonrado. Y, en cuanto a mí... sabrían todos que Huck Finn había ayudado a un negro a recobrar su libertad; y si alguna vez volvía a ver a alguien de aquel pueblo, me entrarían ganas de caer al suelo, avergonzado, y lamerle las botas.

Es lo que suele ocurrir: una persona comete una mala acción y después no quiere cargar con las consecuencias. Cree que mientras pueda mantenerla en secreto no es una deshonra. Este era exactamente mi caso. Cuanto más lo pensaba, más me mortificaba la conciencia, y más ruin y malvado me sentía. Por fin comprendí de repente que aquello era una bofetada de la mano de la providencia, en pleno rostro, para hacerme saber que desde el cielo mi perversidad había sido observada en todo momento desde que robé un negro a una pobre mujer que no me había hecho ningún daño, y ahora me demostraba que hay Uno que siempre está alerta, el cual no permite que acciones tan miserables alcancen ciertos límites. Y estuve a punto de caer al suelo del susto que me llevé.

Bueno, traté de suavizar las cosas para mi propia tranquilidad, diciendo que había crecido siendo malvado y que, por tanto, poca cosa podía reprocharme; pero algo dentro de mí insistía en decir: «¿Y la escuela dominical? Podías haber ido allí; te habrían enseñado que las personas que obran como has obrado tú respecto a ese negro son condenadas al fuego eterno.»

Me entraron escalofríos. Y tomé la decisión de rezar, de hacer lo posible para dejar de ser el chico que era y ser mejor. De modo que me arrodillé. Pero no acudían las palabras. ¿Por qué no me salían? Era inútil ocultárselo a El. Y también era inútil ocultármelo a mí mismo. Sabía perfectamente por qué no salían. Porque mi corazón no era bondadoso, porque no era noble; era porque yo obraba con doblez. Yo hacía como que renunciaba al pecado, pero en mi interior retenía al peor de todos. Intentaba obligar a mis labios a decir que cumpliría mi deber, escribiendo a la dueña del negro y diciéndole dónde estaba él, pero muy dentro de mí yo sabía que era una mentira..., y El lo sabía también. Descubrí que uno no puede rezar... una mentira.

De manera que estaba dominado por la inquietud y no sabía qué hacer. Al fin se me ocurrió una idea y me dije: «Escribiré la carta... y luego veré si puedo rezar.» ¡Corcho, fue realmente asombroso lo bien que me sentí entonces, ligero como una pluma! Se esfumaron mis preocupaciones. De modo que tomé un papel y un lápiz, la mar de contento y excitado, y me senté para escribir:

Señorita Watson, su negro fugitivo, Jim, está aquí, dos millas más abajo de Pikesville, y le tiene el señor Phelps, el cual se lo dará a cambio de la recompensa que usted envíe. Huck Finn.

Me sentí bueno y libre de pecado por primera vez en mi vida, y supe que entonces podría rezar; pero no lo hice en seguida, sino que solté el papel y me quedé sentado, pensando... Pensando en lo estupendo que era que todo hubiera ocurrido así, y en lo a punto que estuve de perderme y condenarme al infierno. Y continué pensando. Y, pensando, recordé nuestro viaje río abajo, y vi a Jim delante de mí de día, de noche, a todas horas, a veces a la luz de la luna, a veces durante las tormentas, mientras navegábamos, charlando, cantando, riendo. Pero no encontré motivos para endurecer mi corazón contra él, sino todo lo contrario. Lo imaginaba cuando montaba guardia por mí, porque prefería dejarme dormir; veía lo contento que le ponía verme regresar entre la niebla, y la alegría que tuvo al reunirme con él en el pantano, allí donde existía aquella sed de venganza entre dos familias, y otros episodios parecidos. Y él siempre me daba nombres cariñosos, y me mimaba y se desvivía por mí, y era bondadoso siempre conmigo. Al fin recordé la vez en que le salvé diciendo a los hombres que teníamos la viruela a bordo, y él se mostró tan agradecido, y dijo que yo era el mejor amigo que había tenido el viejo Jim en el mundo, y el único que tenía ahora..., y en ese momento miré a mi alrededor y vi la carta.

Estaba cerca. La recogí y la sostuve en la mano, que me temblaba, porque tenía que decidir para siempre entre dos cosas, y yo lo sabía. Medité un minuto, casi sin respirar, y después me dije:

«¡Muy bien, entonces me iré al infierno!», y la rompí.

Eran pensamientos terribles y palabras terribles, pero estaban dichas. Y así las dejé. No volví a pensar en redimirme. Aparté el asunto de mi cabeza y dije que me daría otra vez a la pillería, que era lo mío, ya que había sido criado en ella, y no lo otro. Y para empezar dedicaría mis esfuerzos a robar a Jim sacándole de la esclavitud de nuevo; y si se me ocurría algo peor, también lo haría, porque, una vez puesto a ello, no pensaba andarme con chiquitas.

Después me puse a pensar cómo lo conseguiría y revolví en mi cerebro numerosos medios. Al fin tracé un plan que me satisfacía. Seguidamente calculé la situación de una isla que estaba río abajo, y en cuanto oscureció lo bastante me dirigí hacia ella en mi balsa, la escondí allí y me acosté. Dormí toda la noche y me levanté antes de que amaneciera, desayuné y me puse la ropa nueva, metiendo la otra y algunas cosillas más en un hatillo. Me metí en la canoa y me dirigí a la orilla. Desembarqué más abajo de donde calculaba que estaba la casa de Phelps, escondí el hatillo en los bosques, llené de agua la canoa, la cargué de piedras y la hundí donde pudiera encontrarla de nuevo cuando la necesitara, un cuarto de milla más abajo de un aserradero que estaba en la ribera.

Acto seguido enfilé el camino y, cuando pasé por delante del molino, vi un cartel que decía: *Aserradero de Phelps,* y, cuando llegué a las granjas, dos o trescientas yardas más adelante, abrí bien los ojos, pero no vi a nadie, aunque ya era de día. Pero no me importaba, porque no quería ver aún a nadie... Únicamente quería explorar el terreno. De acuerdo con mi plan, iba a presentarme procedente del pueblo, y no de más abajo. Así que solamente eché un vistazo y seguí adelante, derechito hacia el pueblo.

Bueno, la primera persona que vi llegar fue al duque. Estaba pegando un cartel para la función para tres noches de *La sin par realeza,* como en aquella otra ocasión. ¡Valiente cara dura tenían aquellos farsantes! Me encontré a su lado antes de que pudiera esquivarlo. Se quedó atónito y dijo:

—¡Ho...hola! ¿De dónde sales tú?

Y añadió, con cierta vehemencia:

—¿Dónde está la balsa? ¿La has dejado en buen lugar?

—Vaya —dije yo—, precisamente esto era lo que iba a preguntarle, Señoría.

Entonces pareció disiparse su alborozo, y dijo:

—¿Cómo se te ocurre preguntármelo a mí?

—Bien —contesté—, cuando ayer vi al rey en aquella taberna, me dije: «Tardaremos horas en llevarle a casa, hasta que se le haya pasado la borrachera»; de modo que estuve paseando por el pueblo para matar el tiempo. Un hombre me ofreció diez centavos por ayudarle a ir en esquife al otro lado del río y traer luego una oveja, de modo que fui con él, pero cuando la arrastrábamos hacia el bote y el hombre me entregó la cuerda y se colocó detrás de la oveja para empujarla, ésta dio un fuerte tirón, se soltó de la cuerda y echó a correr, y nosotros detrás. No teníamos perro, de modo que tuvimos que perseguirla por los contornos hasta que la cansamos. La capturamos al anochecer, la trajimos y entonces me dirigí hacia la balsa. Al llegar vi que había desaparecido, y me dije: «Ellos estaban en un aprieto y tuvieron que marcharse, y se han llevado a mi negro, que es el único negro que tengo en el mundo, y ahora me encuentro en un país extraño y no tengo nada; ni el medio de ganarme la vida.» Por esto me senté y me eché a llorar. Por la noche dormí en el bosque. Pero ¿qué ha sido entonces de la balsa? ¿Y Jim? ¡Oh, pobre Jim!

—Maldito si lo sé yo... Esto es, ¿qué ha sido de la balsa? Ese loco hizo un trato y sacó cuarenta dólares, y cuando le encontramos en aquella taberna los haraganes habían estado apostando medios dólares con él y le sacaron hasta el último centavo, menos lo que se gastó en whisky; y cuando anoche le llevé a casa y descubrimos que la balsa no estaba, dijimos: «Ese granujilla ha robado nuestra balsa y se ha largado río abajo dándonos esquinazo.»

—Yo no dejaría a mi negro, ¿verdad? El único negro que tenía en el mundo, mi único bien.

—En eso no pensamos. El caso es que ya lo considerábamos nuestro negro; sí, así era como lo considerábamos... Sólo el cielo sabe las tribulaciones que nos hizo pasar. De modo que, al ver que había desaparecido la balsa y que no teníamos un centavo, no tuvimos más remedio que probar de nuevo con *La sin par realeza*. Y así estoy desde entonces, más seco que un polvorín. ¿Dónde tienes esos diez centavos? Dámelos.

Llevaba mucho dinero, así que le di diez centavos, pero le rogué que los gastara en algo de comida y que me diera a mí, porque era todo el dinero que tenía y no había probado bocado desde la víspera. No dijo ni media palabra. Al minuto siguiente se volvió hacia mí diciendo:

—Oye, ¿crees que ese negro nos denunciará? ¡Si lo hiciera le arrancaríamos la piel!

—¿Cómo va a denunciarlos? ¿No se ha escapado?

—¡No! Ese viejo loco lo vendió y no me dio siquiera mi parte; el dinero ha volado.

—¿Que lo ha vendido? —exclamé yo, echándome a llorar—. Pero... ¡si era *mi* negro y *mi* dinero! ¿Dónde está? ¡Yo quiero a mi negro!

—Pues no puedes tener tu negro; eso es todo... Así que deja de gimotear. Oye, ¿crees que serías capaz de delatarnos? Así me cuelguen si me fío de ti. Oye, si fueras a denunciarnos...

Calló, pero nunca he visto una expresión más torva en los ojos del duque. Continué gimoteando y dije:

—No quiero denunciar a nadie, ni tengo tiempo tampoco. He de encontrar a mi negro.

Parecía algo preocupado y se quedó inmóvil, con los carteles agitándose en su brazo, pensativo, con la frente arrugada. Al fin' dijo:

—Te diré una cosa. Hemos de quedarnos aquí tres días. Si prometes no denunciarnos y que impedirás que nos denuncie el negro, te diré dónde puedes encontrarlo.

Se lo prometí y él dijo:

—Un granjero llamado Silas Ph...

Y entonces se calló. Como ven, empezó diciendo la verdad, pero, al interrumpirse de aquel modo para pensarlo mejor, supuse que cambiaba de parecer. Y así era. No se fiaba de mí; quería tener la seguridad de que yo no le estorbaría durante los tres días. Después de una pausa, prosiguió:

—El hombre que le compró se llama Abram Foster... Abram G. Foster, y vive en el campo, cuarenta millas tierra dentro, junto al camino de Lafayette.

—Bueno —contesté—, llegaré allí en tres días. Y me pondré en camino esta misma tarde.

—No, márchate ahora, sin perder tiempo; y no te entretengas hablando con nadie por el camino. Tú ten la boca bien cerrada y sigue adelante, y de este modo no te buscarás líos con nosotros, ¿entendido?

Era la orden que yo quería que me diera, y para eso estuve haciéndole el juego. Quería libertad de movimientos para poner en práctica mi plan.

—Así que lárgate —dijo él—, y di al señor Foster lo que quieras. Tal vez le convenzas de que Jim es tu negro; algunos idiotas no exigen documentos; por lo menos es lo que he oído decir aquí, en el sur. Y cuando le digas que el anuncio y la recompensa son falsos, puede que te crea explicándole con qué propósito lo imprimimos. Y ahora vete; dile lo que quieras, pero procura no despegar los labios desde aquí hasta allá.

Me fui dirigiendo hacia el campo. No miré atrás, pero tenía la impresión de que él me vigilaba. Sabía, empero, que podría cansarle en este juego. Avancé una milla tierra adentro antes de detenerme; entonces retrocedí atravesando los bosques en dirección a la casa de Phelps. Decidí llevar mi plan a la práctica sin más rodeos, porque quería tapar la boca a Jim antes de que estos tipos pudieran escaparse. No quería líos con gente de su ralea. Los había visto lo suficiente y quería desentenderme por completo de ellos.

Capítulo 32

Cuando llegué, todo estaba en silencio, como si fuera un domingo cálido y soleado. Los peones estaban en los campos y reinaba esa clase de zumbido de bichos y moscas en el aire que causa la impresión de tanta soledad, como si todo el mundo estuviera muerto; y, si se levanta brisa y hace estremecerse las hojas, uno se siente melancólico porque parece como si fueran los susurros de los espíritus... espíritus que llevan tantos años muertos... Y se tiene siempre la sensación de que hablan de uno mismo. Suele ocurrir que a uno le hacen desear haber muerto también y haber acabado con todo.

Phelps tenía una de esas pequeñas plantaciones de algodón que se parecen tanto entre sí. Una valla alrededor de un patio de dos acres, un portillo hecho con troncos aserrados en punta, formando escalones, como barriles de diferente tamaño, para poder saltar por encima de la valla y para que las mujeres se suban cuando van a montar a caballo; algunos parches de hierba en el patio grande, pero que en general estaba desnudo y liso, como un viejo sombrero con la lanilla desgastada; una casa doble de troncos para la gente blanca... troncos hendidos, con los resquicios obstruidos con arcilla o argamasa; y esas franjas de arcilla eran enjalbegadas de vez en cuando; una cocina de troncos redondos, con un amplio pasillo abierto, pero con techo, que daba acceso a la casa; un cuarto cerrado para ahumar carnes en la parte de atrás de la cocina; y al otro lado de este cuarto tres cabañas pequeñas de troncos para los negros, en hilera; una cabaña pequeña completamente aislada, más abajo, contra el vallado de atrás, y algunas dependencias al otro lado; un recipiente para cenizas y una enorme caldera para hacer jabón, junto a la cabaña pequeña; un banco junto a la puerta de la cocina, con un cubo de agua y una calabaza; un perro dormido al sol; por doquier más perros dormidos; en un rincón tres árboles frondosos; en un sitio, junto a la valla, varios groselleros y arbustos de uva espín; al otro lado de la valla un jardín y un melonar; luego empiezan los campos de algodón; y, más allá de los campos, los bosques.

Di la vuelta y me encaramé por el portillo de atrás, junto al recipiente de cenizas, para dirigirme a la cocina. Cuando había avanzado un poco, oí el débil zumbido de un torno de hilar cuyo lamento crecía para volver a extinguirse. Y entonces estuve seguro de que deseaba estar muerto... porque ése es el sonido más melancólico del mundo entero.

Seguí adelante, sin ningún plan determinado, confiado únicamente en la providencia para que pusiera las palabras apropiadas en mi boca cuando llegara el momento, porque había observado que la providencia siempre lo hacía cuando yo la dejaba tranquila.

Cuando estaba a mitad de camino, se levantaron primero un perro y luego otro para abalanzarse sobre mí. Claro está que me detuve, los esperé y no me moví. ¡Y qué jaleo armaron! Pasado apenas medio minuto, yo era algo así como el cubo de una rueda, como quien dice: los radios eran los perros, un círculo de quince alrededor mío, estirando sus cuellos y sus hocicos hacia mí, ladrando, aullando; y se acercaban más; se los veía saltar por encima de las vallas y saliendo de todos los rincones.

Una mujer negra salió apresuradamente de la cocina con un rodillo de amasar en la mano gritando:

—¡Fuera! ¡Tú, Tige! ¡Tú, Spot! ¡Hala, fuera, fuera!

Y dio primero a uno y después a otro un golpe certero que los hizo salir aullando, seguidos por los demás. Un segundo después, la mitad de los perros volvieron meneando la cola, rodeándome y haciéndome grandes festejos. No, un perro nunca hace daño.

Y detrás de la mujer aparecieron una negrita y dos muchachitos negros, que solamente llevaban puestas camisas de cañamiza, y se colgaron del vestido de su madre y me miraban tímidamente, como siempre lo hacen. Y entonces salió de la casa la mujer blanca, de unos cuarenta y cinco o cincuenta años de edad, con la cabeza descubierta, empuñando la vara de hilar, y detrás de ella salieron sus hijos blancos, que se comportaban del mismo modo que los chiquillos negros. Sonreía todo lo que daba de sí y dijo:

—¡Al fin, eres tú...! ¿Verdad?

Y sin pensarlo contesté:

—Sí.

Me agarró y me abrazó fuertemente; después me cogió las manos y me las apretujó; las lágrimas rodaban por sus mejillas, y parecía que nunca tendría bastante de abrazarme y estrecharme las manos y de exclamar continuamente:

—¡No te pareces tanto a tu madre como yo me figuraba, pero, alabado sea Dios, eso poco importa, me alegra tanto verte! ¡Tesoro, tesoro mío, te comería a besos! ¡Niños, es vuestro primo Tom! ¡Decidle hola!

Pero los niños agacharon la cabeza, se metieron los dedos en la boca y se escondieron detrás de ella. De modo que la mujer continuó:

—Lize, date prisa en prepararle un desayuno caliente... ¿O has desayunado en el vapor?

Dije que sí, que había desayunado en el barco. Ella se encaminó hacia la casa cogiéndome la mano, y los chiquillos nos siguieron detrás. Cuando llegamos, me hizo sentarme en una silla de rejilla y ella se sentó en un taburete bajo frente a mí, sosteniéndome las manos, y dijo:

—¡Deja que te mire bien! ¡Alabado sea el cielo, cuántas veces deseaba durante estos largos años que llegara al fin este momento! Te esperábamos hace un par de días. ¿Qué ocurrió? ¿Se encalló el barco?

—Sí, señora... se...

—No me llames «señora»; di tía Sally. ¿Dónde encalló?

No supe qué decir, porque ignoraba si el barco iba río arriba o río abajo. Pero el instinto me ayuda mucho, y entonces el instinto me dijo que el barco debía remontar el río, rumbo a Orleans. Pero no me sirvió de mucho, porque desconocía los nombres de los bancos de aquella parte. Vi que tenía que inventarme un banco, o bien olvidar el nombre de aquél en el que habíamos encallado, o... Tuve una idea y la aproveché:

—El retraso no se debe a que encalláramos... Eso nos entretuvo poco rato. Es que explotó un cilindro.

—¡Cielo santo! ¿Pasó algo?

—No, señora. Mató a un negro.

—Bueno, hubo suerte, porque a veces la gente se hace daño. Hace dos años, por Navidad, tu tío Silas regresaba de Nueva Orleans en el viejo *Lally Rook,* y explotó un cilindro y dejó inválido a un hombre. Y creo que después murió. Era bautista. Tu tío Silas conocía a una familia en Baton Rouge, que conocía íntimamente a su familia. Sí, recuerdo ahora que murió. Tuvieron que amputarle porque tenía gangrena, pero eso no lo salvó. Sí, fue gangrena... eso fue. Se puso todo azul y murió en la esperanza de una gloriosa resurrección. Dicen que daba pena verlo. Tu tío ha ido cada día a buscarte al pueblo. Y apenas hace una hora ha vuelto a ir; supongo que no tardará en regresar. Tienes que haberte cruzado con él por el camino, ¿verdad? Es un poco viejo, con...

—No, no he visto a nadie, tía Sally. El barco atracó al amanecer, dejé mi equipaje en el muelle y di un paseo por el pueblo y un poco por el campo para matar el tiempo y no llegar aquí demasiado temprano. Así que he venido por el camino de atrás.

—¿A quién diste tu equipaje?

—A nadie.

—¡Ay, te lo robarán, pequeño!

—Me parece que no, en el sitio donde lo escondí —contesté yo.

—¿Cómo conseguiste que te dieran el desayuno en el barco tan temprano?

Aquello era pisar en falso, pero dije:

—El capitán me vio por allí y me dijo que sería mejor que comiera algo antes de desembarcar, de modo que me llevó al camarote de los oficiales y me dio de comer todo lo que quise.

Estaba poniéndome tan nervioso, que ni podía escuchar bien. Pensaba únicamente en los chiquillos; quería llevármelos aparte y sonsacarles para saber quién era yo. Pero no tuve la oportunidad; la señora Phelps era la dueña absoluta de la situación. Momentos después me entraron escalofríos por la espalda cundo ella dijo:

—Pero, bueno, he aquí que hablamos de todo menos de mi hermana y los demás. Ahora te dejaré hablar a ti para que me cuentes cosas de ellos; cuéntamelo todo, todo de cada uno de ellos; cómo están, qué hacen y qué te encargaron que me dijeras, y todo lo que se te ocurra.

Vi que estaba en un colosal aprieto. La providencia me había sostenido hasta entonces, pero en el futuro tendría que apañarme solo.

Comprendí que era inútil tratar de seguir adelante... Tenía que rendirme. De modo que me dije: «Otra vez tengo que arriesgarme a decir la verdad.» Abrí la boca para hablar, pero ella me agarró y me empujó detrás de la cama, diciendo:

—¡Ya llega él! Agacha la cabeza... Así, estás bien. Ahora no te puede ver. Que no se entere de que estás aquí. Le gastaré una broma. Niños, no digáis ni media palabra.

Vi que estaba en un atolladero y que de nada serviría preocuparme; no tenía más remedio que quedarme quieto y estar alerta para poner pies en polvorosa cuando cayera el rayo.

Sólo vislumbré al anciano cuando entró, luego la cama lo ocultó a mi vista. La señora Phelps corrió hacia él, diciendo:

—¿Ha llegado?

—No —contestó su marido.

—¡Cielo santo! —exclamó ella—. ¿Qué puede haberle sucedido?

—No tengo ni idea —dijo el anciano caballero—, y esto me intranquiliza mucho.

—¡Que te intranquiliza! —exclamó ella—. ¡A mí me vuelve loca la ansiedad! Seguro que no le has encontrado por el camino. Sé que es eso... Algo me lo dice.

—Pero, Sally, es imposible que no le viera por el camino... tú lo sabes bien.

—¡Ay, Dios mío, mío! ¿Qué dirá mi hermana? El niño seguramente ha llegado. Tienes que haberte cruzado con él. El...

—¡Oh, no me atormentes más de lo que ya lo estoy! No sé qué hacer. Estoy confuso y no me importa confesar que estoy muy asustado. ¡Pero no hay ninguna esperanza de que haya llegado! Porque no pudo llegar sin que yo le viera. Sally, es terrible, sencillamente terrible... ¡Algo malo ha sucedido al barco, no hay duda!

—¡Oyes, Silas! ¡Mira allí... al camino! ¿No se acerca alguien?

Se acercó de un salto a la ventana, a la cabecera de la cama, y de este modo dio a la señora Phelps la oportunidad que quería. Rápidamente ella se inclinó al pie de la cama, me dio un tirón sacándome fuera y, cuando el anciano se volvió de la ventana, la vio a ella risueña y radiante de satisfacción, y a mí a su lado, acobardado y sudoroso. El anciano caballero se quedó mirando como si viera visiones y dijo:

—Pero ¿quién es?

—¿A ti qué te parece?

—No tengo ni idea. ¿Quién es?

—¡Es *Tom Sawyer*!

¡Demontre, poco faltó para que me cayera de rondón al suelo! Pero no me dieron tiempo a expresar siquiera la consternación que aquella sorpresa me causaba: el anciano me cogió la mano, la apretó fuertemente y así continuó, mientras la mujer saltaba alrededor, riendo y llorando; ¡y cómo me acribillaron a preguntas acerca de Sid, de Mary y del resto de la tribu!

Pero su alegría no era nada comparada con la mía, porque era como haber nacido de nuevo. Me llenó de alborozo saber quién era yo. Bueno, me tuvieron bloqueado por espacio de dos horas y al fin, cuando me dolía la mandíbula y me abandonaban las fuerzas para seguir hablando de Tom Sawyer, les había contado más de lo que nunca ocurrió a seis familias Sawyer juntas. Y les expliqué todo acerca del cilindro que explotó en la embocadura del río Blanco, y que tardaron tres días en arreglar la avería, cosa que fue correcta y causó excelente impresión, porque ellos no tenían ni idea de que aquella avería tardara tres días en repararse. Si lo hubiera llamado matraz en lugar de cilindro, el resultado habría sido el mismo.

Ahora me sentía muy tranquilo por un lado y muy inquieto por otro. Ser Tom Sawyer resultaba agradable y sencillo, y siguió siéndolo hasta que oí el rumor de un vapor que navegaba río abajo... Entonces me dije: «¡Supón que viene Tom Sawyer en este barco! ¡Supón que entra aquí en cualquier momento y grita mi nombre antes de que tenga tiempo de hacerle un guiño para que se calle!» Bueno, no podía salir de ese modo, sería inadmisible. Tenía que ir a su encuentro al camino. De modo que dije a la familia que pensaba ir al pueblo en busca de mi equipaje. El anciano caballero se brindó a acompañarme, pero rehusé, naturalmente. Dije que conduciría yo mismo el caballo y que prefería que no se tomara ninguna molestia por mí.

Capítulo 33

De manera que me dirigí al pueblo en el carromato y, cuando estaba a mitad del camino, vi que se aproximaba otro carromato. En efecto, era Tom Sawyer y me detuve a esperar que se aproximara. Dije: «¡Alto!», su carromato se paró y él me miró con la boca abierta y así continuó sin decidirse a cerrarla. Tragó saliva dos o tres veces, como quien tiene la garganta seca, y al fin dijo:

—Nunca te he hecho daño, tú lo sabes. Entonces, ¿qué quieres de mí, por qué has vuelto?

Yo contesté:

—No he vuelto... porque no me he ido.

Cuando oyó mi voz se tranquilizó un poco, pero no estaba completamente satisfecho. Dijo:

—No me juegues ninguna mala pasada, porque yo no te la jugaría a ti... ¿Palabra de indio que no eres un fantasma?

—Palabra de indio que no lo soy —repliqué yo.

—Bien... este... yo... pues, yo... Bueno, sé que esto debería bastarme, pero no consigo comprenderlo. Mira, oye, ¿no te asesinaron?

—No, no me asesinaron... Los engañé. Acércate y tócame, si no me crees.

Lo hizo y se quedó satisfecho; y tanto se alegró de verme otra vez, que no sabía qué hacer. Y quiso saberlo todo en seguida, porque era una gran aventura, muy misteriosa, de las de su estilo. Pero le pedí que lo dejáramos para más tarde; y dije al conductor que esperase y nos alejamos un poco. Entonces le expliqué el apuro en que me encontraba y le pregunté qué creía que podíamos hacer. Me pidió que le dejara pensar un minuto sin molestarle. Después de meditar intensamente, dijo:

—Ya lo tengo. Mete mi baúl en tu carromato y hazles creer que es tuyo. Regresa despacio a casa para llegar a la hora a que te esperan, y yo iré un rato al pueblo. Entonces llegaré un cuarto de hora después que tú, y tú no me reconocerás en seguida.

—De acuerdo —dije yo—, pero aguarda un instante. Hay otra cosa... algo que sólo sé yo. Aquí hay un negro al que intento rescatar de la esclavitud... y se llama Jim... Es el Jim de la señorita Watson.

—¡Cómo! Pero si Jim es... —exclamó Tom.

Se calló y se puso a meditarlo. Yo le dije:

—Yo sé lo que vas a decirme. Dirás que es muy ruin, pero ¿y qué, si lo es? Yo soy ruin y pienso robarlo, y quiero que me guardes el secreto. ¿Lo harás?

Se le iluminaron los ojos y exclamó:

—¡Te ayudaré a robarlo!

Me quedé como si me hubiera pegado un tiro. Eran las palabras más sorprendentes que había oído en mi vida... Y debo confesar que Tom Sawyer quedó muy rebajado a mis ojos. Es que no lograba creerlo... ¡Tom Sawyer robando negros!

—¡Diantre! —exclamé—. ¡Tú bromeas!

—No es broma.

—Pues entonces —contesté—, sea broma o no lo sea, si oyes hablar de un negro fugitivo, no olvides que tú no sabes nada de él, y que tampoco yo sé nada de él.

Luego trasladamos el baúl a mi carromato y él se marchó por su camino y yo por el mío. Naturalmente, me olvidé de conducir despacio, porque iba muy contento y distraído, de manera que llegué a casa mucho antes de lo previsto para aquel recorrido. El anciano caballero, que estaba en la puerta, exclamó:

—¡Vaya, es extraordinario! ¿Quién hubiera creído que la yegua fuera capaz de hacerlo? Ojalá se me hubiera ocurrido fijarme en el tiempo que ha tardado. Y no viene sudada... En absoluto. ¡Es maravilloso! Bueno, ahora no aceptaría cien dólares por ella, palabra que no, a pesar de que la hubiera vendido por quince seguro de que me pagaban más de su valor.

Eso fue todo lo que dijo. Era el alma más buena y cándida que he conocido en mi vida. Pero no era sorprendente, porque además de granjero era predicador, y tenía una iglesia pequeñita en la plantación, cuya construcción había costeado él, para iglesia y escuela, y nunca cobraba nada por sus sermones, que valían lo suyo. Había infinidad de otros granjeros predicadores así, que hacían lo mismo allá, en el sur.

Al cabo de media hora el carromato de Tom se detuvo ante el portillo, y tía Sally lo vio por la ventana, porque sólo estaba a unas cincuenta yardas, y dijo:

—¡Vaya, viene alguien! ¿Quién es? Me parece que es forastero; Jimmy —éste era uno de los niños—, corre a decir a Lize que ponga otro plato en la mesa.

Todos corrieron hacia la puerta principal, porque, claro está, un forastero no llegaba por allí todos los años, de modo que despertaba, cuando llegaba, más interés que la fiebre amarilla. Tom había saltado por encima de la valla y se acercaba a pie hacia la casa. El carromato daba la vuelta en el camino, para regresar al pueblo, y todos nos apretujamos en la puerta. Tom llevaba puesto el traje nuevo y disponía de un público, cosa que siempre complacía a Tom Sawyer. Dadas las circunstancias, no había dificultad en echar al momento la dosis de comedia adecuada. No era muchacho para atravesar el patio dócilmente, como una oveja; no, se acercaba con calma, dándose aires de importancia, como si fuera un morueco.

Cuando estuvo ante nosotros, se quitó el sombrero con delicadeza, como si fuera la tapa de una caja con mariposas dormidas dentro y no quisiera despertarlas, y dijo:

—¿El señor Archibald Nichols, si no me equivoco?

—No, muchacho —contestó el anciano caballero—; lamento decirte que el conductor del carro te ha engañado. La casa de Nichols está tres millas más adelante... Pasa, pasa...

Tom miró atrás por encima del hombro y dijo:

—Ya es tarde para llamarle... Se ha perdido de vista.

—Sí, se ha ido, hijo mío. Entra y cenarás con nosotros. Después engancharemos el carro y te llevaré a casa de Nichols.

—¡Oh, no estaría bien causarle tantas molestias; ni pensarlo! Iré a pie... No me importa que esté lejos.

—No consentiremos que vayas a pie... Esta no es la hospitalidad de los del sur. Anda, entra.

—¡Oh, sí, entra! —dijo tía Sally—. No nos ocasionas ninguna molestia, ninguna, en absoluto. Tienes que quedarte. Es un largo camino de tres millas, polvoriento, y no podemos dejar que vayas a pie. Además, ya he dispuesto que pongan otro plato en la mesa cuando te vi acercar, de modo que no nos hagas un desaire. Pasa como si estuvieras en tu casa, muchacho.

De modo que Tom le dio las gracias con delicada cordialidad, se dejó convencer y entró; una vez dentro, dijo que era forastero, de Hicksville, Ohio, que se llamaba William Thompson... E hizo otra reverencia.

Bueno, siguió hablando, dale que dale, regodeándose al hablar de todas las personas de Hicksville que se inventaba, mientras yo iba poniéndome algo nervioso. Me preguntaba cómo podría sacarme del atolladero lo que hacía Tom. Por fin, sin dejar de hablar, se inclinó y besó a tía Sally en los labios, y después volvió a sentarse tan tranquilo en su silla, y se disponía a continuar charlando cuando ella se puso en pie de un salto, se restregó la boca con el dorso de la mano y exclamó:

—¡Crío impertinente!

Tom tenía una expresión apenada, y dijo:

—Me sorprende usted, señora.

—¿Que te...? ¡Vamos, es el colmo! ¿Por quién me tomas? De buena gana te cogería y... Di, ¿qué te has propuesto al besarme?

Con aparente humildad, Tom dijo:

—Nada, señora. No lo hice con mala intención. Yo... yo... pensé que a usted le gustaría.

—¡Oh... tonto de capirote! —Cogió una vara de hilar y daba la impresión de que le costaba grandes esfuerzos no atizarle con ella—. ¿Qué te hizo suponer que me gustaría?

—Pues no lo sé. Sólo que me... me... dijeron que le gustaría.

—¿Que te lo dijeron? El que fuera debía de ser otro loco. Nunca oí disparate mayor. ¿Quiénes fueron?

—Pues... todos; me lo dijeron todos, señora.

Se quedó boquiabierta, con los ojos relampagueantes, los dedos engarfiados como si fuera a arañarle, y dijo:

—¿Quiénes son todos? Di sus nombres... ¡o habrá un cretino menos en el mundo!

Tom se levantó, con aire apesadumbrado, manoseando su sombrero, y replicó:

—Lo siento, y no me lo esperaba. Me lo dijeron, me lo dijeron todos. Dijeron: «Dale un beso», y añadieron: «Le gustará.» Sí, lo dijeron todos y cada uno de ellos. Pero lo siento, señora, y no volveré a hacerlo, palabra...

—Conque no, ¿eh? ¡Por supuesto que no lo harás otra vez!

—No, señora, lo digo sinceramente. Nunca volveré a hacerlo... hasta que me lo pida usted.

—¿Que yo te lo pida? ¡No me faltaba más que esto por oír! ¡Te garantizo que serás el Matusalén de los estúpidos de la creación antes de que yo te lo pida a ti... o a cualquiera que se te parezca!

—Bueno —dijo él—, pues me sorprende mucho. No consigo entenderlo. Dijeron que le gustaría, y creí que sí le gustaría, pero... —Se interrumpió, miró lentamente a su alrededor como si buscara una mirada amistosa y, al captar la del anciano caballero, prosiguió—: ¿No ha creído usted que le gustaría que la besara, señor?

—Pues yo... La verdad, no; me parece que no...

Entonces Tom me miró a mí de igual modo y dijo:

—Tom, ¿no pensabas que tía Sally me abriría los brazos y diría: «¡Sid Sawyer!»?

—¡Válgame Dios! —exclamó la señora, abalanzándose sobre él—, ¡granujilla, desvergonzado; engañarla a una de ese modo...!

Y ya iba a abrazarle, cuando Tom la rechazó, diciendo:

—No, no, mientras usted no me lo pida.

Así que ella no perdió tiempo en pedírselo y le abrazó y le besó una y otra vez; después le hizo acercarse al anciano, y él tomó lo que quedaba. Después, cuando estuvieron algo más apaciguados, dijo ella:

—¡Hijo del alma, qué sorpresa me has dado! No te esperábamos a ti, solamente a Tom. Mi hermana no me escribió que viniera nadie más que él.

—Es que el propósito era de que solamente viniera Tom —dijo él—, pero supliqué tanto, que por fin me dejó venir también. De modo que mientras navegábamos río abajo Tom y yo pensamos que les daríamos una colosal sorpresa llegando él primero a su casa y que yo me dejara caer después como si fuera forastero. Pero fue un error, tía Sally. Este no es un sitio saludable para que venga un forastero.

—No... no para los mozalbetes impertinentes, Sid. Deberías llevarte una buena azotaina. No recuerdo haberme disgustado tanto como hace unos minutos... Pero no importa, no cuentan las condiciones... De buen grado soportaría mil bromas como ésta por tenerte aquí. ¡Cuando pienso en la comedia que has hecho! Confieso que me quedé petrificada de asombro cuando me diste el beso.

Comimos en el amplio corredor que comunicaba la casa con la cocina; y en aquella mesa había manjares suficientes para siete familias... y calientes, además. Nada de esa carne blanducha que ha estado guardada en una alacena en un sótano húmedo toda la noche, y que a la mañana siguiente sabe a tajada de caníbal fría.

El tío Silas bendijo la comida con unas palabras bastante largas, pero valieron la pena, y mientras hablaba la comida no se enfrió ni pizca, al contrario de lo que he visto ocurrir infinidad de veces cuando hay esa clase de interrupciones.

Se habló mucho durante toda la tarde, y en todo momento Tom y yo estuvimos alertas, pero fue inútil, pues nada dijeron acerca de un negro fugitivo, y nos daba miedo encauzar la conversación hacia este tema. Pero por la noche, durante la cena, uno de los chicos dijo:

—Papá, ¿podemos ir Tom, Sid y yo a la función?

—No —contestó el anciano—, creo que no la habrá, y aunque la dieran no podríais ir, porque el negro fugitivo nos contó a Burton y a mí todo acerca de esa escandalosa función, y dijo Burton que lo diría a todo el mundo, de manera que me figuro que a estas horas ya habrán echado del pueblo a esos audaces sirvengüenzas.

¡Así estaban las cosas...! Pero yo nada podía hacer para impedirlo. Tom y yo íbamos a dormir en la misma habitación y la misma cama, de modo que, como estábamos cansados, les dimos las buenas noches y subimos en seguida a nuestro cuarto, nos descolgamos por la ventana, por el pararrayos, y nos encaminamos hacia el pueblo, porque no creía que nadie pusiera sobre aviso al rey y al duque, de manera que, si no me apresuraba a hacerlo yo, tendrían indudablemente un jaleo morrocotudo.

Por el camino Tom me contó por qué se suponía que me habían asesinado, que papá había desaparecido poco después y que no volvió a vérsele, y que la fuga de Jim causó un gran revuelo. Y yo hablé a Tom de los granujas de *La sin par realeza* y el viaje en balsa todo lo que me permitió el tiempo, porque estaba a la mitad del relato cuando llegamos al pueblo.

Eran alrededor de las ocho y media. De pronto apareció una muchedumbre, con antorchas, lanzando espantosos aullidos y golpeando cacerolas y tocando bocinas, y cuando nos hicimos a un lado para dejarles paso vi que llevaban al rey y al duque a horcajadas encima de un palo, es decir, supe que eran ellos a pesar de que iban embadurnados de alquitrán y cubiertos de plumas, y no tenían aspecto humano: únicamente parecían un par de monstruosos penachos de soldados. Bueno, verles de aquel modo me puso enfermo, y me compadecí de los desdichados bribones. Parecía como si nunca pudiera sentir antipatía hacia ellos. Daba horror ver aquello. Los seres humanos pueden ser terriblemente crueles unos con otros.

Nos dimos cuenta de que llegábamos demasiado tarde, nada podíamos hacer por ellos. Preguntamos a unos rezagados y nos dijeron que todo el mundo asistió a la función con aire inocentón, que permanecieron todos inmóviles, al acecho hasta que el pobre rey estaba dando brincos y volteretas en el escenario, que entonces alguien dio la señal y todos los presentes se levantaron a una y cayeron sobre los artistas.

De modo que echamos a andar hacia casa, y yo no me sentía tan impetuoso como antes, sino bastante ruin, rastrero y culpable en cierto modo, aunque nada hubiera hecho. Pero es lo que ocurre siempre. Nada importa que uno obre bien o mal; la conciencia de uno no tiene sentido común, y *en cualquier caso* la toma con uno. Si yo tuviera un perro agüinado que supiera tanto como la conciencia de una persona, lo envenenaría. Ocupa dentro de uno más sitio que todo lo demás, y, sin embargo, no sirve para nada. Y Tom Sawyer dice lo mismo.

Capítulo 34

Dejamos de hablar para pensar. Al poco rato dijo Tom:

—¡Oye, Huck, qué tontos somos; no habérsenos ocurrido antes! Apuesto a que sé dónde está Jim.

—¡No! ¿Dónde?

En la cabaña que hay junto al recipiente de las cenizas. Mira, cuando comíamos ¿no viste a un negro que iba allí con provisiones?

—Sí.

—¿Para quién pensaste que sería la comida?

—Para un perro.

—Yo pensé lo mismo. Bueno, pues no era para un perro.

—¿Por qué?

—Porque llevaba melón.

—Sí... ya me fijé. ¡Vaya, ésta sí que es buena! No se me ocurrió que un perro no come melón. Esto demuestra que uno puede mirar y no ver nada.

—Bueno, el negro abrió con llave el candado cuando entró y volvió a cerrarlo cuando salió. Dio al tío una llave cuando nos levantábamos de la mesa... Supongo que era la misma llave. El melón revela un hombre, el candado revela un prisionero, y es poco probable que haya dos prisioneros en una plantación tan pequeña, donde la gente es tan buena y caritativa. Jim es el prisionero. Correcto... Me alegro de haberlo descubierto al estilo de los detectives. Los demás procedimientos no me importan un bledo. Ahora haz trabajar el cerebro y traza un plan para rescatar a Jim, que yo también trazaré otro. Después nos decidiremos por el mejor.

¡Qué cabeza tenía para ser un muchacho! Si yo tuviera la cabeza de Tom Sawyer, no la cambiaría por ser un duque, o piloto de un vapor, ni payaso de circo, ni por nada que se me ocurre. Me puse a pensar un plan, pero sólo por hacer algo. Sabía perfectamente de dónde saldría el plan bueno. A poco dijo Tom:

—¿Listo?

—Sí —contesté.

—Bueno... pues di lo que has pensado.

—Este es mi plan —dije—: Nos será fácil saber si Jim está allí dentro. Luego, mañana por la noche ponemos a flote mi canoa y traemos la balsa desde la isla. Después, a la primera noche oscura, quitamos la llave al viejo de los pantalones, cuando se haya acostado, y nos largamos río abajo con Jim, ocultándonos de día y navegando por las noches, como lo hacíamos Jim y yo. ¿No saldría bien ese plan?

—¿Salir bien? Sí, seguro, tan bien como una pelea de ratas. Pero es endiabladamente sencillo; no tiene nada. ¿Qué puede tener de bueno un plan que da tan pocos quebraderos de cabeza? Es tan flojo como la leche de oca. Vamos, Huck, daría tanto que hablar como el asalto a una fábrica de jabón.

No dije ni media palabra, porque no esperaba nada diferente, pero sabía perfectamente que cuando él tuviera listo su plan no presentaría ninguna de aquellas dificultades.

Y no las tuvo. Me dijo de qué se trataba y comprendí al instante que valía por quince de los míos en cuanto a estilo, y que haría de Jim un hombre tan libre como yo, y que acaso nos costaría la muerte a todos. De modo que me di por satisfecho y dije que ¡adelante con su plan! No hace falta decir ahora de qué se trataba, porque sabía que surgirían cambios. Estaba seguro de que, según lo lleváramos a la práctica, Tom lo cambiaría de algún modo, salpimentándolo de nuevas temeridades a la primera oportunidad. Y eso fue lo que hizo.

Bueno, una cosa era cierta: que Tom Sawyer estaba decidido en serio a ayudar a robar a un negro rescatándolo de la esclavitud. Aquello era demasiado para mí. He aquí a un muchacho respetable, bien criado, que podía perder su reputación y la de su familia, que no era un zoquete, sino muy inteligente, bondadoso y no rastrero; y, a pesar de todo, he aquí que no tenía presente el orgullo, ni la rectitud, ni los sentimientos para lanzarse a aquella empresa que cubriría de vergüenza a él y a su familia ante el mundo entero. No podía comprenderlo de ningún modo. Era espantoso, y yo sabía que debía decírselo para demostrar que era leal amigo suyo, convencerlo para que dejara las cosas como estaban y salvarlo. Y empecé a decírselo, pero me hizo callar, replicando:

—¿No ves que sé lo que me hago? ¿No lo sé siempre?

—Sí.

—¿No te dije que iba a ayudarte a salvar al negro?

—Sí.

—Pues, entonces...

Eso fue todo lo que dijo, y todo lo que dije yo. Hablar más era inútil, porque, si Tom decía que haría algo, siempre lo hacía. Pero yo no conseguía entender por qué se prestaba a hacer aquello, de modo que decidí olvidarlo y no volver a pensar en ello. Si él estaba decidido a hacerlo, yo no podía impedirlo.

Cuando llegamos a la finca, la casa estaba a oscuras y silenciosa. Bajamos hasta la cabaña para examinarla. Atravesamos el patio para ver qué hacían los perros. Nos conocían y no hicieron más ruido que el que suelen hacer los perros del campo cuando pasa alguien por la noche. Cuando llegamos a la cabaña, examinamos la parte delantera y los laterales. A un lado que yo no había visto antes, orientado al norte, descubrimos una ventana cuadrada, situada a regular altura, cruzada solamente por una sólida tabla claveteada. Dije yo:

—Ahí lo tienes. Este boquete es lo bastante ancho para que salga Jim, si arrancamos la tabla.

—Es tan fácil como jugar a las cuatro esquinas o hacer novillos en la escuela. Yo espero encontrar un medio algo más complicado que éste, Huck Finn.

—Bueno —repliqué yo—, entonces, ¿qué te parecería sacarlo serrando los troncos, como lo hice yo antes de que me asesinaran?

—No está mal del todo —dijo Tom—. Es acertado, tiene misterio, complicaciones. Pero apuesto a que podemos encontrar una solución mejor. No hay ninguna prisa; sigamos mirando por ahí.

Entre la cabaña y la valla, en la parte de atrás, había un colgadizo que unía la cabaña al alero, hecho de tablas. Era tan largo como la cabaña, pero estrecho... Solamente de unos seis pies de anchura. La puerta estaba en el extremo sur y cerrada con candado. Tom se acercó a la marmita del jabón, buscó alrededor y retiró la palanca de hierro con la que levantaban la tapa. Con ella arrancó una de las argollas. Cayó la cadena, abrimos la puerta y entramos, después la cerramos y encendimos una cerilla. Vimos que el cobertizo estaba construido contra la cabaña y que no tenía acceso a ella. No había suelo en el cobertizo; ni nada, excepto unas azadas desgastadas y enmohecidas, palas, picos y un arado inservible. Se apagó la cerilla y nosotros salimos, colocamos de nuevo la argolla en su sitio y la puerta quedó tan bien cerrada como antes. Tom rebosaba contento. Y dijo:

—Todo va bien. Para sacarlo, cavaremos. ¡Nos llevará aproximadamente una semana conseguirlo!

Entonces nos encaminamos hacia la casa y yo entré por la puerta de atrás —no hay más que tirar de una aldaba de piel, no echan nunca el cerrojo a las puertas—, pero no resultaba bastante romántico para Tom Sawyer: Nada podía satisfacerle más que encaramarse por el pararrayos. Pero, después de fracasar tres veces consecutivas, cayéndose cuando había subido a la mitad del camino, acabó creyendo que mejor haría renunciando, porque en la última tentativa poco faltó para que se rompiera la crisma. Sin embargo, cuando hubo descansado, dijo que tentaría de nuevo la suerte, y esta vez llegó hasta arriba.

Por la mañana nos levantamos al romper el día y bajamos a las cabañas de los negros para acariciar los perros y hacernos amigos del negro que daba de comer a Jim..., si es que era Jim el prisionero. Los negros estaban terminando de desayunar y se preparaban para ir a los campos; el negro de Jim estaba llenando una cazuela con pan, carne y otras cosas. Y, mientras los demás se marchaban, llegó la llave desde la casa.

Ese negro tenía una cara bondadosa y aire de cabezota; y llevaba los cabellos atados en pequeños manojitos con hilo, lo cual servía para ahuyentar a las brujas. Decía que las brujas le fastidiaban mucho, haciéndole ver toda suerte de cosas extrañas, y que por su culpa oía palabras misteriosas y ruidos raros, y que no recordaba haberse sentido embrujado tanto tiempo en toda su vida. Llegó a animarse tanto hablándonos de sus peripecias, que se olvidó por completo de lo que iba a hacer. De modo que Tom le dijo:

—¿Para quién es la comida? ¿Para los perros?

Asomó a sus labios una sonrisa, que se extendió gradualmente por su cara, lo mismo que cuando uno tira una tejuela en un charco fongoso, y contestó:

—Sí, amito Sid, para un perro. Y un perro muy extraño, además. ¿Quiere verlo?

—Sí.

Di un codazo a Tom, susurrándole:

—¿Irás ahora, a la luz del día? Ese no era el plan.

—No lo era... pero lo es ahora.

De modo que, ¡maldita sea!, allí fuimos, pero no me gustaba ni tanto así. Cuando entramos, apenas pudimos ver nada, tan oscuro estaba todo, pero allí estaba Jim, seguro, y pudo vernos, porque gritó:

—¡Huck! Y, ¡válgame el cielo!, ¿no es el amito Tom?

Sabía que pasaría eso, lo esperaba. No sabía qué hacer, y, aunque lo hubiera sabido, no habría podido hacerlo, porque aquel negro exclamó, a punto de estallar:

—¡Dios mío! ¿Los conoce, caballeros?

Podíamos ver con bastante claridad. Tom miró al negro, sereno, con aire de sorpresa, y preguntó:

—¿Quién nos conoce a nosotros?

—Pues ese negro fugitivo.

—No lo creo, pero, ¿quién le ha metido eso en la cabeza?

—¿Cómo que quién me ha...? Hace un momento ha gritado que los conocía, ¿no?

Tom replicó en tono de perplejidad:

—Pues sí que es chocante. ¿Quién lo ha gritado? ¿Cuándo lo gritó? ¿Qué gritó? —y, volviéndose hacia mí, con la mayor tranquilidad, me preguntó—: ¿Has oído que alguien gritara?

Claro está que no podía contestar más que una cosa, de modo que dije:

—No, yo no he oído que nadie dijera nada.

Luego se volvió a Jim y, mirándole como si le viera por primera vez, preguntó:

—¿Has gritado tú?

—No —contestó Jim—, yo no he dicho nada, señor.

—¿Ni una palabra?

—No, señor, ni una palabra.

—¿Nos habías visto antes?

—No, señor; que yo sepa, no.

Entonces Tom se volvió hacia el negro, que parecía alterado y atormentado, y le dijo en tono más bien severo:

—¿Qué te pasa? ¿Qué te ha hecho imaginar que alguien había hablado?

—¡Oh, son esas condenadas brujas, señor, y ojalá estuviera muerto, ojalá! No me dejan en paz, van a matarme con tanto susto. Por favor, no hable a nadie de eso, señor, o el anciano amo Silas me regañará porque dice que no hay brujas. ¡Quisiera que él estuviera aquí ahora! ¡Veríamos qué diría entonces! Apuesto a que esta vez sería incapaz de encontrarle salida. Pero siempre pasa lo mismo: la gente que es dura de mollera sigue siéndolo. No quieren descubrir nada por sí mismos, y cuando uno lo descubre y se lo dice, ellos no le creen a uno...

Tom le dio diez centavos y le aseguró que no hablaría de aquello con nadie; y le dijo que se comprara más hilo para atarse más ricitos del pelo. Luego miró a Jim, diciéndole:

—Me pregunto si tío Silas colgará a este negro. Si capturase a un negro tan ingrato como para fugarse, yo no lo entregaría, lo colgaría.

Y mientras el negro se acercaba a la puerta para examinar la moneda y morderla para ver si era buena, Tom susurró a Jim:

—No digas que nos conoces. Y, si por la noche oyes cavar, somos nosotros. Vamos a ponerte en libertad.

Jim sólo tuvo tiempo de cogernos la mano y darnos un apretón; luego volvió el negro y dijimos que volveríamos otro día, si él nos dejaba. Y él contestó que desde luego, sobre todo si era de noche, porque las brujas la emprendían con él principalmente a oscuras, y que era conveniente tener gente a su alrededor.

Jim salió acercándose a mí con los brazos abiertos. Estaba rebosante de alegría, pero, al verle a la luz de un relámpago, el corazón se me subió a la garganta y caí de espaldas al agua. (pág. 153)

Capítulo 35

Faltaba una hora para desayunar, de modo que nos marchamos y nos adentramos en el bosque, porque Tom dijo que necesitaríamos alguna luz para cavar, y que una linterna hace demasiada y podría comprometernos. Lo ideal sería un montón de leña podrida, que produce una especie de resplandor cuando está en un sitio oscuro. Recogimos una brazada y la ocultamos en la maleza. Nos sentamos a descansar y Tom dijo bastante satisfecho:

—¡Demontre, todo este asunto no puede ser más fácil ni ridículo! Por esto resulta tan condenadamente difícil conseguir un plan difícil. No hay vigilante al que drogar... porque debería haber un vigilante. Ni siquiera hay un perro al que darle alguna pócima para que se duerma. Y ahí tenemos a Jim encadenado por una pierna a la pata de su cama. Bueno, no hay más que alzar la cama y sacar la cadena. Y tío Silas confía en todo el mundo, da la llave a ese cabezota del negro y no ordena que nadie vigile a éste. Jim habría podido salir por aquel boquete mucho antes de ahora, sólo que era inútil viajar arrastrando una cadena de diez pies sujeta a la pierna. ¡Caray, Huck, es el asunto más estúpido que he visto jamás! Uno tiene que inventarse todas las dificultades. Bueno, no podemos remediarlo, hay que sacar el máximo partido a los materiales de que disponemos. En todo caso, es mucho más honroso sacarle a costa de dificultades y peligros, de los que la gente que tenía el deber de brindar no ha puesto ni uno, de modo que uno tiene que devanarse los sesos para encontrarlos. Fíjate en lo de la linterna. Si examinamos fríamente los hechos, hemos de fingir que una linterna es peligrosa. ¡Pero si podríamos trabajar con una procesión de linternas si quisiéramos! Ahora caigo en la cuenta de que a la primera oportunidad hemos de escamotear algo con lo que improvisar una sierra.

—¿Para qué queremos una sierra?

—¿Que para qué? ¿Acaso no vamos a serrar la pata de la cama de Jim para quitarle la cadena?

—¡Pero si tú mismo acabas de decir que cualquiera puede quitársela levantando solamente la pata de la cama!

—¡Vaya, hay que ver, cómo eres, Huck Finn! Para hacer cualquier cosa se te ocurren ideas de párvulo. ¿Es que nunca has leído libros? ¿Del barón Trench, de Casanova, de Benvenuto Cellini, de Enrique IV, ni de ninguno de esos héroes? ¿Has oído decir alguna vez que se dejara libre a un prisionero de un modo tan anticuado? No, lo que hacen los entendidos es serrar la pata de la cama en dos, dejándola tal cual, y se tragan el serrín para que no lo encuentren, y ponen porquería en el sitio aserrado para que ni la persona más sagaz encuentre indicios de que ha sido serrado, y crea que la pata de la cama está intacta. Después, cuando llega la noche señalada, echas abajo la pata de un puntapié, te quitas la cadena y en paz. Después no tienes más que enganchar la escalera de cuerda a las almenas, descolgarte por ella, romperte la pierna en el foso —porque debes saber que una escalera de cuerda es diecinueve pies demasiado corta—, y allí están tus caballos y tus leales vasallos, y te sostienen, te suben encima de una silla de montar y a galopar se ha dicho, hacia tu nativo Languedoc, Navarra o cualquier otro sitio. Es colosal, Huck. ¡Ojalá hubiera un foso junto a esa cabaña! Si nos da tiempo, la noche de la fuga cavaremos uno.

Yo dije:

—¿Para qué queremos un foso, si le sacaremos a rastras por debajo de la cabaña?

Tom ni me oyó. Se había olvidado de mí y de todo lo demás. Apoyaba la barbilla en la mano y pensaba. Poco después suspiró, movió la cabeza, suspiró otra vez y dijo:

—No, no serviría... No es necesario hacerlo, después de todo...

—¿Hacer qué? —pregunté.

—Pues serrarle la pierna a Jim —contestó Tom.

—¡Cielos! —exclamé—. ¡Claro que no es necesario! Y, bueno, ¿para qué habías de serrarle la pierna?

—Lo han hecho los más entendidos. No podían quitarse la cadena, de modo que se cortaban la mano y listos. Y, tratándose de una pierna, sería mejor. Pero eso lo dejaremos. No es necesario en este caso. Además, Jim es un negro y no sabría entender los motivos, ni que es una costumbre en Europa, de modo que lo dejaremos. Pero hay una cosa... Puede tener una escalera de cuerda; la haremos con nuestras sábanas muy fácilmente. Y se la enviaremos dentro de un pastel, pues casi siempre se hace así. Y yo he comido pasteles peores.

—¡Tom Sawyer, cómo hablas! —dije—. Jim no necesita una escalera de cuerda.

—Tiene que necesitarla. ¡Cómo hablas tú! Mejor sería que confesaras que no entiendes de eso. El tiene que tener una escalera de cuerda, la tienen todos.

—¿Y qué diablos hará Jim con esa escalera?

—¡Toma, supongo que puede esconderla en su cama! ¿Verdad que sí puede? Es lo que siempre hacen, y él tiene que hacerlo también. Huck, nunca quieres hacer las cosas bien, siempre quieres empezar algo nuevo. Supongamos que él no hace nada con la escalera de cuerda. ¿No quedará como pista en su cama después que él se escape? ¿Te figuras que no necesitarán pistas? ¡Pues claro que sí! ¿No vas a dejarles ninguna? ¡Sería una faena! ¿Te parecería bonito no dejarles ni una triste pista?

Vamos, yo nunca vi nada igual.

—Bueno —dije—, si éstas son las reglas y Jim tiene que tener la escalera, pues que la tenga, porque no quiero faltar a las reglas, pero hay una cosa, Tom Sawyer: si empezamos a rasgar nuestras sábanas para hacerle a Jim una escalera de cuerda, tendremos disgustos con tía Sally, tan seguro como que has nacido. Mira, a mí me parece que una escalera de corteza de nogal no cuesta nada meterla en un pastel y esconderla en un colchón de paja como cualquier escalera de sábanas y todo eso; en cuanto a Jim, no tiene experiencia y, por lo tanto, a él

¿qué más le da que...?

—¡Oh, diantre, Huck Finn; si fuera tan ignorante como tú, me callaría... eso es lo que haría! ¿Dónde se ha visto que un prisionero de Estado se fugue por una escalera de corteza de nogal? ¡Es sencillamente ridículo!

—Bueno, de acuerdo, Tom; hazlo a tu manera, pero sigue mi consejo y déjame que «tome prestada» una sábana del tendedero de ropa.

Tom dijo que estaba de acuerdo. Y eso le dio otra idea, y dijo:

—Coge prestada una camisa también.

—¿Para qué queremos una camisa, Tom?

—Para que Jim escriba en ella su diario.

—¡Y un pepino! ¡Jim no sabe escribir!

—Supongamos que no sabe escribir... Pero podrá hacer marcas en la camisa, ¿no? Si nosotros le hacemos una pluma con una vieja cuchara de peltre o un trozo de argolla de hierro de barril...

—Oye, Tom, podemos arrancar una pluma a un ganso y hacerle otra pluma mejor y, además, más rápidamente.

—Los prisioneros no disponen de gansos que correteen por sus mazmorras para que ellos puedan arrancarles plumas, majadero. Siempre hacen sus plumas con el trozo más duro y difícil de candelero de bronce o de lo que cae en sus manos; y tardan en hacerlo semanas y más semanas, meses y más meses, porque tienen que darle forma de pluma frotándolo contra la pared. Ellos no utilizarían una pluma de ganso, aunque la tuvieran. Va contra el reglamento.

—Bueno, entonces, ¿de qué le haremos la tinta?

—Muchos la hacen con una mezcla de moho y lágrimas, pero eso corresponde a los más vulgares y a las mujeres. Los entendidos utilizan su propia sangre. Jim puede hacer esto y, cuando quiera enviar algún pequeño mensaje misterioso para descubrir al mundo entero dónde se encuentra cautivo, puede escribirlo con un tenedor en el fondo de una escudilla de hojalata y arrojarla por la ventana. «Máscara de Hierro» lo hacía así y, desde luego, es un sistema condenadamente bueno.

—Jim no tiene escudillas de hojalata. Le dan la comida en una cazuela.

—No importa, podemos conseguirle algunas escudillas.

—¿Y podrán leerse sus escudillas?

—Eso no tiene nada que ver con esto, Huck Finn. Todo lo que él tiene que hacer es escribir en la escudilla y arrojarla afuera. Lo de menos es que puedas leerla. ¡Caray, la mitad de las veces es imposible leer lo que un prisionero escribe en una escudilla de hojalata o en otra parte!

—Bueno, pues sí, ¿tiene sentido que las desperdiciemos?

—¡Demontre, al fin y al cabo las escudillas no son del prisionero!

—Pero sí serán de alguien, ¿no?

—Bueno, supongamos que sí... ¿Y qué le importa al prisionero de quién...?

Se interrumpió porque habíamos oído el cuerno llamándonos a

desayunar. De modo que corrimos hacia la casa.

Por la mañana cogí «prestadas» una sábana y una camisa blanca del tendedero de ropa; encontré un saco viejo y las metí dentro, y fuimos en busca de la leña y la guardamos dentro también. Lo llamaba «tomar prestado» porque así era cómo lo llamaba papá siempre, pero Tom dijo que no era eso, sino robar. Dijo que representábamos a los prisioneros, y que a los prisioneros les tiene sin cuidado conseguir algo del modo que sea, y que además nadie les censura por ello.

Dijo Tom que no era un crimen que un prisionero robara lo que necesitaba para fugarse; estaba bien, de modo que, mientras representáramos a un prisionero, teníamos perfecto derecho a robar lo que fuera por su cuenta a fin de escaparnos de la prisión. Dijo que las cosas cambiarían si nosotros no fuéramos prisioneros, y que nadie que no fuera vulgar y rastrero robaría no siendo un prisionero. Por lo tanto, convinimos en que robaríamos todo lo que tuviéramos a mano.

Sin embargo, un día, después de eso, Tom armó un alboroto cuando yo robé una sandía del huerto de los negros y me la comí; y me obligó a dar diez centavos a los negros sin decirles por qué. Dijo Tom que había querido decir que podíamos robar todo aquello que necesitáramos. Yo repliqué que necesitaba la sandía, pero él dijo que no la necesitaba para salir con ella de la prisión, y que ahí estaba la diferencia. Añadió que si yo la hubiera querido para esconder dentro un cuchillo y pasárselo de contrabando a Jim para matar con él al senescal, todo estaría muy bien. Por lo tanto, lo dejé, aunque no le veía la ventaja a lo de representar a un prisionero, si tenía que sentarme y devanarme los sesos con tantas diferencias sutiles como aquélla cada vez que se me presentaba la ocasión de escamotear una sandía.

Bueno, como iba diciendo, esa mañana esperamos hasta el mediodía, cuando todos estaban afanados trabajando y en el patio no había nadie a la vista. Entonces Tom llevó el saco dentro del colgadizo mientras yo permanecía a pocos pasos, montando guardia. A poco salió y nos fuimos a sentar sobre la pila de leña para hablar.

Dijo Tom:

—¡Sin novedad por ahora! Será fácil arreglar lo de las herramientas...

—¿Herramientas? —pregunté yo.

—Sí.

—¿Para qué?

—¡Pues para cavar, hombre! No vamos a sacarle abriendo el boquete a mordiscos, ¿verdad?

—Y esos picos rotos y todo lo que hay allí dentro, ¿no basta para rescatar a un negro? —pregunté.

Tom se volvió para mirarme con tanta piedad, que le entraban a uno ganas de llorar, y dijo:

—Huck Finn, ¿has oído decir alguna vez que un prisionero tenga picos, palas y todas las ventajas modernas en su ropero para escaparse cavando? Ahora quiero preguntarte si es que tienes una pizca de sentido común, cómo crees que de ese modo podría llegar a héroe. Vaya, no faltaría sino que le dieran la llave para que saliese. Picos y palas... ¡No se los proporcionarían ni a un rey!

—Bueno —dije yo—, ¿entonces, si no necesitamos los picos y las palas, qué necesitamos?

—Un par de cuchillos.

—¿Para socavar con ellos los cimientos de esa cabaña?

—Sí.

—¡Corcho, esto es absurdo, Tom!

—Me trae sin cuidado que lo sea o no; así es como hay que hacerlo... según las reglas. Y no hay otra solución, que yo sepa, y he leído todos los libros que informan sobre esas cosas. Ellos siempre cavan con un cuchillo, y no vayas a creer que tierra simplemente, sino roca sólida. Y tardan semanas, semanas y más semanas, eternizándose... Fíjate, por ejemplo, en uno de los prisioneros de la mazmorra más profunda del castillo de If, en el puerto de Marsella, que se escapó cavando de ese modo. ¿Cuánto tiempo supones tú que tardó?

—No lo sé.

—Bueno, di lo que te parezca...

—No lo sé... ¿Un mes y medio, acaso?

—Treinta y siete años... y salió en China. Eso sí que vale. ¡Ojalá los cimientos de esta fortaleza fueran roca sólida!

—Jim no conoce a nadie en China.

—¿Y eso qué tiene que ver con lo otro? Tampoco aquel otro tipo. Siempre te apartas del asunto. ¿Por qué no te ciñes al asunto principal?

—Bueno... a mí no me importa por donde salga, con tal de que salga. Y a Jim tampoco le importa, supongo. Pero hay otra cosa... Jim es demasiado viejo para cavar con un cuchillo. No durará mucho.

—Sí que durará. No irás a figurarte que le llevará treinta y siete años socavar unos cimientos de simple tierra, ¿verdad?

—¿Cuánto tiempo le llevará entonces, Tom?

—La verdad, no podemos arriesgarnos a prolongar tanto el asunto como debiéramos, porque tío Silas no tardará mucho en tener noticias de Nueva Orleans. Se enterará de que Jim no es de allá. Luego lo primero que hará será anunciar a Jim o algo parecido. Por lo tanto, no podemos correr el riesgo de dejar que cave tanto tiempo como es debido. Calculo que deberíamos tardar un par de años, pero no es posible. Las cosas están tan inseguras, que aconsejo lo siguiente: que cavemos en seguida, lo más de prisa que podamos; que después simulemos para nosotros mismos que estuvimos haciéndolo treinta y siete años. Después lo sacamos de allí y lo ayudamos a poner pies en polvorosa al primer indicio de alarma. Sí, me parece que esto es lo mejor.

—Vaya, eso ya tiene sentido —dije yo—. Simular no cuesta nada; simular no trae complicaciones, y si hay alguna dificultad, no me importa simular que tardamos ciento cincuenta años. Puesto a ello no me ocasionaría ninguna molestia. Bueno, ahora iré a escamotear un par de cuchillos.

—Escamotea tres —dijo Tom—; necesitamos uno para hacer una sierra.

—Tom, si no va contra las reglas ni es irreligioso —dije yo—, hay una vieja hoja de sierra oxidada clavada en la solapadura de tablas, allí, detrás de la cabaña de ahumar.

El asumió una expresión de hastío y desaliento, y dijo:

—Es inútil tratar de enseñarte nada, Huck. Anda, corre a escamotear los cuchillos... Que sean tres.

De modo que lo hice.

Capítulo 36

En cuanto calculamos que todos dormían aquella noche, nos descolgamos por el pararrayos y nos escerramos en el cobertizo, prendimos la leña y nos pusimos al trabajo. Apartamos todas las cosas para que no nos estorbaran unos cuatro o cinco pies alrededor del centro del tronco inferior. Tom dijo que estaba justamente detrás de la cama de Jim, y que saldríamos cavando debajo de ella, que cuando termináramos nadie sospecharía nunca que hubiese algún boquete en la cabaña, porque las ropas de la cama llegaban casi hasta el suelo y tendrían que levantarlas para ver debajo el boquete. De modo que cavamos y cavamos con los cuchillos, casi hasta la medianoche; entonces estábamos ya rendidos y teníamos las manos llenas de ampollas, y casi no se notaba que hubiéramos hecho algo. Por fin dije:

—Esto no es trabajo para treinta y siete años, lo es para treinta y ocho, Tom Sawyer.

Nada objetó. Pero suspiró y muy pronto dejó de cavar, y entonces, durante un buen rato, supe que estaba pensando. Luego dijo:

—Es inútil, Huck, esto no da resultado. Lo daría si fuéramos prisioneros, porque entonces dispondríamos de los años que quisiéramos y sin prisas, y nada más tendríamos que cavar unos minutos al día mientras los guardias se relevaban, de modo que no se nos llenarían de ampollas las manos y podríamos seguir adelante año tras año, y hacerlo a conciencia, como es debido. Pero nosotros no podemos tomarlo con calma, debemos darnos prisa, pues no nos queda tiempo que perder. Otra noche como ésta y tendríamos que descansar una semana entera para esperar que se curasen las llagas de las manos... Antes de eso no podríamos sostener siquiera un cuchillo.

—Bueno, entonces, ¿qué vamos a hacer, Tom?

—Te lo diré. No está bien y es inmoral, y no querría que la cosa se supiera... Pero sólo hay un medio: hemos de sacarle cavando con los picos y simular que son cuchillos.

—¡Ahora sí que hablas bien! —exclamé—. Cada vez se te aclaran más las ideas, Tom Sawyer. Con moral o sin ella, los picos es lo que necesitamos. En cuanto a mí, me importa un comino la moralidad que haya en eso. Cuando me lanzo a robar a un negro, una sandía o un libro de la escuela dominical, no reparo en medios con tal de hacerlo. Yo quiero a mi negro, mi sandía o mi libro de la escuela dominical y, si un pico es la cosa más a mano para conseguirlos, lo empleo. Y me importa además un rábano lo que piensen los entendidos.

—Bueno —contestó Tom—, hay una excusa para utilizar los picos y simular en un caso como éste. Si no la hubiera, no aprobaría el sistema ni permitiría que faltásemos a las reglas... porque lo que es justo es justo, y lo que no lo es no lo es, y uno no tiene por qué obrar mal si no es un ignorante y sabe su obligación. De ti podría esperarse que rescataras a Jim cavando con un pico sin fingimiento alguno, porque no sabes hacer nada mejor, pero de mí no, porque yo sí lo sé. Dame un cuchillo.

El tenía el suyo al lado, pero le pasé el mío. Lo echó al suelo repitiendo:

—Dame un cuchillo.

No sabía qué hacer... Entonces se me ocurrió una idea. Revolví entre las viejas herramientas, cogí un pico y se lo di. Tom lo cogió y se puso a trabajar sin decir media palabra.

El era muy suyo. Cargado de principios.

Bueno, entonces cogí una pala y trabajamos afanosamente con el pico y la pala, turnándonos. Continuamente así durante media hora, que era el tiempo que podíamos soportar, pero habíamos hecho un boquete muy respetable. Cuando subí al cuarto, me asomé a la ventana y vi a Tom sacando fuerzas de flaqueza para subir por el pararrayos, pero no lo conseguía, tenía las manos completamente llagadas. Al fin dijo:

—Es inútil, así es imposible. ¿Qué crees que es lo mejor? ¿Se te ocurre algo?

—Sí —contesté—, pero me figuro que va contra el reglamento. Que subas por la escalera y finjas que es un pararrayos.

Y lo hizo. Al día siguiente Tom robó una cuchara de peltre y un candelero de bronce en la casa para hacer algunas plumas para Jim, y seis velas de sebo. Yo estuve rondando las cabañas de los negros en espera de una oportunidad, y robé tres escudillas de hojalata. Tom dijo que no bastaban, pero yo dije que nadie vería las que Jim arrojaría por la ventana, porque caerían en la perrera y las plantas de estramonio... Que luego podía recogerlas para utilizarlas de nuevo. Eso dejó a Tom satisfecho, y dijo:

—Ahora lo que debemos estudiar es el modo de hacer llegar las cosas a Jim.

—Pásaselas por el boquete —dije yo—, cuando lo terminemos.

Se limitó a dirigirme una mirada desdeñosa, y farfulló algo acerca de que jamás había oído una idea más majadera; y después nos pusimos a examinar la situación. No tardó en decir que tenía a punto dos o tres planes, pero que aún era innecesario elegir uno de ellos. Añadió que antes debíamos avisar a Jim.

Por la noche nos descolgamos por el pararrayos, poco después de las diez, llevándonos una de las velas. Estuvimos escuchando debajo de la ventana y oímos los ronquidos de Jim, de modo que le arrojamos la vela, pero no se despertó. Cogimos el pico y la pala y al cabo de dos horas y media el trabajo estaba hecho. Entramos en la cabaña arrastrándonos por el boquete hasta llegar debajo de la cama de Jim, buscamos la vela a tientas y la encendimos. Nos inclinamos sobre Jim unos instantes y le vimos con inmejorable aspecto. Le despertamos suavemente, poquito a poco.

Se alegró tanto al vernos, que poco faltó para que se echara a llorar. Nos llamó «queridos muchachos» y todos los nombres cariñosos que se le ocurrieron; y estuvo de acuerdo en que buscáramos un escoplo para cortar con él la cadena de su pierna y escapar sin pérdida de tiempo. Pero Tom le hizo comprender que aquello sería muy antirreglamentario, se sentó y le contó todos nuestros planes, y le dijo cómo podíamos alterarlos en cualquier minuto que hubiera alarma, y que no tuviera miedo, porque nos comprometíamos a ponerle en libertad. De modo que Jim dijo que bueno. Estuvimos sentados charlando un rato sobre los viejos tiempos, y entonces Tom hizo un montón de preguntas, y cuando Jim le dijo que tío Silas entraba casi a diario para rezar con él, y que tía Sally entraba a ver si estaba cómodo y le daban bastante de comer, y que ambos no podían ser más bondadosos con él, Tom dijo:

—Ahora ya sé cómo arreglar esto. Te enviaremos algunas cosas por mediación suya.

—No hagas nada de eso —dije yo—, es una idea disparatada.

Pero Tom no me hizo el menor caso y continuó hablando. Así era él cuando se le metía un propósito entre ceja y ceja.

Tom habló a Jim de que tendríamos que pasarle la escalera de cuerda de contrabando en el pastel, y otras cosas más grandes por mediación de Nat, el negro que le daba de comer, que debía estar alerta, indiferente, y evitar que Nat le viera abriendo los paquetes. Que pondríamos cosillas en los bolsillos de las chaquetas de tío Silas y que él, Jim, tendría que escamoteárselas; y ataríamos cosas a las cintas del delantal de tía Sally o las meteríamos en su bolsillo si se terciaba la ocasión; y le dijo de qué cosas se trataba y para qué servirían. Y le recomendó que escribiera un diario en la camisa, con su sangre, y todo lo demás. Se lo contó todo. Jim no comprendía el sentido de muchas de las cosas que Tom le dijo, pero reconoció que éramos blancos y que sabíamos mucho más que él, de modo que se dio por satisfecho, diciendo que haría todo lo que Tom quería.

Jim tenía abundantes pipas de maíz y tabaco, de manera que pasamos el rato estupendamente; luego salimos a rastras por el boquete y, cuando llegamos a casa, nos acostamos con las manos que parecían haber sido roídas. Tom estaba muy animado. Dijo que nunca en la vida lo había pasado mejor y que, si encontrara el medio de conseguirlo, mantendría las cosas como estaban y dejaría que a Jim le rescataran nuestros hijos, porque creía que Jim acabaría aficionándose a estas cosas cuando fuera acostumbrándose. Añadió que de ese modo podría prolongarse unos ochenta años aquel asunto, que haría nuestras delicias. Y que por intervenir en él seríamos célebres.

Por la mañana nos acercamos al almacén de leña y cortamos el candelero de bronce en pedazos manejables, y Tom los guardó, junto con la cuchara de peltre, en su bolsillo. Luego fuimos a la cabaña de los negros y, mientras yo distraía a Nat, Tom introdujo un pedazo de candelero dentro de un pan de maíz que había en la cazuela de Jim. Después fuimos con Nat para ver qué pasaba, y... ¡vaya si pasó! Al morder el pan, Jim casi se saltó los dientes; no podía haber dado mejor resultado. Tom lo dijo. Jim simuló haber mordido una piedra o cualquiera de esas cosas que siempre hay dentro del pan, pero desde entonces jamás mordía nada sin antes hundir el tenedor en varios sitios.

Y mientras estábamos allí de pie, con tan poca luz, salieron un par de perros de debajo de la cama de Jim, y continuó el desfile hasta que se reunieron once perros y no nos quedaba sitio apenas a nosotros. ¡Maldición, olvidamos cerrar la puerta del colgadizo! El negro Nat gritó: «¡Brujas!», cayó de rodillas al suelo, entre los perros, y empezó a lanzar gemidos como si estuviera muriéndose.

Tom abrió la puerta de par en par, echó afuera un trozo de la carne de Jim y los perros salieron por ella, y en dos segundos él salió, volvió a entrar y cerró la puerta. Comprendí que también había cerrado la otra puerta. Luego se dedicó al negro, consolándole, hablándole en tono afectuoso, preguntándole si había visiones otra vez. El se levantó, miró a su alrededor con los ojos desorbitados y dijo:

—Amito Sid, dirá que estoy loco, pero ¡que me muera aquí mismo si no creí ver por lo menos un millón de perros, o diablos, o algo! Los vi, seguro. Amito Sid, los sentí... los sentí, sí señor. Se me echaron encima. ¡Maldición, ojalá pudiera echarle la mano encima a una de esas brujas, ojalá! No pido nada más. Pero, por encima de todo, ¡ojalá me dejaran en paz!

—Bueno, te diré lo que pienso. ¿Qué es lo que las hace venir cuando este negro fugitivo va a desayunar? Que están hambrientas, éste es el motivo. Tú hazles un pastel de brujas; esto es lo que debes hacer.

—¡Pero, cielos, amito Sid! ¿Cómo haré yo un pastel de brujas? No sé cómo hacerlo. Nunca había oído hablar de eso...

—Bueno, pues tendré que hacerlo yo.

—¿De veras, mi tesoro? ¿De veras? ¡Veneraré el suelo que usted pise, amito, vaya si lo haré!

—Bien, lo haré por ti porque has sido bondadoso con nosotros y nos has enseñado al negro fugitivo. Pero debes tener mucho cuidado. Cuando vengamos, tú te vuelves de espaldas, y entonces, pongamos lo que pongamos en la cazuela, harás como si no lo vieras. Y no mires cuando Jim la vacíe... Podría ocurrir algo, no sé. Y, sobre todo, no toques siquiera las cosas de las brujas.

—¿Tocarlas, amito Sid? ¿De qué habla usted? ¡No las rozaría con un dedo ni a cambio de diez centenares de millares de billones de dólares, seguro que no!

Capítulo 37

Eso quedó resuelto. Entonces nos alejamos y fuimos al montón de basura que había en el patio de atrás, donde guardaban las botas viejas, los trapos y botellas vacías, y objetos de hojalata gastados, y otros desperdicios. Registramos aquello hasta encontrar una jofaina y tapamos sus agujeros del mejor modo que pudimos para preparar en ella el pastel. La llevamos abajo, al sótano, y la llenamos de harina robada, y fuimos a desayunar y encontramos un par de abismales, y Tom dijo que serían inútiles para un prisionero que escribiera con ellos su nombre y sus penalidades en los muros de la mazmorra, de modo que dejó caer uno dentro del bolsillo de un delantal de tía Sally colgado de una silla, y el otro lo metimos dentro de la cinta del sombrero de tío Silas, que estaba encima de la mesa-escritorio, porque oímos decir a los niños que sus papás irían aquella mañana a la cabaña del negro fugitivo. Después fuimos a desayunar y Tom dejó caer la cuchara de peltre en el bolsillo de la chaqueta de tío Silas. Tía Sally aún no había llegado, de modo que tuvimos que esperar un ratito.

Y cuando llegó, la vimos acalorada, encendida y enfadada, y apenas dominó su impaciencia para la bendición; después empezó a servir café con una mano mientras con la otra le atizaba con el dedal al niño que tenía más cerca, en la cabeza, diciendo:

—¡Lo he revuelto todo y no me explico qué ha sido de tu otra camisa!

Se me encogió el corazón, oprimido por los pulmones, el hígado y todo lo demás, y una corteza de pan se me quedó atragantada en la garganta, me provocó un ataque de tos y allá fue la corteza por encima de la mesa, dándole en el ojo a uno de los niños, el cual se enroscó como un gusanillo y rompió a aullar con el mismo frenesí que si fuera un grito de guerra. Tom se puso de un pálido azulado y, por espacio de un cuarto de minuto aproximadamente, las cosas se pusieron tan mal, que hubiera liquidado mercancías a mitad de precio de haberse presentado un comprador. Pero después de eso todo volvió a la normalidad... Fue la repentina sorpresa lo que nos pilló desprevenidos a todos. Dijo tío Silas:

—Pues resulta muy extraño; no lo entiendo. Sé perfectamente que me la quité, porque...

—Porque solamente llevas una puesta. Yo sé que te la quitaste y lo sé por un medio mejor que tu flaca memoria, porque ayer estaba en el tendedero de la ropa... La vi yo misma. Pero ha desaparecido... eso es, y tendrás que ponerte una de franela encarnada hasta que tenga tiempo de hacerte otra nueva. Y será la tercera que haga en dos años. ¡Mira que es difícil conservar tus camisas! Lo que haces con ellas es algo que no entiendo. Cualquiera creería que a tu edad ya habrías aprendido a cuidar de tus camisas.

—Lo sé, Sally, y hago lo que puedo, pero no toda la culpa es mía, porque sabes que ni las veo ni tengo que ver nada con ellas excepto cuando las llevo puestas; y no creo que llevándolas puestas se me haya perdido nunca una.

—Bueno, no tienes tú la culpa si no las has perdido así, Silas... pero me figuro que las habrías perdido si te hubiera sido posible. Y no falta solamente la camisa. Ha desaparecido una cuchara. Había diez, y ahora sólo hay nueve. Supongo que la ternera ha dado buena cuenta de la camisa, pero no de la cuchara, por supuesto.

—Oye, ¿qué más ha desaparecido, Sally?

—Seis velas... Puede que se las llevaran las ratas; sí, lo creo. Me sorprende que no acaben con todo mientras digas que vas a tapar los agujeros y nunca lo haces; y, si no fueran tontas, se dormirían sobre tu cabeza, Silas... ¡y tú ni te darías cuenta! ¡Pero sé bien que las ratas no se han llevado la cuchara!

—Bueno, Sally, soy culpable y lo reconozco. He sido un descuidado, pero de mañana no pasa que tape esos agujeros.

—¡Oh, no te des prisa, déjalo para el próximo año! ¡Matilda Angelina Araminta Phelps!

El dedal se movió velozmente y la niña sacó los dedos de la azucarera a toda prisa. Entonces apareció la mujer negra en el corredor y dijo:

—Señora, ha desaparecido una sábana.

—¡Una sábana! ¡Válgame el cielo!

—Hoy mismo taparé los agujeros —dijo tío Silas, con aire apesadumbrado.

—¡Oh, cállate! ¿Te figuras que las ratas se llevaron la sábana? ¿Dónde está, Lize?

—¡Al cielo pongo por testigo de que no tengo ni idea, amita Sally! Ayer estaba colgada del tendedero de ropa, pero ha desaparecido. Ya no está allí...

—Supongo que esto es el fin del mundo. En toda mi vida he visto cosa igual. Una camisa, una sábana, una cuchara y seis ve...

—Ama —dijo apareciendo una chica amarilla—, ha desaparecido un candelero de bronce.

—¡Fuera de aquí o te doy con la cazoleta, buena pieza!

Estaba terriblemente encolerizada. Empecé a buscar una oportunidad. Decidí escabullirme hacia el bosque para esperar a que se aplacase el tiempo. Ella siguió despotricando, dando rienda suelta al enojo que bullía en su interior, y todos los demás permanecíamos callados y dóciles. Por fin, tío Silas, con aire embobado, sacó la cuchara de su bolsillo. Ella se interrumpió, con la boca abierta, las manos en alto. Yo deseé estar en Jerusalén o en otro lado, pero no por mucho tiempo, porque dijo ella:

—¡Lo que suponía! Conque la tenías en el bolsillo todo el rato, ¿eh? Seguramente también llevas ahí las demás cosas. ¿Cómo han llegado ahí?

—No lo sé, de verdad, Sally —replicó él, casi disculpándose—; de lo contrario, te lo diría. Antes de desayunar estaba estudiando cierto pasaje de la Biblia y supongo que debí guardármela sin darme cuenta, confundiéndola con la Biblia. Y eso debe ser, porque no está ahí el libro, y ahora iré a ver si la Biblia está donde la dejé. Entonces sabré que no la guardé, y ello demostrará que dejé la Biblia y cogí la cuchara y...

—¡Oh, por amor del cielo, descansa, hijo! Marchaos todos y dejadme en paz; y no volváis a acercaros a mí hasta que esté más apaciguada.

Yo la habría oído aunque hubiese hablado para sí misma, de modo que la oí bien gritándolo como lo gritó. Y me habría puesto en pie para obedecerla, aunque hubiese estado muerto. Cuando cruzábamos el salón de estar, el anciano se quitó el sombrero y cayó al suelo el abismal. El se limitó a recogerlo y a dejarlo encima de la repisa de la chimenea, sin decir nada, y salió. Tom le vio hacerlo y, acordándose de la cuchara, dijo:

—Bueno, mejor será no enviar cosas por mediación suya; él no es de fiar —Después añadió—: Pero nos sacó del apuro con lo de la cuchara, sin él saberlo, de modo que le ayudaremos nosotros para corresponder, sin que se entere... Le taponaremos los agujeros de las ratas.

Había muchísimas en el sótano y tardamos una hora en terminar el trabajo, pero lo hicimos a conciencia, al estilo marinero. Luego oímos pisadas en las escaleras, apagamos la luz y nos escondimos. Allí estaba el anciano, con una vela en la mano y un paquete en la otra, con el aire distraído de costumbre. Fue de un lado a otro, de un agujero a otro, hasta que los vio todos. Luego se quedó inmóvil durante cinco minutos, cogiendo gotitas de sebo de su vela, pensando. Seguidamente se dio la vuelta despacito, con expresión ausente, y dijo, de cara hacia la escalera:

—¡Por mi vida que no recuerdo cuándo lo he hecho! Ahora podría mostrarle a ella que hizo mal reprochándome lo de los agujeros de las ratas, pero no importa... más vale dejarlo así. Supongo que tampoco serviría de nada.

Y se fue escaleras arriba, murmurando para sí mismo. Nosotros nos marchamos después. Era un anciano sumamente simpático. Y sigue siéndolo.

Tom estaba la mar de preocupado porque no sabía cómo solucionar lo de la cuchara, aunque dijo que teníamos que conseguirla. De modo que se puso a pensar. Cuando terminó, me dijo qué íbamos a hacer. Luego nos acercamos al cesto de las cucharas y cuando vimos que se aproximaba tía Sally, Tom empezó a contarlas colocándolas a un lado, mientras yo escamoteaba una ocultándola en mi manga. Dijo Tom:

—¡Oh, tía Sally, sigue habiendo nueve cucharas nada más!

—Marchaos a jugar y no me molestéis —contestó ella—. Sé bien las que hay, yo misma las conté.

—Bueno, pues las he contado dos veces, tiíta, y yo sólo veo nueve.

Parecía que a tía Sally se le agotaba la paciencia, pero, naturalmente, hizo lo que habría hecho todo el mundo... Se acercó a contarlas.

—¡Ay, Señor, pero si sólo hay nueve! —exclamó—. ¡Condenadas cucharas...! ¡Así se las lleve...! Voy a contarlas otra vez...

Pero disimuladamente devolví la que guardaba, y cuando terminó el recuento exclamó:

—¡Demontre, qué fastidio, ahora hay diez! —y tenía expresión de enojo y preocupación a la vez; pero Tom dijo:

—Oiga, tiíta, a mí no me parece que haya diez...

—¡Cabezota! ¿No me has visto contarlas?

—Sí, pero...

—Bueno, las contaré otra vez.

Yo escamoteé una y le salieron nueve, como la otra vez. Bueno, estaba fuera de sí. Temblaba toda ella, enfurecida. Pero las contó una y otra vez embrollándose hasta el extremo de contar también el cesto como una cuchara en ocasiones. Y así la cuenta le salió redonda tres veces y tres veces le salió mal. Entonces agarró el cesto, lo arrojó contra el suelo, le dio al gato y el animalito salió huyendo hacia la galería. Dijo tía Sally que nos largáramos y la dejáramos tranquila, que si volvíamos a molestarla antes de la hora de cenar, nos arrancaría la piel. De modo que nos quedamos con la cuchara y la dejamos caer dentro del bolsillo de su delantal mientras ella nos daba aquella orden, y Jim la recibió junto con el abismal antes del mediodía.

Estábamos muy orgullosos del asunto, y Tom dijo que valía la pena la complicación, porque ahora tía Sally no volvería a contar dos veces las cucharas aunque fuera para salvar la vida, y pondría en duda que las hubiera contado bien, si lo hacía. Y dijo Tom que se había armado tal confusión, que seguramente se daría por vencida y se ofrecería a matar a aquella persona que le pidiera que las contase nuevamente.

Aquella noche colgamos de nuevo la sábana en el tendedero y robamos una del armario; y estuvimos poniéndola en su sitio y robándola por espacio de dos días, hasta que ella ya no supo cuántas sábanas tenía, y dijo que no le importaba y que no pensaba amargarse el alma por ello, que no volvería a contarlas aun a costa de su vida, que preferiría la muerte.

De modo que todo iba bien en cuanto se refería a la camisa, la sábana, la cuchara y las velas, con la ayuda de la ternera, las ratas y el embrollo del recuento de cucharas; en cuanto al candelero, la cosa no tenía mayores consecuencias, y quedaría pronto olvidado.

El pastel nos dio muchos sinsabores. Lo preparamos en el bosque, y allí lo cocimos, y al fin estuvo hecho y con resultado satisfactorio, pero no en un día. Tuvimos que emplear tres jofainas llenas de harina antes de terminarlo, y nos cubrimos de quemaduras, y se nos irritaron los ojos con el humo, porque, ¿saben?, nosotros no queríamos nada más que una corteza, y no había manera de hacerlo subir, y siempre quedaba aplastado. Pero, claro está que por fin se nos ocurrió la manera correcta de prepararlo, o sea cociendo el pastel con la escalera dentro. Por consiguiente, estuvimos con Jim la segunda noche y rasgamos la sábana en tiras pequeñas, las trenzamos y mucho antes del amanecer habíamos conseguido una cuerda preciosa con la que uno podía colgar a cualquiera. Simulamos que habíamos tardado nueve meses en hacerla.

Y al mediodía la llevamos al bosque, pero no entraba en el pastel. Estando confeccionada con una sábana entera, había cuerda suficiente para cuarenta pasteles si hubiéramos querido, y nos habría sobrado para sopa, salchichón o cualquier otra cosa. Podríamos haber comido opíparamente.

Pero no la necesitábamos. Unicamente necesitábamos la cuerda suficiente para el pastel, de modo que tiramos el resto. No cocimos ninguno de los pasteles en la jofaina, pues temíamos que se derritiera la soldadura; pero tío Silas poseía un precioso calentador de bronce con mango largo de madera, al que tenía mucho aprecio porque perteneció a uno de sus antepasados, que vino desde Inglaterra con Guillermo el Conquistador en el *Mayflower* o en uno de aquellos barcos antiguos; y lo tenía guardado en el desván, con un montón de cachivaches y objetos de valor, no porque valieran gran cosa, porque no lo valían, sino por ser reliquias, ¿saben? Y nosotros lo sacamos de allí a la chita callando y lo llevamos al bosque, pero nos falló con los primeros pasteles, porque no sabíamos cómo usarlo, pero por último nos lo hizo excelente. Cogimos el calentador, lo rellenamos de pasta, lo pusimos encima de las brasas, lo cargamos de cuerdas de trapos, le pusimos una capa de pasta, cerramos la tapa y encima pusimos brasas encendidas, y nos apartamos a unos cinco pies de distancia, con el mango largo, sin sentir calor y cómodos, y al cabo de quince minutos salió del calentador un pastel que daba gusto verlo. Pero la persona que lo comiera tendría que proveerse de un par de barrilitos de palillos, porque, si aquella escalera de cuerda no le daba además un largo trabajo, es que no sé de qué estoy hablando, y además le daría un dolor de estómago que le duraría hasta la siguiente vez.

Nat no miró cuando pusimos el pastel de brujas en la cazuela de Jim y metimos las tres escudillas de hojalata en el fondo de la cazuela, debajo de las provisiones; de modo que Jim lo recibió todo sin novedad y, en cuanto estuvo a solas, reventó el pastel y escondió la escalera de cuerda dentro de su colchoneta de paja, inscribió algunas marcas en la escudilla y la arrojó por el hueco de la ventana.

Capítulo 38

Hacer las plumas y la sierra nos costó sudores y lágrimas; y Jim dijo que la inscripción sería lo peor. Era la que el prisionero debía garrapatear en la pared. Pero teníamos que hacerlo; Tom dijo que teníamos que hacerlo: no se había dado ningún caso de que un prisionero del Estado no garrapateara su inscripción al fugarse, y su escudo de armas.

—¡Fíjate en lady Jane Grey! —dijo Tom—. ¡Fíjate en Gilford Dudley, en Northumberland! ¡Caray, Huck!, supongamos que resulta un duro trabajo... ¿Qué le vas a hacer? ¿Cómo lo eludirás? Jim tiene que hacer su inscripción y grabar su escudo de armas. Lo hacen todos.

—Es que amito Tom —replicó Jim—, yo no tengo escudo de armas; no tengo nada más que esta vieja camisa, y recuerde que en ella he de llevar el diario.

—¡Oh, no lo entiendes, Jim! Un escudo de armas es muy diferente.

—Bueno —dije yo—, después de todo, Jim lleva razón al decir que no tiene escudo de armas, porque no lo tiene.

—Creo que ya me lo figuraba —dijo Tom—, pero puedes apostar a que lo tendrá antes de que salga de ésta... porque saldrá, y nadie podrá sacarle defectos a su hazaña.

De modo que mientras Jim y yo afilábamos las plumas con una tejuela cada uno, haciendo Jim la suya de bronce y yo la mía con la cuchara, Tom se dedicó a inventar el escudo de armas. A poco dijo que se le ocurrían tantos y buenos, que le resultaba difícil hacer la elección, pero que por uno sentía especial predilección, y dijo:

—En el escudo pondremos una barra oro en la base derecha, un sotuer morado en la faja, con un perro acostado, y debajo de su pata una cadena almenada, por la esclavitud; con un cheurón verde en un destacado borde angrelado, y tres líneas sobre campo azur, con las puntas rampantes sobre un dencette danchado; el timbrado, un negro fugitivo, el sable, con su hatillo sobre el hombro, sobre un palenque siniestro; y un par de gules como tenantes, que somos tú y yo; la divisa será: *Maggiore fretta, minore atto.* Lo saqué de un libro... Quiere decir: «No por correr mucho se llega antes.»

—¡Requetedemontres! —dije yo—, pero ¿qué significa todo lo demás?

—Ahora no hay tiempo para preocuparnos con eso —dijo—, tenemos que cavar con todas las fuerzas.

—Bueno, de todos modos —dije—, ¿qué quieren decir algunas cosas? ¿Qué es una faja?

—Una faja... una faja es... Tú no necesitas saber qué es una faja. Te enseñaré a hacerla cuando llegue el momento.

—¡Caracoles, Tom! —dije—, ¡me parece que podrías decírmelo! ¿Qué es un palenque siniestro?

—¡Oh, no lo sé! Pero él tiene que tenerlo. Lo tiene toda la nobleza.

Así era Tom. Si no deseaba explicarle a uno algo, pues no lo explicaba y en paz. Ya podía estar sonsacándole una semana, que no daba el brazo a torcer.

Tenía solucionado el asunto del escudo de armas, de modo que luego se dedicó a terminar la parte de su trabajo que consistía en inventarse una inscripción lúgubre... Dijo que Jim tenía que tenerla, como la tenían todos. Ideó un montón, las escribió en un papel y las leyó:

1) *Aquí estalló un corazón cautivo.*

2) *Aquí un pobre prisionero, olvidado por el mundo y los amigos, consumió su vida atormentada.*

3) *Aquí se rompió un corazón solitario, y un espíritu cansado voló*

*al descanso, después de treinta y siete años de solitario cautive-
rio.*

4) *Aquí, sin hogar ni amigos, después de treinta y siete años de
amargo cautiverio, pereció un noble extranjero, hijo natural de
Luis XIV.*

La voz le temblaba a Tom mientras leía las inscripciones, y estuvo a
punto de desfallecer. Cuando terminó, no se decidía sobre cuál iba a
garabatear Jim en la pared, porque todas eran muy buenas, pero por fin
dijo que le dejaría garabatearlas todas.

Jim dijo que tardaría un año en grabar tantas letras en los troncos
con una uña, y que no sabía hacerlas además, pero Tom replicó que él
se las delinearía y que entonces Jim sólo tendría que seguir los trazos.
Luego dijo:

—Pensándolo bien, no van a servirnos los troncos; en una mazmorra
las paredes no son de troncos: tenemos que hacer las inscripciones en
una roca. Vamos a buscar una piedra.

Jim dijo que la roca sería peor que los troncos, que tardaría mucho
tiempo en grabarlas en una roca y que nunca saldría de allí. Pero Tom
dijo que me dejaría ayudarle. Luego echó un vistazo para ver cómo nos
iba a Jim y a mí con las plumas. Era un trabajo lento y fastidioso, y no
daba tiempo a mis manos a curarse de las ampollas, y apenas adelantá-
bamos. De modo que dijo Tom:

—Sé cómo solucionar esto. Hemos de conseguir una roca para el
escudo de armas y las inscripciones lúgubres, y mataremos dos pájaros
de un tiro con la misma roca. En el molino hay una preciosa muela muy
grande, la escamotearemos y grabaremos todo en ella, y además nos
servirá para afilar las plumas y la sierra.

No era una idea descabellada, aunque traerla ya era otro cantar, pero
dijimos que lo intentaríamos. Todavía no era medianoche, de modo que
nos dirijimos al molino, dejando a Jim con su trabajo. Nos apoderamos
de la muela y nos preparamos a llevarla rodando hacia la cabaña, pero
costaba horrores moverla. A veces, hiciéramos lo que hiciéramos, éramos incapaces de impedir que se cayera, y faltaba poco para que nos
aplastara. Tom dijo que seguramente nos alcanzaría a uno de los dos
antes de terminar. Llegados a mitad del camino, estábamos completamente extenuados, casi ahogados en sudor. Vimos que era inútil, que
teníamos que ir en busca de Jim.

De modo que Jim levantó la cama, sacó la cadena de la pata, se la
enrolló una y otra vez al cuello, y los tres salimos a rastras por el
boquete para volver al sitio de antes, y Jim y yo la emprendimos con la
muela y la hicimos rodar como si nada, mientras Tom supervisaba la
operación. En eso de supervisar, Tom le daba ciento y raya a todos los
chicos que he conocido. Sabía hacerlo todo.

Nuestro boquete era bastante grande, pero no lo suficiente para que
pasara la muela, pero Jim cogió el pico y no tardó en hacerlo mayor.
Luego Tom marcó aquellas cosas en la muela, con la uña, y dijo a Jim

Entramos en la cabaña arrastrándonos por el boquete hasta llegar debajo de la cama de Jim, buscamos la vela a tientas y la encendimos. Nos inclinamos sobre Jim unos instantes y le vimos con inmejorable aspecto. Le despertamos suavemente, poquito a poco. (pág. 184) que pusiera manos a la obra, con la uña a guisa de escoplo, y como martillo una argolla de hierro de los cascojos del colgadizo, y le recomendó que trabajara hasta que se consumiera la vela. Después podría acostarse y ocultar la muela debajo de su colchoneta de paja. Le ayudamos a colocar de nuevo la cadena debajo de la pata de la cama y nos preparamos para ir a acostarnos. Pero Tom pensó en algo y dijo:

—¿Tienes arañas aquí, Jim?

—No, señor; a Dios gracias, no, amito.

—Bueno, pues te traeremos algunas.

—¡Pero, hijo del alma, es que no quiero ninguna! Me dan miedo. Casi preferiría tener serpientes de cascabel por ahí...

Tom reflexionó un par de minutos y dijo:

—Es una buena idea. Y creo que debemos hacerlo. Sí, hay que hacerlo; es razonable. Sí, es una idea de primera. ¿Dónde podrías guardarla?

—¿El qué, amito Tom?

—Pues una serpiente de cascabel.

—¡Por todos los santos de cielo, amito Tom! ¡Si entra aquí una serpiente saldría disparado a través de esos troncos con la cabeza por delante!

—Vamos, Jim, al cabo de un ratito ya no le tendrías miedo. Podrías domesticarla.

—¡Domesticarla!

—Sí... es muy fácil. Los animales agradecen las bondades y los mimos, y ni se les ocurre hacerle daño a una persona que les quiere. Te lo dirá cualquier libro que leas. Sólo te pido que hagas la prueba por dos o tres días nada más. ¡Vamos, pero si con tus carantoñas vas a conseguir que te quiera al poco tiempo! Y dormirá contigo, y no querrá apartarse de ti ni un minuto, y dejará que te la enrosques al cuello y pongas su cabeza dentro de tu boca.

—¡Por piedad, amito Tom... no diga esas cosas! ¡No puedo soportarlo! Conque me dejaría que le metiera la cabeza en mi boca... como un favor, ¿eh? Apuesto a que tendría que esperar muchísimo tiempo a que yo se lo pidiera. Y, además, que yo no quiero que duerma conmigo.

—Jim, no seas cabezota. Un prisionero debe tener un animalito favorito, y si nunca se ha probado lo de una serpiente, ¡caray, te espera mayor gloria por ser el primero en intentarlo para salvar la vida!

—Amito Tom, que le digo que no quiero esta gloria. Si a la serpiente le da por arrancarme la barbilla de un mordisco, ¿dónde está la gloria? ¡No, señor, por eso no paso!

—¡Diablos!, ¿es que no puedes intentarlo? Sólo te pido que lo intentes... Si no saliera bien, no tienes por qué continuar...

—Pero lo malo es si la serpiente me muerde mientras la pongo a prueba. Amito Tom, estoy dispuesto a probar cualquier cosa razonable, pero si usted y Huck traen aquí una serpiente para mí, yo me marcho, seguro.

—Bueno, pues dejémoslo, dejémoslo, ya que te pones tan terco.

Podemos conseguir algunas serpientes inofensivas y tú les atas algunos botones en las colas y simulas que son serpientes de cascabel, y me figuro que con eso saldremos del paso.

—A ésas podré tolerarlas, amito Tom, pero que me cuelguen si no estaría tan ricamente sin ninguna, ¡palabra! Jamás sospeché que resultara tan fastidioso ser prisionero.

—Bueno, lo es siempre cuando se hacen las cosas como es debido. ¿Tienes ratas aquí?

—No, señor, no he visto ninguna.

—Bueno, traeremos algunas.

—¡Ay, amito Tom, no quiero ratas! Son unos bichos endiabladamente molestos para cualquiera; le pasan a uno por encima, le muerden los pies cuando uno trata de dormir. No, señor, tráigame serpientes inofensivas, ya que he de tenerlas, pero no me traiga ratas. Yo no veo que sean nada útiles...

—Pero, Jim, has de tenerlas... Las tienen todos. Así que no te pongas pesado. Los prisioneros nunca están sin ratas. No se ha dado ningún caso. Y las adiestran, las miman y les enseñan trucos, y se hacen tan sociables como las moscas. Pero tienes que hacerles música. ¿Tienes algo con que hacer música?

—No tengo más que un peime ordinario, un pedazo de papel y un birimbao, pero me figuro que un birimbao no ha de hacerles mucho tilín...

—¡Oh, sí que les hará tilín! Las ratas no son exigentes en cuestiones de música. Un birimbao es más que bueno para una rata. A todos los animales les gusta la música... Les entusiasma en una prisión. Sobre todo si es música melancólica; y con un birimbao no se puede hacer otra clase de música. Siempre les interesa; salen para ver qué le pasa a uno. Te sentarás en la cama por las noches, antes de acostarte, y temprano por las mañanas tocarás tu birimbao; toca *Se ha roto el último eslabón...* es lo que conquista a una rata mejor que cualquier otra cosa; y, cuando lleves dos minutos tocando, verás que todas las ratas, las serpientes y las arañas y los demás se entristecen y se acercan a ti. Y se te echarán encima y lo pasaréis la mar de bien juntos.

—Sí, supongo que ellas sí lo pasarán bien, amito Tom, pero, ¿cómo piensa usted que lo pasará Jim? No le veo la gracia, pero lo haré si es necesario. Me figuro que será mejor tener satisfechos a los animalitos para no tener disgustos en casa.

Tom reflexionó por si había alguna otra cosa que solucionar, y después dijo:

—¡Ah!... se me olvidaba. Podrías cultivar una flor aquí, ¿verdad?

—No lo sé, puede que sí, amito Tom; pero esto está bastante oscuro, y de poco me servirá una flor en todo caso, y me daría muchas preocupaciones.

—Bueno, de todos modos, lo intentas. Otros prisioneros lo han hecho.

—Supongo que aquí crecería una de esas plantas llamadas gordolobos, que parecen enormes colas de gatos, amito Tom, pero no valdría ni la mitad del trabajo que costaría cultivarla.

—No lo creas. Te traeremos una pequeñita y tú la plantas en el rincón, allí, y la cultivas. Y no la llames gordolobo, llámala Pitchiola... Es el nombre apropiado cuando está en una prisión. Y tienes que regarla con tus lágrimas.

—¡Caray, me sobra agua de manantial, amito Tom!

—Tú no necesitas agua de manantial, has de regarla con tus lágrimas. Así es como lo hacen siempre.

—Pero, amito Tom, ¿seguro que yo no puedo cultivar una de esas Pitchiolas con agua de manantial mientras otro hombre riega la suya con lágrimas?

—Este no es el caso. Tienes que hacerlo con lágrimas.

—Se me morirá en las manos, amito Tom; seguro que se muere, porque yo casi nunca lloro.

Eso dejó a Tom patidifuso. Pero lo estudió, y luego dijo que Jim tendría que salir del paso como pudiera con una cebolla. Prometió llevar una a las cabañas de los negros y dejarla caer dentro del cubilete del café de Jim por la mañana. Jim dijo que preferiría encontrarse tabaco en el café, y le puso tantas pegas a la idea, y a lo de cultivar el gordolobo, hacerles música a las ratas con el birimbao, y a lo de mirar y lisonjear a las serpientes, arañas y demás, encima del trabajo que tenía con las plumas, inscripciones, diarios y el resto, que, según dijo, cargaban a un prisionero de más responsabilidades y preocupaciones de las que podía soportar, que poco faltó para que Tom perdiera la paciencia con él; y le dijo que contaba con más brillantes ocasiones de las que ningún prisionero tuvo jamás para convertirse en una celebridad, y que, sin embargo, no sabía apreciarlas, y que con él se malograban. De modo que Jim se quedó muy afectado y dijo que no volvería a comportarse así, y luego Tom y yo fuimos a acostarnos.

Capítulo 39

Por la mañana fuimos al pueblo, compramos una ratonera de alambre y la bajamos al sótano de la casa, destaponamos el mejor agujero de ratas y al cabo de una hora había atrapado quince enormes ejemplares; luego cogimos la ratonera y la pusimos en lugar seguro, debajo de la cama de tía Sally. Pero mientras íbamos en busca de arañas el pequeño Thomas Franklin Benjamín Jefferson Alexander Phelps la encontró allí, abrió la puerta para ver si salían las ratas y salieron. Entonces entró tía Sally y, cuando nosotros regresamos, la vimos de pie sobre la cama, chillando endemoniadamente, y las ratas haciendo lo que podían para no darle un segundo de aburrimiento. De modo que tía Sally nos cogió y nos vapuleó de lo lindo con una rama de nogal, y tuvimos que pasarnos dos horas a la caza y captura de otras quince o dieciséis. ¡Maldito peque! No eran tan buenos ejemplares, porque en la primera redada habíamos obtenido las mejores. Jamás vi otras como aquéllas.

Reunimos un surtido espléndido de arañas, sabandijas, ranas, orugas y otros ejemplares; queríamos un nido de avispas, pero no lo conseguimos. La familia estaba en casa. No renunciamos a él en seguida, no. Permanecimos con ellas todo el tiempo posible, porque pensamos que las rendiríamos por el cansancio o ellas nos rendirían a nosotros. Nos rindieron ellas. Después, cuando nos frotamos con pomada los lugares afectados, nos sentimos algo mejor, pero todavía no podíamos sentarnos cómodamente. Y entonces nos lanzamos a la captura de serpientes y atrapamos unas dos docenas de las inofensivas, las metimos dentro de una bolsa y la guardamos en nuestro cuarto.

A la hora de cenar, después de aquella jornada de honrado trabajo, ¿creerán que no teníamos ni pizca de hambre? Y cuando volvimos a subir no quedaba ni una serpiente... No dejamos bien atado el saco y habían logrado escaparse. Pero poco importaba, pues seguían todavía en la casa, en alguna parte. De modo que decidimos recapturarlas. No, durante una larga temporada no hubo escasez de serpientes en la casa. Se las veía descolgándose por las vigas y los sitios altos de vez en cuando; y solían aterrizar en el plato de uno, o escurrirse por la espalda de uno, y casi siempre donde menos deseaba verlas. Bueno, pues eran muy lindas, con rayas, y ni un millón de ellas juntas hacían daño, pero eso poco importaba a tía Sally, pues ella detestaba las serpientes, de cualquier especie que fueran, y no había forma de que las tolerase; y cada vez que una aterrizaba sobre ella, hiciera lo que hiciera, tía Sally soltaba lo que tuviera en las manos y salía huyendo. ¡Qué mujer, no he visto otra igual! Y sus gritos debían oírse desde Pernambuco. Uno no conseguía hacerle sostener a una con las pinzas. Y si al ir a acostarse encontraba una en la cama, salía disparada chillando de un modo que cualquiera podía creer que había fuego en la casa.

Le dio tanta lata al anciano, que él dijo que casi deseaba que no se hubieran creado las serpientes. ¡Caray! ¿Creerán que cuando hacía ya una semana que la última serpiente había desertado de la casa, tía Sally no se había sobrepuesto aún de su obsesión? Era inútil. A lo mejor estaba sentada, pensando en algo, y uno le hacía cosquillas en la nuca con una pluma, y ella pegaba un brinco fenomenal. Era muy curioso. Pero dijo Tom que todas las mujeres son así. Dijo que por alguna razón estaban hechas de este modo.

Recibíamos una paliza cada vez que una de nuestras serpientes se cruzaba en su camino; y ella admitía que aquellas palizas no eran nada comparadas con lo que haría si alguna vez volvíamos a atiborrarle la casa con ellas. Las palizas me traían sin cuidado, porque no me dolían mucho, pero sí que me fastidió la molestia que nos dio reunir otra colección. Pero la conseguimos, así como todo lo demás; y no se ha visto una cabaña más alegre que la de Jim cuando todos salían y se aproximaban a él al oír la música.

A Jim no le gustaban las arañas, de modo que la tenían emprendida con él y le mortificaban bastante. Y dijo Jim que entre las ratas, las serpientes y la muela apenas quedaba sitio en la cama para él; y que cuando se acostaba no había modo de dormir, debido a la gran animación, que no cesaba en ningún instante, porque ellas no dormían todas a la vez, sino que se turnaban, de modo que, cuando dormían las serpientes, las ratas montaban guardia, y cuando las ratas se dormían, las serpientes les relevaban de la guardia, siempre tenía una banda debajo, fastidiándole, y otra banda encima haciendo circo; y que si levantaba para sentar sus reales en otra parte, las arañas arremetían contra él al cruzar la cabaña. Dijo que, si alguna vez salía de allí, jamás volvería a ser prisionero, ni a cambio de un sueldo.

Bueno, al cabo de tres semanas todo tenía muy buen cariz. La camisa fue enviada a su tiempo, dentro de un pastel, y cada vez que a Jim le mordía una rata, él se levantaba y escribía un poco en su diario, mientras la tinta seguía fresca; estaban hechas las plumas, y las inscripciones y lo demás estaba grabado en la muela; la pata de la cama, serrada por la mitad; y tuvimos que comernos el serrín, y nos dio un sorprendente dolor de estómago. Pensamos que íbamos a morirnos todos, pero no fue así. Era el serrín más indigesto que he conocido en mi vida. Y Tom también lo dijo. Pero, como iba diciendo, teníamos el trabajo terminado por fin, y todos estábamos bastante hartos, sobre todo Jim.

El anciano escribió un par de veces a la plantación de Orleans para que vinieran a recoger a su negro fugitivo, pero no recibió respuesta, porque esa plantación no existía; por lo tanto, dijo que anunciaría a Jim en los periódicos de St. Louis y de Nueva Orleans; y cuando habló de los de St. Louis me entraron escalofríos y vi que no había tiempo que perder. De modo que Tom habló de los anónimos.

—¿Qué es eso? —pregunté.

—Avisos a la gente de que algo se trama. A veces se hace de una manera y a veces de otra. Pero siempre hay alguien espiando que avisa al gobernador del castillo. Cuando Luis XVI iba a fugarse de las Tullerías, lo hizo una criada. Es un sistema estupendo, y las cartas anónimas también lo son. Seguiremos los dos. Y es corriente que la madre del prisionero se cambie de ropa con él, y que ella se quede y él se escape vistiendo sus ropas. También haremos esto.

—Pero, oye, Tom, ¿para qué queremos avisar a nadie que se trama algo? Que lo descubran ellos solitos... Es su obligación.

—Sí, lo sé, pero no puedes depender de ellos. Han obrado así desde el principio... Han dejado que nosotros lo hiciéramos todo. Son tan confiados y cabezudos, que no se fijan en nada. De modo que, si no los avisamos nosotros, no habrá nadie ni nada que se meta en nuestro asunto, y, después de lo duramente que hemos trabajado y de todas las penalidades que hemos pasado, esta fuga saldría la mar de fácil; no sería gran cosa... no tendría nada.

—Bueno, por mi parte lo prefiero así.

—¡Puaf! —replicó, con expresión disgustada. Y yo dije:

—Pero no creas que me quejaré. Lo que a ti te parece bien, me lo parece a mí. ¿Qué vas a hacer respecto a la criada?

—Tú harás de criada. A medianoche entras sigilosamente y birlas el vestido a esa chica amarilla.

—Oye, Tom, que así al día siguiente habrá jaleo, porque seguramente sólo tiene ese vestido.

—Lo sé, pero tú sólo lo necesitas quince minutos, para llevar la carta anónima y echarla por debajo de la puerta principal.

—Está bien, lo haré, pero podría llevarla igualmente con mis ropas.

—Entonces no tendrías aspecto de criada, ¿verdad que no?

—No, pero no me verá nadie de todos modos.

—No le des más vueltas. Hemos de cumplir con nuestra obligación sin preocuparnos de que alguien nos vea o no mientras la cumplimos. ¿Es que no tienes ningún principio?

—No he dicho nada. Soy la criada. ¿Quién es la madre de Jim?

—Yo soy su madre. Quitaré un vestido a tía Sally.

—Bueno, pues entonces tendrás que quedarte en la cabaña cuando yo y Jim nos vayamos.

—¡Ni hablar! Rellenaré las ropas de Jim con paja y las dejaré encima de la cama para representar a su madre disfrazada, y Jim me quitará el vestido y se lo pondrá, y nos evadiremos juntos. Cuando un prisionero de calidad se escapa, se llama una evasión. Se llama siempre así cuando es un rey quien se fuga, por ejemplo. Y lo mismo ocurre cuando es el hijo del rey... Tanto da que sea hijo natural o no.

Conque Tom escribió la carta anónima y yo escamoteé el vestido de la chica amarilla aquella noche, me lo puse y eché la carta por debajo de la puerta, según me dijo que lo hiciera Tom. En ella puse:

¡Mucho ojo! ¡Se avecina jaleo! ¡Tengan los ojos muy abiertos!

Un amigo desconocido.

A la noche siguiente pegamos un dibujo, que hizo Tom con sangre, representando una calavera con dos tibias cruzadas, en la puerta principal; y a la otra noche un dibujo de un ataúd en la parte de atrás.

Nunca vi a una familia más aterrorizada; no se habrían asustado más si la casa estuviera atiborrada de fantasmas que los acecharan en todas pàrtes, debajo de las camas y flotando en el aire. Cuando alguien daba un portazo, tía Sally pegaba un brinco y lanzaba un «¡Aaay!», y cuando uno le tocaba el brazo o el hombro cuando estaba vuelta de espaldas, hacía lo mismo; estuviera como estuviera, no estaba tranquila, porque aseguraba que constantemente había algo detrás de ella... de modo que a cada momento se daba la vuelta de pronto y gritaba «¡Aaay!», y apenas había dado las dos terceras partes de la vuelta, se volvía hacia el otro lado y lanzaba otro grito; tenía miedo de acostarse, pero no se atrevía a pasarse la noche en blanco. De modo que la cosa salía de maravilla, dijo Tom; dijo también que nunca vio nada que diera un resultado tan satisfactorio, y que eso demostraba que se había hecho a conciencia.

¡Y luego dijo Tom que había llegado el momento cumbre del asunto! De manera que a la mañana siguiente, al despuntar el alba, preparamos otra carta, y nos preguntamos qué sería mejor hacer con ella, porque les oímos decir durante la cena que pondrían de guardia a un negro en ambas puertas de la casa. Tom se descolgó por el pararrayos para espiar: el negro apostado en la puerta de atrás estaba dormido, y Tom le deslizó la carta por el cogote y volvió. En la carta decíamos:

No me descubráis; deseo ser vuestro amigo. Una banda de desesperados criminales procedentes del territorio de los indios injun van a robar esta noche a vuestro negro fugitivo, y han tratado de aterrorizaros para que os quedéis dentro de la casa y no los molestéis. Yo soy uno de la banda, pero tengo principios religiosos y quiero dejarla y volver de nuevo a llevar una vida honrada, y traicionaré sus propósitos infernales. Llegarán por el norte, a lo largo de la valla, justamente a medianoche, con una llave falsa, y entrarán en la cabaña del negro para llevárselo. Yo tendré que estar un poco alejado y tocar un cuerno de hojalata, si veo que hay peligro; pero, en vez de hacerlo, balaré como una oveja en cuanto ellos entren y no daré la señal de alarma. Entonces, mientras ellos le quitan las cadenas, vosotros os acercáis y les dejáis encerrados, y podéis matarlos a vuestro gusto. No hagáis nada más que aquello que os digo yo, porque de lo contrario, si despertáis sospechas, ellos harán una matanza de las que hacen época. No quiero ninguna recompensa, me bastará saber que he obrado bien.

Un amigo desconocido.

Capítulo 40

Nos sentíamos muy optimistas después de desayunar, por lo que cogimos mi canoa y estuvimos pescando por el río. Nos llevamos la comida y lo pasamos estupendamente. Echamos un vistazo a la balsa y vimos que estaba bien. Llegamos tarde a casa para cenar y les encontramos tan alterados e inquietos, que no acertaban a hacer nada a derechas, y no nos mandaron acostarnos en cuanto terminamos de cenar ni quisieron decirnos qué ocurría, y no dijeron ni media palabra de la carta, pero tampoco era necesario, porque nosotros estábamos tan enterados como ellos, y en cuanto estuvimos a mitad de la escalera y ella nos había vuelto la espalda, nos acercamos al alcance de la bodega, nos apropiamos de un montón de comida y la subimos a nuestro cuarto, donde nos metimos en la cama. Nos levantamos alrededor de las once y media, y Tom se puso el vestido de tía Sally que había robado, y ya iba a coger la comida, cuando dijo:

—¿Dónde está la mantequilla?

—Puse un pedazo encima de un pan de maíz —contesté yo.

—¡Vaya!, pues entonces allí quedó... porque aquí no está.

—Podemos pasarnos sin ella —dije yo.

—Y también pasarnos con ella —dijo Tom—. Baja a la bodega a buscarla. Y luego descuélgate por el pararrayos y ven. Yo iré a rellenar de paja las ropas de Jim para que parezcan la madre de Jim disfrazada, y estaré listo para balar como una oveja y salir en cuanto tú llegues.

De modo que se fue y yo descendí a la bodega. El enorme pedazo de mantequilla estaba allí, donde lo dejé, abultado como el puño de una persona, de modo que me llevé también el pan de maíz, apagué la luz de mi vela, empecé a subir las escaleras despacito y llegué sin novedad al primer rellano, pero entonces apareció tía Sally, sosteniendo una vela, y yo lo embutí todo dentro de mi sombrero y me lo encasqueté sobre la cabeza. Al segundo inmediato me vio y exclamó:

—¿Has estado en la bodega?

—Sí, señora.

—¿Qué estabas haciendo ahí abajo?

—Nada.

—¿Nada?

—Nada, señora.

—Bueno, pues entonces, ¿quieres decirme qué mosca te picó para bajar a la bodega a estas horas de la noche?

—No lo sé, señora.

—¿Qué no lo sabes? No me contestes de este modo, Tom. Quiero saber qué hacías allí abajo.

—No he hecho nada, tía Sally; le ruego que me crea.

Supuse que me dejaría marcharme, y en general me habría dejado, pero seguramente pasaban cosas tan raras, que bastaba una pequeñez que se apartara de lo normal para sacarla de sus casillas, de modo que dijo muy resuelta:

—Vete a la salita de estar y quédate allí hasta que vaya yo. Has estado haciendo algo que no debías y yo te aseguro que lo averiguaré.

De modo que se fue cuando yo abrí la puerta y entré en la salita de estar. ¡Corcho, allí había un ejército! Eran quince granjeros, todos armados. Me puse enfermo y caí desplomado en una silla, la mar de desanimado. Estaban todos sentados; algunos hablaban en voz baja, y se les veía nerviosos y excitados, aunque trataban de disimularlo. Pero yo sabía que lo estaban, porque no cesaban de quitarse el sombrero, de ponérselo otra vez, de rascarse la cabeza, de cambiar de asiento, de retorcerse los botones. Tampoco yo estaba muy tranquilo, que digamos, pero no me quitaría el sombrero.

Deseaba que llegara tía Sally, que terminara conmigo y me diera una azotaina si quería, y me dejara marchar, para ir a avisar a Tom que habíamos exagerado la nota, que íbamos a meternos en un lío muy gordo, de modo que mejor sería que dejáramos de hacer el tonto y nos largásemos con Jim antes de que aquellos tipos perdieran la paciencia y vinieran por nosotros.

Al fin entró tía Sally y empezó a hacerme preguntas, pero no pude contestarlas correctamente; no sabía qué camino tomar, ya que aquellos hombres estaban inquietos y algunos ya querían empezar en seguida la captura, y decían que sólo faltaban unos minutos para la medianoche; otros trataban de retenerlos y aguardar a oír la señal de la oveja que balaría. Y allí estaba tía Sally, dándome la lata con sus preguntas, mientras yo me estremecía de pies a cabeza, listo para derrumbarme como un saco por miedo que tenía. Y cada vez hacía más calor allí dentro, y la mantequilla empezaba a derretirse, escurriéndose por mi cogote y por detrás de mis orejas.

Entonces uno de ellos habló:

—Yo digo que debemos ir antes a la cabaña para atraparlos cuando vengan.

Al oír decir eso, casi me caí al suelo, y un hilillo de mantequilla empezó a correrme frente abajo, y tía Sally lo vio y, volviéndose más blanca que una sábana, dijo:

—¡Por el amor del cielo! ¿Qué le pasa a este muchacho? ¡Tan cierto como que hemos venido al mundo que el pobre tiene fiebre cerebral y se le están saliendo los sesos!

Y todos se acercaron corriendo para verlo, y ella me quitó el sombrero y salió el pan y lo que quedaba de la mantequilla, y tía Sally me estrechó en sus brazos, exclamando:

—¡Oh, cómo me has hecho sufrir! ¡Y qué alegría me da que no sea nada malo! Porque la suerte nos ha abandonado y las cosas van de mal en peor, y cuando vi eso pensé que te perdíamos, porque lo conocí por el color y todo, y parecía como si tus sesos... ¡Ay, Dios mío! ¿Por qué no me dijiste que para eso bajaste a la bodega? A mí no me habría molestado. ¡Ahora sube a acostarte y que no vuelva a verte hasta mañana!

Estuve arriba en un segundo y me bastó otro para descolgarme por el pararrayos. Crucé disparado la oscuridad hacia el colgadizo. Apenas me salían las palabras, tanta era mi ansiedad, pero al fin se lo expliqué todo a Tom muy brevemente. Debíamos actuar sin perder un solo minuto... ¡La casa estaba atestada de hombres armados!

Los ojos le chispeaban, y dijo:

—¡No! ¿De veras? ¿No es formidable? ¡Oye, Huck, si empezáramos de nuevo, te apuesto a que reuniría aquí doscientos hombres! Si hubiera alguna manera de aplazarlo hasta que...

—¡De prisa! ¡De prisa! —repliqué yo—. ¿Dónde está Jim?

—Le tienes al lado; sólo con que alargues el brazo, podrás tocarle. Está vestido y todo lo tenemos a punto. Ahora nos escurriremos fuera y daremos la señal del balido de oveja.

Pero entonces oímos las pisadas de los hombres que se aproximaban a la puerta, y les oímos enredar con el candado, y a uno de ellos que habló así:

—¿No os decía que era demasiado pronto? Todavía no han llegado... La puerta esta cerrada. Escuchad, os encerraré a algunos dentro de la cabaña; os quedáis al acecho y, cuando entren, los matáis; los demás desperdigaos por ahí, sin alejaros mucho, y vigilad por si les oís llegar.

De manera que entraron, pero no pudieron vernos en la oscuridad, y poco faltó para que nos pisaran mientras nos metíamos apresuradamente debajo de la cama. Pero pudimos escondernos allí y salir por el agujero, de prisa y sigilosamente: Jim primero, luego yo y Tom el último, siguiendo sus instrucciones. Estábamos entonces en el colgadizo y oímos las pisadas muy cerca, fuera. De modo que nos aproximamos a rastras hasta la puerta y Tom nos detuvo y aplicó el ojo a la rendija; pero, por estar tan oscuro, no pudo ver nada; nos dijo susurrando que escucharía hasta que se alejaran los pasos y que entonces, cuando nos diera un codazo, Jim debería salir el primero y él el último.

De modo que aplicó el oído a la rendija y estuvo escuchando, escuchando y escuchando, y seguía oyéndose el arrastrar de pies afuera. Al fin, Tom nos dio un codazo y salimos, agachados, sin respirar, sin hacer el menor ruido, y nos dirigimos furtivamente hacia la valla, en fila india, y llegamos sin novedad. Jim y yo la saltamos, pero a Tom se le engancharon los tirantes del pantalón en una astilla del tronco superior de la valla, y entonces oyó pasos que se acercaban y tuvo que dar un tirón. Se quedó con la astilla, y al dejarse caer a nuestro lado y echar a correr, alguien gritó:

—¿Quién va? ¡Conteste o disparo!

Pero no contestamos: salimos corriendo a todo correr. Hubo un alboroto y se oyó ¡bang! ¡bang! ¡bang! ¡bang!, y ¡y las balas pasaban silbando a nuestro alrededor! Les oímos gritar:

—¡Ahí están! ¡Huyen hacia el río! ¡A por ellos, muchachos! ¡Y soltad los perros!

De modo que allí venían a toda marcha. Los podíamos oír porque llevaban botas y gritaban, pero nosotros no llevábamos botas ni gritábamos. Nos hallábamos en el sendero del molino, y cuando ellos estuvieron bastante cerca nos camuflamos en la maleza y los dejamos pasar de largo, para acto seguido correr tras ellos. Habían tenido a todos los perros encerrados para que no ahuyentaran a los bandidos, pero alguien los había soltado ya, y por allí venían trotando y armando tanta barahúnda como si fueran un millón, pero eran nuestros perros, de modo que nos detuvimos en seco hasta que nos alcanzaron, y entonces, cuando vieron que sólo éramos nosotros y que allí no encontraban ni pizca de emoción, se limitaron a saludarnos cordialmente y salieron disparados hacia el lado donde se oían gritos y alboroto. Y entonces nosotros reanudamos nuestra carrera tras ellos hasta acercarnos al molino y cruzamos la espesura en dirección al lugar donde tenía atracada mi canoa, saltamos dentro y remamos con endiablada furia hacia el centro del río, haciendo el menor ruido posible. A partir de allí, continuamos navegando fácil y tranquilamente hacia la isla donde estaba mi balsa; y podíamos oír los gritos de los hombres y los ladridos de los perros a todo lo largo de la ribera, hasta que estuvimos demasiado alejados para distinguir los sonidos, que terminaron diluyéndose en la distancia. Y, cuando saltamos a bordo de la balsa, yo dije:

—Y ahora, Jim, de nuevo eres un hombre libre, y apuesto a que nunca más volverás a ser esclavo.

—Ha sido un asunto formidable, Huck. El planteamiento fue tan hermoso como la realización, y no hay nadie capaz de inventarse un plan más embrollado y espléndido que éste.

Todos nos sentíamos contentos a más no poder, pero Tom más que ninguno, porque llevaba una bala metida en la pantorrilla.

Al enterarnos de eso Jim y yo, nos sentimos mucho menos entusiasmados que antes. A Tom le dolía lo suyo y le sangraba; de modo que le tendimos en el cobertizo y rasgamos una de las camisas del duque para vendarle, pero él dijo:

—Dadme esos trapos; puedo hacerlo yo solo. No os detengáis ahora, no andéis con bobadas cuando la evasión nos sale bordada. ¡Empuñad los remos: nos hacemos a la mar! ¡Muchachos, hemos salido muy airosamente del trance! Desde luego que sí. ¡Ojalá nos hubiéramos encargado nosotros de Luis XVI, porque no habría habido ningún «¡Hijo de San Luis, asciende al cielo!» escrito en su biografía! ¡No, señor!, le habríamos llevado antes al otro lado de la frontera... Esto es lo que hubiéramos hecho con él... y tan limpiamente como si no fuera nada, además. ¡Empuñad los remos... empuñad los remos!

Pero Jim y yo sosteníamos consulta... Pensábamos. Y, después de pensar un minuto, yo ordené:

—Dilo tú, Jim.

Y él dijo:

—Bueno, pues entonces, así es como yo lo veo, Huck: si fuera él a quién ponían en libertad, y uno de los muchachos recibiera un disparo, ¿diría: «Adelante y salvadme, dejaos de llamar a un doctor para salvar a éste»? ¿Sería eso propio del amito Tom Sawyer? ¿Diría eso? ¡Ya puedes apostar a que no! Bien, entonces, ¿va a decirlo Jim? ¡No, señor... no doy un paso sin avisar a un doctor, así pasen cien años!

Yo sabía que Jim era blanco por dentro y me figuré que diría lo que dijo... De modo que todo estaba bien, y dije a Tom que iba en busca de un doctor. Armó mucho alboroto por eso, pero Jim y yo nos pusimos tercos, de modo que Tom se disponía a salir del cobertizo arrastrándose para desatracar la balsa, pero nosotros se lo impedimos. Luego nos dijo algunas de las cosas feas que pensaba de nosotros, pero no le sirvió de nada. De modo que, al verme preparar la canoa, dijo:

—Bueno, ya que de todos modos irás, te diré lo que debes hacer cuando llegues al pueblo. Cierra la puerta, véndale los ojos al doctor, sujétale las manos y hazle jurar que guardará el secreto, y pon en su mano una bolsa llena de oro, después le conduces por todas las calles apartadas del pueblo, a oscuras, y le traes aquí en la canoa, dando un gran rodeo entre las islas, y le registras y le quitas la tiza, y no se la devuelvas hasta que él esté de regreso en el pueblo, porque de lo contrario él marcaría con tiza la balsa para volver a encontrarla. Así es como lo hacen todos.

Dije que bueno, que lo haría así todo, y me marché. Jim tenía que esconderse en el bosque cuando viera acercarse al doctor, y no saldría hasta que éste se hubiera marchado.

Capítulo 41

El doctor era anciano; un anciano muy simpático y de agradable aspecto. Cuando le encontré le dije que yo y mi hermano estuvimos cazando en la isla Española el día anterior por la tarde, y que habíamos acampado en una balsa que encontramos; que a medianoche él debió de dar un puntapié a la escopeta, porque se disparó hiriéndole en la pierna, y queríamos que él fuera a curársela sin hablar de ello a nadie, porque deseábamos volver a casa por la noche y darles una sorpesa.

—¿Cuál es vuestra familia? —preguntó.

—Los Phelps, que viven allá abajo.

—¡Oh! —exclamó; y al cabo de un minuto añadió: —¿Cómo dices que se hirió?

—Estaba soñando —dije yo— y soñó que se pegaba un tiro.

—Un sueño muy singular —comentó el doctor.

De modo que encendió su linterna, cogió las alforjas de la silla de montar y nos pusimos en camino. Pero cuando él vio la canoa, dijo que su aspecto no le gustaba, que parecía bastante grande para una persona, pero no segura para dos. Yo le contesté:

—¡Oh, no debe tener miedo! Nos llevó a los tres como si nada...

—¿A los tres?

—Pues sí, a mí, a Sid y...y... las escopetas. Eso es lo que quise decir.

—¡Ah! —hizo él.

Pero puso en pie la regala de canoa y la balanceó; meneó la cabeza y dijo que buscaría otra mayor. Pero todas estaban bien sujetas y encadenadas, de modo que él cogió mi canoa y me dijo que esperase hasta que volviera, o que siguiera buscando, o que tal vez lo mejor sería que yo volviera a casa y les preparase para la sorpresa, si quería. Pero yo dije que no quería, de todos modos, le indiqué donde encontraría la balsa, y entonces él se fue.

Pronto se me ocurrió una idea. Me dije: «¿Suponte que no puede curarle la pierna en un periquete, como quien dice? ¿Suponte que tarde tres o cuatro días? ¿Qué haremos nosotros? ¿Quedarnos por ahí para que él descubra el pastel? ¡No, señor, yo sé lo que voy a hacer! Esperaré y, cuando él regrese, si dice que ha de volver otras veces, iré con él aunque sea nadando; y le ataremos, nos quedaremos con él y nos largaremos río abajo y, cuando Tom no necesite de sus cuidados, le daremos lo que cuesten sus servicios o lo que tengamos, y luego le dejaremos desembarcar.»

De modo que entonces me introduje en un montón de leña para dormir un rato, ¡y cuando desperté el sol estaba bastante alto por encima de mi cabeza! Eché a correr hacia la casa del doctor, pero me dijeron que había salido por la noche y que todavía no había vuelto. «Bueno —pensé—, las cosas se ponen feas para Tom, y he de ir a la isla inmediatamente.» Conque volví grupas, doblé la esquina ¡y poco faltó para que le diera un cabezazo en el estómago a tío Silas!

—¡Caramba, Tom! ¿Dónde has estado desde anoche, granujilla?

—En ninguna parte —contesté—, sólo estuve buscando al negro fugitivo... con Sid.

—¡Ah!, ¿y dónde fuisteis? —preguntó—. Vuestra tía está muy inquieta.

—No había motivos para estarlo —dije—, porque nos encontrábamos bien. Seguimos a los hombres y a los perros, pero nos dejaron atrás y les perdimos la pista; nos pareció oírles en el agua, de modo que cogimos una canoa y salimos tras ellos, y llegamos a la orilla opuesta, pero no los encontramos, conque remamos ribera arriba hasta que nos sentimos vencidos y cansados, amarramos la canoa y nos dormimos, y nos hemos despertado hará cosa de una hora. Entonces remamos hacia aquí para saber las noticias que hubiera, y Sid se ha quedado en la estafeta de correos para enterarse de lo que pueda, y yo iba en busca de algo de comer, y después pensábamos regresar a casa.

Bueno, entonces fuimos a la estafeta de correos a buscar a Sid, pero, precisamente como yo sospechaba, no estaba allí, de modo que el anciano recogió una carta que había allí para él y esperamos un rato más a Sid, pero no llegó. Entonces dijo el anciano:

—Vámonos, y que Sid venga a pie o en canoa cuando se canse de hacer el tonto por ahí... Nosotros iremos en el carro.

No conseguí de ninguna manera que me dejara esperar a Sid; él dijo que sería perder el tiempo, y que debía acompañarle para que tía Sally se convenciera de que no nos ocurría nada malo.

Cuando llegamos a casa, tía Sally se alegró tanto al verme, que rió y lloró a la vez, me apretujó abrazándome y me dio algunos azotes, que no llegan ni a serlo realmente, y dijo que a Sid también le daría su merecido cuando volviera a casa.

La casa estaba llena de granjeros y de sus esposas, que se quedaban a comer. Jamás se ha oído un bullicio más ensordecedor que aquél. La vieja señora Hotchkiss era la peor; su lengua no estaba inactiva ni un minuto. Decía:

—Sí, mi querida Sally Phelps, he registrado muy bien esa cabaña y yo creo que el negro estaba loco. Es lo que le decía a la señora Damrell, ¿no es verdad, señora Damrell? Sí, estaba loco... Eso fue lo que le dije ni más ni menos. Ya me han oído: está loco, lo digo yo, y todo lo demuestra. Fíjense en esa muela, por ejemplo; ¿va a hacerme creer alguien que uno que esté en su sano juicio escribiría todas esas sandeces en una muela? Aquí y más allá una persona que se rompió el corazón; aquí y allá que se pasó treinta y siete años... y todo aquello... Hijo natural de Luis no sé quién y una infinidad más de bobadas. Está completamente loco, lo repito; es lo que dije desde el primer momento, lo que digo ahora y seguiré repitiendo: ese negro está loco... tan loco como Nabucodonosor...

—Y fíjese en la escalera hecha con trapos, mi querida señora Hotchkiss —dijo la vieja señora Damrell—; ¿para qué, en nombre del cielo, podía querer...?

—Justamente lo que yo estaba diciéndole a la señora Utterback, y, si no, que ella lo diga. Fíjese en esa escalera de trapos, fíjese... Sí, fíjese... ¿Para qué podía quererla? Y ella, la señora Hotchkiss...

—Pero, ¿cómo llegó la muela allí dentro? Es lo que yo me pregunto... ¿Y quién cavó aquel boquete? ¿Y quién...?

—¡Las mismísimas palabras que yo decía, mi querido señor Penrod! Decía... ¿Quiere pasarme la melaza, por favor? Yo estaba diciéndole a la señora Dunlap, en este preciso momento: ¿Cómo llegó la muela ahí dentro? ¡Y sin ayuda... no lo olviden, sin ayuda! Ahí está la cosa. A mí, que no me digan... ¡alguien tuvo que ayudar! Y afirmo que ayudaron mucho, muchísimo. Por lo menos a ese negro le han ayudado una docena de personas, y yo despellejaría hasta el último negro de esta casa, pero terminaría por averiguar quién lo hizo, sí, señor. Y además yo...

—¿Una docena dice usted? ¡Ni cuarenta hubieran conseguido hacer todo aquello! Fíjense en las sierras de cuchillo, y las demás cosas, ¡el trabajo que debieron dar! Fíjense en aquel negro hecho de paja que había en la cama; y fíjense en...

—¡Ya puede usted decirlo, señor Hightower! Es lo que iba diciéndole al señor Phelps. Oiga ¿usted qué piensa de eso, señora Hotchkiss?, me preguntó él. ¿Qué pienso de qué, señor Phelps?, dije yo. De la pata de la cama serrada de ese modo, contestó él. ¿Qué pienso yo? Le aseguro que yo no lo hice... Debió de serrarla alguien, esto es lo que yo pienso, créalo o no; acaso no tiene importancia, pero es mi opinión, y si alguien tiene otra mejor, pues que la diga, esto es todo. Le decía a la señora Dunlap...

—¡Maldita sea! Han debido tener la casa llena de negros todas las noches durante cuatro semanas para llevar a cabo ese trabajo, señora Phelps. Fíjese en la camisa... ¡Está completamente cubierta de escritura secreta africana, y con sangre! Seguro que ha habido muchos negros por ahí durante ese tiempo. ¡Pero si hasta daría dos dólares porque alguien me descifrara esa escritura! En cuanto a los negros que lo hicieron, los cogería y les daría latigazos hasta que...

—¡Gente ayudándolo, señor Marples! Vaya, me figuro que así lo creería usted si hubiera estado en esta casa últimamente. Han robado todo lo que han podido... ¡Ah, y eso que estábamos ojo avizor constantemente! ¡Robaron la camisa del tendedero! Y en cuanto a la sábana con la que hicieron la escalera, ¡cualquiera sabe las veces que la habrían robado! Y harina, y velas, y candelabros, y cucharas, y el viejo calentador, y mil cosas más que no recuerdo ahora, y mi vestido nuevo de calicó; y eso que yo, Silas, mi Sid y mi Tom vigilábamos constantemente de día y de noche; y, como iba diciéndoles, ninguno de nosotros les vimos ni les oímos; y después, en el último momento, van y aparecen ante nuestras narices y se ríen de nosotros y no sólo de nosotros, sino de los bandidos del territorio injun, y se llevan a ese negro sano y salvo, ¡y eso que les pisaban los talones dieciséis hombres y veintidós perros! Les digo que nunca he oído cosa igual. ¡Pero si ni los espíritus hubieran podido hacerlo mejor! Porque ustedes conocen a los nuestros y saben que no los hay mejores; bueno, ¡pues los perros no encontraron su pista ni una sola vez! ¡Explíquenme eso, si pueden! ¿Puede explicármelo alguno de ustedes?

—¡Cielo santo, yo no sé...!

—¡Así me cuelguen, que sería incapaz...!

—¡Ladrones de casas y además de...!

—¡Válgame Dios, me daría terror vivir en semejante...!

—¿Miedo de vivir aquí, dice usted...? ¡Ay, pero si estaba tan asustada, que apenas me atrevía a acostarme o a levantarme, a echarme o a sentarme, señora Ridgeway! Pero si hubiera robado el mismo... ¡Oh, cielo santo, ya pueden figurarse mi estado de ánimo ayer, alrededor de la medianoche! ¡Dios sabe que hasta tuve miedo de que robaran a alguien de la familia! Estaba tan exaltada, que ya no tenía ni facultades de razonamiento. Ahora parece ridículo, a la luz del día, pero yo me decía: «He aquí a mis dos pobres muchachos arriba, dormidos, en aquel cuarto solitario...» ¡Y pongo al cielo por testigo de que estaba tan angustiada, que subí a encerrarlos con llave! Sí, lo hice. Y cualquiera lo hubiera hecho. Porque, ¿saben ustedes?, cuando una se asusta de tal manera, y todo no sigue igual, sino que va de peor en peor, y a una empieza a fallarle la razón, se empiezan a hacer toda suerte de cosas extrañas, y una piensa: «Supón que fueras uno de los muchachos, y estuvieras ahí arriba, y la puerta estuviera abierta, y...»

Tía Sally se interrumpió perpleja y luego volvió despacio la cabeza y, cuando sus ojos recayeron sobre mí..., me levanté y eché a andar.

Pensé: «Podré explicar mejor por qué no estábamos esta mañana en el cuarto si me alejo y lo estudio un ratito.» De modo que lo hice. Pero no me atreví a ir muy lejos, porque ella habría mandado a buscarme. Y al terminar el día toda la gente se marchó y entonces entré yo y expliqué a tía Sally que a Sid y a mí nos había despertado el ruido de los disparos y el alboroto, que la puerta estaba cerrada con llave y queríamos presenciarlo todo, de modo que nos descolgamos por el pararrayos y nos lastimamos un poco, y que no queríamos volver a hacer aquello nunca más. Y a continuación le conté todo lo que dije antes a tío Silas; y ella dijo que nos perdonaría y que tal vez la cosa no tenía mayor importancia, que era lo que podía esperarse de los muchachos, porque todos eran de la piel de Barrabás, por lo que había podido ver; y, puesto que no había ocurrido nada malo, prefería mostrarse agradecida por que estuviéramos con vida y bien, y por tenernos aún, en lugar de lamentar lo que ya había pasado y estaba hecho.

De modo que luego me besó, y me dio unas palmaditas en la cabeza y cayó en una especie de meditación; a poco se puso en pie de un salto exclamando:

—¡Ay, Dios bendito, casi es de noche y Sid no ha llegado aún! ¿Qué ha sido de ese muchacho?

Aquélla era la mía. Y le dije:

—Iré corriendo a buscarle al pueblo.

—¡Ah, no! —contestó ella—. Te quedas donde estás. Ya hay suficiente con que se haya extraviado uno. Si a la hora de cenar no ha llegado, irá a buscarle su tío.

Bueno, no estuvo a la hora de cenar, de modo que después tío Silas se marchó. Regresó alrededor de las diez un poco intranquilo; no había encontrado ni rastro de Tom. Tía Sally se intranquilizó muchísimo, pero tío Silas dijo que no había motivo para estar preocupados. «Los muchachos son así —dijo él— y ya verás como aparece por la mañana sano y salvo.» Así que tía Sally tuvo que darse por satisfecha. Pero dijo que le esperaría un rato de todos modos y tendría una luz encendida para que él la viera.

Y cuando me fui a la cama ella subió conmigo, llevando la vela, y me arropó y se portó conmigo como si fuera una madre, por lo que me sentí muy ruin e incapaz de mirarla a la cara. Estuvo sentada en la cama, habló conmigo largo rato y dijo lo bueno que era Sid, y parecía que no acababa de hablar de él.

De vez en cuando me preguntaba si yo creía que se había extraviado, o estaría lastimado, o acaso ahogado, y decía que tal vez en esos momentos él estaba tendido en el suelo, en alguna parte, muerto o padeciendo, y al pensar que ella no podía darle ayuda le brotaban las lágrimas silenciosamente, y yo le decía entonces que Sid estaba bien, y que seguramente llegaría a casa por la mañana. Tía Sally me oprimía la mano, me daba un beso y me pedía que lo repitiera, porque esto la hacía mucho bien, ya que estaba muy angustiada. Y cuando se iba, me miró a los ojos con expresión firme y dulce y me dijo:

—La puerta no estará cerrada con llave, Tom, y ahí están la ventana y el pararrayos, pero serás bueno; ¿verdad que lo serás? ¿Y no te irás? Hazlo por mí.

Bien sabe el cielo que yo quería irme, que ansiaba ver a Tom y tenía la intención de ir, pero después de aquello no me hubiera marchado ni por todos los reinos del mundo.

Pero pensaba en ella y también en Tom; de modo que dormí muy mal. Y en dos ocasiones me descolgué por el pararrayos, por la noche, y di vuelta a la casa hasta la parte de delante y la vi a ella sentada, junto a la vela, en la ventana, con los ojos llorosos vueltos hacia el camino. Y deseé poder hacer algo por ella, pero no podía hacer más que jurar que jamás volvería a causarle penas. Y a la tercera vez me desperté al amanecer, volví a encaminarme sigilosamente hasta la ventana, y allí permanecía tía Sally aún, sentada, mientras la vela estaba casi apagada, y su anciana cabeza de cabellos grises descansaba sobre una mano. Estaba dormida.

Capítulo 42

El anciano volvió de nuevo al pueblo antes de desayunar, pero no encontró ni rastro de Tom; y los dos estuvieron sentados a la mesa pensativos, sin hablar, con expresión triste, mientras el café se les enfriaba sin probar bocado. Al poco rato dijo el anciano:

—¿Te di la carta?

—¿Qué carta?

—La que recogí ayer en la estafeta de correos.

—No, no me diste ninguna carta.

—Pues se me habrá olvidado.

De modo que empezó a revolver en los bolsillos y después se fue a alguna parte donde había dejado la carta, la cogió y la dio a tía Sally, quien dijo:

—¡Oh, es de San Petersburgo... de mi hermana!

Decidí que me sentaría bien dar otro paseo, pero no pude moverme... Antes de que ella pudiera rasgar el sobre, se le cayó de las manos... porque acababa de ver algo. También yo lo había visto. Era Tom Sawyer encima de un colchón, y el anciano doctor y Jim llevando puesto el vestido de calicó de ella con las manos atadas a la espalda, y a mucha gente también. Escondí la carta detrás de lo primero que tuve a mano y me adelanté presuroso. Ella se arrojó sobre Tom llorando y dijo:

—¡Oh, está muerto, está muerto, lo sé!

Y Tom volvió un poco la cabeza y murmuró algo, con lo que demostró que no estaba en su sano juicio; entonces ella levantó los brazos al cielo y exclamó:

—¡Vive, a Dios gracias! ¡Y eso me basta!

Le besó y corrió hacia la casa para prepararle la cama, dando órdenes a diestro y siniestro a los negros y a todos los demás, con tanta prisa como se lo permitía la lengua y sin dejar de correr.

Seguí a los hombres para ver qué iban a hacer con Jim; y el doctor y tío Silas siguieron a Tom al interior de la casa. Los hombres estaban muy exaltados, y algunos querían colgar a Jim para dar ejemplo a los demás negros de los contornos, para que no trataran de fugarse como lo hizo Jim, provocando tanto alboroto y teniendo asustada a una familia entera durante noches y días enteros. Pero los otros dijeron que no, que no daría resultado, porque Jim no era negro de ellos, y aparecería su propietario y se lo haría pagar todo, seguro.

Eso apaciguó un poco los ánimos, porque la gente que más ansiosa está por colgar a un negro que ha obrado mal es la primera en resistirse a pagar por él cuando han quedado satisfechos a su costa.

De todos modos maldijeron a Jim y le dieron un par de porrazos en la cabeza, pero Jim no dijo nada, ni dio a entender que me conociera, y le llevaron a la misma cabaña, le vistieron con sus ropas y volvieron a cargarle de cadenas, pero esta vez no a la pata de la cama, sino a una enorme argolla clavada en el tronco inferior, y le ataron las manos con cadenas también, y las piernas, y dijeron que estaría a pan y agua después de lo sucedido, hasta que viniera su propietario o fuera vendido en subasta si el dueño no aparecía en determinado plazo; y llenaron el boquete que hicimos nosotros y dijeron que un par de granjeros armados debían montar guardia junto a la cabaña cada noche, y que durante el día dejarían a un mastín atado a la puerta; y en este momento daban por terminado su trabajo y lo culminaban con una especie de despedida general formada de insultos y maldiciones, cuando apareció el doctor, echó un vistazo y dijo:

—No sean con él más ruidosos de lo preciso, porque no es un negro malvado. Cuando llegué al sitio donde estaba el muchacho, vi que no podía extraer la bala sin ayuda y por su estado era imposible dejarle sólo para ir en busca de auxilio. Empezó a empeorar, al cabo de mucho rato empezó a delirar y no me dejaba acercarme a él, diciendo que si marcaba con tiza su balsa me mataría, y otras cosas absurdas por el estilo, y vi que no podía hacer nada con él. Entonces me dije: «Tengo que ir en busca de ayuda como sea», y en ese preciso instante, no sé de dónde, salió el negro y dijo que él me ayudaría, y lo hizo muy bien por cierto.

Claro está que me figuré que era el negro fugitivo. ¡Y allí estaba yo! Y tenía que permanecer lo que quedaba de día y toda la noche. ¡Les digo que estaba en un atolladero! Tenía a un par de pacientes con resfriado y, como es natural, hubiera querido volver al pueblo para visitarlos, pero no me atrevía por miedo de que el negro se escapara, ya que entonces me echarían la culpa a mí. Nunca se acercó un esquife lo bastante para que pudiera llamarlo. De modo que me vi obligado a permanecer allí hasta el amanecer de hoy. Y nunca he visto a un negro más fiel ni mejor enfermero, y, sin embargo, haciéndolo arriesgaba su libertad, y además estaba extenuado. Me di cuenta de que últimamente se había agotado trabajando. Ese negro me gustó por eso. Les digo, caballeros, que un negro así vale miles de dólares... y un trato afable.

Yo tenía todo lo que necesitaba y el muchacho estaba allí tan bien como en su propia casa... mejor tal vez, porque había tanta tranquilidad, pero allí estaba yo, con los dos en mis manos; y debía quedarme hasta la mañana. Entonces acertaron a pasar algunos hombres en un esquife y hubo la suerte de que el negro estuviera sentado junto al jergón, con la cabeza apoyada sobre las rodillas y profundamente dormido. De modo que les indiqué con señas que se aproximaran, y se abalanzaron sobre él y le ataron antes de que supiera qué ocurría, pero no les dio trabajo alguno. Y como el muchacho también estaba algo amodorrado, enfundamos los remos para no hacer ruido al remar, remolcamos la balsa y en todo el viaje el negro estuvo muy quieto y pacífico, sin promover alboroto de ninguna clase. No es un negro malvado, caballeros; eso es lo que yo pienso.

Alguien dijo entonces:

—Bueno, su historia suena muy bien, doctor; debo reconocerlo.

Luego los otros se ablandaron un poco y yo quedé agradecido al doctor por hacer a Jim semejante favor; y me alegró que juzgara a Jim como lo juzgaba yo, porque yo creí que tenía muy buen corazón y que era un hombre bueno desde que lo vi. Luego todos estuvieron de acuerdo en que Jim se había portado muy bien y era digno de ser recompensado. Y cada uno de ellos prometió que no volvería a insultarlo.

Después salieron y lo encerraron. Esperaba que decidieran quitarle un par de cadenas, porque eran condenadamente pesadas, o que podría comer carne y verdura con el pan y el agua, pero no pensaron en hacerlo, y yo creía que mejor sería que no me metiera en aquello, aunque decidí repetir a tía Sally la historia del doctor en cuanto hubiera salvado los escollos que se presentaban ante mí.

Me refiero a las explicaciones sobre por qué olvidé decir que Sid se había herido con un disparo de escopeta al contar que él y yo estuvimos remando por el río en busca del negro fugitivo.

Pero disponía de tiempo de sobra. Tía Sally permanecía junto a la cama del enfermo día y noche; y cada vez que yo veía rondar por allí a tío Silas, procuraba esquivarle.

A la mañana siguiente supe que Tom se encontraba mucho mejor, y dijeron que tía Sally se había echado para dormir un rato. De modo que entré en el cuarto del enfermo, y, si le hubiera encontrado despierto, supongo que habríamos ideado alguna historia que resultara convincente para la familia, pero Tom dormía tranquilamente; estaba pálido, ya no tenía el rostro encendido como cuando llegó. De modo que me senté a esperar que despertara. Al cabo de una media hora entró sigilosamente tía Sally, ¡con lo cual me encontré en otro atolladero!

Con una seña me ordenó que estuviera quieto, se sentó a mi lado y empezó a hablarme en susurros, diciendo que todos podíamos estar contentos, porque los síntomas eran magníficos y Sid había estado durmiendo mucho tiempo, con aspecto cada vez mejor y más tranquilo, y que cuando despertara ya no volvería a delirar.

Y estuvimos sentados esperando, y al poco rato Tom se movió un poco, abrió los ojos, echó una mirada y dijo:

—¡Vaya, si estoy en casa! ¿Cómo es eso? ¿Dónde está la balsa?

—Todo va bien —dije.

—¿Y Jim?

—También está bien —contesté, pero me faltó animación al decirlo. Tom no se dio cuenta y exclamó:

—¡Estupendo! ¡Formidable! ¡Ahora estamos bien y a salvo! ¿Se lo has dicho a tía Sally?

Iba a contestarle que sí, pero ella intervino para preguntar:

—¿El qué, Sid?

—¡Caramba, pues cómo lo hicimos todo!

—¿Qué hicisteis?

—¡Todo! Es lo único que hemos hecho: cómo libertamos al negro... yo y Tom.

—¡Cielo santo! ¿Libertasteis al...? ¿De qué está hablando este niño? ¡Ay, Señor, vuelve a delirar!

—¡No, no estoy delirando! Sé muy bien lo que digo. Nosotros lo libertamos... yo y Tom. Lo planeamos y lo hicimos. Y con mucha clase, además.

Tom estaba lanzado, y tía Sally no lo interrumpió. Simplemente se quedó mirándole fijamente, dejando que él continuara hablando, y me di cuenta de que era inútil que yo interviniera.

—¡Caramba, tiíta, nos costó un trabajo enorme! Lo hicimos durante semanas, horas y horas, por la noche, mientras todos dormíais. Y tuvimos que robar velas, la sábana, la camisa y su vestido, y cucharas y escudillas de hojalata, y cuchillos, y el calentador, y la muela, la harina y muchas otras cosas. No puede figurarse el trabajo que nos dieron las sierras, las plumas, las inscripciones y todo, ni tampoco puede imaginarse lo divertido que fue. Y tuvimos que hacer los dibujos de los ataúdes y lo demás, y las cartas anónimas de los bandidos, y subir y bajar por el pararrayos; cavar el boquete en la cabaña, hacer la escalera de cuerda y enviarla dentro de un pastel; y cucharas y otras cosas con las que trabajar, dentro del bolsillo de su delantal...

—¡Válgame Dios!

—...y llenar la cabaña de ratas, serpientes y otros bichos para que Jim estuviera acompañado; y luego tuvo a Tom aquí tanto rato con la mantequilla dentro del sombrero, que estuvo a punto de echarlo todo a rodar, porque los hombres llegaron antes de que hubiéramos abandonado la cabaña, y tuvimos que darnos prisa, y les oímos perseguirnos, y yo me llevé lo mío, y nos escondimos junto al camino y los dejamos pasar de largo. Cuando llegaron los perros, no nos hicieron caso y siguieron adelante, donde había más bullicio, y nosotros cogimos la canoa y nos dirigimos a la bolsa, y estábamos a salvo, y Jim era un hombre libre, y lo habíamos hecho todo nosotros solos... ¿No estuvo todo colosal, tiíta?

—¡Vaya, en toda mi vida he oído nada igual! ¿De modo que erais vosotros, granujillas, los que armaron tanto alboroto y nos volvían locos de terror? Jamás he tenido tanta tentación de tomar represalias con vosotros como ahora mismito. ¡Y pensar que he estado aquí, noche tras noche...! ¡Tú ponte bien en seguida, bribón, y podéis estar seguros de que encontraré el medio de sacaros el diablo del cuerpo!

Pero Tom estaba tan orgulloso y contento, que no podía contenerse y prosiguió... Tía Sally le interrumpía de vez en cuando, despidiendo fuego, y los dos hablaban a la vez como si estuvieran en una convención gatuna, y ella dijo:

—Bien, diviértete con eso todo lo que puedas ahora, porque te aseguro que si te atrapo por segunda vez metiéndote con él...

—¿Metiéndome con quién? —preguntó Tom, dejando de sonreír, sorprendido.

—¿Con quién había de ser? Con el negro fugitivo, naturalmente. ¿Quién te figurabas?

Tom, ¿no me has dicho antes que todo iba bien? ¿No se ha escapado?

—¿Él? —exclamó tía Sally—. ¿El negro fugitivo? ¡Pues claro que no! ¡Le han capturado sano y salvo, y está otra vez en la cabaña, a pan y agua, cargado de cadenas, hasta que le reclame su dueño o sea vendido!

Tom se incorporó en la cama con la mirada encendida, y las aletas de su nariz se abrían y cerraban como agallas. Me gritó:

—¡No tienen derecho a encerrarlo! Vete... ¡No pierdas ni un minuto! ¡Déjalo libre! ¡No es un esclavo, es tan libre como cualquier criatura de este mundo!

—¿Qué quiere decir este muchacho?

—Exactamente lo que he dicho, tía Sally, y, si no va alguien, iré yo. Le conozco de toda la vida, y también Tom. La vieja señorita Watson murió hace dos meses y estuvo avergonzada de haber pensado en vender al negro Jim río abajo, y lo dijo; y en su testamento le hizo libre.

—Entonces, ¿por qué querías liberarlo tú, sabiendo que ya estaba libre?

—¡Bueno, qué pregunta! ¡Mujer al fin! A mí me gustaba la aventura del asunto... Y hubiera nadado en un lago de sangre si... ¡Dios mío! ¡Tía Polly!

¡Que me cuelguen si no era ella quien estaba de pie en la puerta, sonriendo dulcemente y contenta como un ángel atiborrado de pastel!

Tía Sally corrió hacia ella y casi la dejó sin cabeza con sus brazos, y lloró apoyada en ella, y yo encontré un buen sitio debajo de la cama, porque a mí me pareció que las cosas estaban poniéndose feas para nosotros.

Atisbé desde allí y vi que entonces la tía Polly se desprendía de los brazos de su hermana y se quedaba mirando fijamente a Tom por encima de sus gafas... como si estuviera haciéndole picadillo con la mirada, ¿comprenden? Y luego dijo:

—Sí, será mejor que vuelvas la cabeza... ¡Yo lo haría si fuera tú, Tom!

—¡Ay, Dios mío! —exclamó tía Sally—. ¿Tan cambiado lo encuentras? Oye... ¡pero si no es Tom, es Sid! Tom está... ¿Dónde está Tom? Estaba aquí hace un minuto.

—¡Querrás decir que estaba Huck Finn! Me figuro que no he educado al truhán de mi Tom durante todos esos años para no conocerlo cuando lo veo. Anda, ¡sal de debajo de la cama, Huck Finn!

Salí, pero a regañadientes.

He visto pocas personas con la cara de tremendo despiste que tenía tía Sally, exceptuando a tío Silas, cuando al entrar se lo contaron todo. Fue como si le emborracharan, como quien dice, y el resto del día no se enteró absolutamente de nada, y por la noche predicó un sermón que le ganó una reputación de campanillas, porque ni el ser más anciano de la creación habría podido comprenderlo. De modo que la tía Polly lo contó todo acerca de mí y tuve que decir lo muy apurado que me sentí cuando la señora Phelps me tomó por Tom Sawyer... Y entonces ella intervino diciendo:

—¡Oh, vamos, llámame tía Sally; estoy acostumbrada y no hay por qué cambiarlo!

Proseguí diciendo que cuando tía Sally me tomó por Tom Sawyer tuve que pasar por ello. No había más remedio, y sabía que a él no le importaría, porque, tratándose de un misterio, le fascinaría, y sacaría una aventura de aquello y se sentiría completamente satisfecho. Y así fue, y él aceptó entusiasmado hacerse pasar por Sid y facilitó cuanto pudo las cosas para mí.

Y la tía Polly dijo que Tom había dicho la verdad en lo que la señorita Watson dejaba libre a Jim en su testamento; conque ¡claro!, fue Tom Sawyer y se tomó todo aquel trabajo para libertar a un negro que ya era libre. Y hasta ese momento, escuchando aquella conversación, no comprendí cómo él, con su educación, podía haber ayudado a uno a poner en libertad a un negro.

Bueno, tía Polly explicó que, cuando tía Sally le escribió diciendo que Tom y Sid habían llegado sin novedad, se dijo: «¡Hay que ver! Debí figurármelo, dejándole marcharse así, sin nadie que lo vigilara. Ahora tendré que recorrer mil cien millas río abajo y averiguar qué está tramando esta criatura esta vez», ya que no recibía tu respuesta.

—Oye, yo no tenía noticias tuyas —dijo tía Sally.

—¡Qué extraño! Pues te escribí dos cartas preguntándote qué era eso de que Sid estaba en tu casa.

—Pues no las recibí, hermana.

Tía Polly se volvió lentamente, con expresión severa, y dijo:

—¡Tom…!

—Bueno… ¿Qué? —replicó él algo, quisquilloso.

—¡Conmigo no emplees ese tono, respondón impertinente! Dame las cartas.

—¿Qué cartas?

—Las cartas. Te advierto que si he de cogerte y…

—Están en el baúl. Bueno, bueno; están igual que cuando las recogí en la estafeta de correos. No las he tocado. Pero sabía que traerían complicaciones y pensé que, si no tenían mucha prisa, yo…

—Bueno, no hay duda de que necesitas una paliza. Y escribí otra carta diciéndote que iba a venir y supongo que él…

—No, llegó ayer. Todavía no la he leído, pero ésa la tengo, descuida…

Me entraron ganas de apostarle dos dólares a que no la tenía, pero reflexioné que sería más prudente no hacerlo. De manera que me callé.

Ultimo capítulo

A la primera oportunidad que tuve de coger a Tom por mi cuenta, le pregunté qué se proponía cuando ocurrió lo de la evasión. ¿Qué pensaba hacer si la evasión hubiera tenido éxito y hubiera logrado libertar a un negro que ya era libre? Tom dijo que había decidido desde el principio que, si rescatábamos a Jim, nos marcharíamos río abajo, en la balsa, corriendo aventuras hasta la desembocadura, y que entonces le diría a Jim que era libre, y le habría llevado de nuevo a casa en un vapor, en un gesto de buen gusto, y le pagaría el tiempo perdido, y habría avisado de antemano para que acudieran todos los negros de los contornos y le llevaran al pueblo con una procesión de antorchas y una banda de música, y que entonces sería un héroe, así como nosotros. Pero yo pensé que las cosas ya estaban bien como estaban.

Pronto le quitamos a Jim las cadenas y, cuando tía Polly, tío Silas y tía Sally se enteraron de lo bien que ayudó al doctor a cuidar de Tom, le colmaron de atenciones y regalos y le dieron de comer cuanto quiso y le permitieron pasarlo estupendamente sin hacer nada. Y le hicimos subir al cuarto del enfermo y charlamos animadamente. Tom dio a Jim cuarenta dólares por haber sido para nosotros un prisionero tan paciente y haberse portado tan bien, y Jim casi se volvió loco de la alegría, y exclamó:

—Y ahora, ¿qué te decía yo, Huck? ¿Qué te decía en la isla de Jackson? Que tenía un pecho velludo y su significado; y te dije que había sido rico una vez y volvería a ser rico. ¡Y ahora es cierto! ¡Ah!, a mí no me digas... los signos nunca fallan, ¡créeme! ¡Estaba tan seguro de volver a ser rico como ahora de que me encuentro aquí!

Y entonces Tom habló diciendo que nos escapáramos los tres de allí cualquier noche, que reuniéramos un equipo y buscáramos aventuras entre los indios en su territorio durante un par de semanas. Y yo dije que bueno, que de acuerdo por mi parte, pero que no tenía dinero para el equipo y me figuraba que tampoco lo obtendría de mi casa, porque seguramente papá había regresado, se lo había sacado todo al juez Thatcher y se lo había bebido.

—Nada de eso —replicó Tom—. El dinero sigue allí... Hay más de seis mil dólares; y tu padre no ha vuelto aún; por lo menos, no había vuelto cuando yo me fui.

Jim dijo entonces con cierta solemnidad:

—No volverá nunca, Huck.

—¿Por qué, Jim? —pregunté yo.

—Lo de menos es por qué, Huck... Pero te digo que no volverá nunca.

Pero yo insistí hasta que él finalmente, dijo:

—¿Te acuerdas de la casa que flotaba río abajo, y de que había un hombre cubierto con una manta, y de que yo entré y lo destapé y no te dejé entrar? Bueno, pues puedes quedarte cuando quieras con tu dinero, porque era tu padre.

Tom está ahora casi curado y lleva la bala colgada del cuello como si fuera un reloj, y siempre está mirando la hora que es; y ya no hay nada más para escribir; y me alegro una barbaridad, porque, si llego a figurarme lo fastidioso que es escribir un libro, no lo habría ni intentado, y no voy a intentarlo ya nunca. Pero me temo que tendré que salir a escape hacia el territorio indio adelantándome a los demás, porque tía Sally va a adoptarme y a civilizarme, y esto no puedo consentirlo.

Ya pasé antes por este trance.

Atentamente, vuestro.

HUCK FINN

INDICE

I N D I C E